QU'EST-CE QU'UNE NATION ?
et autres essais politiques

AGORA
LES CLASSIQUES
Collection dirigée par Olivier Amiel

Ernest RENAN

QU'EST-CE QU'UNE NATION ?
et autres essais politiques

Textes choisis et présentés par
Joël ROMAN

PRESSES POCKET

ISBN 2-266-05063-X

INTRODUCTION

« Un plébiscite de tous les jours » : Renan se doutait-il, prononçant ces mots en conclusion de la conférence « Qu'est-ce qu'une nation ? », le 11 mars 1882, à la Sorbonne, de la fortune postérieure de cette définition de la nation ?

Celle-ci fait à ce point partie de notre patrimoine commun que, lors des audiences de la Commission pour la réforme du code de la nationalité, la définition renanienne est mobilisée pour défendre des positions contraires, ou du moins divergentes [1]. Et on ne saurait plus compter les articles ou ouvrages qui l'évoquent. Pareille renommée a une contrepartie : souvent cité, Renan est peu fréquenté, et chacun, croyant le connaître, se dispense de le lire. Il est vrai qu'il a le sens de la formule. Mais cette clarté est souvent troublante. Aussi n'est-on guère surpris quand on constate que la postérité de Renan le tire à hue et à dia : pour les uns, il est le chantre du nationalisme français, le fondateur d'une tradition qui s'épanouira avec Barrès et Maurras [2] ; pour d'autres, il n'est meilleure expression de la doctrine républicaine en matière de nation, et Renan, républicain tardif, est un des plus sincères convertis [3]. Pareil malentendu suggère au moins que le texte de Renan

1. Cf. *infra*, dossier, p. 297.

2. C'est, par exemple, le point de vue de Jacques BOULANGER, *Renan et ses critiques*, Paris, éditions du Siècle, 1925. Cf. aussi l'orientation du choix de textes réalisé par Alain de BENOIST, *La réforme intellectuelle et morale et autres écrits*, Paris, Albatros/Valmonde, 1982.

3. Cf., par exemple, Maurice AGULHON, « *La réforme intellectuelle et morale*, texte de circonstance », in *Bulletin des études renaniennes*, n° 60, 1985, pp. 3-14.

est peut-être moins simple qu'il n'y paraît ; il n'aurait en outre pu s'installer si durablement si Renan lui-même n'y avait point de part. Et, de fait, entre l'élitisme antidémocratique des *Dialogues philosophiques*, mais aussi de maint passage de *La réforme intellectuelle et morale*, et l'appel à une légitimité du suffrage dans la question nationale, il est difficile de trouver une cohérence. Aussi bien, Renan lui-même se flattait de ses contradictions : « J'étais prédestiné à être ce que je suis, un romantique protestant contre le romantisme, un utopiste prêchant en politique le terre à terre, un idéaliste se donnant inutilement beaucoup de mal pour paraître bourgeois, un tissu de contradictions, rappelant l'hircocerf de la scolastique, qui avait deux natures [1]. » Et un critique écrit, en 1925 : « À cause de son attitude extérieure à l'égard de la religion, Renan passe pour un démocrate ; les partis de gauche le célèbrent, ceux de droite le honnissent ; pourtant, il a été foncièrement "conservateur" [2]. » Il est vrai que Boulanger ajoute : « En politique, on l'a d'abord accusé de s'être contredit. Rien de plus faux : il est là, comme ailleurs, fort bien d'accord avec son "inspiration métaphysique" », qui est, selon notre critique, une philosophie du devenir inspirée de Hegel. Il reste que, « ondoyant » pour Pierre Lasserre, « dilettante » selon Paul Bourget, sceptique aux yeux de beaucoup, Renan passe pour un esprit inconstant. On a pu parfois tenter de l'expliquer en arguant d'évolutions dans sa pensée. Mais il arrive qu'un même texte soit traversé de courants contraires, tendu par une étrange polarité. Le remarquant, certains s'enchantent de leur perspicacité, et se donnent à bon compte des mines de savants en censurant le vieil historien. Et si l'objet lui-même, en l'occurrence la nation, était un objet complexe ? Sans aller jusqu'à parler d'hégélianisme, Renan est néanmoins sensible à la rugosité du réel, et il en épouse les

1. *Souvenirs d'enfance et de jeunesse*, in *Œuvres complètes*, éd. Calman-Lévy, t. II, p. 760.
2. Jacques Boulanger, *Renan et ses critiques*, *op. cit.*, p. 139.

moindres contours. Seul son style vient ensuite lisser le tout, et proposer comme allant de soi ce qui n'est rien moins qu'évident. Si, au terme de son examen, l'idée de nation n'est toujours pas claire et distincte, peut-être n'est-ce pas à lui qu'il faut s'en prendre. Il nous en livre au moins les éléments, et en met en lumière les diverses facettes.

Aujourd'hui, il n'est question que de l'Europe. En même temps, le réveil des nations sonne le glas des utopies post-nationales. À l'Est, mais aussi au Sud, les nationalismes se déchaînent, ensanglantent la planète. Et si l'on demande ce qu'est l'Europe, le flou règne. Certains évoquent une super-nation destinée à remplacer les anciennes nations, obsolètes et étriquées. D'autres songent davantage à une fédération de nations, voire à une fédération qui substituerait aux nations les régions, sensément moins artificielles. L'Europe des peuples contre l'Europe des nations, cette partition est parfois entonnée de Bastia à Belfast, des Basques aux Wallons. Qui ne voit quelle fantastique régression se cache derrière ces nationalismes résurgents ? Intellectuellement décrié, l'État-nation n'a sans doute jamais connu telle ferveur.

À qui chercherait conseil du côté des sciences politiques et de la philosophie politique, une surprise l'attend. Le plus efficace des concepts politiques des XIXᵉ et XXᵉ siècles, le plus meurtrier aussi, et le plus tenace, n'a quasiment pas fait l'objet d'études systématiques. C'est le grand impensé de notre tradition politique, soit qu'on le prenne comme un pur donné, qu'il ne vaut pas la peine de chercher à interroger, soit au contraire qu'on le voue au dépassement sous l'emprise de la lutte mondiale de classes ou des exigences du marché international, comme l'on voudra. Dans les deux cas, il est clair que la nation doit disparaître, vouée à incarner de manière résiduelle un passé qu'on souhaite révolu, et au pire, à cristalliser les archaïsmes que suscite nécessairement l'entrée dans la modernité. Dans ce quasi-désert, pourtant, la conférence de Renan fait exception, seule peut-être avec les *Discours à la nation allemande*, de Fichte[1]. Textes fétiches et emblèmes plutôt qu'études savantes d'ailleurs, qui proposent des conceptions de la nation concurrentes.

On n'a sans doute pas suffisamment prêté attention au fait, pourtant relevé par Renan, que la nation est un concept politique moderne. Il note en effet que les Anciens connaissaient l'Empire ou la Cité, pas la nation. La France surtout s'y trompe, au prétexte qu'elle est ancienne, et façonnée de longue date par la monarchie. Tout se passe alors comme si celle-ci avait lentement forgé et le cadre national, et l'État, fournissant ainsi la forme intangible de l'État-nation qui perdurera à travers les changements de régimes. Mais s'il est juste de faire remonter la formation de la nation loin dans le passé, il est moins sûr que le concept de nation, dans son acception contemporaine, doive être repoussé aussi loin[2].

L'idée renanienne de la nation passe en effet pour l'expression d'une conception « élective » de la nation, particulièrement adéquate à l'individualisme démocratique moderne. Telle est par exemple l'assurance de Louis Dumont, qui oppose ainsi Renan à Herder et Fichte, dépeignant ces derniers comme les promoteurs d'une conception ethnique de la nation, encore profondément entachée de

1. Cette appréciation mériterait sans doute d'être nuancée. Mais, à part les études récentes, dont on trouvera une présentation dans *Théories du nationalisme* (sous la direction de Gil Delannoi et Pierre-André Taguieff, Paris, éditions Kimé, 1991) et dans Eric HOBSBAWM, *Nations et nationalisme depuis 1780* (trad. fr., Gallimard, 1992), les textes théoriques sur la nation sont bien rares. À Fichte et Renan, il conviendrait toutefois d'ajouter Otto BAUER, *La question des nationalités et la social-démocratie* (1907 ; trad. fr. ÉDI/Arcanthère/Guérin littérature, Paris et Montréal, 1987, 2 vol.), Friedrich MEINECKE, *Weltbürgertum und Nationalstaat* (1907 ; réédition Oldenburg Verlag, Munich, 1969) et Federico CHABOD, *L'idea di nazione* (1947 ; cf. la présentation qu'en donne Jean-Luc POUTHIER in *Communications* n° 45, Le Seuil, 1987).

2. Cf. sur ce point les études de Anthony SMITH, *The Ethnic Origins of Nations*, Blackwell, Oxford, 1986, de Eric HOBSBAWM, *Nations et nationalisme depuis 1780, op. cit.*, et de Ernst GELLNER, *Nations et nationalisme*, trad. fr. Payot, Paris, 1989.

« holisme » traditionaliste[1]. Or si l'opposition des conceptions de la nation entre Fichte et Renan éclate à la lecture de leurs textes, il n'est toutefois pas évident que ce soit simplement en termes d'opposition entre holisme et individualisme qu'il faille les lire ; pas plus qu'on ne saurait tout bonnement la comprendre comme une opposition entre tradition et modernité.

1. *Fichte et Renan*

Que Fichte et Renan incarnent deux modèles de la nation est indéniable. Mais on n'a toutefois pas assez prêté attention au paradoxe suivant : la théorie élective est qualifiée de française, à cause du rôle éminent que joue Renan dans sa formulation, l'autre est allemande, en raison de la position de Fichte à son fondement. On aurait ainsi, curieusement, un enveloppement des théories de la nation dans les nationalités elles-mêmes, comme si quelque mystérieux caractère national décidait jusqu'au contenu des théories de la nation même, voire comme si la théorie ethnique, à certains égards la plus particulariste, était seule capable d'universalité. À l'inverse, la conception élective, d'aspiration universaliste, serait définitivement étroitement française. Aussi, lorsque, comme Louis Dumont, on adhère naïvement à la distinction proposée, il est aisé de conclure tranquillement à la supériorité du point de vue français sur le point de vue allemand[2].

Il y a tout lieu de penser, au contraire, que France et Allemagne sont à cet égard dans une position analogue, et doivent faire face à la même difficulté : trouver un mode de légitimation qui se substitue à la légitimité tradition-

1. Louis DUMONT, « Peuple et nation chez Herder et Fichte », *Libre*, n° 6, 1979, pp. 233-250. Repris dans *Essais sur l'individualisme*, Le Seuil, 1983. Cf. aussi *L'idéologie allemande, France-Allemagne et retour*, Gallimard, 1991, où Louis Dumont nuance cette appréciation, sans toutefois y renoncer. Louis Dumont appelle « holisme » l'idéologie qui pose que la totalité sociale l'emporte sur l'individu. Le holisme s'oppose à l'individualisme.

2. Cf. L. Dumont, art. cit. : « Le peuple allemand dans son ensemble était au XIXe siècle — et encore au XXe — enclin à l'obéissance, il admettait la nécessité de la subordination en société » (p. 127).

nelle, désormais défaillante. La question de l'entrée dans la modernité se pose en termes aussi vifs de part et d'autre, et il est probable que la définition fichtéenne de la nation ne le cède de ce point de vue en rien à la définition renanienne. De prime abord, en effet, Fichte propose une définition rigoureusement ethniciste et organiciste de la nation : « On a indiqué dans les précédents discours et démontré historiquement ce que sont les traits caractéristiques des Allemands en tant que peuple originel, et en tant que peuple qui a le droit de se désigner purement et simplement comme le peuple, par opposition aux autres lignées qui se sont détachées de lui : c'est là au demeurant ce que désigne le terme même de *deutsch*, pris dans sa signification littérale[1]. » À « la nation par excellence » va répondre pour ainsi dire « le peuple par excellence ».

Fondamentalement, la métaphore qui court à travers tout le texte de Fichte, est une métaphore organiciste. Ce qui vient garantir l'unité du peuple, unité qui est le bien pour lui le plus précieux, c'est l'homogénéité qu'assure la métaphore organique, qui transparaît même quand Fichte veut faire appel à la loi, puisqu'il invoque alors une « loi spéciale » : « Pris dans l'acception la plus haute, en partant de l'idée d'un monde intellectuel en général, un peuple est donc l'ensemble des hommes vivant ensemble en société et se reproduisant sans cesse par eux-mêmes, spirituellement comme naturellement, obéissant à une certaine loi spéciale, d'après laquelle l'élément divin se développe dans cet ensemble. C'est la communauté de cette loi spéciale qui, dans le monde éternel et par suite dans le monde temporel, réunit cette foule en un tout naturel et homogène. Cette loi peut en somme être comprise quant à son fond : c'est ce que nous avons constaté chez les Allemands

1. FICHTE, *Discours à la nation allemande* (1807), trad. Alain Renaut, Imprimerie nationale, collection La Salamandre, 1992. Cf. dossier, p. 239. La traduction Molitor (éd. Costes, 1923, p. 100) dit notamment : « nous avons démontré par l'histoire que cette nation constitue une race primitive, un peuple qui a le droit de se proclamer purement et simplement le peuple ».

considérés comme peuple primitif.[1] » D'où enfin la subordination de l'État à la nation, comme le moyen à la fin. Tout ceci semble bien confirmer la vision d'un Fichte inventeur, ou continuateur, d'une conception ethnique de la nation.

Toutefois, il faut remarquer que Fichte développe une conception volontariste du lien de concitoyenneté. Ainsi invoque-t-il la nation aussi contre le particularisme et l'exclusivisme des États allemands. « Et c'est ainsi que, malgré l'exclusivisme et l'étroitesse d'esprit des États particuliers, l'on put trouver en Allemagne, considérée comme un tout, la plus grande liberté de recherche et d'enseignement qu'un peuple ait jamais vue ; la culture supérieure fut et demeura partout le résultat de l'influence réciproque des citoyens de tous les États allemands, et sous cette forme elle descendit peu à peu jusqu'à la masse du peuple qui continua de la sorte à faire lui-même, du moins au sens général, sa propre éducation[2]. » Mais surtout, il ne faut pas oublier ce qui conduit Fichte à écrire les *Discours* : la nécessité de réveiller le patriotisme allemand, ce qui débouche immédiatement sur une priorité accordée à l'éducation. Comment une conception purement ethnique pourrait-elle en même temps se soutenir d'une exigence éducative ? Il est donc nécessaire de réviser ce que l'on porte trop hâtivement au compte d'une conception organiciste et ethnique de la nation. L'idée du peuple est bien sûr celle d'un tout, que Fichte veut fortement organique, mais de ce fait cette idée est celle de l'unité des différentes classes. Ce seront les aristocraties qui mobiliseront les doctrines élitistes et transnationales de la race : Germains, Francs, etc. Ensuite, même conçue organiquement, la nation ne cesse pas chez lui d'être un principe spirituel. Enfin, la nation selon Fichte est porteuse d'universalité. Si l'Allemagne est ici exaltée, c'est que le dessein de l'humanité s'accomplit par elle. Après avoir noté que les

1. *Id.*, *ibid.*, trad. Molitor, éd. Costes, p. 123.
2. *Ibid.*, p. 135.

progrès modernes (émancipation de la religion, conquête de l'intériorité) ont été engagés par d'autres et achevés par des Allemands, Fichte en appelle à un semblable achèvement en ce qui concerne l'éducation moderne : « Par le fait seul que l'Allemand a toujours, jusqu'à notre époque, achevé tous les progrès de la culture, ce rôle lui apparaissant réellement réservé dans le monde nouveau, c'est encore à lui qu'incombera la réalisation de l'éducation moderne. Une fois cette question réglée, les autres affaires de l'humanité ne seront plus qu'un jeu d'enfants[1]. »

Ainsi, même chez le Fichte des *Discours*, la nation n'est pas seulement la totalité organique de référence, signe d'un « holisme » traditionaliste, mais elle cherche à répondre à la question de la légitimité d'institutions politiques modernes. Inversement, on verra que la conception de Renan n'accorde pas autant qu'on veut bien le dire à l'individualisme de l'adhésion volontaire.

2. *L'impact de la guerre de 1870*

Il faut tout d'abord rappeler que Renan n'a pas toujours défini la nation comme il le fait en 1882 dans la conférence « Qu'est-ce qu'une nation ? ». Ce texte est l'aboutissement d'un long parcours, par lequel il a progressivement renoncé à un mode de définition de la nation qui

1. *Ibid.*, p. 9.

Pour une juste appréciation des *Discours à la nation allemande*, qui s'oppose à celle proposée par Louis DUMONT et Alain FINKIELKRAUT (in *La défaite de la pensée*, Paris, Gallimard, 1987), cf. l'analyse proposée par Alain RENAUT, « L'idée fichtéenne de nation », in *Cahiers de philosophie politique et juridique* n° 14, Caen, 1988 et « Logiques de la nation », in *Théories du nationalisme*, *op. cit.* Cf. aussi Étienne BALIBAR, « Fichte et la frontière intérieure », in *Les Cahiers de Fontenay*, n° 58/59, juin 1990, « Philosophie et politique en Allemagne ».

Il faudrait aussi rendre justice à Herder, également maltraité par nos deux auteurs : cf., outre les textes de HERDER, *Idées sur la philosophie de l'histoire de l'humanité*, éd. de Marc Crépon, Presses Pocket, coll. Agora, 1991, les études de Isaiah BERLIN, *Vico and Herder*, Chatto et Windus, Londres, 1976 ; Pierre CAUSSAT, *De l'identité culturelle*, Paris, DDB, 1988 et Jeffrey BARASH « Identité nationale et identité linguistique chez Herder », in *Cahiers de Fontenay*, *op. cit.*

reposait sur le « principe dynastique ». Le choc de la défaite de 1870 fut bien entendu à l'origine de cette révision. Dans *La réforme intellectuelle et morale*, écrite pourtant sous le coup de la défaite et de la Commune, il oppose encore ce principe dynastique au principe démocratique, et voit dans ces deux principes les opérateurs de légitimité de deux grandes questions : la question nationale et la question sociale. La monarchie constitutionnelle pour laquelle il plaide alors lui paraît de nature à remédier aux excès de chacun des deux principes, et permettre de les combiner au lieu de les opposer. Mais, en même temps, l'annexion de l'Alsace-Lorraine et les justifications allemandes en faveur de cette annexion le conduisent à prendre plus nettement parti en faveur d'une conception élective de la nationalité, comme on peut s'en convaincre à lire les deux *Lettres à Strauss*, publiées à la suite de la *Réforme*, quoique la première ait été rédigée antérieurement à ce texte.

Les lettres à Strauss mettent en scène une confrontation de la France et de l'Allemagne qui connaîtra, bien au-delà de Renan lui-même, une longue postérité. Mais surtout elles anticipent sur la conférence de 1882, tout en présentant des arguments sensiblement différents. Renan était depuis longtemps un admirateur de l'Allemagne. On a souvent cité les phrases célèbres de la lettre à l'abbé Cognat du 24 août 1845, reprise dans les *Souvenirs d'enfance*, et dont Renan retrouve certains des accents dans la première lettre à Strauss : « J'ai étudié l'Allemagne et j'ai cru entrer dans un temple. Tout ce que j'y ai trouvé est pur, élevé, moral, beau et touchant. Ô mon âme, oui, c'est un trésor, c'est la continuation de Jésus-Christ. Leur morale me transporte. Ah ! qu'ils sont doux et forts ! » Il est vrai qu'il ajoute aussitôt : « Dieu me pardonne de les aimer, même quand ils ne seraient pas purs : car ce que j'aime en eux, comme dans tous les autres hommes à qui je voue mon enthousiasme, c'est un certain type beau et moral que je m'en forme ; c'est mon idéal que j'aime en eux. Maintenant sont-ils conformes à ce type ? C'est ce qui m'importe assez peu [1]. » À quoi fait écho, quelque quinze ans plus tard, la déception confessée dans l'article « La guerre entre la France et l'Allemagne » : « J'ai toujours regardé la guerre entre la France et l'Allemagne comme le plus grand malheur qui pût arriver à la civilisation », ainsi que les accents de la lettre du 11 mars 1871 à Charles Ritter : « Tout ce que j'avais rêvé, désiré, prêché se trouve chimérique. J'avais fait le but de ma vie de travailler à l'union intellectuelle, morale, politique de l'Allemagne et de la France. Voilà que la criminelle folie du gouvernement déchu, le manque d'esprit politique de la démocratie française, l'exagération patriotique des Allemands, l'orgueil prussien ont tracé entre la France et l'Allemagne un abîme que des siècles ne combleront pas. » L'Allemagne de Renan peut bien n'avoir été en fait qu'une Allemagne de seconde main, superficiellement découverte dans Germaine de Staël, et plus hâtivement parcourue que longuement étudiée (« Je n'ai lu que quelques lignes des Allemands et je sais leurs théories comme si j'avais lu vingt volumes, car je me mets à leur point de vue. [...] Moi, pour les Allemands, que je ne connaissais presque que par Mme de Staël, j'induisais toutes leurs théories. Quelqu'un qui m'eût entendu parler, eût cru que j'avais lu cinquante volumes de critiques allemands »), écrit-il en 1846 [2], elle fut pour lui un double idéal, moral et scientifique.

Parmi les penseurs allemands que Renan vénérait, David-Friedrich Strauss avait une place éminente : auteur d'une *Vie de Jésus* publiée avant la sienne (et traduite en français en 1853 par Émile Littré), il fait figure de pionnier dans l'exégèse scientifique des Évangiles. Par le truchement de Charles Ritter, qui vit en Suisse et qui est le traducteur de Strauss, Renan souhaite de le rencontrer

1. *Souvenirs d'enfance et de jeunesse*, *op. cit.*, t. 2, p. 915.
2. *Cahiers de jeunesse*, 1846. Cité par Pierre LASSERRE, *Renan et nous*, Grasset, 1923, p. 210. Pour être juste, il faut remarquer que Lasserre affirme que par la suite Renan lira Herder, et les érudits. Mais pour lui il ignore tout des philosophes. Sur les relations intellectuelles de Renan avec l'Allemagne, cf. aussi « Travaux et jours d'un séminariste en vacances (Bretagne 1845) », édité par Jean Pommier, in *Cahiers renaniens* n° 2, Paris, Nizet, 1972.

et s'engage à préfacer un recueil d'études de l'érudit allemand[1]. C'est à ce moment qu'intervient le conflit. Strauss a fait part de son *Voltaire* à Renan. Renan lui répond, le 31 juillet 1870, en faisant l'éloge du *Voltaire*. Puis il ajoute : « Que vont devenir, cher maître, nos efforts vers l'honnête et le vrai dans l'affreux orage qui vient d'être déchaîné il y a quelques jours ? Vous comprenez ma douleur, à moi et au petit nombre d'hommes qui avaient fait de l'union intellectuelle de l'Allemagne et de la France le but de leur activité. [...] Vous pensez sans doute comme moi que le devoir de l'ami de la justice et de la vérité est, tout en remplissant ses devoirs, à tous les degrés, de se dégager du patriotisme étroit qui rétrécit le cœur et fausse le jugement. Voilà la haine, l'injustice, les appréciations iniques mises à l'ordre du jour pour un siècle entre les deux portions de la famille européenne dont l'entente est le plus nécessaire pour l'œuvre de la civilisation[2]. » Strauss répond le 12 août 1870, et publie cette réponse quelques jours plus tard dans la *Gazette d'Augsbourg*, le 18 août. Renan accepte alors d'entrer dans la discussion publique, où il voit l'occasion de manifester la capacité de deux savants de s'élever au-dessus des passions : il demande à Charles Ritter de faire parvenir une traduction de la lettre de Strauss au *Journal des débats*, qui la publie le 15 septembre, avec la réponse de Renan le lendemain. En même temps, Renan donne à *La Revue des deux mondes* l'article « La guerre entre la France et l'Allemagne ». Il est alors encore d'humeur conciliante : reconnaissant les erreurs françaises, il blâme la politique impériale[3]. S'il n'ignore pas le militarisme prussien, il le

1. Cf. sur ce point la correspondance avec Charles Ritter, *infra*, pp. 223-226 et 228-230.

2. Cité par Jean-Marie PAUL, *D.-F. Strauss, 1808-1874*, Les Belles Lettres, 1982, pp. 406-407. Outre son intérêt pour la connaissance de l'œuvre de Strauss, la thèse de Jean-Marie Paul contient, pp. 397-425, une analyse méticuleuse de la controverse Strauss-Renan.

3. Renan d'ailleurs se méfie de tout chauvinisme, comme l'atteste le fameux incident du dîner Brébant, relaté par Edmond de Goncourt. Le 25 août 1870, Renan aurait manqué au nécessaire enthousiasme patriotique, soulevant l'indignation des convives. Cf. les pages consacrées à cet incident par Henriette PSICHARI, *Renan et la guerre de 1870*, Paris, Albin Michel, 1947.

croit limité à quelques esprits échauffés, et s'imagine que son interlocuteur est à l'abri des emportements patriotiques. Strauss, de son côté, est irrité des erreurs de la réponse de Renan, et surtout, de sa volonté de conciliation qui rejette dos à dos les deux adversaires. Il a lu l'article de *La Revue des deux mondes*, qui lui paraît erroné sur plus d'un point. Sa réponse, datée du 29 septembre, est publiée le 2 octobre dans *La Gazette d'Augsbourg*, sans la lettre de Renan, alors que celui-ci est intervenu par l'intermédiaire de Ritter pour demander cette insertion. Strauss accédera toutefois aux vœux de Renan, mais à l'occasion d'une publication en brochure, où ses deux lettres encadrent celle de Renan ; cette brochure est vendue au profit des invalides de guerre allemands, ce que Renan relèvera avec ironie. Enfin, Renan, isolé dans Paris assiégé, n'a connaissance que tardivement de la réponse de Strauss. Il date sa nouvelle lettre à M. Strauss du 15 septembre 1871 et la publie en novembre dans *La réforme intellectuelle et morale*.

La réflexion de Renan tourne autour de deux pôles : le premier, analysant la défaite de la France et la victoire allemande, cherche à déterminer les causes de cet état de choses et conclut à la supériorité de l'Allemagne sur la France, d'où le thème de la « réforme ». Le second s'attache aux argumentations déployées de part et d'autre et notamment à l'argumentation allemande pour justifier l'annexion de l'Alsace-Lorraine : Renan y récuse la conception organique de la nation pour promouvoir une position qui oscille entre un cosmopolitisme européen et un patriotisme français qui renoue avec le thème de la patrie du droit [1]. Entre les deux séries d'arguments, il n'y a pas forcément coincidence, il peut même y avoir des oppositions fondamentales. Celles-ci culminent d'ailleurs dans le moment où Renan, voulant fustiger les errances françaises s'en prend aux mythes modernes porteurs d'un dépérissement de l'élan national : au premier chef, bien

1. Thème lui aussi appelé à une illustre postérité, cf., par exemple, le texte cité d'André Suarès, *infra* dossier, p. 265.

sûr, la passion de l'égalité des démocraties, qu'il réprouve encore plus violemment que Tocqueville. La *Réforme* est ainsi l'un des textes où Renan laisse le plus facilement cours à sa fibre élitiste et anti-démocrate. C'est au demeurant comme cela qu'il est souvent lu, quand il s'agit de privilégier en lui l'hostilité à 89 [1]. Mais dans le même temps, l'autre stratégie du texte de Renan vient apporter un renfort inespéré à la cause démocratique : la seule légitimité dont puisse se prévaloir une nation, c'est l'adhésion de ses populations, telle que le suffrage le manifeste. En ce sens, l'élitiste Renan n'est pas seulement un républicain de raison, un partisan de la monarchie constitutionnelle « rallié » à la République. C'est sur ce point un démocrate convaincu. C'est même l'inversion des positions habituellement constatées (élitisme de cœur, républicanisme de résignation) qui fait l'intérêt de Renan : paradoxalement celui-ci est démocrate sur la question ultime de la légitimité et élitiste quand il s'agit d'organisation de la société, au regard des avatars de la société de masse. De même, ce n'est pas par culte de la continuité nationale qu'il admet la démocratie mais au contraire pour valider l'ancrage démocratique du vivre-ensemble national qu'il recommande d'oublier les origines dynastiques de la nation. C'est le double paradoxe de cette position que nous allons chercher à élucider.

3. *Vertus de l'Allemagne*

« La Prusse fonde sa force sur le développement de l'instruction primaire et sur l'identité de l'armée et de la nation [2]. » Cette phrase résume l'opinion de Renan sur la supériorité prussienne. On y reconnaît sans peine le thème de la victoire de l'instituteur prussien, qui devait devenir l'un des lieux communs de la littérature pédagogico-civique des débuts de la IIIe République. En écho, dans la *Réforme* : « Si la Prusse avait le suffrage universel, elle

1. Cf. l'édition donnée par Alain de Benoist de la *Réforme*, *op. cit.*
2. « La guerre entre la France et l'Allemagne », *infra*, p. 104.

n'aurait pas le service militaire universel, ni l'instruction obligatoire[1]. » Le point de cette supériorité est que l'État y fortifie la société. L'opposition que dresse Renan entre le suffrage universel et l'instruction obligatoire jointe au service militaire peut nous surprendre, nous qui sommes habitués à y voir deux des institutions fondatrices de la République. Il faut pour comprendre son idée se souvenir que le service militaire comme l'instruction sont deux systèmes hiérarchiques qui supposent une emprise de l'État sur la société tandis que pour Renan la démocratie figure une société où la tutelle de l'État est faible. Quand il écrit « démocratie », c'est à la démocratie américaine décrite par Tocqueville qu'il pense : « Le XIXe siècle possède deux types de société qui ont fait leurs preuves, et qui, malgré les incertitudes qui peuvent peser sur leur avenir, auront une grande place dans l'histoire de la civilisation. L'un est le type américain, fondé essentiellement sur la liberté et la propriété, sans privilèges de classes, sans institutions anciennes, sans histoire, sans société aristocratique, sans cour, sans pouvoir brillant, sans universités sérieuses ni fortes institutions scientifiques, sans service militaire obligatoire pour les citoyens. Dans ce système, l'individu, très peu protégé par l'État, est aussi très peu gêné par l'État[2]. » Au contraire l'autre modèle est celui de la Prusse : « Le second type de société que notre siècle voit exister avec éclat est celui que j'appellerai l'Ancien Régime développé et corrigé. La Prusse en offre le meilleur modèle. Ici l'individu est pris, élevé, façonné, dressé, discipliné, requis sans cesse par une société dérivant du passé, moulée dans de vieilles institutions, s'arrogeant une maîtrise de moralité et de raison. L'individu, dans ce système, donne énormément à l'État. Il reçoit en échange de l'État une forte culture intellectuelle et morale, ainsi

1. Ces textes devraient nuancer l'affirmation de Claude Digeon qui écrit de la victoire de Sadowa que Renan « contrairement aux républicains qui y trouvaient la victoire de l'instruction populaire y décèle le triomphe de l'enseignement supérieur ». *La crise allemande de la pensée française, 1870-1914*, Paris, PUF, 1959, p. 186.

2. La *Réforme*, éd. Calmann-Lévy, tome 1, pp. 401-402.

que la joie de participer à une grande œuvre. Ces sociétés sont particulièrement nobles ; elles créent la science ; elles dirigent l'esprit humain ; elles font l'histoire ; mais elles sont de jour en jour affaiblies par les réclamations de l'égoïsme individuel. » Mais cette société est précaire : l'équilibre hiérarchique qu'elle a réalisé se trouve menacé par le socialisme, qui est pour Renan le nom de la démocratie européenne. Aussi aucun des deux modèles ne saurait-il convenir à la France. Toutefois il faut retenir du modèle prussien sa plus grande efficacité que la défaite française est venue confirmer.

4. *Le principe des nationalités*

La force et la vertu de la Prusse ne doivent toutefois pas faire oublier que sa légitimation dans la guerre de 1870, tout comme celle de l'annexion de l'Alsace-Lorraine laissent aux yeux de Renan fort à désirer. Il constate en effet qu'il existe deux principes aptes à légitimer les frontières entre États : « Il est clair que, dès que l'on a rejeté le principe de la légitimité dynastique, il n'y a plus, pour donner une base aux délimitations territoriales des États, que le droit des nationalités, c'est-à-dire des groupes naturels déterminés par la race, l'histoire et la volonté des populations » (1re lettre à Strauss ; passage parallèle dans « La guerre entre la France et l'Allemagne », p. 105)[1]. Or le principe dynastique a fait depuis longtemps faillite, englouti avec l'Ancien Régime : au démeurant, la Prusse, si proche de lui ne songe guère à l'invoquer. Elle aussi se fonde sur le principe des nationalités. Renan commence d'ailleurs par faire droit à cette revendication, au vrai plus allemande que prussienne, la Prusse n'étant ici que l'exécutant du dessein qui conduit à l'unité allemande. La première lettre à Strauss s'ouvre donc sur la reconnaissance de la légitimité de la volonté nationale allemande, fondée sur l'histoire, la culture et même des considérations d'ordre géopolitiques : « Ce qui ajoutait à la légitimité des vœux

1. Les références aux pages renvoient à notre édition.

de l'Allemagne, c'est que le besoin d'unité était chez elle une mesure de précaution justifiée par les déplorables folies du premier empire [...] » (p. 121). Il est vrai que ce qui se trouve ici justifié c'est 1866 et non 1870, Sadowa plutôt que Sedan. En effet, le sens de la lettre de Renan est d'appeler à un réalisme qui se résumerait ainsi : « Faites l'unité allemande ; mais pas sur le dos de la France ; autrement dit, laissez-nous l'Alsace. »

C'est ici que le principe des nationalités va s'avérer moins clair qu'il ne le paraît au premier abord : car, interprété comme l'interprètent certains Allemands, il conduit à réclamer l'Alsace, terre de langue et de culture germaniques. « Vos germanistes fougueux attestent que l'Alsace est une terre germanique, injustement détachée de l'Empire allemand. Remarquez que les nationalités sont toutes des "cotes mal taillées" ; si l'on se met à raisonner ainsi sur l'ethnographie de chaque canton, on ouvre la porte à des guerres sans fin » (p. 127). Mais dans « La guerre entre la France et l'Allemagne », Renan se montrait plus avisé : c'est le principe des nationalités lui-même qui ouvre la voie à la guerre : « Le principe des nationalités indépendantes n'est pas de nature, comme plusieurs le pensent, à délivrer l'espèce humaine du fléau de la guerre ; au contraire, j'ai toujours craint que le principe des nationalités, substitué au doux et paternel symbole de la légitimité, ne fît dégénérer les luttes des peuples en exterminations de race, et ne chassât du code du droit des gens ces tempéraments, ces civilités qu'admettaient les petites guerres politiques et dynastiques d'autrefois » (p. 105). Il songe alors à le corriger par un principe de fédération européenne :

« Vous parlez à bon droit de garanties contre le retour de rêves malsains ; mais quelle garantie vaudrait celle de l'Europe, consacrant de nouveau les frontières actuelles et interdisant à qui que ce soit de songer à déplacer les bornes fixées par les anciens traités ? Toute autre solution laissera la porte ouverte à des vengeances sans fin. Que l'Europe fasse cela, et elle aura posé pour l'avenir le germe de la plus féconde institution, je veux dire d'une autorité centrale, sorte de congrès des États-Unis d'Europe, jugeant les nations, s'imposant à elles, et corrigeant le principe des nationalités par le principe de fédération. Jusqu'à nos jours, cette force centrale de la communauté européenne ne s'est guère montrée en exercice que dans des coalitions passagères contre le peuple qui aspirait à une domination universelle ; il serait bon qu'une sorte de coalition permanente et préventive se formât pour le maintien des grands intérêts communs, qui sont après tout ceux de la raison et de la civilisation » (1re lettre à Strauss, p. 128).

Mais un an plus tard, il n'est plus possible de proposer cet espoir européen, du moins comme échéance crédible : en outre, Renan veut défendre le principe des nationalités qui lui permet de revendiquer aussi l'Alsace comme terre française. Il est donc conduit à affiner ce principe, en retrancher ce qui peut nourrir l'idée d'une unité organique, qu'elle soit fondée sur la race ou sur la langue. Renan ira désormais de plus en plus vers une conception purement historique de la nation, mettant toujours plus en évidence les métissages de langues et de races auxquels les nations donnent lieu. Inversement, le principe des nationalités va se charger davantage de volonté d'adhésion effective des populations.

C'est avec la deuxième lettre à Strauss que Renan va se faire sarcastique envers une interprétation trop fondamentaliste du principe des nationalités, qui le ramène au droit du premier occupant : « La guerre sera sans fin, si l'on n'admet des prescriptions pour les violences du passé. [...] L'Alsace est maintenant un pays germanique de langue et de race ; mais, avant d'être envahie par la race germanique, l'Alsace était un pays celtique ainsi qu'une partie de l'Allemagne du Sud. Nous ne concluons pas de là que l'Allemagne du Sud doive être française ; mais qu'on ne vienne pas non plus nous soutenir que, par droit ancien, Metz et Luxembourg doivent être allemands. Nul ne peut dire où cette archéologie s'arrêterait. Presque partout où les patriotes fougueux de l'Allemagne réclament un droit germanique, nous pourrions réclamer un droit celtique antérieur, et avant la période celtique, il y avait, dit-on, les allophyles, les Finnois, les Lapons ; et avant les Lapons il y eut les hommes des cavernes ; et avant les hommes des cavernes il y eut les orangs-outangs. Avec cette philosophie de l'histoire, il n'y aura de légitime dans le monde que le droit des orangs-outangs, injustement dépossédés par la perfidie des civilisés » (p. 155).

Un peu plus loin dans la lettre, Renan met les Prussiens en garde contre le danger qui les menace, à étendre ce type de raisonnements : l'unité slave, réalisée aux dépens de l'Allemagne par la Russie.

5. *La démocratie, facteur de paix*

La démocratie selon Renan, ce n'est pas d'abord un type de régime politique, une manière d'organiser le pouvoir. C'est déjà, surtout même, l'irruption des masses dans l'espace public. C'est ce qu'il résume sous le nom de question sociale. Or, en accord sur ce point avec les socialistes, Renan considère que la question sociale ne connaît pas de frontières. Mieux, c'est un facteur de paix, dans la mesure où les problèmes qu'elle met en avant contrarient l'ancienne coutume dynastique : « Le mouvement de l'histoire contemporaine est une sorte de balancement entre les questions patriotiques d'une part, les questions démocratiques et sociales de l'autre. Ces derniers problèmes ont un côté de légitimité, et seront peut-être en un sens la grande pacification de l'avenir[1]. » Mais Renan va ensuite avancer un deuxième argument, en faveur d'un nouveau droit des nationalités : le consentement des populations. Dans la seconde lettre à Strauss, il écrit : « Ne blâmez donc pas notre école libérale française de regarder comme une sorte de droit divin le droit qu'ont les populations de n'être pas transférées sans leur consentement. Pour ceux qui comme nous n'admettent plus le principe dynastique qui fait consister l'unité d'un État dans les

1. Première lettre. Alain Touraine, a récemment repris cette idée d'un balancement entre question sociale et question nationale.

droits personnels du souverain, il n'y a plus d'autre droit des gens que celui-là » (p. 157). D'où la reprise qui suit de l'opposition entre le droit des nations et le droit de la race : « Notre politique c'est la politique du droit des nations ; la vôtre, c'est la politique des races : nous croyons que la nôtre vaut mieux. La division trop accusée de l'humanité en races, outre qu'elle repose sur une erreur scientifique, très peu de pays possédant une race vraiment pure, ne peut mener qu'à des guerres d'extermination, à des guerres "zoologiques", permettez-moi de le dire, analogues à celles que les diverses espèces de rongeurs ou de carnassiers se livrent pour la vie. Ce serait la fin de ce mélange fécond, composé d'éléments nombreux et tous nécessaires, qui s'appelle l'humanité » (*ibid.*). Dès lors tout est en place pour que Renan en vienne à la conception qu'il développera dans la conférence « Qu'est-ce qu'une nation ? », une conception purement politique de la nation.

6. *Une conception politique de la nation*

La nation n'a donc aucun fondement naturel : ni la race, ni la langue. Pourtant, Renan le philologue est l'un de ceux qui ont le plus fait pour accréditer l'idée de tempéraments nationaux, qui s'originent dans la race, puis se sédimentent dans la langue. On songe bien entendu à l'opposition entre la tradition sémite et la tradition indo-européenne, dont il fut l'un des plus vigoureux théoriciens. Comment concilier l'orientation de ces travaux « scientifiques » et cette vigoureuse dénonciation du nationalisme raciste ou linguistique ? Il va élaborer à cet effet une double stratégie.

D'une part, il va s'agir de renforcer l'autonomie des disciplines intellectuelles, de la science. De la science à la politique, nulle conséquence n'est bonne. À cette fin, il faut interdire toute médiation entre la science et le vulgaire. Bon nombre des formules extrêmement élitistes de Renan sont à comprendre de ce point de vue. Toutefois, au sein même de ses conceptions scientifiques, il sera conduit à modifier quelque peu son usage de la notion de race : nombreux sont d'ailleurs les passages où il prend le mot au sens métaphorique, en écartant explicitement toute interprétation biologique de la race[1]. On peut cependant déplorer cette dérive anthropologiste de Renan, à condition de la re-situer dans son contexte[2]. D'autre part, il va tenter d'élaborer une conception proprement politique de la nation, qui soit autonome, et ne puisse se réclamer d'une fondation scientifique. Mais la célèbre définition de « Qu'est-ce qu'une nation ? » ne laisse pas d'apparaître comme plus problématique qu'il ne le semble.

Renan s'oppose donc de toutes ses forces aux tentatives qui définissent la nation par le recours à un principe supérieur, qu'il s'agisse du peuple, de la race ou de la langue. Mais relisons attentivement la conférence de 1882. Tout d'abord, la définition de Renan ne s'y trouve pas sous la forme brute où on la cite habituellement. Il écrit : « Une nation est donc une grande solidarité, constituée par le sentiment des sacrifices qu'on a faits et de ceux qu'on est disposé à faire encore. Elle suppose un passé ; elle se résume pourtant dans le présent par un fait tangible : le consentement, le désir clairement exprimé de continuer la vie commune. L'existence d'une nation est (pardonnez-moi cette métaphore) un plébiscite de tous les jours, comme l'existence de l'individu est une affirmation perpétuelle de vie. » La nation ne se limite donc pas à cette célèbre métaphore, que Renan emploie presque à regret, en s'en excusant. Si l'on suit la comparaison qu'il propose, entre la nation et l'individu, celle-ci doit son unité à la permanence d'un principe quasi vital. La dimension du temps et de la durée est ici essentielle, comme l'avait bien vu Thibaudet, avec sa perspicacité habituelle : « Un contact

1. Cf. la lettre à Gobineau, *infra*, p. 221. D'une part, pour Renan les races n'ont plus de sens dans l'époque moderne ; d'autre part, il lui arrive de prendre le mot race au sens d'âme collective, c'est-à-dire de nation. Il suit là un usage du temps dont il est un peu ridicule de s'offusquer.

2. Ce que ne font, me semble-t-il, ni Tvetan TODOROV, *Nous et les autres*, Paris, Le Seuil, 1989, ni Maurice OLENDER, *Les langues du Paradis*, Paris, Le Seuil/Gallimard/Hautes Études, 1989.

extrêmement rapide avec le génie allemand, par l'intermédiaire de Mme de Staël, a pu suffire pour donner à Renan le sens, alors presque tout germanique, d'un monde dont l'essence serait sinon la durée, tout au moins l'histoire. Et si, durée hégélienne en Allemagne, spencerienne en Angleterre, bergsonienne en France, le XIXe siècle est le siècle des philosophies de la durée, Renan y aura tenu sa place par son sens fluide et fin de la durée historique : beaucoup plus que celui de Taine, son monde est un monde qui dure[1]. » Au début de ce passage, Renan était plus explicite : « Une nation est une âme, un principe spirituel. Deux choses qui, à vrai dire, n'en font qu'une constituent cette âme, ce principe spirituel. L'une est dans le passé, l'autre dans le présent. L'une est la possession en commun d'un riche legs de souvenirs ; l'autre est le consentement actuel, le désir de vivre ensemble, la volonté de continuer à faire valoir l'héritage qu'on a reçu indivis. » Cette volonté de vivre ensemble ne saurait donc en aucun cas être assimilée à une décision ponctuelle, analogue à un contrat de quelque nature que ce soit. La définition moderne et élective de la nation que nous propose Renan recèle ainsi un élément de recours à la tradition, une tradition héritée et non réfléchie, qui relève d'habitus constitués et non d'une délibération.

Mais si on continue de lire le texte, on s'aperçoit en outre que les deux principes ne jouent pas le même rôle. Car en vue de quoi Renan invoque-t-il le consentement ? C'est lorsque la nation est en débat, afin de régler les conflits et litiges entre États. Ce principe n'a pour ainsi dire qu'une valeur négative, au sens où il interdit une appartenance à laquelle on ne consentirait pas, plus qu'il ne prescrit une appartenance particulière : « Si des doutes s'élèvent sur ses frontières, consultez les populations disputées. » En revanche, s'il s'agit de penser la nation dans sa dimension positive, en tant que principe de légitimité intérieure, Renan fera fonds sur le passé, ou mieux, sur l'oubli du

1. THIBAUDET, « Taine et Renan », in *NRF*, 1er avril 1923.

passé. La nation ne tient ensemble que par une gigantesque amnésie collective, qui évite de réveiller les guerres civiles qui se sont tues. « L'oubli, et je dirai même l'erreur historique, sont un facteur essentiel de la formation d'une nation, et c'est ainsi que le progrès des études historiques est souvent pour la nationalité un danger. L'investigation historique, en effet, remet en lumière les faits de violence qui se sont passés à l'origine de toutes les formations politiques, même de celles dont les conséquences ont été le plus bienfaisantes. » Loin d'être l'effort de volonté et de lucidité qu'on a parfois voulu lire dans la définition de Renan [1], l'adhésion nationale relève pour lui, à bon droit, de l'involontaire, dans la plupart des cas [2]. Sauf lorsqu'elle est contestée, la nation repose sur l'oubli qui la cimente.

Faut-il en conclure que Renan n'échappe pas à la définition de la nation par la tradition, et que, s'il a raison, celle-ci constitue le lieu d'une subsistance des légitimités traditionnelles dans les sociétés démocratiques modernes ? Sans doute pas, d'abord parce que la définition élective fait partie de sa définition, même partiellement ; ensuite, parce que le recours au passé et à l'oubli se fait contre la conception traditionnelle de la nation.

L'oubli est ici à prendre comme l'antithèse de l'engagement et du patriotisme du citoyen antique. Le consentement qu'appelle celle-ci est actif dans l'antagonisme. Mais la plupart du temps, il est passif, et repose sur l'oubli.

1. Cf. l'article de Bernard PELOILLE, « Un modèle subjectif rationnel de la nation : Renan », in *Revue française de science politique*, oct. 1987.

2. On mesure ici le caractère hâtif de ceux qui ont proposé la référence renanienne pour soutenir l'idée d'une adhésion volontaire à la nationalité française. Cette dualité de la définition de Renan a été récemment bien vue par Ernst GELLNER, dans « Nationalism and Cohesion in Complex Societies », in *Culture, Identity and Politics*, Cambridge University Press, 1987. Il lui donne toutefois une interprétation insatisfaisante, en rabattant la conception renanienne, qui est avant tout politique, sur des hypothèses anthropologiques qu'il emprunte à Radcliffe-Brown, versant ainsi dans une interprétation culturaliste du fait national. Cf. sur cette question la mise au point de Nathalie KRIKORIAN, « Nation et révolution dans la philosophie politique de Renan », in *L'image de la Révolution française*, Pergamon Press, 1989.

Ainsi, par un curieux chiasme, la nation est-elle positive par sa face d'ombre, quand on ne la voit pas, qu'elle repose sur l'oubli, tandis qu'elle sollicite les volontés quand il s'agit d'en marquer les limites, d'inclure ou d'exclure.

Mais du moins nous faut-il éclaircir le rapport qu'entretient la nation avec les formes modernes de légitimité politique, et d'abord avec la démocratie.

7. « *La République, notre royaume de France ?* » (Péguy)

Dans son livre sur l'idée républicaine en France, Claude Nicolet rappelle que, dès avant la République, c'est à la nation que les constituants choisissent de confier la souveraineté, suivant en cela la leçon de Sièyès [1]. C'est avec lui en effet que la nation devient pour la première fois un concept politique central, dans la brochure *Qu'est-ce que le Tiers État ?* Machiavel, dont on s'attache souvent à louer le patriotisme, conçoit encore le politique dans le cadre de la cité, ou de la colonie, de peuplement ou de conquête. La chose s'explique aisément si on regarde quelle est la place de la nation dans le dispositif de Sièyès : elle vient occuper celle du monarque, c'est-à-dire le lieu de la souveraineté, même s'il faudra attendre Carré de Malberg pour voir la nation occuper juridiquement cette place, à travers le concept de souveraineté nationale. L'hypothèse centrale est que l'idée de nation vient se loger dans les fissures du théologico-politique, tel que les penseurs de la Renaissance l'héritent du Moyen Age [2]. Pour autant, peut-on faire de la nation une simple forme empirique nécessaire soit au développement de l'État capitaliste, soit à la constitution de l'État de droit ? La nation moderne a à voir avec la recherche d'un fondement transcendant du politique, elle est l'un des lieux symboliques de son

1. SIÈYÈS, *Qu'est-ce que le Tiers État ?*

2. Cf. Claude LEFORT, « Permanence du théologico-politique ? », in *Le temps de la réflexion*, n° 2, Gallimard, 1981. Repris dans *Essais sur le politique, XIXe-XXe siècles*, Le Seuil, 1986. Et aussi E. KANTOROWITZ, *Mourir pour la patrie*, PUF, 1984.

institution[1]. Pourquoi la nation là où on aurait pu voir le peuple, où on l'aurait attendu, surtout si l'on suit la lecture de Rousseau ? Il me semble que dans le projet polémique qui est celui de Sièyès, il lui faut désigner le lieu de la plus haute légitimité. Enfin, il y a ici une difficulté théorique de même nature que celle du *Contrat social* : comment un peuple est-il un peuple ? Le recours à la nation permet de faire l'impasse sur ce problème. La nation est désormais en position souveraine. L'idée de la souveraineté nationale va dès lors perdurer, dans la mesure où elle permet de distinguer entre la souveraineté et la forme du gouvernement, et dans la mesure aussi où, quand il va s'agir d'établir la République, elle permet d'échapper aux apories de la souveraineté populaire, et notamment de penser ensemble le régime représentatif et la démocratie[2]. Mais l'idée de nation n'est pas mieux définie pour autant. C'est avec la IIIe république que la synthèse entre la nation, la République et le régime démocratique va se constituer de manière durable.

La nation va en effet fournir le cadre dans lequel les institutions républicaines vont pouvoir se loger. C'est ainsi que l'universalisme républicain et le juridisme moderne vont pouvoir s'incarner dans une nation particulière, celle-ci devenant une sorte d'« universel singulier », pour paraphraser Sartre. En ce sens, le transfert de souveraineté est bien à prendre au pied de la lettre : la nation est effectivement souveraine dans ce schéma, elle est venue s'installer à la place laissée vacante par le monarque. Elle est l'élément non soumis à la discussion démocratique, qui permet de définir le cadre dans lequel cette discussion aura lieu, le conflit politique pourra s'instituer. L'« indétermination démocratique », pour parler comme Claude Lefort,

1. Ce que Benedict Anderson appelle « communauté imaginaire ». Cf. *Imagined Communities*, Verso, Londres, 1983.

2. Cf. Claude NICOLET, *L'idée républicaine en France*, Gallimard, 1982, p. 400 et suiv. On pourra aussi se reporter à l'étude de Philippe RAYNAUD sur l'idée de souveraineté nationale selon Carré de Malberg, « Droit naturel et souveraineté nationale dans la pensée juridique française », *Commentaire*, Julliard, n° 22, été 1983.

s'arrête au seuil de la nation, dont la légitimité peut d'autant moins être mise en doute que les institutions qui lui donnent figure s'ancrent par ailleurs dans l'universalité du droit. Ceux qui contestent encore le régime vont donc être contraints soit d'inventer une légitimité concurrente, comme le feront à certains moments certains courants du mouvement ouvrier, mais que la synthèse jaurésienne marginalisera vite, soit d'en appeler à une représentation de la nation « supérieure » à la quasi-personne morale qu'elle est devenue en République. Ce sera le nationalisme des racines de Barrès, avant d'en venir à l'appel de Maurras du pays réel contre le pays légal[1]. Mais ces stratégies échouent faute de cohérence : l'appel de Maurras suppose un recours démocratique, confirmant ainsi malgré lui la définition renanienne, et le traditionalisme barrésien, s'il est un utile argument polémique, ne peut pas parvenir à fournir une légitimité de substitution à la légitimité républicaine, dans la mesure où la République s'est imposée comme la figure de la nation face à l'adversaire, qui détient encore les « provinces perdues ». Il faudra attendre l'occupation de la France par une armée étrangère, et l'abandon en fait de la prétention à la souveraineté, pour qu'il trouve un semblant de crédibilité de substitution. Mais l'épisode vichyssois est à ce titre significatif : malgré toute sa rhétorique, le traditionalisme pétainiste ne peut se maintenir que comme moindre mal, protection temporaire et pragmatiquement consentie contre l'occupant : la véritable légitimité est incarnée ailleurs, même aux yeux de nombreux partisans de l'État français.

La réussite historique de la synthèse républicaine appelle toutefois quelques remarques. En effet, s'il est vrai que le détour par la nation a permis d'effectuer le transfert de souveraineté au profit du nouveau régime, cette synthèse ne va pas de soi. Hannah Arendt, dans l'*Essai sur la révolution*, oppose la manière dont les Américains

1. Sur les nationalismes post et anti-républicains, cf. l'étude et le choix de textes de Raoul GIRARDET, *Le nationalisme français*, Le Seuil, coll. Points, 1983.

ont su penser des institutions représentatives, tandis que les Français restaient à ses yeux victimes de la notion de souveraineté [1]. Or, le recours à l'idée de souveraineté inscrit l'espace démocratique nouveau qui a émergé sous la dépendance d'une transcendance traditionnelle. Les républicains seront d'ailleurs assez conscients de cette question, pour chercher à maintenir, entre l'État et la nation, l'écart dont la tentation de le supprimer avait été fatale à la Révolution. Ils le peuvent parce qu'ils s'adossent à une théorie progressiste de l'histoire, parce que pour eux la garantie que la nation n'errera pas est donnée dans le découpage des institutions, certes, mais aussi dans l'idée d'un progrès du savoir, y compris d'un progrès du savoir de la société sur elle-même, qui ne peut que diffuser dans le corps social. Renan, quelque conservateur qu'il soit par ailleurs, et malgré son mépris pour Comte, partage profondément une telle vision. Il rejoint les républicains dans l'importance qu'ils accorderont à une institution particulière, l'école, au point où se noue le savoir, le citoyen et la nation. Si sa mission est d'abord de former des citoyens libres et responsables, l'école va aussi figurer comme le véritable culte républicain [2]. À la fille aînée de l'Église va ainsi s'opposer la communale, figure achevée de la République, moyen de son institution, et conservatrice des valeurs de la nation. L'école de la République devient ainsi cette « île utopienne où viennent se briser les rumeurs du monde et se dissoudre les inégalités [3] ». Quand Péguy articule la continuité de la nation en associant monarchie et République, il n'est pas si loin de

1. Hannah ARENDT, *On Revolution*, 1963 ; trad. fr. *Essai sur la révolution*, Gallimard, 1967. C'est sans doute cette hostilité d'Arendt à la notion de souveraineté qui la conduit à faire de la définition de Renan le principe générateur d'une tyrannie (*op. cit.*, p. 15) dans la mesure où cela revenait, à ses yeux à substituer le principe de l'adhésion à la nation à celui de l'obéissance à la loi (cf. *L'impérialisme*, pp. 182-183).

2. Cf. L. CORNU et J. ROMAN, « École et citoyenneté », in *La Citoyenneté*, Nouvelle Encyclopédie Diderot, volume dirigé par C. Withol de Wenden, Edilig, 1988.

3. Mona OZOUF, « Histoire et éducation civique », in *Le débat*, Gallimard, n° 34, mars 1985, p. 152.

Ferry qui, comme l'a montré Mona Ozouf[1], cherche à retrouver la continuité nationale au-delà de la coupure de 1789. Il faudra, pour que cette synthèse soit défaite, que soient vigoureusement dissociés les éléments qui la constituaient. Mais ce ne sera ni le choc de la Première Guerre mondiale, ni celui de la Seconde, ni même l'éphémère chute du régime républicain qui y parviendront. Il faudra les guerres coloniales, et que soit détruit l'universalisme républicain[2].

À tel ministre qui se plaignait naguère de n'entendre *La Marseillaise* chantée que sur les stades, il faut répondre que la nation n'a de pouvoir mobilisateur que contestée, prise dans un affrontement. Si le sport devait rester le seul lieu où se mime la rivalité agonistique des nations, tant mieux, ou tant pis. Mais on en semble encore loin. Pour la France, du moins, la victoire de la République, sa consolidation définitive après 1945, va définitivement sceller aussi la fusion nation-république. Le cadre incontesté est aussi celui de la République. En ce sens, la victoire républicaine représente l'amorce du déclin de la nation.

8. *La nation en question*

On sait par ailleurs sur quoi devait déboucher le volontarisme nationaliste fichtéen qui, même s'il ne porte pas la responsabilité exclusive du nazisme, a constitué un terreau favorable à son éclosion. Inversement, depuis la guerre, l'Allemagne, nation divisée entre deux États appartenant de surcroît à deux blocs politico-militaires adverses, a témoigné de la possibilité d'une existence politique dont le fondement ne soit pas exactement la nation[3]. Les conditions de la réunification allemande ont certes permis

1. Mona OZOUF, *L'école de la France*, Gallimard, 1984.

2. La décolonisation, ou plutôt les guerres coloniales, en marquant l'irréductibilité de l'universel des droits au particulier de la nation, vont sonner le glas de la synthèse entre nation française et universalisme républicain. Ce qui va conduire à une situation nouvelle : d'un côté la revendication universaliste, anticoloniale, de l'autre la nation.

3. Cf. à ce propos le numéro spécial de la *Revue française de science politique*, « Allemagne : deux États, une nation ? », juin 1987.

de mesurer la capacité de mobilisation de la thématique nationale : elle n'ont pas entamé, pour l'essentiel, l'originalité de ce que Habermas a appelé patriotisme constitutionnel[1]. Pendant quarante ans, les Allemands ont essayé, mal sans doute, d'instituer du politique sans le parapluie de la nation.

De ce point de vue, l'histoire allemande est curieusement symétrique de la française. Tandis que la Prusse, champion d'une conception de la nation fondée sur la race ou la langue a réalisé l'unité nationale à marche forcée par le biais de l'État, la France, où la conception de la nation se fonde sur le droit, a mis l'État au service de la nation. Le développement historique des deux pays illustre ainsi le chiasme respectif que l'on a pu remarquer chez les deux principaux théoriciens de la nation. Si, chez Fichte, elle s'est montrée sous le visage d'une totalité organique réalisée en-deçà de l'individu, elle requérait néanmoins celui-ci pour se réaliser, au rebours de Renan, pour qui la nation est ce qui est du côté de l'adhésion passive mais sans jamais précipiter en totalité organique. Tout se passe comme si ce lieu symbolique, dans lequel tente de s'incarner le lien social, ne pouvait jouer son rôle que de manière paradoxale : comme totalité organique voulue par les individus, ou au contraire, comme ensemble d'individus, terre d'élection qui se trouve au fondement d'appartenances communes non discutées[2]. On pourrait même pousser le paradoxe plus loin, en remarquant que plus la nation sera comme une chimère, quelque chose à construire de

1. Les démêlés des Allemands avec leur histoire nationale, dont témoigne le *Historikerstreit* (cf. la traduction française de ce débat : *Devant l'histoire*, Le Cerf, 1988) montre les limites de ce « patriotisme de la constitution », malgré la dignité d'une telle position. Toutefois, avant de condamner « le retour du nationalisme » en Allemagne, il faudrait se souvenir des invectives françaises vis-à-vis du pacifisme allemand, qui n'était pas que couardise.

2. Je dois à l'amabilité de Jean Leca, lors de la présentation orale de ce travail, d'avoir attiré mon attention sur l'existence d'un modèle qui échappe à cette emprise de la nation : celui de l'empire, tel que le perpétue l'empire austro-hongrois. On lira à ce sujet la stimulante étude de Vaclav BELOHRADSKY, « La précession de la légalité ou l'Empire d'Autriche comme métaphore », in *Le messager européen*, n° 1, 1987.

manière extrèmement volontariste, plus elle tendra à se penser sur le mode de la naturalité organique et biologique. Inversement, plus elle aura de réalité historique effective, plus ce sera une nation du consensus des volontés, comme si les concitoyens poussaient l'exigence d'oubli jusqu'à recomposer une histoire fantastique, faite sans violence et par le libre accord des volontés. Ces deux modèles impliquent aussi deux logiques d'extension démocratique : sociale en Allemagne, dont il faut rappeler qu'elle se dote bien avant la France d'un État social moderne, vecteur de l'intégration du mouvement ouvrier, qui en revanche concédera peu de son autonomie politique ; politique en France, où au contraire l'intégration se joue autour du ralliement à la République, sans que le conflit social soit par là apaisé, bien au contraire[1].

Les débats sur le code de la nationalité, inaugurés sous la pression de la xénophobie de l'extrême droite et d'une résurgence de thèmes nationalistes, sont à cet égard symptomatiques. D'une part, ils révèlent une déchirure sociale que les formes d'intégration républicaines n'ont pu contenir (nouveaux exclus), mais donc aussi l'exigence de nouvelles formes d'intégration politique et sociale, dont on peut douter qu'elles passent par une réactivation de la thématique nationale. Mais d'autre part, ils tentent maladroitement de symboliser une autre inquiétude : celle qui vient d'une menace qui pèse sur la souveraineté, très réelle celle-là. Affaiblie dans son universalisme, confortée, mais affadie par le consensus dont elle était le vecteur, la nation française, au lendemain de la Seconde Guerre mondiale, s'est vue privée de son adversaire favori et historique, l'autre nation si bien nommée cousine germaine. Le coup de génie du gaullisme aura été dans un premier temps de susciter de nouveaux adversaires : les deux blocs. Le ralliement de la gauche à cette attitude, le consensus sur la défense montrent la vitalité de cette représentation. Mais entre les deux blocs, ce n'était pas la France, mais

1. Cf. à ce propos les remarques de Jacques JULLIARD dans *Autonomie ouvrière*, Gallimard, Hautes Études, Le Seuil, 1988.

l'Europe. Et celle-ci devient de moins en moins fictive. Il n'y a pas, et sans doute n'y aura-t-il pas, de nation européenne. En revanche, il se pourrait bien que l'Europe soit l'échelle convenable pour traiter le problème de la souveraineté politique. Cela ne veut pas dire que la nation puisse harmonieusement dépérir. Sa charge symbolique s'est sans doute usée : il n'est toutefois pas sûr qu'elle ait épuisé tous ses effets, tant de cohésion sociale que de captation imaginaire. Qu'en cette fin du XXe siècle les seules idéologies politiques vraiment actives soient les nationalismes n'aurait pas manqué de surprendre, mais surtout d'inquiéter, les théoriciens et les politiques de l'après-guerre. Mais il faut se garder d'interpréter ce fait comme attestant d'une « naturalité » de la nationalité, limite indépassable du politique [1]. Peut-être témoigne-t-il plus simplement de la difficulté d'entrer dans la modernité démocratique [2]. L'intuition de Renan d'une hostilité de principe entre la logique démocratique et la logique nationale pourrait alors trouver un regain d'actualité, mais paradoxalement, au prix du renoncement au réaménagement ultérieur de sa doctrine. La condition en serait de ne pas oublier que si la modernité se définit en rupture avec le passé, elle se définit autant de l'institution de ce passé comme passé, sauf à le voir revenir comme « un passé qui ne veut pas passer ». La tradition est aussi un moment de la rupture, ce qui n'a pas grand-chose à voir avec la rémanence des archaïsmes, holistes si l'on veut. La nation a désigné, à l'aurore des démocraties modernes, le lieu de la passivité, du non-délibéré, de ce qui est de l'ordre des appartenances non thématisées. L'émancipation de la nation ne périme pas ces traits, qui n'ont pas seulement valeur de survivances, mais sont aussi nécessaires à l'institution du politique.

1. Cf. sur ce point les remarques de conclusion de Eric HOBSBAWM, « Nations et nationalismes », *op. cit.* et aussi Jean LECA, « Nationalisme et universalisme », *Pouvoirs*, in *Nationalismes*, n° 57, PUF, 1991.

2. Cf. Pierre HASSNER, « L'Europe et le spectre des nationalismes » in revue *Esprit*, oct. 1991.

Il n'était pas d'édition courante de la conférence « Qu'est-ce qu'une nation ? » en dehors du volume des œuvres complètes qui contient le recueil des Essais et conférences. Il m'a donc semblé utile d'en procurer une, en tentant, pour éclairer le texte, de rassembler sinon la totalité, du moins une sélection significative des principaux textes où Renan aborde cette question. J'ai suivi l'édition des *Œuvres complètes* publiée chez Calmann-Lévy. Les références des textes choisis figurent dans la bibliographie en fin de volume. J'ai seulement adjoint aux textes de Renan les deux lettres de David-Friedrich Strauss auxquelles il répond dans les « Lettres à Strauss ». La première n'avait, à ma connaissance, pas été rééditée depuis sa publication dans le *Journal*. Le dossier qui suit ces textes réunit quelques exemples de lectures de Renan, et des textes, comme celui de Fichte, qu'on a souvent opposé au sien.

Je voudrais remercier de leur aide ou de l'éclairage qu'ils ont bien voulu me fournir sur tel ou tel aspect des problèmes évoqués ici : Pierre Hassner, Dominique Bourel, Jean Leca, Jean-François Braunstein, Nathalie Krikorian et Marie-Claire Carrère-Gée, ainsi que Jacqueline Sanson, conservateur à la Bibliothèque nationale, qui m'a aimablement procuré le texte de la seconde lettre de Strauss à Renan.

QU'EST-CE QU'UNE NATION ?

Conférence faite en Sorbonne, le 11 mars 1882

Je me propose d'analyser avec vous une idée, claire en apparence, mais qui prête aux plus dangereux malentendus. Les formes de la société humaine sont des plus variées. Les grandes agglomérations d'hommes à la façon de la Chine, de l'Égypte, de la plus ancienne Babylonie ; — la tribu à la façon des Hébreux, des Arabes ; — la cité à la façon d'Athènes et de Sparte ; — les réunions de pays divers à la manière de l'Empire carlovingien ; — les communautés sans patrie, maintenues par le lien religieux, comme sont celles des israélites, des parsis ; — les nations comme la France, l'Angleterre et la plupart des modernes autonomies européennes ; — les confédérations à la façon de la Suisse, de l'Amérique ; — des parentés comme celles que la race, ou plutôt la langue, établit entre les différentes branches de Germains, les différentes branches de Slaves ; — voilà des modes de groupements qui tous existent, ou bien ont existé, et qu'on ne saurait confondre les uns avec les autres sans les plus sérieux inconvénients. À l'époque de la Révolution française, on croyait que les institutions de petites villes indépendantes, telles que Sparte et Rome, pouvaient s'appliquer à nos grandes nations de trente à quarante millions d'âmes. De nos jours, on commet une erreur plus grave : on confond la race avec la nation, et l'on attribue à des groupes ethnographiques ou plutôt linguistiques une souveraineté analogue à celle des peuples réellement existants. Tâchons d'arriver à quelque précision en ces questions difficiles, où la moindre confusion sur le sens des mots, à l'origine du raisonnement, peut produire à la fin les plus funestes erreurs. Ce que nous allons faire est délicat ; c'est presque de la vivisection ; nous allons traiter les vivants comme d'ordinaire on traite les morts. Nous y mettrons la froideur, l'impartialité la plus absolue.

I

Depuis la fin de l'Empire romain, ou, mieux, depuis la dislocation de l'Empire de Charlemagne, l'Europe occidentale nous apparaît divisée en nations, dont quelques-unes, à certaines époques, ont cherché à exercer une hégémonie sur les autres, sans jamais y réussir d'une manière durable. Ce que n'ont pu Charles-Quint, Louis XIV, Napoléon Ier, personne probablement ne le pourra dans l'avenir. L'établissement d'un nouvel Empire romain ou d'un nouvel Empire de Charlemagne est devenu une impossibilité. La division de l'Europe est trop grande pour qu'une tentative de domination universelle ne provoque pas très vite une coalition qui fasse rentrer la nation ambitieuse dans ses bornes naturelles. Une sorte d'équilibre est établi pour longtemps. La France, l'Angleterre, l'Allemagne, la Russie seront encore, dans des centaines d'années, et malgré les aventures qu'elles auront courues, des individualités historiques, les pièces essentielles d'un damier, dont les cases varient sans cesse d'importance et de grandeur, mais ne se confondent jamais tout à fait.

Les nations, entendues de cette manière, sont quelque chose d'assez nouveau dans l'histoire. L'antiquité ne les connut pas ; l'Égypte, la Chine, l'antique Chaldée ne furent à aucun degré des nations. C'étaient des troupeaux menés par un fils du Soleil, ou un fils du Ciel. Il n'y eut pas de citoyens égyptiens, pas plus qu'il n'y a de citoyens chinois. L'antiquité classique eut des républiques et des royautés municipales, des confédérations de républiques locales, des empires ; elle n'eut guère la nation au sens où nous la comprenons. Athènes, Sparte, Sidon, Tyr sont de petits centres d'admirable patriotisme ; mais ce sont des cités avec un territoire relativement restreint. La Gaule, l'Espagne, l'Italie, avant leur absorption dans l'Empire romain, étaient des ensembles de peuplades, souvent liguées entre elles, mais sans institutions centrales, sans dynasties. L'Empire assyrien, l'Empire persan, l'Empire d'Alexandre ne furent pas non plus des patries. Il n'y eut jamais de patriotes assyriens ; l'Empire persan fut une vaste féodalité. Pas une nation ne rattache ses origines à la colossale aventure d'Alexandre, qui fut cependant si riche en conséquences pour l'histoire générale de la civilisation.

L'Empire romain fut bien plus près d'être une patrie. En retour de l'immense bienfait de la cessation des guerres, la domination romaine, d'abord si dure, fut bien vite aimée. Ce fut une grande association, synonyme d'ordre, de paix et de civilisation. Dans les derniers temps de l'Empire, il y eut, chez les âmes élevées, chez les évêques éclairés, chez les lettrés, un vrai sentiment de « la paix romaine », opposée au chaos menaçant de la barbarie. Mais un empire, douze fois grand comme la France actuelle, ne saurait former un État dans l'acception moderne. La scission de l'Orient et de l'Occident était inévitable. Les essais d'un empire gaulois, au IIIe siècle, ne réussirent pas. C'est l'invasion germanique qui introduisit dans le monde le principe qui, plus tard, a servi de base à l'existence des nationalités.

Que firent les peuples germaniques, en effet, depuis leurs grandes invasions du Ve siècle jusqu'aux dernières conquêtes normandes au Xe ? Ils changèrent peu le fond des races ; mais ils imposèrent des dynasties et une aristocratie militaire à des parties plus ou moins considérables de l'ancien Empire d'Occident, lesquelles prirent le nom de leurs envahisseurs. De là une France, une Burgondie, une Lombardie ; plus tard, une Normandie. La rapide prépondérance que prit l'empire franc refait un moment l'unité de l'Occident ; mais cet empire se brise irrémédiablement vers le milieu du IXe siècle ; le traité de Verdun trace des divisions immuables en principe, et dès lors la France, l'Allemagne, l'Angleterre, l'Italie, l'Espagne s'acheminent, par des voies souvent détournées et à travers mille aventures, à leur pleine existence nationale, telle que nous la voyons s'épanouir aujourd'hui.

Qu'est-ce qui caractérise, en effet, ces différents États ? C'est la fusion des populations qui les composent. Dans les pays que nous venons d'énumérer, rien d'analogue à ce que vous trouverez en Turquie, où le Turc, le Slave, le Grec, l'Arménien, l'Arabe, le Syrien, le Kurde sont aussi distincts aujourd'hui qu'au jour de la conquête. Deux circonstances essentielles contribuèrent à ce résultat. D'abord le fait que les peuples germaniques adoptèrent le christianisme dès qu'ils eurent des contacts un peu suivis avec les peuples grecs et latins. Quand le vainqueur et le vaincu sont de la même religion, ou plutôt, quand le vainqueur adopte la religion du vaincu, le système turc, la distinction absolue des hommes d'après la religion, ne peut plus se produire. La seconde circonstance fut, de la part des conquérants, l'oubli de leur propre langue. Les petits-fils de Clovis, d'Alaric, de Gondebaud, d'Alboïn, de Rollon, parlaient déjà roman. Ce fait était lui-même la conséquence d'une autre particularité importante : c'est que les Francs, les Burgondes, les Goths, les Lombards, les Normands avaient très peu de femmes de leur race avec eux. Pendant plusieurs générations, les chefs ne se marient qu'avec des femmes germaines ; mais leurs concubines sont latines, les nourrices des enfants sont latines ; toute la tribu épouse des femmes latines ; ce qui fit que la *lingua francica*, la *lingua gothica* n'eurent, depuis l'établissement des Francs et des Goths en terres romaines, que de très courtes destinées. Il n'en fut pas ainsi en Angleterre ; car l'invasion anglo-saxonne avait sans doute des femmes avec elle ; la population bretonne s'enfuit, et, d'ailleurs, le latin n'était plus, ou même, ne fut jamais dominant dans la Bretagne. Si on eût généralement parlé gaulois dans la Gaule, au Ve siècle, Clovis et les siens n'eussent pas abandonné le germanique pour le gaulois.

De là ce résultat capital que, malgré l'extrême violence des mœurs des envahisseurs germains, le moule qu'ils imposèrent devint, avec les siècles, le moule même de la nation. *France* devint très légitimement le nom d'un pays où il n'était entrée qu'une imperceptible minorité de Francs. Au Xe siècle, dans les premières chansons de geste, qui sont un miroir si parfait de l'esprit du temps, tous les habitants de la France sont des Français. L'idée d'une différence de races dans la population de la France, si évidente chez Grégoire de Tours, ne se présente à aucun degré chez les écrivains et les poètes français postérieurs à Hugues Capet. La différence du noble et du vilain est aussi accentuée que possible ; mais la différence de l'un à l'autre n'est en rien une différence ethnique ; c'est une différence de courage, d'habitudes et d'éducation transmise héréditairement ; l'idée que l'origine de tout cela soit une conquête ne vient à personne. Le faux système d'après lequel la noblesse dut son origine à un privilège conféré par le roi pour de grands services rendus à la nation, si bien que tout noble est un anobli, ce système est établi comme un dogme dès le XIIIe siècle. La même chose se passa à la suite de presque toutes les conquêtes normandes. Au bout d'une ou deux générations, les envahisseurs normands ne se distinguaient plus du reste de la population ; leur influence n'en avait pas moins été profonde ; ils avaient donné au pays conquis une noblesse, des habitudes militaires, un patriotisme qu'il n'avait pas auparavant.

L'oubli, et je dira même l'erreur historique, sont un facteur essentiel de la création d'une nation, et c'est ainsi que le progrès des études historiques est souvent pour la nationalité un danger. L'investigation historique, en effet, remet en lumière les faits de violence qui se sont passés à l'origine de toutes les formations politiques, même de celles dont les conséquences ont été le plus bienfaisantes. L'unité se fait toujours brutalement ; la réunion de la France du Nord et de la France du Midi a été le résultat d'une extermination et d'une terreur continuée pendant près d'un siècle. Le roi de France, qui est, si j'ose le dire, le type idéal d'un cristallisateur séculaire ; le roi de France, qui a fait la plus parfaite unité nationale qu'il y ait ; le roi de France, vu de trop près, a perdu son prestige ; la nation qu'il avait formée l'a maudit, et, aujourd'hui, il n'y a que les esprits cultivés qui sachent ce qu'il valait et ce qu'il a fait.

C'est par le contraste que ces grandes lois de l'histoire de l'Europe occidentale deviennent sensibles. Dans l'entreprise que le roi de France, en partie par sa tyrannie, en partie par sa justice, a si admirablement menée à terme, beaucoup de pays ont échoué. Sous la couronne de saint Étienne, les Magyars et les Slaves sont restés aussi distincts qu'ils l'étaient il y a huit cents ans. Loin de fondre les éléments divers de ses domaines, la maison de Habsbourg les a tenus distincts et souvent opposés les uns aux autres. En Bohême, l'élément tchèque et l'élément allemand sont superposés comme l'huile et l'eau dans un verre. La politique turque de la séparation des nationalités d'après la religion a eu de bien plus graves conséquences : elle a causé la ruine de l'Orient. Prenez une ville comme Salonique ou Smyrne, vous y trouverez cinq ou six communautés dont chacune a ses souvenirs et qui n'ont entre elles presque rien en commun. Or l'essence d'une nation est que tous les individus aient beaucoup de choses en commun, et aussi que tous aient oublié bien des choses. Aucun citoyen français ne sait s'il est burgonde, alain, taïfale, visigoth ; tout citoyen français doit avoir oublié la Saint-Barthélemy, les massacres du Midi au XIIIe siècle. Il n'y a pas en France dix familles qui puissent fournir la preuve d'une origine franque, et encore une telle preuve serait-elle essentiellement défectueuse, par suite de mille croisements inconnus qui peuvent déranger tous les systèmes des généalogistes.

La nation moderne est donc un résultat historique amené par une série de faits convergeant dans le même sens. Tantôt l'unité a été réalisée par une dynastie, comme c'est le cas pour la France ; tantôt elle l'a été par la volonté directe des provinces, comme c'est le cas pour la Hollande, la Suisse, la Belgique ; tantôt par un esprit général, tardivement vainqueur des caprices de la féodalité, comme c'est le cas pour l'Italie et l'Allemagne. Toujours une profonde raison d'être a présidé à ces formations. Les principes, en pareils cas, se font jour par les surprises les plus inattendues. Nous avons vu, de nos jours, l'Italie unifiée par ses défaites, et la Turquie démolie par ses victoires. Chaque défaite avançait les affaires de l'Italie ; chaque victoire perdait la Turquie ; car l'Italie est une nation, et la Turquie, hors de l'Asie Mineure, n'en est pas une. C'est la gloire de la France d'avoir, par la Révolution française, proclamé qu'une nation existe par elle-même. Nous ne devons pas trouver mauvais qu'on nous imite. Le principe des nations est le nôtre. Mais qu'est-ce donc qu'une nation ? Pourquoi la Hollande est-elle une nation, tandis que le Hanovre ou le grand-duché de Parme n'en sont pas une ? Comment la France persiste-t-elle à être une nation, quand le principe qui l'a créée a disparu ? Comment la Suisse, qui a trois langues, deux religions, trois ou quatre races, est-elle une nation, quand la Toscane, par exemple, qui est si homogène, n'en est pas une ? Pourquoi l'Autriche est-elle un État et non pas une nation ? En quoi le principe des nationalités diffère-t-il du principe des races ? Voilà des points sur lesquels un esprit réfléchi tient à être fixé, pour se mettre d'accord avec lui-même. Les affaires du monde ne se règlent guère par ces sortes de raisonnements ; mais les hommes appliqués veulent porter en ces matières quelque raison et démêler les confusions où s'embrouillent les esprits superficiels.

II

À entendre certains théoriciens politiques, une nation est avant tout une dynastie, représentant une ancienne conquête, conquête acceptée d'abord, puis oubliée par la masse du peuple. Selon les politiques dont je parle, le groupement de provinces effectué par une dynastie, par ses guerres, par ses mariages, par ses traités, finit avec la dynastie qui l'a formé. Il est très vrai que la plupart des nations modernes ont été faites par une famille d'origine féodale, qui a contracté mariage avec le sol et qui a été en quelque sorte un noyau de centralisation. Les limites de la France en 1789 n'avaient rien de naturel ni de nécessaire. La large zone que la maison capétienne avait ajoutée à l'étroite lisière du traité de Verdun fut bien l'acquisition personnelle de cette maison. À l'époque où furent faites les annexions, on n'avait l'idée ni des limites naturelles, ni du droit des nations, ni de la volonté des provinces. La réunion de l'Angleterre, de l'Irlande et de l'Écosse fut de même un fait dynastique. L'Italie n'a tardé si longtemps à être une nation que parce que, parmi ses nombreuses maisons régnantes, aucune, avant notre siècle, ne se fit le centre de l'unité. Chose étrange, c'est à l'obscure île de Sardaigne, terre à peine italienne, qu'elle a pris un titre royal* [1]. La Hollande, qui s'est créée elle-même, par un acte d'héroïque résolution, a néanmoins contracté un mariage intime avec la maison d'Orange, et elle courrait de vrais dangers le jour où cette union serait compromise.

Une telle loi, cependant, est-elle absolue ? Non, sans doute. La Suisse et les États-Unis, qui se sont formés comme des conglomérats d'additions successives, n'ont aucune base dynastique. Je ne discuterai pas la question en ce qui concerne la France. Il faudrait avoir le secret de l'avenir. Disons seulement que cette grande royauté française avait été si hautement nationale, que, le lendemain de sa chute, la nation a pu tenir sans elle. Et puis le XVIIIe siècle avait changé toute chose. L'homme était revenu, après des siècles d'abaissement, à l'esprit antique, au respect de lui-même, à l'idée de ses droits. Les mots de patrie et de citoyen avaient repris leur sens. Ainsi a pu s'accomplir l'opération la plus hardie qui ait été pratiquée dans l'histoire, opération que l'on peut comparer à ce que serait, en physiologie, la tentative de faire vivre en son identité première un corps à qui l'on aurait enlevé le cerveau et le cœur.

Il faut donc admettre qu'une nation peut exister sans principe dynastique, et même que des nations qui ont été

* La maison de Savoie ne doit son titre royal qu'à la possession de la Sardaigne (1720).

1. Les notes appelées par des astérisques sont celles d'Henriette Psichari, éditeur des *Œuvres complètes*.

formées par des dynasties peuvent se séparer de cette dynastie sans pour cela cesser d'exister. Le vieux principe qui ne tient compte que du droit des princes ne saurait plus être maintenu ; outre le droit dynastique, il y a le droit national. Ce droit national, sur quel critérium le fonder ? à quel signe le connaître ? de quel fait tangible le faire dériver ?

I. — De la race, disent plusieurs avec assurance.

Les divisions artificielles, résultant de la féodalité, des mariages princiers, des congrès de diplomates, sont caduques. Ce qui reste ferme et fixe, c'est la race des populations. Voilà ce qui constitue un droit, une légitimité. La famille germanique, par exemple, selon la théorie que j'expose, a le droit de reprendre les membres épars du germanisme, même quand ces membres ne demandent pas à se rejoindre. Le droit du germanisme sur telle province est plus fort que le droit des habitants de cette province sur eux-mêmes. On crée ainsi une sorte de droit primordial analogue à celui des rois de droit divin ; au principe des nations on substitue celui de l'ethnographie. C'est là une très grande erreur, qui, si elle devenait dominante, perdrait la civilisation européenne. Autant le principe des nations est juste et légitime, autant celui du droit primordial des races est étroit et plein de danger pour le véritable progrès.

Dans la tribu et la cité antiques, le fait de la race avait, nous le reconnaissons, une importance de premier ordre. La tribu et la cité antiques n'étaient qu'une extension de la famille. À Sparte, à Athènes, tous les citoyens étaient parents à des degrés plus ou moins rapprochés. Il en était de même chez les Beni-Israël ; il en est encore ainsi dans les tribus arabes. D'Athènes, de Sparte, de la tribu israélite, transportons-nous dans l'Empire romain. La situation est tout autre. Formée d'abord par la violence, puis maintenue par l'intérêt, cette grande agglomération de villes, de provinces absolument différentes, porte à l'idée de race le coup le plus grave. Le christianisme, avec son caractère universel et absolu, travaille plus efficacement encore dans le même sens. Il contracte avec l'Empire romain une alliance intime, et, par l'effet de ces deux incomparables agents d'unification, la raison ethnographique est écartée du gouvernement des choses humaines pour des siècles.

L'invasion des barbares fut, malgré les apparences, un pas de plus dans cette voie. Les découpures de royaumes barbares n'ont rien d'ethnographique ; elles sont réglées par la force ou le caprice des envahisseurs. La race des populations qu'ils subordonnaient était pour eux la chose la plus indifférente. Charlemagne refit à sa manière ce que Rome avait déjà fait : un empire unique composé des races les plus diverses ; les auteurs du traité de Verdun, en traçant imperturbablement leurs deux grandes lignes du nord au sud, n'eurent pas le moindre souci de la race des gens qui se trouvaient à droite ou à gauche. Les mouvements de frontière qui s'opérèrent dans la suite du Moyen Âge furent aussi en dehors de toute tendance ethnographique. Si la politique suivie de la maison capétienne est arrivée à grouper à peu près, sous le nom de France, les territoires de l'ancienne Gaule, ce n'est pas là un effet de la tendance qu'auraient eue ces pays à se rejoindre à leurs congénères. Le Dauphiné, la Bresse, la Provence, la Franche-Comté ne se souvenaient plus d'une origine commune. Toute conscience gauloise avait péri dès le IIe siècle de notre ère, et ce n'est que par une vue d'érudition que, de nos jours, on a retrouvé rétrospectivement l'individualité du caractère gaulois.

La considération ethnographique n'a donc été pour rien dans la constitution des nations modernes. La France est celtique, ibérique, germanique. L'Allemagne est germanique, celtique et slave. L'Italie est le pays où l'ethnographie est la plus embarrassée. Gaulois, Étrusques, Pélasges, Grecs, sans parler de bien d'autres éléments, s'y croisent dans un indéchiffrable mélange. Les îles Britanniques, dans leur ensemble, offrent un mélange de sang celtique et germain dont les proportions sont singulièrement difficiles à définir.

La vérité est qu'il n'y a pas de race pure et que faire reposer la politique sur l'analyse ethnographique, c'est la faire porter sur une chimère. Les plus nobles pays, l'Angleterre, la France, l'Italie, sont ceux où le sang est le plus mêlé. L'Allemagne fait-elle à cet égard une exception ? Est-elle un pays germanique pur ? Quelle illusion ! Tout le Sud a été gaulois. Tout l'Est, à partir de l'Elbe, est slave. Et les parties que l'on prétend réellement pures le sont-elles en effet ? Nous touchons ici à un des problèmes sur lesquels il importe le plus de se faire des idées claires et de prévenir les malentendus.

Les discussions sur les races sont interminables, parce que le mot race est pris par les historiens philologues et par les anthropologistes physiologistes dans deux sens tout à fait différents*. Pour les anthropologistes, la race a le même sens qu'en zoologie ; elle indique une descendance réelle, une parenté par le sang. Or l'étude des langues et de l'histoire ne conduit pas aux mêmes divisions que la physiologie. Les mots de brachycéphales, de dolichocéphales n'ont pas de place en histoire ni en philologie. Dans le groupe humain qui créa les langues et la discipline aryennes, il y avait déjà des brachycéphales et des dolichocéphales. Il en faut dire autant du groupe primitif qui créa les langues et l'institution dites sémitiques. En d'autres termes, les origines zoologiques de l'humanité sont énormément antérieures aux origines de la culture, de la civilisation, du langage. Les groupes aryen primitif, sémitique primitif, touranien primitif n'avaient aucune unité physiologique. Ces groupements sont des faits historiques qui ont eu lieu à une certaine époque, mettons il y a quinze ou vingt mille ans, tandis que l'origine zoologique de l'humanité se perd dans des ténèbres incalculables. Ce qu'on appelle philologiquement et historiquement la race germanique est sûrement une famille bien distincte dans l'espèce humaine. Mais est-ce là une famille au sens anthropologique ? Non, assurément. L'apparition de l'individualité germanique dans l'histoire ne se fait que très peu de siècles avant Jésus-Christ. Apparemment les

* Ce point a été développé dans une conférence dont on peut lire l'analyse dans le bulletin de l'*Association scientifique de France*, 10 mars 1878 : *Des Services rendus aux sciences historiques par la philologie*.

Germains ne sont pas sortis de terre à cette époque. Avant cela, fondus avec les Slaves dans la grande masse indistincte des Scythes, ils n'avaient pas leur individualité à part. Un Anglais est bien un type dans l'ensemble de l'humanité. Or le type de ce qu'on appelle très improprement la race anglo-saxonne* n'est ni le Breton du temps de César, ni l'Anglo-Saxon de Hengist, ni le Danois de Knut, ni le Normand de Guillaume le Conquérant ; c'est la résultante de tout cela. Le Français n'est ni un Gaulois, ni un Franc, ni un Burgonde. Il est ce qui est sorti de la grande chaudière où, sous la présidence du roi de France, ont fermenté ensemble les éléments les plus divers. Un habitant de Jersey ou de Guernesey ne diffère en rien, pour les origines, de la population normande de la côte voisine. Au XIe siècle, l'œil le plus pénétrant n'eût pas saisi des deux côtés du canal la plus légère différence. D'insignifiantes circonstances font que Philippe-Auguste ne prend pas ces îles avec le reste de la Normandie. Séparées les unes des autres depuis près de sept cents ans, les deux populations sont devenues non seulement étrangères les unes aux autres, mais tout à fait dissemblables. La race, comme nous l'entendons, nous autres, historiens, est donc quelque chose qui se fait et se défait. L'étude de la race est capitale pour le savant qui s'occupe de l'histoire de l'humanité. Elle n'a pas d'application en politique. La conscience instinctive qui a présidé à la confection de la carte d'Europe n'a tenu aucun compte de la race, et les premières nations de l'Europe sont des nations de sang essentiellement mélangé.

Le fait de la race, capital à l'origine, va donc toujours perdant de son importance. L'histoire humaine diffère essentiellement de la zoologie. La race n'y est pas tout, comme chez les rongeurs ou les félins, et on n'a pas le

* Les éléments germaniques ne sont pas beaucoup plus considérables dans le Royaume-Uni qu'ils ne l'étaient dans la France, à l'époque où elle possédait l'Alsace et Metz. La langue germanique a dominé dans les îles Britanniques, uniquement parce que le latin n'y avait pas entièrement remplacé les idiomes celtiques, ainsi que cela eut lieu dans les Gaules.

droit d'aller par le monde tâter le crâne des gens, puis les prendre à la gorge en leur disant : « Tu es notre sang ; tu nous appartiens ! » En dehors des caractères anthropologiques, il y a la raison, la justice, le vrai, le beau, qui sont les mêmes pour tous. Tenez, cette politique ethnographique n'est pas sûre. Vous l'exploitez aujourd'hui contre les autres ; puis vous la voyez se tourner contre vous-mêmes. Est-il certain que les Allemands, qui ont élevé si haut le drapeau de l'ethnographie, ne verront pas les Slaves venir analyser, à leur tour, les noms des villages de la Saxe et de la Lusace, rechercher les traces des Wiltzes ou des Obotrites, et demander compte des massacres et des ventes en masse que les Othons firent de leurs aïeux ? Pour tous il est bon de savoir oublier.

J'aime beaucoup l'ethnographie ; c'est une science d'un rare intérêt ; mais, comme je la veux libre, je la veux sans application politique. En ethnographie, comme dans toutes les études, les systèmes changent ; c'est la condition du progrès. Les limites des États suivraient les fluctuations de la science. Le patriotisme dépendrait d'une dissertation plus ou moins paradoxale. On viendrait dire au patriote : « Vous vous trompiez ; vous versiez votre sang pour telle cause ; vous croyiez être celte ; non, vous êtes germain. » Puis, dix ans après, on viendra vous dire que vous êtes slave. Pour ne pas fausser la science, dispensons-la de donner un avis dans ces problèmes, où sont engagés tant d'intérêts. Soyez sûrs que, si on la charge de fournir des éléments à la diplomatie, on la surprendra bien des fois en flagrant délit de complaisance. Elle a mieux à faire : demandons-lui tout simplement la vérité.

II. — Ce que nous venons de dire de la race, il faut le dire de la langue. La langue invite à se réunir ; elle n'y force pas. Les États-Unis et l'Angleterre, l'Amérique espagnole et l'Espagne parlent la même langue et ne forment pas une seule nation. Au contraire, la Suisse, si bien faite, puisqu'elle a été faite par l'assentiment de ses différentes parties, compte trois ou quatre langues. Il y a dans l'homme quelque chose de supérieur à la langue : c'est la volonté. La volonté de la Suisse d'être unie, malgré la variété de ses idiomes, est un fait bien plus important qu'une similitude souvent obtenue par des vexations.

Un fait honorable pour la France, c'est qu'elle n'a jamais cherché à obtenir l'unité de la langue par des mesures de coercition. Ne peut-on pas avoir les mêmes sentiments et les mêmes pensées, aimer les mêmes choses en des langages différents ? Nous parlions tout à l'heure de l'inconvénient qu'il y aurait à faire dépendre la politique internationale de l'ethnographie. Il n'y en aurait pas moins à la faire dépendre de la philologie comparée. Laissons à ces intéressantes études l'entière liberté de leurs discussions ; ne les mêlons pas à ce qui en altérerait la sérénité. L'importance politique qu'on attache aux langues vient de ce qu'on les regarde comme des signes de race. Rien de plus faux. La Prusse, où l'on ne parle plus qu'allemand, parlait slave il y a quelques siècles ; le pays de Galles parle anglais ; la Gaule et l'Espagne parlent l'idiome primitif d'Albe la Longue ; l'Égypte parle arabe ; les exemples sont innombrables. Même aux origines, la similitude de langue n'entraînait pas la similitude de race. Prenons la tribu proto-aryenne ou proto-sémite ; il s'y trouvait des esclaves, qui parlaient la même langue que leurs maîtres ; or l'esclave était alors bien souvent d'une race différente de celle de son maître. Répétons-le : ces divisions de langues indo-européennes, sémitiques et autres, créées avec une si admirable sagacité par la philologie comparée, ne coïncident pas avec les divisions de l'anthropologie. Les langues sont des formations historiques, qui indiquent peu de choses sur le sang de ceux qui les parlent, et qui, en tout cas, ne sauraient enchaîner la liberté humaine quand il s'agit de déterminer la famille avec laquelle on s'unit pour la vie et pour la mort.

Cette considération exclusive de la langue a, comme l'attention trop forte donnée à la race, ses dangers, ses inconvénients. Quand on y met de l'exagération, on se renferme dans une culture déterminée, tenue pour nationale ; on se limite, on se claquemure. On quitte le grand air qu'on respire dans le vaste champ de l'humanité pour s'enfermer dans des conventicules de compatriotes. Rien de plus mauvais pour l'esprit ; rien de plus fâcheux pour la civilisation. N'abandonnons pas ce principe fondamental, que l'homme est un être raisonnable et moral, avant d'être parqué dans telle ou telle langue, avant d'être un membre de telle ou telle race, un adhérent de telle ou telle culture. Avant la culture française, la culture allemande, la culture italienne, il y a la culture humaine. Voyez les grands hommes de la Renaissance ; ils n'étaient ni français, ni italiens, ni allemands. Ils avaient retrouvé, par leur commerce avec l'antiquité, le secret de l'éducation véritable de l'esprit humain, et ils s'y dévouaient corps et âme. Comme ils firent bien !

III. — La religion ne saurait non plus offrir une base suffisante à l'établissement d'une nationalité moderne. À l'origine, la religion tenait à l'existence même du groupe social. Le groupe social était une extension de la famille. La religion, les rites étaient des rites de famille. La religion d'Athènes, c'était le culte d'Athènes même, de ses fondateurs mythiques, de ses lois, de ses usages. Elle n'impliquait aucune théologie dogmatique. Cette religion était, dans toute la force du terme, une religion d'État. On n'était pas athénien si on refusait de la pratiquer. C'était au fond le culte de l'Acropole personnifiée. Jurer sur l'autel d'Aglaure*, c'était prêter le serment de mourir pour la patrie. Cette religion était l'équivalent de ce qu'est chez nous l'acte de tirer au sort, ou le culte du drapeau. Refuser de participer à un tel culte était comme serait dans nos sociétés modernes refuser le service militaire. C'était déclarer qu'on n'était pas athénien. D'un autre côté, il est clair qu'un tel culte n'avait pas de sens pour celui qui n'était pas d'Athènes ; aussi n'exerçait-on aucun prosélytisme pour forcer des étrangers à l'accepter ; les esclaves d'Athènes ne le pratiquaient pas. Il en fut de même dans quelques petites républiques du Moyen Âge. On n'était pas bon vénitien si l'on ne jurait point par saint Marc ; on n'était pas bon amalfitain si l'on ne mettait pas saint

* Aglaure, c'est l'Acropole elle-même, qui s'est dévouée pour sauver la patrie.

André au-dessus de tous les autres saints du paradis. Dans ces petites sociétés, ce qui a été plus tard persécution, tyrannie, était légitime et tirait aussi peu à conséquence que le fait chez nous de souhaiter la fête au père de famille et de lui adresser des vœux au premier jour de l'an.

Ce qui était vrai à Sparte, à Athènes, ne l'était déjà plus dans les royaumes sortis de la conquête d'Alexandre, ne l'était surtout plus dans l'Empire romain. Les persécutions d'Antiochus Épiphane pour amener l'Orient au culte de Jupiter Olympien, celles de l'Empire romain pour maintenir une prétendue religion d'État furent une faute, un crime, une véritable absurdité. De nos jours, la situation est parfaitement claire. Il n'y a plus de masses croyant d'une manière uniforme. Chacun croit et pratique à sa guise, ce qu'il peut, comme il veut. Il n'y a plus de religion d'État ; on peut être français, anglais, allemand, en étant catholique, protestant, israélite, en ne pratiquant aucun culte. La religion est devenue chose individuelle ; elle regarde la conscience de chacun. La division des nations en catholiques, protestantes, n'existe plus. La religion, qui, il y a cinquante-deux ans, était un élément si considérable dans la formation de la Belgique, garde toute son importance dans le for intérieur de chacun ; mais elle est sortie presque entièrement des raisons qui tracent les limites des peuples.

IV. — La communauté des intérêts est assurément un lien puissant entre les hommes. Les intérêts, cependant, suffisent-ils à faire une nation ? Je ne le crois pas. La communauté des intérêts fait les traités de commerce. Il y a dans la nationalité un côté de sentiment ; elle est âme et corps à la fois ; un *Zollverein* n'est pas une patrie.

V. — La géographie, ce qu'on appelle les frontières naturelles, a certainement une part considérable dans la division des nations. La géographie est un des facteurs essentiels de l'histoire. Les rivières ont conduit les races ; les montagnes les ont arrêtées. Les premières ont favorisé, les secondes ont limité les mouvements historiques. Peut-on dire cependant, comme le croient certains partis, que les limites d'une nation sont écrites sur la carte et que cette nation a le droit de s'adjuger ce qui est nécessaire pour arrondir certains contours, pour atteindre telle montagne, telle rivière, à laquelle on prête une sorte de faculté limitante a priori ? Je ne connais pas de doctrine plus arbitraire ni plus funeste. Avec cela, on justifie toutes les violences. Et, d'abord, sont-ce les montagnes ou bien sont-ce les rivières qui forment ces prétendues frontières naturelles ? Il est incontestable que les montagnes séparent ; mais les fleuves réunissent plutôt. Et puis toutes les montagnes ne sauraient découper des États. Quelles sont celles qui séparent et celles qui ne séparent pas ? De Biarritz à Tornea, il n'y a pas une embouchure de fleuve qui ait plus qu'une autre un caractère bornal. Si l'histoire l'avait voulu, la Loire, la Seine, la Meuse, l'Elbe, l'Oder auraient, autant que le Rhin, ce caractère de frontière naturelle qui a fait commettre tant d'infractions au droit fondamental, qui est la volonté des hommes. On parle de raisons stratégiques. Rien n'est absolu ; il est clair que bien des concessions doivent être faites à la nécessité. Mais il ne faut pas que ces concessions aillent trop loin. Autrement, tout le monde réclamera ses convenances militaires, et ce sera la guerre sans fin. Non, ce n'est pas la terre plus que la race qui fait une nation. La terre fournit le substratum, le champ de la lutte et du travail ; l'homme fournit l'âme. L'homme est tout dans la formation de cette chose sacrée qu'on appelle un peuple. Rien de matériel n'y suffit. Une nation est un principe spirituel, résultant des complications profondes de l'histoire, une famille spirituelle, non un groupe déterminé par la configuration du sol.

Nous venons de voir ce qui ne suffit pas à créer un tel principe spirituel : la race, la langue, les intérêts, l'affinité religieuse, la géographie, les nécessités militaires. Que faut-il donc en plus ? Par suite de ce qui a été dit antérieurement, je n'aurai pas désormais à retenir bien longtemps votre attention.

III

Une nation est une âme, un principe spirituel. Deux choses qui, à vrai dire, n'en font qu'une, constituent cette âme, ce principe spirituel. L'une est dans le passé, l'autre dans le présent. L'une est la possession en commun d'un riche legs de souvenirs ; l'autre est le consentement actuel, le désir de vivre ensemble, la volonté de continuer à faire valoir l'héritage qu'on a reçu indivis. L'homme, Messieurs, ne s'improvise pas. La nation, comme l'individu, est l'aboutissant d'un long passé d'efforts, de sacrifices et de dévouements. Le culte des ancêtres est de tous le plus légitime ; les ancêtres nous ont faits ce que nous sommes. Un passé héroïque, des grands hommes, de la gloire (j'entends de la véritable), voilà le capital social sur lequel on assied une idée nationale. Avoir des gloires communes dans le passé, une volonté commune dans le présent ; avoir fait de grandes choses ensemble, vouloir en faire encore, voilà les conditions essentielles pour être un peuple. On aime en proportion des sacrifices qu'on a consentis, des maux qu'on a soufferts. On aime la maison qu'on a bâtie et qu'on transmet. Le chant spartiate : « Nous sommes ce que vous fûtes ; nous serons ce que vous êtes » est dans sa simplicité l'hymne abrégé de toute patrie.

Dans le passé, un héritage de gloire et de regrets à partager, dans l'avenir un même programme à réaliser ; avoir souffert, joui, espéré ensemble, voilà ce qui vaut mieux que des douanes communes et des frontières conformes aux idées stratégiques ; voilà ce que l'on comprend malgré les diversités de race et de langue. Je disais tout à l'heure : « avoir souffert ensemble » ; oui, la souffrance en commun unit plus que la joie. En fait de souvenirs nationaux, les deuils valent mieux que les triomphes, car ils imposent des devoirs, ils commandent l'effort en commun.

Une nation est donc une grande solidarité, constituée par le sentiment des sacrifices qu'on a faits et de ceux qu'on est disposé à faire encore. Elle suppose un passé ;

elle se résume pourtant dans le présent par un fait tangible : le consentement, le désir clairement exprimé de continuer la vie commune. L'existence d'une nation est (pardonnez-moi cette métaphore) un plébiscite de tous les jours, comme l'existence de l'individu est une affirmation perpétuelle de vie. Oh ! je le sais, cela est moins métaphysique que le droit divin, moins brutal que le droit prétendu historique. Dans l'ordre d'idées que je vous soumets, une nation n'a pas plus qu'un roi le droit de dire à une province : « Tu m'appartiens, je te prends. » Une province, pour nous, ce sont ses habitants ; si quelqu'un en cette affaire a droit d'être consulté, c'est l'habitant. Une nation n'a jamais un véritable intérêt à s'annexer ou à retenir un pays malgré lui. Le vœu des nations est, en définitive, le seul critérium légitime, celui auquel il faut toujours en revenir.

Nous avons chassé de la politique les abstractions métaphysiques et théologiques. Que reste-t-il, après cela ? Il reste l'homme, ses désirs, ses besoins. La sécession, me direz-vous, et, à la longue, l'émiettement des nations sont la conséquence d'un système qui met ces vieux organismes à la merci de volontés souvent peu éclairées. Il est clair qu'en pareille matière aucun principe ne doit être poussé à l'excès. Les vérités de cet ordre ne sont applicables que dans leur ensemble et d'une façon très générale. Les volontés humaines changent ; mais qu'est-ce qui ne change pas ici-bas ? Les nations ne sont pas quelque chose d'éternel. Elles ont commencé, elles finiront. La confédération européenne, probablement, les remplacera. Mais telle n'est pas la loi du siècle où nous vivons. À l'heure présente, l'existence des nations est bonne, nécessaire même. Leur existence est la garantie de la liberté, qui serait perdue si le monde n'avait qu'une loi et qu'un maître.

Par leurs facultés diverses, souvent opposées, les nations servent à l'œuvre commune de la civilisation ; toutes apportent une note à ce grand concert de l'humanité, qui, en somme, est la plus haute réalité idéale que nous atteignions. Isolées, elles ont leurs parties faibles. Je me dis souvent qu'un individu qui aurait les défauts tenus chez les nations pour des qualités, qui se nourrirait de vaine gloire ; qui serait à ce point jaloux, égoïste, querelleur ; qui ne pourrait rien supporter sans dégainer, serait le plus insupportable des hommes. Mais toutes ces dissonances de détail disparaissent dans l'ensemble. Pauvre humanité, que tu as souffert ! que d'épreuves t'attendent encore ! Puisse l'esprit de sagesse te guider pour te préserver des innombrables dangers dont ta route est semée !

Je me résume, Messieurs. L'homme n'est esclave ni de sa race, ni de sa langue, ni de sa religion, ni du cours des fleuves, ni de la direction des chaînes de montagnes. Une grande agrégation d'hommes, saine d'esprit et chaude de cœur, crée une conscience morale qui s'appelle une nation. Tant que cette conscience morale prouve sa force par les sacrifices qu'exige l'abdication de l'individu au profit d'une communauté, elle est légitime, elle a le droit d'exister. Si des doutes s'élèvent sur ses frontières, consultez les populations disputées. Elles ont bien le droit d'avoir un avis dans la question. Voilà qui fera sourire les transcendants de la politique, ces infaillibles qui passent leur vie à se tromper et qui, du haut de leurs principes supérieurs, prennent en pitié notre terre à terre. « Consulter les populations, fi donc ! quelle naïveté ! Voilà bien ces chétives idées françaises qui prétendent remplacer la diplomatie et la guerre par des moyens d'une simplicité enfantine. » — Attendons, Messieurs ; laissons passer le règne des transcendants ; sachons subir le dédain des forts. Peut-être, après bien des tâtonnements infructueux, reviendra-t-on à nos modestes solutions empiriques. Le moyen d'avoir raison dans l'avenir est, à certaines heures, de savoir se résigner à être démodé.

PRÉFACE AUX *DISCOURS ET CONFÉRENCES* (1887) (*Extrait*)

[...] Le morceau de ce volume auquel j'attache le plus d'importance, et sur lequel je me permets d'appeler l'attention du lecteur, est la conférence : *Qu'est-ce qu'une nation ?* J'en ai pesé chaque mot avec le plus grand soin : c'est ma profession de foi en ce qui touche les choses humaines, et, quand la civilisation moderne aura sombré par suite de l'équivoque funeste de ces mots : *nation*, *nationalité*, *race*, je désire qu'on se souvienne de ces vingt pages-là. Je les crois tout à fait correctes. On va aux guerres d'extermination, parce qu'on abandonne le principe salutaire de l'adhésion libre, parce qu'on accorde aux nations, comme on accordait autrefois aux dynasties, le droit de s'annexer des provinces malgré elles. Des politiques transcendants se raillent de notre principe français, que, pour disposer des populations, il faut préalablement avoir leur avis. Laissons-les triompher à leur aise. C'est nous qui avons raison. Ces façons de prendre les gens à la gorge et de leur dire : « Tu parles la même langue que nous, donc tu nous appartiens », ces façons-là sont mauvaises ; la pauvre humanité, qu'on traite un peu trop comme un troupeau de moutons, finira par s'en lasser.

L'homme n'appartient ni à sa langue, ni à sa race : il n'appartient qu'à lui-même, car c'est un être libre, c'est un être moral. On n'admet plus qu'il soit permis de persécuter les gens pour leur faire changer de religion : les persécuter pour leur faire changer de langue ou de patrie nous paraît tout aussi mal. Nous pensons qu'on peut sentir noblement dans toutes les langues et, en parlant des idiomes divers, poursuivre le même idéal. Au-dessus de la langue, de la race, des frontières naturelles, de la géographie, nous plaçons le consentement des populations, quels que soient leur langue, leur race, leur culte. La Suisse est peut-être la nation de l'Europe la plus légitimement composée. Or elle compte dans son sein trois ou quatre langues, deux ou trois religions et Dieu sait combien de races. Une nation, c'est pour nous une âme, un esprit, une famille spirituelle, résultant dans le passé, de souvenirs, de sacrifices, de gloires, souvent de deuils et de regrets communs ; dans le présent, du désir de continuer à vivre ensemble. Ce qui constitue une nation, ce n'est pas de parler la même langue ou d'appartenir au même groupe ethnographique, c'est d'avoir fait ensemble de grandes choses dans le passé et de vouloir en faire encore dans l'avenir.

Le droit des populations à décider de leur sort est la seule solution aux difficultés de l'heure présente que peuvent rêver les sages ; c'est dire qu'elle n'a aucune chance d'être adoptée. Les grands hommes qui, en ce moment, gouvernent les affaires des peuples (avec quel succès ? l'avenir le dira) n'ont pour de telles naïvetés que le dédain. Mais il y a une raison, je l'avoue, qui m'a rendu insensible au dédain des politiques sûrs d'eux-mêmes. Depuis que j'ai pu observer les choses humaines, j'ai vu huit ou dix écoles d'hommes d'État qui se sont crues en possession de la sagesse et ont traité ceux qui doutaient d'elles avec la dernière ironie. Une ironie supérieure, celle du sort, a donné successivement de cruels démentis à ces infaillibles d'un jour. Et cela n'a pas rendu les autres modestes !... Ah ! quel profond penseur était ce juif du VIe siècle avant Jésus-Christ, qui, à la vue des écroulements d'empires de son temps, s'écriait :

« Et voilà comme les nations se fatiguent pour le néant, s'exténuent au profit du feu* ! »

Dimanche, 8 mai 1887.

* *Jérémie*, LI, 58.

PRÉFACE DE
L'AVENIR DE LA SCIENCE
(1890)
(*Extrait*)

Quand j'essaye de faire le bilan de ce qui, dans ces rêves d'il y a un demi-siècle, est resté chimère et de ce qui s'est réalisé, j'éprouve, je l'avoue, un sentiment de joie morale assez sensible. En somme, j'avais raison. Le progrès, sauf quelques déceptions, s'est accompli selon les lignes que j'imaginais. Je ne voyais pas assez nettement à cette époque les arrachements que l'homme a laissés dans le règne animal ; je ne me faisais pas une idée suffisamment claire de l'inégalité des races ; mais j'avais un sentiment juste de ce que j'appelais les origines de la vie. Je voyais bien que tout *se fait* dans l'humanité et dans la nature, que la création n'a pas de place dans la série des effets et des causes. Trop peu naturaliste pour suivre les voies de la vie dans le labyrinthe que nous voyons sans le voir, j'étais évolutionniste décidé en tout ce qui concerne les produits de l'humanité, langues, écritures, littératures, législations, formes sociales. J'entrevoyais que le damier morphologique des espèces végétales et animales est bien l'indice d'une genèse, que tout est né selon un dessin dont nous voyons l'obscur canevas. L'objet de la connaissance est un immense développement dont les sciences cosmologiques nous donnent les premiers anneaux perceptibles, dont l'histoire proprement dite nous montre les derniers aboutissants. Comme Hegel, j'avais le tort d'attribuer trop affirmativement à l'humanité un rôle central dans l'univers. Il se peut que tout le développement humain n'ait pas plus de conséquence que la mousse ou le lichen dont s'entoure toute surface humectée. Pour nous, cependant, l'histoire de l'homme garde sa primauté, puisque l'humanité seule, autant que nous savons, crée la conscience de l'univers. La plante ne vaut que comme produisant des fleurs, des fruits, des tubercules nutritifs, un arôme, qui ne sont rien comme masses, si on les compare à la masse de la plante, mais qui offrent, bien plus que les feuilles, les branches, le tronc, le caractère de la finalité.

Les sciences historiques et leurs auxiliaires, les sciences philologiques, ont fait d'immenses conquêtes depuis que je les embrassai avec tant d'amour, il y a quarante ans. Mais on en voit le bout. Dans un siècle, l'humanité saura à peu près ce qu'elle peut savoir sur son passé ; et alors il sera temps de s'arrêter ; car le propre de ces études est, aussitôt qu'elles ont atteint leur perfection relative, de commencer à se démolir. L'histoire des religions est éclaircie dans ses branches les plus importantes. Il est devenu clair, non par des raisons a priori, mais par la discussion même des prétendus témoignages, qu'il n'y a jamais eu, dans les siècles attingibles à l'homme, de révélation ni de fait surnaturel. Le processus de la civilisation est reconnu dans ses lois générales. L'inégalité des races est constatée. Les titres de chaque famille humaine à des mentions plus ou moins honorables dans l'histoire du progrès sont à peu près déterminés.

Quant aux sciences politiques et sociales, on peut dire que le progrès y est faible. La vieille économie politique, dont les prétentions étaient si hautes en 1848, a fait naufrage. Le socialisme, repris par les Allemands avec plus de sérieux et de profondeur, continue de troubler le monde, sans arborer de solution claire. M. de Bismarck, qui s'était annoncé comme devant l'arrêter en cinq ans au moyen de ses lois répressives, s'est évidemment trompé, au moins cette fois. Ce qui paraît maintenant bien probable, c'est que le socialisme ne finira pas. Mais sûrement le socialisme qui triomphera sera bien différent des utopies de 1848. Un œil sagace, en l'an 300 de notre ère, aurait pu voir que le christianisme ne finirait pas ; mais il aurait dû voir que le monde ne finirait pas non plus, que la société humaine adapterait le christianisme à ses besoins et, d'une croyance destructive au premier chef, ferait un calmant, une machine essentiellement conservatrice.

En politique, la situation n'est pas plus claire. Le principe national a pris depuis 1848 un développement extraordinaire. Le gouvernement représentatif est établi presque partout. Mais des signes évidents de la fatigue causée par les charges nationales se montrent à l'horizon. Le patriotisme devient local ; l'entraînement national diminue. Les nations modernes ressemblent aux héros, écrasés par leur armure, du tombeau de Maximilien à Innsbruck, corps rachitiques sous des mailles de fer. La France, qui a marché la première dans la voie de l'esprit nationaliste, sera, selon la loi commune, la première à réagir contre le mouvement qu'elle a provoqué. Dans cinquante ans, le principe national sera en baisse. L'effroyable dureté des procédés par lesquels les anciens États monarchiques obtenaient les sacrifices de l'individu deviendra impossible dans les États libres ; on ne se discipline pas soi-même. Personne n'a plus de goût à servir de matériaux à ces tours bâties, comme celles de Tamerlan, avec des cadavres. Il est devenu trop clair, en effet, que le bonheur de l'individu n'est pas en proportion de la grandeur de la nation à laquelle il appartient, et puis il arrive d'ordinaire qu'une génération fait peu de cas de ce pour quoi la génération précédente a donné sa vie.

Ces variations ont pour cause l'incertitude de nos idées sur le but à atteindre et sur la fin ultérieure de l'humanité. Entre les deux objectifs de la politique, grandeur des nations, bien-être des individus, on choisit par intérêt ou par passion. Rien ne nous indique quelle est la volonté de la nature, ni le but de l'univers. Pour nous autres, idéalistes, une seule doctrine est vraie, la doctrine transcendante selon laquelle le but de l'humanité est la constitution d'une conscience supérieure, ou, comme on disait autrefois, « la plus grande gloire de Dieu » ; mais cette doctrine ne saurait servir de base à une politique applicable. Un tel objectif doit, au contraire, être soigneusement dissimulé. Les hommes se révolteraient s'ils savaient qu'ils sont ainsi exploités.

Combien de temps l'esprit national l'emportera-t-il encore sur l'égoïsme individuel ? Qui aura, dans des siècles, le plus servi l'humanité, du patriote, du libéral, du réactionnaire, du socialiste, du savant ? Nul ne le sait, et pourtant il serait capital de le savoir, car ce qui est bon dans une des hypothèses est mauvais dans l'autre. On aiguille sans savoir où l'on veut aller. Selon le point qu'il s'agit d'atteindre, ce que fait la France, par exemple, est excellent ou détestable. Les autres nations ne sont pas plus éclairées. La politique est comme un désert où l'on marche au hasard, vers le nord, vers le sud, car il faut marcher. Nul ne sait, dans l'ordre social, où est le bien. Ce qu'il y a de consolant, c'est qu'on arrive nécessairement quelque part. Dans le jeu de tir à la cible auquel s'amuse l'humanité, le point atteint paraît le point visé. Les hommes de bonne volonté ont toujours ainsi la conscience en repos. La liberté, d'ailleurs, dans le doute général où nous sommes, a sa valeur en tout cas ; puisqu'elle est une manière de laisser agir le ressort secret qui meut l'humanité et qui, bon gré mal gré, l'emporte toujours.

En résumé, si, par l'incessant travail du XIXe siècle, la connaissance des faits s'est singulièrement augmentée, la destinée humaine est devenue plus obscure que jamais. Ce qu'il y a de grave, c'est que nous n'entrevoyons pas pour l'avenir, à moins d'un retour à la crédulité, le moyen de donner à l'humanité un catéchisme désormais acceptable. Il est donc possible que la ruine des croyances idéalistes soit destinée à suivre la ruine des croyances surnaturelles, et qu'un abaissement réel du moral de l'humanité date du jour où elle a vu la réalité des choses. À force de chimères, on avait réussi à obtenir du bon gorille un effort moral surprenant ; ôtées les chimères, une partie de l'énergie factice qu'elles éveillaient disparaîtra. Même la gloire, comme force de traction, suppose à quelques égards l'immortalité, le fruit n'en devant d'ordinaire être touché qu'après la mort. Supprimez l'alcool au travailleur dont il fait la force, mais ne lui demandez plus la même somme de travail.

Je le dis franchement, je ne me figure pas comment on rebâtira, sans les anciens rêves, les assises d'une vie noble et heureuse. L'hypothèse où le vrai sage serait celui qui, s'interdisant les horizons lointains, renferme ses perspectives dans les jouissances vulgaires, cette hypothèse, dis-je, nous répugne absolument. Mais ce n'est pas d'aujourd'hui que le bonheur et la noblesse de l'homme reposent sur un porte-à-faux. Continuons de jouir du don suprême qui nous a été départi, celui d'être et de contempler la réalité. La science restera toujours la satisfaction du plus haut désir de notre nature, la curiosité ; elle fournira à l'homme le seul moyen qu'il ait pour améliorer son sort. Elle préserve de l'erreur plutôt qu'elle ne donne la vérité ; mais c'est déjà quelque chose d'être sûr de n'être pas dupe. L'homme formé selon ces disciplines vaut mieux en définitive que l'homme instinctif des âges de foi. Il est exempt d'erreurs où l'être inculte est fatalement entraîné. Il est plus éclairé, il commet moins de crimes, il est moins sublime et moins absurde. Cela, dira-t-on, ne vaut pas le paradis que la science nous enlève. Qui sait d'abord si elle nous l'enlève ? Et puis, après tout, on n'appauvrit personne en tirant de son portefeuille les mauvaises valeurs et les faux billets. Mieux vaut un peu de bonne science que beaucoup de mauvaise science. On se trompe moins en avouant qu'on ignore qu'en s'imaginant savoir beaucoup de choses qu'on ne sait pas.

J'eus donc raison, au début de ma carrière intellectuelle, de croire fermement à la science et de la prendre comme but de ma vie. Si j'étais à recommencer, je referais ce que j'ai fait, et, pendant le peu de temps qui me reste à vivre, je continuerai. L'immortalité, c'est de travailler à une œuvre éternelle. Selon la première idée chrétienne, qui était la vraie, ceux-là seuls ressusciteront qui ont servi au travail divin, c'est-à-dire à faire régner Dieu sur la terre. La punition des méchants et des frivoles sera le néant. Une formidable objection se dresse ici contre nous. La science peut-elle être plus éternelle que l'humanité, dont la fin est écrite par le fait seul qu'elle a commencé ? N'importe ; il n'y a guère plus d'un siècle que la raison travaille avec suite au problème des choses. Elle a trouvé des merveilles, qui ont prodigieusement multiplié le pouvoir de l'homme. Que sera-ce donc dans cent mille ans ? Et songez qu'aucune vérité ne se perd, qu'aucune erreur ne se fonde. Cela donne une sécurité bien grande. Nous ne craignons vraiment que la chute du ciel, et, même quand le ciel croulerait, nous nous endormirions tranquilles encore sur cette pensée : l'Être, dont nous avons été l'efflorescence passagère, a toujours existé, existera toujours.

L'AVENIR DE LA SCIENCE
(*Extrait*)

[...] L'histoire semble élever contre la science, la critique, le rationalisme, la civilisation, termes synonymes, une objection qu'il importe de résoudre. Elle semble, en effet, nous montrer le peuple le plus lettré succombant toujours sous le peuple le plus barbare : Athènes sous la Macédoine, la Grèce sous les Romains, les Romains sous les barbares, les Chinois sous les Mandchous. La réflexion use vite. Nos familles bourgeoises, qui ne se possèdent que depuis une ou deux générations, sont déjà fatiguées. Le demi-siècle qui s'est écoulé depuis 89 les a plus épuisées que les innombrables générations de la nuit primitive. Trop savoir affaiblit en apparence l'humanité ; un peuple de philologues, de penseurs et de critiques serait bien faible pour défendre se propre civilisation. L'Allemagne, au commencement de ce siècle, a honteusement plié devant la France, et combien pourtant l'Allemagne de Gœthe et de Kant était supérieure pour la pensée à la France de Napoléon. La barbarie, n'ayant pas la conscience d'elle-même, est obéissante et passive : l'individu, ne se possédant pas lui-même, se perd dans la masse et obéit au commandement comme à la fatalité. L'obéissance passive n'est possible qu'à la condition de la stupidité. L'homme réfléchi, au contraire, calcule trop bien son intérêt et se demande avec le positif qu'il porte en toute chose si c'est bien réellement son intérêt de se faire tuer. Il tient d'ailleurs plus profondément à la vie, et la raison en est simple. Son individualité est bien plus forte que celle du barbare ; l'homme civilisé dit Moi avec une énergie sans pareille ;

chez le barbare, au contraire, la vie s'élève à peine au-dessus de cette sensation lourde qui constitue la vie de l'animal. Il ne résiste pas, car il existe à peine. De là ce mépris de la vie humaine (de la sienne comme de celle des autres) qui fait tout le secret de l'héroïsme du barbare. L'homme cultivé, dont la vie a un prix réel, en fait trop d'estime pour la jouer au hasard. La force brutale lui semble une telle extravagance qu'il se révolte contre d'aussi absurdes moyens et ne peut se résoudre à se mesurer avec des armes qu'un sauvage manie mieux que lui. Dans ces luttes grossières, la conscience la plus obscure est la meilleure ; la personnalité, la réflexion sont des causes d'infériorité. Aussi la liberté de penser a-t-elle été jusqu'ici peu favorable aux entreprises qui exigent que des masses d'individus renoncent à leur individualité pour s'atteler au joug d'une grande pensée et la traîner majestueusement par le monde. Qu'eût fait Napoléon avec des raisonneurs ?

C'est là une contradiction réelle, qui, comme d'autres, ne peut se lever qu'en reconnaissant que l'humanité est bien loin de son état normal. Tandis qu'une portion de l'humanité mènera encore la vie brutale, les malentendus et les passions pourront exploiter l'humanité barbare contre l'humanité civilisée et lâcher ces bêtes féroces sur les hommes raisonnables. Les critiques ont raison ; qu'ils soient ou non les plus forts, cela ne les empêche pas d'avoir raison, et, s'ils succombent, cela prouve simplement que l'état actuel de l'humanité est loin d'être celui où la justice et la raison seront les seules forces réelles comme elles sont les seules légitimes.

Observez bien, je vous prie, que ce n'est pas ici une vaine question, un rêve discuté à loisir. C'est la question même de l'humanité et de la légitimité de sa nature. Si l'humanité est ainsi faite qu'il y ait pour elle des illusions nécessaires, que trop de raffinement amène la dissolution et la faiblesse, que trop bien savoir la réalité des choses lui devienne nuisible, s'il lui faut des superstitions et des vues incomplètes, si le légitime et nécessaire développement de son être est sa propre dégradation, l'humanité est mal faite, elle est fondée sur le faux, elle ne tend qu'à sa propre destruction, puisque ceux qui ont vaincu grâce à leurs illusions sont ensuite entraînés forcément à se désillusionner par la civilisation et le rationalisme. Notre symbole est de la sorte détruit ; car notre symbole, c'est la légitimité du progrès. Or, dans cette hypothèse, l'humanité serait engagée dans une impasse, sa ligne ne serait pas la ligne droite, marchant toujours à l'infini, puisque, en poussant toujours devant elle, elle se trouverait avoir reculé. La loi qu'on devrait poser à la nature humaine ne serait plus alors de porter à l'absolu toutes ses puissances ; la civilisation aurait son maximum, atteint par un balancement de contraires, et la sagesse serait de l'y retenir. Il s'agit de savoir, en un mot, si la loi de l'humanité est une expression telle qu'en augmentant toutes les variables on augmente la valeur totale, ou si elle doit être assimilée à ces expressions qui atteignent un maximum, au-delà duquel une augmentation apportée aux éléments divers fait décroître la valeur totale.

Heureux ceux qui auront dans une expérience définitive une réponse expérimentale à opposer à ces terribles appréhensions ! Peut-être nos affirmations à cet égard ont-elles un peu du mérite de la foi, qui croit sans avoir vu, et, à vrai dire, quand on envisage les faits isolés, l'optimisme semble une générosité faite à Dieu en toute gratuité. Pour moi, je verrais l'humanité crouler sur ses fondements, je verrais les hommes s'égorger dans une nuit fatale, que je proclamerais encore que la nature humaine est droite et faite pour le parfait, que les malentendus se lèveront et qu'un jour viendra le règne de la raison et du parfait. Alors on se souviendra de nous, et l'on dira : « Oh ! qu'ils durent souffrir ! »

Il faut se garder d'assimiler notre civilisation et notre rationalisme à la culture factice de l'antiquité et surtout de la Grèce dégénérée. Notre XVIIIe siècle est certes une époque de dépression morale, et pourtant il se termine par la plus grande éruption de dévouement, d'abnégation de la vie que présente l'histoire. Étaient-ce de tremblants rhéteurs que ces philosophes, ces Girondins, qui portaient si fièrement leur tête à l'échafaud ? Étaient-ce de superstitieuses illusions qui raidissaient ces nobles âmes ? Il y a, je le sais, une génération d'égoïstes, qui a grandi à l'ombre d'une longue paix, génération sceptique, née sous les influences de Mercure, sans croyance ni amour, laquelle, au premier coup d'œil, a l'air de mener le monde. Oh ! si cela était, il ne faudrait pas désespérer de l'humanité sans doute, car l'humanité ne meurt pas ; il faudrait désespérer de la France. Mais quoi ? Sont-ce ces hommes qu'on peut de bonne foi opposer comme une objection à la science et à la philosophie ? Est-ce de trop savoir qui les a amollis ? Est-ce de trop penser qui a détruit en eux le sentiment de la patrie et de l'honneur ? Est-ce de trop vivre dans le monde de l'esprit qui les a rendus inhabiles aux grandes choses ? Eux, fermés à toute idée ; eux, n'ayant pour science que celle d'un monde factice ; eux, n'ayant pour philosophie que la frivolité ! Au nom du ciel, ne nous parlez pas de ces hommes, quand il s'agit de civilisation et de philosophie ! Lors même qu'il serait prouvé que le ton de la société qui devenait de plus en plus dominant sous Louis-Philippe allait à couper le nerf des grandes choses, certes rien ne serait prouvé contre la société qu'amèneront la raison et la nature humaine développée dans sa franche vérité. Lors même qu'il serait prouvé que le monde officiel est définitivement impuissant, qu'il ne peut rien créer d'original et de fort, il ne faudrait pas désespérer de l'humanité ; car l'humanité a des sources inconnues, où elle va sans cesse puiser la jeunesse. Est-ce trop de rationalisme qui a perdu cette malheureuse Italie, qui nous offre en ce moment le lamentable spectacle d'un membre de l'humanité atteint de paralysie ? Est-ce trop de critique qui a desséché les vaisseaux qui lui portaient la vie ? N'était-elle pas plus belle et plus forte au XVe et dans la première moitié du XVIe siècle, alors qu'elle devançait l'Europe dans les voies de la civilisation et ouvrait ses ailes au plus hardi rationalisme ? Sont-ce les croyances religieuses qui lui ont maintenu sa vigueur ? L'Italie païenne de Jules II et de Léon X ne valait-elle pas cette Italie exclusivement catholique de Pie V et du Concile de

Trente ? Renverser le Capitole ou le temple de Jupiter Stateur eût été renverser Rome. Il faut qu'il n'en soit plus ainsi chez les nations modernes, puisque le repos dans les cultes religieux suffit pour énerver une nation. Il y a quelques mois, les Romains fondaient leurs cloches pour en faire de gros sous. Certes, si la religion des modernes était comme celle des anciens, la moelle épinière de la nation elle-même, c'eût été là une grosse absurdité. C'est comme si l'on croyait enrichir la France en convertissant la Colonne en monnaie. Mais que faire quand les dieux s'en sont allés ? Symmaque demandant le rétablissement de l'autel de la Victoire faisait tout simplement acte de *rhéteur*.

L'antiquité n'ayant jamais compris le grand objet de la culture lettrée et l'ayant toujours envisagée comme un exercice pour apprendre à *bien dire*, il n'est pas étonnant que les âmes fortes de ce temps se soient montrées sévères pour la petite manière des rhéteurs et l'éducation factice et sophistique qu'ils donnaient à la jeunesse. Les hommes sérieux concevaient comme idéal de la vertu des caractères grossiers et incultes, et comme idéal de la société un développement tourné exclusivement vers le dévouement à la patrie et le *bien faire* (Sparte, l'ancienne Rome, etc.). Or, comme on remarquait que la culture lettrée était subversive d'un tel état, on déclamait contre cette culture, qui rendait, disait-on, plus facile à vaincre. De là ces lieux communs, supériorité du *bien faire* sur le *bien dire*, de la vertu grossière sur la civilisation raffinée, mépris du *Graeculus*, chargé de grammaire, etc. De nos jours, ce sont là des non-sens. À notre point de vue, en effet, Sparte et l'ancienne Rome représentent un des états les plus imparfaits de l'humanité, puisqu'un des éléments essentiels de notre nature, la pensée, la perfection intellectuelle, y était complètement négligé. Sans doute la simple culture patriotique et vraie est supérieure à cette culture artificielle des derniers temps de l'Empire, et si quelque chose pouvait inspirer des craintes sur l'avenir de la civilisation moderne, ce serait de voir combien l'éducation prétendue humaniste qu'on donne à notre jeunesse ressemble à celle de cette triste époque. Mais rien n'est supérieur à la science et à la grande civilisation purement humaine, et il n'y a qu'un esprit superficiel qui puisse comparer cette grande forme de la vie complète à ces siècles factices où l'on ne pouvait avoir un noble sentiment qu'avec une réminiscence de rhétorique, où l'on faisait venir un philosophe pour s'entendre lire une Consolation quand on avait perdu un être cher et où l'on tirait de sa poche en mourant un discours préparé pour la circonstance.

Ainsi, lors même que la civilisation devrait sombrer encore une fois devant la barbarie, ce ne serait pas une objection contre elle. Elle aurait raison au-delà. Elle vaincrait encore une fois ses vainqueurs, et toujours de même, jusqu'au jour où elle n'aurait plus personne à vaincre et où, seule maîtresse, elle régnerait de plein droit. Qu'importe par qui s'opère le travail de la civilisation et le bien de l'humanité ? Aux yeux de Dieu et de l'avenir, Russes et Français ne sont que des hommes. Nous n'en appelons au principe des nationalités que quand la nation opprimée est supérieure selon l'esprit à celle qui l'opprime. Les partisans absolus de la nationalité ne peuvent être que des esprits étroits. La perfection humanitaire est le but. À ce point de vue, la civilisation triomphe toujours ; or il serait par trop étrange qu'un poids invincible entraînât en ce sens l'espèce humaine, si ce n'était qu'une dégénération.

Il n'y a pas de décadence au point de vue de l'humanité. Décadence est un mot qu'il faut définitivement bannir de la philosophie de l'histoire. Où commence la décadence de Rome ? Les esprits étroits, préoccupés de la conservation des mœurs anciennes, diront que c'est après les guerres puniques, c'est-à-dire précisément au moment où, les préliminaires étant posés, Rome commence sa mission et dépouille les mœurs de son enfance devenues impossibles. Ceux qui sont préoccupés de l'idée de la république placeront la ligne fatale à la bataille d'Actium ; pauvres gens qui se seraient suicidés avec Brutus, ils croient voir la mort dans la crise de l'âge mûr. Cette décadence peut-elle être mieux placée au IVe siècle, alors que l'œuvre de l'assimilation romaine est dans toute sa force, ou au Ve, alors que Rome impose sa civilisation aux barbares qui l'envahissent ? Et la Grèce ?... Des temps homériques à Héraclius, où est sa décadence ? Est-ce à l'époque de Philippe, alors qu'elle est à la veille de faire par Alexandre sa brillante apparition dans l'œuvre humanitaire ? Est-ce sous la domination romaine, alors qu'elle est le berceau du christianisme ? Tant il est vrai que le mot de décadence n'a de sens qu'au point de vue étroit de la politique et des nationalités, non au grand et large point de vue de l'œuvre humanitaire. Quand des races s'atrophient, l'humanité a des réserves de forces vives pour suppléer à ces défaillances. Que si l'on pouvait craindre que l'humanité, ayant épuisé ses réserves, n'éprouvât un jour le sort de chaque nation en particulier et ne fût condamnée à la décadence, je répondrai qu'avant cette époque l'humanité sera sans doute devenue plus forte que toutes les causes destructives. Dans l'état actuel, une extrême critique est une cause d'affaiblissement physique et moral ; dans l'état normal, la science sera mère de la force. La science n'étant guère apparue jusqu'ici que sous la forme critique, on ne conçoit pas qu'elle puisse devenir un mobile puissant d'action. Cela sera pourtant, du moment où elle aura créé dans le monde moral une conviction égale à celle que produisait jadis la foi religieuse. Tous les arguments tirés du passé pour prouver l'impuissance de la philosophie ne prouvent rien pour l'avenir ; car le passé n'a été qu'une introduction nécessaire à la grande ère de la raison. La réflexion ne s'est point encore montrée créatrice. Attendez ! Attendez !...

Plusieurs en lisant ce livre s'étonneront peut-être de mes fréquents appels à l'avenir. C'est qu'en effet je suis persuadé que la plupart des arguments que l'on allègue pour faire l'apologie de la science et de la civilisation modernes, envisagées en elles-mêmes, et sans tenir compte de l'état ultérieur qu'elles auront contribué à amener, sont très fautifs et prêtent le flanc aux attaques des écoles rétrogrades. Il n'y a qu'un moyen de comprendre et de justifier l'esprit moderne : c'est de l'envisager comme un degré nécessaire vers le parfait ; c'est-à-dire vers l'avenir. Et cet appel n'est pas l'acte d'une foi aveugle, qui se rejette vers l'inconnu. C'est le légitime résultat qui sort de toute l'histoire de l'esprit humain. « L'espérance, dit George Sand, c'est la foi de ce siècle. »

À côté d'un dogmatisme théologique qui rend la science inutile et lui enlève sa dignité, il faut placer un autre dogmatisme encore plus étroit et plus absolu, celui d'un bon sens superficiel, qui n'est au fond que suffisance et nullité, et qui, ne voyant pas la difficulté des problèmes, trouve étrange qu'on en cherche la solution en dehors des routes battues. Il est trop clair que le bon sens dont il est ici question n'est pas celui qui résulte des facultés humaines agissant dans toute leur rectitude sur un sujet suffisamment connu. Celui que j'attaque est ce quelque chose d'assez équivoque dont les petits esprits s'arrogent la possession exclusive et qu'ils accordent si libéralement à ceux qui sont de leur avis, cette subtile puérilité qui sait donner à tout une apparence d'évidence. Or il est clair que le bon sens ainsi entendu ne peut suppléer la science dans la recherche de la vérité. Observez d'abord que les esprits superficiels, qui en appellent sans cesse au bon sens, désignent par ce nom la forme très particulière et très bornée de coutumes et d'habitudes où le hasard les a fait naître. Leur bon sens est la manière de voir de leur siècle ou de leur province. Celui qui a comparé savamment les faces diverses de l'humanité aurait seul le droit de faire cet appel à des opinions universelles. Est-ce le bon sens d'ailleurs qui me fournira ces connaissances de philosophie, d'histoire, de philologie, nécessaires pour la critique des plus importantes vérités ? Le bon sens a tous les droits quand il s'agit d'établir les bases de la morale et de la psychologie ; parce qu'il ne s'agit là que de constater ce qui est de la nature humaine, laquelle doit être cherchée dans son expression la plus générale, et par conséquent la plus vulgaire ; mais le bon sens n'est que lourd et maladroit, quand il veut résoudre seul les problèmes où il faut deviner plutôt que voir, saisir mille nuances presque imperceptibles, poursuivre des analogies secrètes et cachées. Le bon sens est partiel ; il n'envisage son opinion que par le dedans et n'en sort jamais pour la juger du dehors. Or presque toute opinion est vraie en elle-même, mais relative quant au point de vue où elle est conçue. Les esprits délicats et fins sont seuls faits pour le vrai dans les sciences morales et historiques, comme les esprits exacts en mathématiques. Les vérités de la critique ne sont point à la surface ; elles ont presque l'air de paradoxes, elles ne viennent pas poser à plein devant le bon esprit comme des théorèmes de géométrie : ce sont de fugitives lueurs qu'on entrevoit de côté et comme par le coin de l'œil, qu'on saisit d'une manière tout individuelle et qu'il est presque impossible de communiquer aux autres. Il ne reste d'autre ressource que d'amener les esprits au même point de vue, afin de leur faire voir les choses par la même face. Que vient faire dans ce monde de finesse et de ténuité infinie ce vulgaire bon sens avec ses lourdes allures, sa grosse voix et son rire satisfait ? *Je n'y comprends rien* est sa dernière et souveraine condamnation, et combien il est facile à la prononcer ! Le ton suffisant qu'il se permet vis-à-vis des résultats de la science et de la réflexion est une des plus sensibles agaceries que rencontre le penseur. Elle le fait sortir de ses gonds, et, s'il n'est très intimement philosophe, il ne peut s'empêcher de concevoir quelque sentiment d'humeur contre ceux qui abusent ainsi de leur privilège contre sa délicate et faible voix.

On n'est donc jamais recevable à en appeler de la science au bon sens, puisque la science n'est que le bon sens éclairé et s'exerçant en connaissance de cause. Le vrai est sans doute la voix de la nature humaine, mais de la nature convenablement développée et amenée par la culture à tout ce qu'elle peut être.

PRÉFACE AUX *QUESTIONS CONTEMPORAINES* (*Extrait*)

[...] On se tromperait sur les intentions qui m'ont dirigé dans la composition et la réimpression de ces études, si on y voyait le moindre effort pour augmenter les divisions déjà trop profondes et aggraver une situation déjà grave. Le moyen de travailler à la concorde est non de dissimuler ses opinions, ce qui est une injure à la vérité, mais de les exposer avec modération. En prêchant à son pays la haute éducation morale et intellectuelle, le culte pur, non séparé violemment de la religion, mais indépendant de la religion, on travaille au bien public. L'apparition subite et triomphante de l'Allemagne dans le champ de la grande bataille européenne a inspiré l'idée d'imiter les armes et les institutions militaires qui ont produit une si grande supériorité. Pour les armes, rien de plus simple. Pour les institutions militaires, la difficulté est déjà grande. Qu'on prenne garde de vouloir en tout ceci les effets sans la cause, les fruits sans l'arbre et les racines. L'organisation prussienne est le fruit d'un esprit national enté sur une solide philosophie. Imiter l'organisation, sans imiter l'esprit qui l'a produite, serait peu sage. On pourrait être surpris de recueillir d'institutions analogues imposées à des esprits différents des résultats tout divers. Que faut-il donc imiter ? Les écoles allemandes, les universités allemandes, l'éducation morale de l'Allemagne, la façon allemande de traiter les questions religieuses. Quand le baron de Stein entreprit à partir de 1808 la régénération de la Prusse, il commença par faire de Berlin la capitale intellectuelle de l'Allemagne du Nord ; il nomma Fichte recteur de l'Université ; il y attira des hommes comme Wolf, Schleiermacher, puis Niebuhr, de Savigny. La force d'une société réside en deux choses : d'abord, la vertu populaire, ce grand réservoir de dévouement, de sacrifice, de force morale instinctive, que les races nobles portent en elles, comme un héritage de leurs ancêtres ; en second lieu, l'instruction et le sérieux des classes supérieures. La guerre, dans les temps modernes, étant devenue un problème scientifique et moral, une affaire de dévouement et d'industrie savante est en somme un bon critérium de ce que vaut une race. Les armées ne pouvant plus guère être que la levée en masse des nations, les frais qu'elles entraînent étant énormes, le principe des grandes nationalités fondées sur un réel patriotisme sera de plus en plus la loi du monde. Une nation sans élan, sans mobile élevé, sans affection pour son gouvernement, sera bien vite lassée de ce jeu terrible. Le perfectionnement des armes, d'un autre côté, étant devenu une des mille applications de la science, mettra de plus en plus la force entre les mains de la raison, qui maîtrise la matière et crée par l'instruction un peuple digne de servir l'esprit. La nation la plus scientifique, celle qui aura les meilleurs mécaniciens, les meilleurs chimistes, les corps officiels les moins routiniers et les moins jaloux, sera la mieux armée. La barbarie, c'est-à-dire la force brute, sans intelligence, est vaincue pour toujours. La victoire définitive sera au peuple le plus instruit et le plus moral, en entendant par moralité la capacité de sacrifice, l'amour du devoir. Le pays qui peut fournir le plus promptement le plus de citoyens armés pour la cause commune, le pays qui peut suffire au budget le plus considérable, le pays qui obtient le plus de résultats au meilleur marché possible, le pays qui supporte le droit divin sans honte et l'inégalité des classes sans envie, le pays qui ne songe pas à se soulever contre sa dynastie nationale est le plus vertueux, le plus éclairé, et finira par devenir le plus libre. La vanité, qu'on décore du nom d'honneur, la jalousie, principe de l'amour exagéré de l'égalité, sont impuissantes pour faire de grandes choses, même chez une nation spirituelle et pleine de ressources. On ne fait de grandes choses qu'avec la science et la vertu. Croyez que le bon patriote est celui qui vous prêche le sérieux, l'amendement intellectuel et moral, et non celui qui joue le sort de sa patrie pour montrer son éloquence ou son habileté.

Relever l'amour du vrai et du solide en toute chose ; ne rien négliger pour former une nation raisonnable, éclairée, pratiquant la première des abnégations, la plus difficile, la plus méritoire, qui est de ne pas trop tenir à une fausse idée de l'égalité ; fonder une éducation virile et sérieuse, ayant pour base de fortes études spéciales ; inspirer au peuple la croyance à la vertu, le respect des hommes savants et graves ; le détourner des révolutions, remèdes souvent plus funestes que le mal qu'il s'agit d'extirper ; faire que chacun aime à rester à son rang, par résignation, par fierté, par goût de l'honnête ; montrer le beau où il est, c'est-à-dire chez tant d'admirables soldats, d'admirables marins, d'ouvriers courageux, d'ouvrières résignées, qui continuent la tradition de la vertu ; ne pas dire au pauvre : « Enrichis-toi », mais lui dire : « Console-toi, tu travailles pour l'humanité et la patrie » ; lui prêcher le bonheur par la simplicité du cœur et la poésie du sentiment ; persuader à l'homme du peuple que ce qui le rend intéressant, c'est d'être respectueux pour les grandes choses morales auxquelles il coopère sans pouvoir toujours les comprendre ; à la femme que ce qui fait son charme, c'est d'être dévouée et de servir ; mais se comporter en même temps de telle sorte que l'inférieur sente bien que celui qui commande remplit un devoir et est animé d'un haut sentiment philosophique ; présenter comme des choses funestes l'acrimonie, l'envie, la défiance systématique, qui rendent tout gouvernement impossible ; faire comprendre que l'on devient un aristocrate par le mépris de ce qui est bas et vil ; décourager de toutes les manières le mauvais goût public, ce fade genre d'esprit, cette basse littérature de turlupins qui est devenue à la mode ; opposer une digue au charlatanisme qui nous envahit de toutes parts ; respecter hautement le sentiment religieux, mais ne pas attacher la destinée morale de l'humanité à des formes confessionnelles qui peuvent périr, tandis que la loi vraie ne périra pas ; par-dessus tout, respecter la liberté, condition essentielle de tout bien ; voilà ce qui serait la bonne politique. Le reste ne sera qu'expédient d'une médecine aux abois. La maladie de ce pays est profonde ; il faut toucher à l'essence même de son tempérament.

Les forces de la France sont infinies, mais elles s'étouffent faute d'air libre et d'espace. Redoutons un de ces accès périodiques où notre nation comme en délire semble vouloir se décapiter elle-même et rejeter hors d'elle la partie la plus noble de ses enfants. Réprimons ces accès malsains d'amour-propre national qui nous font croire que la puissance d'une nation repose sur la division et l'affaiblissement de ses voisins. Il ne faut pas pousser le principe des nationalités jusqu'à la subtilité ni jusqu'au fanatisme. Mais, du moment qu'on a rejeté le principe du droit divin des dynasties, il n'y a plus de solide que le principe du droit des peuples ; or les peuples n'ont d'existence qu'en tant qu'ils sont des groupes naturels formés par la communauté approximative de race et de langue, la communauté de l'histoire, la communauté des intérêts. Au lieu de se haïr et de se contrarier, que les nations s'étudient les unes les autres, profitent tour à tour de leurs expériences. Les deux conditions essentielles du salut du monde moderne, les deux conditions qui feront (telle est ma ferme confiance) que la destinée de notre civilisation ne sera pas de disparaître, comme les civilisations de l'antiquité, après un éclat passager, sont, d'une part, la division de l'Europe en plusieurs États, garantie de sa liberté, et, d'autre part, cette profonde fraternité qui fait que les esprits des races les plus diverses s'entendent dans la grande unité de la science, de l'art, de la poésie, de la religion. C'est la Grèce, à la fois si puissante par la solidarité du génie et si divisée en politique, qui doit être notre modèle, et non cet Empire romain qui fit périr la civilisation antique sous l'étreinte de son effrayante unité.

Dieu me garde de méconnaître ce qu'a de grand et d'extraordinaire le rôle de la France. Faite pour étonner le monde par ses coups de génie et ses caprices, la France ne sait pas être médiocre et bourgeoise. Si on veut travailler à la rendre telle, on n'y réussira pas : c'est basse et méchante qu'on la rendra ; elle tombera au dernier rang, si elle ne travaille à quelque œuvre de première noblesse. Ses chimères sont sa gloire et sa vie. La Révolution a jeté la France dans un état de crise héroïque, qui parfois la met au-dessous de tous et lui enlève les avantages des gens sensés, mais qui la marque au front pour une destinée mystérieuse. Je ne voudrais pas que l'on coupât cette fièvre divine qui fait notre grandeur. Mais il faut prendre garde qu'un accès n'emporte le malade. Que tous mettent en commun leurs réflexions, amassées en des champs divers, pour conjurer ce danger. On lit dans les vieilles légendes hébraïques que Rébecca, sentant les deux enfants qu'elle portait lutter dans ses entrailles, consulta le Seigneur : « Deux nations sont dans ton sein », lui fut-il répondu. Dans le sein de notre pays, comme dans celui de Rébecca, se battent deux peuples dont l'un veut étouffer l'autre. Faut-il que l'un abdique, cède à l'autre ? Non, il faut que tous deux se supportent, et, malgré leurs divisions, aient un culte commun, celui de la justice et du bien, inséparable de celui de la patrie. Divisée en quatre factions, dont trois sont toujours hostiles à celle qui règne, la France ne dispose jamais, en réalité, que du quart de ses forces ; et pourtant il est des intérêts permanents, supérieurs aux changements de dynastie, qui ne doivent jamais souffrir. Le galant homme qui ne voudrait servir qu'un gouvernement indiscuté et à la formation duquel il n'aurait pas contribué est réduit à se tenir à l'écart. Un gouvernement ne peut guère être bienfaisant qu'au bout de dix ou quinze ans. Jusque-là, il appartient non aux citoyens honnêtes et utiles, mais à ceux qui l'ont fondé ou vite accueilli. Les révolutions avilissent ceux qui en profitent et qui sont toujours suspects de les avoir provoquées ; elles isolent, annulent, égarent ceux qui leur résistent. Funeste cercle vicieux, qui ne laisse pas de choix entre des variations pénibles, entraînant à la longue un complet avilissement des caractères et une raideur qui vous rend malgré vous hostile à l'œuvre publique ! Leçon terrible pour les peuples qui, incapables du gouvernement républicain, détruisent la dynastie que les siècles leur ont donnée ! Si l'on n'y prend garde, le temps n'est pas loin où la mort de chaque souverain donnera le signal d'une guerre civile, où le pouvoir sera le prix du plus audacieux, où la nation sera divisée en deux parts, l'une composée d'intrigants de toute sorte, vivant de révolutions et de restaurations ; l'autre composée d'honnêtes gens ayant pour règle absolue de ne pas se mêler des changements de gouvernement, attendant, mornes, chez eux, l'arrêt du destin. Mais cet état de choses lui-même sera un paradis auprès de ce qui suivra. Nobles d'abord, puis faibles, puis méprisés, les honnêtes gens s'éteindront de jour en jour, et, au bout de cent ans, il ne restera plus que de hardis aventuriers jouant entre eux le jeu sanglant des guerres civiles et une populace pour applaudir le vainqueur du jour. Les scènes qui accompagnaient les changements de règne dans l'Empire romain au Iᵉ et au IIIᵉ siècle se reverront alors. Le matin où l'on apprendra qu'au prix de la mort et de l'exil de quelques centaines d'hommes importants un coup hardi a pacifié l'avenir, les gens paisibles applaudiront. L'homme couvert de sang, de perfidies et de crimes qui arrivera vainqueur de ses rivaux sera proclamé sauveur de la patrie. Deux causes, la pression de l'étranger, qui ne souffrira pas qu'une nation s'écarte trop de l'ordre commun de l'Europe, et l'autorité morale des évêques, appuyés sur le parti catholique, seront seules capables de créer un lest dans ce navire ballotté. Apparemment, ces deux interventions ne seront pas désintéressées. Dans le cercle fatal des révolutions, l'abîme appelle l'abîme. Il y a des exemples de nations qui, entrées dans cet enfer de Dante, en sont revenues. Mais que dire de la nation qui, après en être sortie, s'y replonge deux fois, trois fois ?

LA GUERRE ENTRE LA FRANCE ET L'ALLEMAGNE*

En commençant à écrire ces pages, j'ignore quel sera l'état du monde au moment où elles seront terminées. Il faudrait un esprit bien frivole pour chercher à démêler l'avenir quand le présent n'a pas une heure assurée. Il est permis cependant à ceux qu'une conception philosophique de la vie a élevés au-dessus, non certes du patriotisme, mais des erreurs qu'un patriotisme peu éclairé entraîne, d'essayer de découvrir quelque chose à travers l'épaisse fumée qui ne laisse voir à l'horizon que l'image de la mort.

J'ai toujours regardé la guerre entre la France et l'Allemagne comme le plus grand malheur qui pût arriver à la civilisation. Tous, nous acceptons hautement les devoirs de la patrie, ses justes susceptibilités, ses espérances ; tous, nous avons une pleine confiance dans les forces profondes du pays, dans cette élasticité qui déjà plus d'une fois a fait rebondir la France sous la pression de l'infortune ; mais supposons les espérances permises de beaucoup dépassées, la guerre commencée n'en aura pas moins été un immense malheur. Elle aura semé une haine violente entre les deux portions de la race européenne dont l'union importait le plus au progrès de l'esprit humain. La grande maîtresse de l'investigation savante, l'ingénieuse, vive et prompte initiatrice du monde à toute fine et délicate pensée sont brouillées pour longtemps, à jamais peut-être ;

* *Revue des Deux Mondes*, 15 septembre 1870.

chacune d'elles s'enfoncera dans ses défauts, l'une devenant de plus en plus rude et grossière, l'autre de plus en plus superficielle et arriérée. L'harmonie intellectuelle, morale, politique, de l'humanité est rompue ; une aigre dissonance se mêlera au concert de la société européenne pendant des siècles.

En effet, mettons de côté les États-Unis d'Amérique, dont l'avenir, brillant sans doute, est encore obscur, et qui en tout cas occupent un rang secondaire dans le travail original de l'esprit humain, la grandeur intellectuelle et morale de l'Europe repose sur une triple alliance dont la rupture est un deuil pour le progrès, l'alliance entre la France, l'Allemagne et l'Angleterre. Unies, ces trois grandes forces conduiraient le monde et le conduiraient bien, entraînant nécessairement après elles les autres éléments, considérables encore, dont se compose le réseau européen ; elles traceraient surtout d'une façon impérieuse sa voie à une autre force qu'il ne faut ni exagérer ni trop rabaisser, la Russie. La Russie n'est un danger que si le reste de l'Europe l'abandonne à la fausse idée d'une originalité qu'elle n'a peut-être pas, et lui permet de réunir en un faisceau les peuples barbares du centre de l'Asie, peuplades tout à fait impuissantes par elles-mêmes, mais capables de discipline et fort susceptibles, si l'on n'y prend garde, de se grouper autour d'un Gengis Khan moscovite. Les États-Unis ne sont un danger que si la division de l'Europe leur permet de se laisser aller aux fumées d'une jeunesse présomptueuse et à de vieux ressentiments contre la mère patrie. Avec l'union de la France, de l'Angleterre et de l'Allemagne, le vieux continent gardait son équilibre, maîtrisait puissamment le nouveau, tenait en tutelle ce vaste monde oriental auquel il serait malsain de laisser concevoir des espérances exagérées. Ce n'était là qu'un rêve. Un jour a suffi pour renverser l'édifice où s'abritaient nos espérances, pour ouvrir le monde à tous les dangers, à toutes les convoitises, à toutes les brutalités.

Dans cette situation, dont nous ne sommes en rien responsables, le devoir de tout esprit philosophique est de faire taire son émotion et d'étudier, d'une pensée froide et claire, les causes du mal, pour tâcher d'entrevoir la manière dont il est possible de l'atténuer. La paix se fera entre la France et l'Allemagne. L'extermination n'a qu'un temps ; elle trouve sa fin, comme les maladies contagieuses, dans ses ravages mêmes, comme la flamme, dans la destruction de l'objet qui lui servait d'aliment. J'ai lu, je ne sais où, la parabole de deux frères qui, du temps de Caïn et d'Abel sans doute, en vinrent à se haïr et résolurent de se battre jusqu'à ce qu'ils ne fussent plus frères. Quand, épuisés, ils tombèrent tous deux sur le sol, ils se trouvèrent encore frères, voisins, tributaires du même puits, riverains du même ruisseau.

Qui fera la paix entre la France et l'Allemagne ? Dans quelles conditions se fera cette paix ? On risquerait fort de se tromper si l'on voulait parler de la paix provisoire ou plutôt de l'armistice qui se conclura dans quelques semaines ou quelques mois. Nous ne parlons ici que du règlement de compte qui interviendra un jour pour le bien du monde entre les deux grandes nations de l'Europe centrale. Pour se former une idée à cet égard, il faut d'abord bien connaître de quelle façon l'Allemagne est arrivée à concevoir l'idée de sa propre nationalité.

I

La loi du développement historique de l'Allemagne ne ressemble en rien à celle de la France ; la destinée de l'Allemagne, au contraire, est à beaucoup d'égards semblable à celle de l'Italie. Fondatrice du vieil Empire romain, dépositaire jalouse de ses traditions, l'Italie n'a jamais pu devenir une nation comme les autres. Succédant à l'Empire romain, fondatrice du nouvel Empire carlovingien, se prétendant dépositaire d'un pouvoir universel, d'un droit plus que national, l'Allemagne était arrivée jusqu'à ces dernières années sans être un peuple. L'Empire romain et la papauté, qui en fut la suite, avaient perdu l'Italie. L'Empire carlovingien faillit perdre l'Allemagne. L'empereur germanique ne fut pas plus capable de faire l'unité de la nation allemande que le pape de faire celle de l'Italie. On n'est maître chez soi que quand on n'a aucune prétention à régner hors de chez soi. Tout pays qui arrive à exercer une primauté politique, intellectuelle, religieuse, sur les autres peuples, l'expie par la perte de son existence nationale durant des siècles.

Il n'en fut pas de même de la France. Dès le Xe siècle, la France se retire bien nettement de l'Empire. Les deux joyaux du monde occidental, la couronne impériale et la tiare papale, elle les perd pour son bonheur. À partir de la mort de Charles le Gros, l'Empire devient exclusivement l'apanage des Allemands, aucun roi de France n'est plus empereur d'Occident. D'autre part, la papauté devient la propriété de l'Italie. La *Francia*, telle que l'avait faite le traité de Verdun, est privilégiée justement à cause de ce qui lui manque : elle n'a ni l'empire, ni la papauté, les deux choses universelles qui troublent perpétuellement le pays qui les possède dans l'œuvre de sa concrétion intime. Dès le Xe siècle, la *Francia* est toute nationale, et en effet, dans la seconde moitié de ce siècle, elle substitue au Carlovingien, lourd Allemand qui la défend mal, une famille encore germanique sans doute, mais bien réellement mariée avec le sol, la famille des ducs de France, qui a un domaine propre, et non pas seulement, comme les Carlovingiens, un titre abstrait. Dès lors commence autour de Paris cette admirable marche du développement national, qui aboutit à Louis XIV, à la Révolution, et dont le XIXe siècle pourra voir la contre-partie, par suite de la triste loi qui condamne les choses humaines à entrer dans la voie de la décadence et de la destruction dès qu'elles sont achevées.

L'idée de former une nationalité compacte n'avait jamais été, jusqu'à la Révolution française, l'idée de l'Allemagne. Cette grande race allemande porte bien plus loin que la France le goût des indépendances provinciales ; la chance de guerres que nous appellerions civiles entre des parties de la même famille nationale ne l'effraye pas. Elle ne veut pas de l'unité pour elle-même, elle la veut uniquement par crainte de l'étranger ; elle tient par-dessus tout à la liberté de ses divisions intérieures. Ce fut là ce qui lui permit de faire la plus belle chose des temps modernes, la réforme luthérienne, chose, selon nous, supérieure à la philosophie et à la Révolution, œuvres de la France, et qui ne le cède qu'à la Renaissance, œuvre de l'Italie ; mais on a toujours les défauts de ses qualités. Depuis la chute des Hohenstaufen, la politique générale de l'Allemagne fut indécise, faible, empreinte d'une sorte de gaucherie ; à la suite de la guerre de Trente ans, la conscience d'une patrie allemande existe à peine. La royauté française abusa de ce pitoyable état politique d'une grande race. Elle fit ce qu'elle n'avait jamais fait : elle sortit de son programme, qui était de ne s'assimiler que des pays de langue française ; elle s'empara de l'Alsace, terre allemande. Le temps a légitimé cette conquête, puisque l'Alsace a pris ensuite une part si brillante aux grandes œuvres communes de la France. Il y eut cependant dans ce fait, qui au XVIIe siècle ne choqua personne, le germe d'un grave embarras pour l'époque où l'idée des nationalités deviendrait maîtresse du monde et ferait prendre, dans les questions de délimitation territoriale, la langue et la race pour critérium de légitimité.

La Révolution française fut, à vrai dire, le fait générateur de l'idée de l'unité allemande. La Révolution répondait en un sens au vœu des meilleurs esprits de l'Allemagne ; mais ils s'en dégoûtèrent vite. L'Allemagne resta légitimiste et féodale ; sa conduite ne fut qu'une série d'hésitations, de malentendus, de fautes. La conduite de la France fut d'une suprême inconséquence. Elle, qui élevait dans le monde le drapeau du droit national, viola, dans l'ivresse de ses victoires, toutes les nationalités. L'Allemagne fut foulée aux pieds des chevaux ; le génie allemand, qui se développait alors d'une façon si merveilleuse, fut méconnu ; sa valeur sérieuse ne fut pas comprise des esprits bornés qui formaient l'élite intellectuelle du temps de l'Empire ; la conduite de Napoléon à l'égard des pays germaniques fut un tissu d'étourderies. Ce grand capitaine, cet éminent organisateur était dénué des principes les plus élémentaires en fait de politique extérieure. Son idée d'une domination universelle de la France était folle, puisqu'il est bien établi que toute tentative d'hégémonie d'une nation européenne provoque, par une réaction nécessaire, une coalition de tous les autres États, coalition dont l'Angleterre, gardienne de l'équilibre, est toujours le centre de formation*.

Une nation ne prend d'ordinaire la complète conscience d'elle-même que sous la pression de l'étranger. La France existait avant Jeanne d'Arc et Charles VII ; cependant c'est sous le poids de la domination anglaise que le mot de *France* prend un accent particulier. Un *moi*, pour prendre le langage de la philosophie, se crée toujours en opposition avec un autre *moi*. La France fit de la sorte l'Allemagne comme nation. La plaie avait été trop visible. Une nation dans la pleine floraison de son génie et au plus haut point de sa force morale avait été livrée sans défense à un adversaire moins intelligent et moins moral par les misérables divisions de ses petits princes, et faute d'un drapeau central. L'Autriche, ensemble à peine allemand, introduisant dans le corps germanique une foule d'éléments non germaniques, trahissait sans cesse la cause allemande et en sacrifiait les intérêts à ses combinaisons dynastiques. Un point de renaissance parut alors : ce fut la Prusse de Frédéric. Formation récente dans le corps germanique, la Prusse en recélait toute la force effective. Par le fond de sa population, elle était plus slave que germanique ; mais ce n'était point là un inconvénient, tout au contraire. Ce sont presque toujours ainsi des pays mixtes et limitrophes qui font l'unité politique d'une race : qu'on se rappelle le rôle de la Macédoine en Grèce, du Piémont en Italie. La réaction de la Prusse contre l'oppression de l'Empire français fut très belle. On sait comment le génie de Stein tira de l'abaissement même la condition de la force, et comment l'organisation de l'armée prussienne, point de départ de l'Allemagne nouvelle, fut la conséquence directe de la bataille d'Iéna. Avec sa présomption

* Ceci n'est vrai que du passé. La vieille Angleterre, paraît-il, n'existe plus de nos jours (septembre 1871).

habituelle et son inintelligence de la race germanique, Napoléon ne vit rien de tout cela. La bataille de Leipzig fut le signal d'une résurrection. De ce jour-là, il fut clair qu'une puissance nouvelle de premier ordre (la Prusse, tenant en sa main le drapeau allemand) faisait son entrée dans le monde. Au fond, la Révolution et l'Empire n'avaient rien compris à l'Allemagne, comme l'Allemagne n'avait rien compris à la France. Les grands esprits germaniques avaient pu saluer avec enthousiasme l'œuvre de la Révolution, parce que les principes de ce mouvement à l'origine étaient les leurs, ou plutôt ceux du XVIIIe siècle tout entier ; mais cette basse démocratie terroriste, se transformant en despotisme militaire et en instrument d'asservissement pour tous les peuples, les remplit d'horreur. Par réaction, l'Allemagne éclairée se montra en quelque sorte affamée d'ancien régime. La Révolution française trouvait l'obstacle qui devait l'arrêter dans la féodalité organisée de la Prusse, de la Poméranie, du Holstein, c'est-à-dire dans ce fonds de populations anti-démocratiques au premier chef des bords de la Baltique, populations fidèles à la légitimité, acceptant d'être menées, bâtonnées, servant bien quand elles sont bien commandées, ayant à leur tête une petite noblesse de village, forte de toute la force que donnent les préjugés et l'esprit étroit. La vraie résistance continentale à la Révolution et à l'Empire vint de cette Vendée du Nord ; c'est là que le gentilhomme campagnard, chez nous couvert de ridicule par la haute noblesse, la cour, la bourgeoisie, le peuple même, prit sa revanche sur la démocratie française et prépara sourdement, sans bruit, sans plébiscites, sans journaux, l'étonnante apparition qui depuis quelques années vient de se dérouler devant nous.

La nécessité qui sous la Restauration obligea la France à renoncer à toute ambition extérieure, la sage politique qui sous Louis-Philippe rassura l'Europe éloignèrent quelque temps le danger que recélait pour la France sortie de la Révolution cette anti-France de la Baltique, qui est la négation totale de nos principes les plus arrêtés. À part quelques paroles imprudentes d'hommes d'État de médiocre portée et quelques mauvais vers d'un étourdi*, la France de ce temps songea peu à l'Allemagne. L'activité était tournée vers l'intérieur et non vers les agrandissements du dehors. On avait mille fois raison. La France est assez grande ; sa mission ne consiste pas à s'adjoindre des pays étrangers, elle consiste à offrir chez elle un de ces brillants développements dont elle est si capable, à montrer la réalisation prospère du système démocratique qu'elle a proclamé, et dont la possibilité n'a pas été jusqu'ici bien prouvée. Qu'un pays de dix-sept ou dix-huit millions d'habitants, comme était autrefois la Prusse, joue le tout pour le tout, et sorte, même au prix des plus grands hasards, d'une situation qui le laissait flotter entre les grands et les petits États, cela est naturel ; mais un pays de trente ou quarante millions d'habitants a tout ce qu'il faut pour être une grande nation. Que les frontières de la France aient été assez mal faites en 1815, cela est possible ; mais, si l'on excepte quelques mauvais contours du côté de la Sarre et du Palatinat, qui furent tracés, à ce qu'il semble, sous le coup de chétives préoccupations militaires, le reste me paraît bien. Les pays flamands sont plus germaniques que français ; les pays wallons ont été empêchés de s'agglutiner au conglomérat français par des aventures historiques qui n'ont rien de fortuit ; cela tint au profond esprit municipal qui rendit la royauté française insupportable à ce pays. Il en faut dire autant de Genève et de la Suisse romande ; on peut ajouter que grande est l'utilité de ces petits pays français, séparés politiquement de la France ; ils offrent un asile aux émigrés de nos dissensions intestines, et, en temps de despotisme, ils servent de refuge à une pensée libre. La Prusse rhénane et le Palatinat sont des pays autrefois celtiques, mais profondément germanisés depuis deux mille ans. Si l'on excepte quelques vallées séparées de la France en 1815 par des raisons de stratégie, la France n'a donc pas un pouce de terre à

* Il faut dire qu'il ne faisait que répondre à une provocation venant d'Allemagne.

désirer. L'Angleterre et l'Écosse n'ont en surface que les deux cinquièmes de la France, et pourtant l'Angleterre est-elle obligée de songer à des conquêtes territoriales pour être grande ?

Le sort de l'année 1848 fut, en cette question comme en toutes les autres, de soulever des problèmes qu'elle ne put résoudre, et qui, au bout d'un ou deux ans, reçurent des solutions par des moyens diamétralement opposés à ceux que rêvèrent les partis alors dominants. La question de l'unité allemande fut posée avec éclat ; selon la mode du temps, on crut tout arranger par une assemblée constituante. Ces efforts aboutirent à un éclatant échec. Qu'on traite les hommes de 1848 d'utopistes, ou qu'on reproche aux masses de n'avoir pas été assez éclairées pour les suivre, il est sûr que les essais de cette année demeurèrent tous infructueux. Pendant dix ans, les problèmes sommeillèrent, le patriotisme allemand sembla porter le deuil : mais déjà un homme disait à ceux qui voulaient l'écouter : « Ces problèmes ne se résolvent pas comme vous croyez, par la libre adhésion des peuples ; ils se résolvent par le fer et le feu. »

L'empereur Napoléon III rompit la glace par la guerre d'Italie, ou plutôt par la conclusion de cette guerre qui fut l'annexion à la France de la Savoie et de Nice. La première de ces deux annexions était assez naturelle ; de tous les pays de langue française non réunis à la France, la Savoie était le seul qui pût sans inconvénient nous être dévolu ; depuis que le duc de Savoie était devenu roi d'Italie, une telle dévolution était presque dans la force des choses. Et cependant cette annexion eut bien plus d'inconvénients que d'avantages. Elle interdit à la France ce qui fait sa vraie force, le droit d'alléguer une politique désintéressée et uniquement inspirée par l'amour des principes ; elle donna une idée exagérée des plans d'agrandissement de l'empereur Napoléon III, mécontenta l'Angleterre, éveilla les soupçons de l'Europe, provoqua les hardies initiatives de M. de Bismarck.

Il est clair que, s'il y eut jamais un mouvement légitime en histoire, c'est celui qui, depuis soixante ans, porte l'Allemagne à se former en une seule nation. Si quelqu'un, en tout cas, a le droit de s'en plaindre, ce n'est pas la France, puisque l'Allemagne n'a obéi à cette tendance qu'à notre exemple, et pour résister à l'oppression que la France fit peser sur elle au XVIIe siècle et sous l'Empire. La France ayant renoncé au principe de la légitimité, qui ne voyait dans telle ou telle agglomération de provinces en royaume ou en empire que la conséquence des mariages, des héritages, des conquêtes d'une dynastie, ne peut connaître qu'un seul principe de délimitation en géographie politique, je veux dire le principe des nationalités, ou, ce qui revient au même, la libre volonté des peuples de vivre ensemble, prouvée par des faits sérieux et efficaces. Pourquoi refuser à l'Allemagne le droit de faire chez elle ce que nous avons fait chez nous, ce que nous avons aidé l'Italie à faire ? N'est-il pas évident qu'une race dure, chaste, forte et grave comme la race germanique, une race placée au premier rang par les dons et le travail de la pensée, une race peu portée vers le plaisir, tout entière livrée à ses rêves et aux jouissances de son imagination, voudrait jouer dans l'ordre des faits politiques un rôle proportionné à son importance intellectuelle ? Le titre d'une nationalité, ce sont des hommes de génie, « gloires nationales », qui donnent aux sentiments de tel ou tel peuple une forme originale et fournissent la grande matière de l'esprit national, quelque chose à aimer, à admirer, à vanter en commun. Dante, Pétrarque, les grands artistes de la Renaissance ont été les vrais fondateurs de l'unité italienne. Gœthe, Schiller, Kant, Herder ont créé la patrie allemande. Vouloir s'opposer à une éclosion annoncée par tant de signes eût été aussi absurde que de vouloir s'opposer à la marée montante. Vouloir lui donner des conseils, lui tracer la manière dont nous eussions désiré qu'elle s'accomplît, était puéril. Ce mouvement s'accomplissait par défiance de nous ; lui indiquer une règle, c'était fournir à une conscience nationale, soupçonneuse et susceptible, un critérium sûr, et l'inviter clairement à faire le contre-pied de ce que nous lui demandions. Certes je suis le premier à reconnaître qu'à ce besoin d'unité de la nation allemande il se mêla d'étranges excès. Le patriote allemand, comme le patriote italien, ne se détache pas facilement du vieux rôle universel de sa patrie. Certains Italiens rêvent encore le *primato* ; un très grand nombre d'Allemands rattachent leurs aspirations au souvenir du Saint-Empire, exerçant sur tout le monde européen une sorte de suzeraineté. Or la première condition d'un esprit national est de renoncer à toute prétention de rôle universel, le rôle universel étant destructeur de la nationalité. Plus d'une fois le patriotisme allemand s'est montré de la sorte injuste et partial. Ce théoricien de l'unité allemande qui soutient que l'Allemagne doit reprendre partout les débris de son vieil empire refuse d'écouter aucune raison quand on lui parle d'abandonner un pays aussi purement slave que le grand-duché de Posen*. Le vrai, c'est que le principe des nationalités doit être entendu d'une façon large, sans subtilités. L'histoire a tracé les frontières des nations d'une manière qui n'est pas toujours la plus naturelle ; chaque nation a du trop, du trop peu ; il faut se tenir à ce que l'histoire a fait et au vœu des provinces, pour éviter d'impossibles analyses, d'inextricables difficultés.

Si la pensée de l'unité allemande était légitime, il était légitime aussi que cette unité se fît par la Prusse. Les tentatives parlementaires de Francfort ayant échoué, il ne restait que l'hégémonie de l'Autriche ou de la Prusse. L'Autriche renferme trop de Slaves, elle est trop antipathique à l'Allemagne protestante, elle a trop manqué durant des siècles à ses devoirs de puissance dirigeante en Allemagne, pour qu'elle pût être de nouveau appelée à jouer un rôle de ce genre. Si jamais, au contraire, il y eut une vocation historique bien marquée, ce fut celle de la Prusse depuis Frédéric le Grand. Il ne pouvait échapper

* La possession de Posen par la Prusse ne saurait en aucune manière être assimilée à la possession de l'Alsace par la France. L'Alsace est francisée et ne proteste plus contre son annexion, tandis que Posen n'est pas germanisé et proteste. Le parallèle de l'Alsace est la Silésie, province slave de race et de langue, mais suffisamment germanisée, et dont personne ne conteste plus la légitime propriété à la Prusse.

à un esprit sagace que la Prusse était le centre d'un tourbillon ethnique nouveau, qu'elle jouait pour la nationalité allemande du Nord le rôle du cœur dans l'embryon, sauf à être plus tard absorbée par l'Allemagne qu'elle aurait faite, comme nous voyons le Piémont absorbé par l'Italie. Un homme se trouva pour s'emparer de toutes ces tendances latentes, pour les représenter et leur donner avec une énergie sans égale une pleine réalisation.

M. de Bismarck voulut deux choses que le philosophe le plus sévère pourrait déclarer légitimes, si, dans l'application, le peu scrupuleux homme d'État n'avait montré que pour lui la force est synonyme de légitimité : d'abord, chasser de la confédération germanique l'Autriche, corps plus qu'à demi étranger qui l'empêchait d'exister ; en second lieu, grouper autour de la Prusse les membres de la patrie allemande que les hasards de l'histoire avaient dispersés. M. de Bismarck vit-il au-delà ? Son point de vue nécessairement borné d'homme pratique lui permit-il de soupçonner qu'un jour la Prusse serait absorbée par l'Allemagne et disparaîtrait en quelque sorte dans sa victoire comme Rome finit d'exister en tant que ville le jour où elle eut achevé son œuvre d'unification ? Je l'ignore, car M. de Bismarck ne s'est pas jusqu'ici offert à l'analyse ; il ne s'y offrira peut-être jamais. Une des questions qu'un esprit curieux se pose le plus souvent, en réfléchissant sur l'histoire contemporaine, est de savoir si M. de Bismarck est philosophe, s'il voit la vanité de ce qu'il fait, tout en y travaillant avec ardeur, ou bien si c'est un croyant en politique, s'il est dupe de son œuvre, comme tous les esprits absolus, et n'en voit pas la caducité. J'incline vers la première hypothèse, car il me paraît difficile qu'un esprit si complet ne soit pas critique et ne mesure pas dans son action la plus ardente les limites et le côté faible de ses desseins. Quoi qu'il en soit, s'il voit dans l'avenir les impossibilités du parti qui consisterait à faire de l'Allemagne une Prusse agrandie, il se garde de le dire, car le fanatisme étroit du parti des hobereaux prussiens ne supporterait pas un moment la pensée que le but de ce qui se fait par la Prusse n'est pas de prussianiser toute l'Allemagne, et plus tard le monde entier, au nom d'une sorte de mysticisme politique dont on semble vouloir se réserver le secret.

Les plans de M. de Bismarck furent élaborés dans la confidence et avec l'adhésion de l'empereur Napoléon III, ainsi que du petit nombre de personnes qui étaient initiées à ses desseins. Il est injuste de faire de cela un reproche à l'empereur Napoléon. C'est la France qui a élevé dans le monde le drapeau des nationalités ; toute nationalité qui naît et grandit devrait naître et grandir avec les encouragements de la France, devenir pour elle une amie. La nationalité allemande étant une nécessité historique, la sagesse voulait qu'on ne se mît pas à la traverse. La bonne politique n'est pas de s'opposer à ce qui est inévitable ; la bonne politique est d'y servir et de s'en servir. Une grande Allemagne libérale, formée en pleine amitié avec la France, devenait une pièce capitale en Europe et créait avec la France et l'Angleterre une invincible trinité, entraînant le monde, surtout la Russie, dans les voies du progrès par la raison. Il était donc souverainement désirable que l'unité allemande, venant à se réaliser, ne se fît pas malgré la France, qu'elle se fît, bien au contraire, avec notre assentiment. La France n'était pas obligée d'y contribuer, mais elle était obligée de ne pas s'y opposer ; il était même naturel de songer au bon vouloir de la jeune nation future, de se ménager de sa part quelque chose de ce sentiment profond que les États-Unis d'Amérique garderont encore longtemps à la France en souvenir de La Fayette. Était-il opportun de tirer profit des circonstances pour notre agrandissement territorial ? Non en principe, puisque de tels agrandissements sont à peu près inutiles. En quoi la France est-elle plus grande depuis l'adjonction de Nice et de la Savoie ? Cependant, l'opinion publique superficielle attachant beaucoup de prix à ces agrandissements, on pouvait, à l'époque des tractations amicales, stipuler quelques cessions, portant sur des pays disposés à se réunir à la France, pourvu qu'il fût bien entendu que ces agrandissements n'étaient pas le but de la négociation, que l'unique but de celle-ci était l'amitié de la France et de l'Allemagne.

Pour répondre aux taquineries des hommes d'État de l'opposition et satisfaire à certaines exigences des militaires qui ont sans doute leur fondement, on pouvait, par exemple, stipuler avant la guerre la cession du Luxembourg au cas qu'il y consentît et la rectification de la Sarre, auxquelles la Prusse eût probablement consenti alors. Je le répète, j'estime qu'il eût mieux valu ne rien demander : le Luxembourg ne nous eût pas apporté plus de force que la Savoie ou Nice. Quant aux contours stratégiques des frontières, combien une bonne politique eût été un meilleur rempart ! L'effet d'une bonne politique eût été que personne ne nous eût attaqués, ou que, si quelqu'un avait pris contre nous l'offensive, nous eussions été défendus par la sympathie de toute l'Europe. — Quoi qu'il en soit, on ne prit aucun parti : une indécision déplorable paralysa la plume de l'empereur Napoléon III, et Sadowa arriva sans que rien eût été convenu pour le lendemain. Cette bataille, qui, si l'on avait suivi une politique consistante, aurait pu être une victoire pour la France, devint ainsi une défaite, et, huit jours après, le gouvernement français prenait le deuil de l'événement auquel il avait plus que personne contribué.

À ce moment, d'ailleurs, entrèrent en scène deux éléments qui n'avaient eu aucune part aux conversations de Biarritz, l'opinion française et l'opinion prussienne exaltées. M. de Bismarck n'est pas la Prusse ; en dehors de lui existe un parti fanatique, absolu, tout d'une pièce, avec lequel il doit compter. M. de Bismarck, par sa naissance, appartient à ce parti ; mais il n'en a pas les préjugés. Pour se rendre maître de l'esprit du roi, faire taire ses scrupules et dominer les conseils étroits qui l'entourent, M. de Bismarck est obligé à des sacrifices. Après la victoire de Sadowa, le parti fanatique se trouva plus puissant que jamais ; toute transaction devint impossible. Ce qui arrivait à l'empereur Napoléon III arrivera, je le crains, à plusieurs de ceux qui auront des relations avec la Prusse. Cet esprit intraitable, cette roideur de caractère, cette fierté exagérée seront la source de beaucoup de difficultés. — En France, l'empereur Napoléon III se montra également débordé par une certaine opinion. L'opposition fut cette fois, ce qu'elle est trop souvent, superficielle et déclamatoire. Il était facile de montrer que la conduite du gouvernement avait été pleine d'imprévoyance et de tergiversations. Il est clair qu'à l'époque des ouvertures de M. de Bismarck le gouvernement aurait dû ou refuser de l'écouter ou avoir un plan de conduite qu'il pût appuyer d'une bonne armée sur le Rhin ; mais ce n'était pas là une raison pour venir soutenir chaque année, ainsi que le faisait l'opposition, que la France avait été vaincue à Sadowa, ni surtout pour établir en doctrine que la frontière de la France devait être garnie de petits États faibles, ennemis les uns des autres. Pouvait-on inventer un moyen plus efficace pour leur persuader d'être unis et forts ? M. Thiers contribua beaucoup par ses aveux à exciter l'opinion allemande, laquelle est persuadée que cet honorable homme d'État représente l'opinion dominante de la bourgeoisie française et ses instincts secrets.

Le règlement de la question du Luxembourg mit cette situation funeste dans tout son jour. Rien n'avait été convenu avant Sadowa entre la France et la Prusse : la Prusse n'éluda donc aucun engagement en refusant toute concession ; mais, si la modération avait été dans le caractère de la cour de Berlin, comment ne lui eût-elle pas conseillé de tenir compte de l'émotion de la France, de ne pas pousser son droit et ses avantages à l'extrême ? Le Luxembourg est un pays insignifiant, tout à fait hybride, ni allemand ni français, ou, si l'on veut, l'un et l'autre. Son annexion à la France, précédée d'un plébiscite, n'avait rien qui pût mécontenter l'Allemand le plus correct dans son patriotisme. La roideur systématique de la Prusse prouva qu'elle n'entendait garder aucun souvenir reconnaissant des tractations qui avaient précédé Sadowa, et que la France, malgré l'appui réel qu'elle lui avait prêté, était toujours pour elle l'éternelle ennemie. Du côté de la France, on avait amené ce résultat par une série de fautes ; on avait été si malavisé qu'on n'avait même pas le droit de se plaindre. On avait voulu jouer au fin, on avait trouvé plus fin que soi. On avait fait comme celui qui, ayant dans son jeu des cartes excellentes, n'a pas pu se décider à les jeter sur table, les réservant toujours pour des coups qui ne viennent jamais.

Est-ce à dire, comme le pensent beaucoup de personnes, que, depuis 1866, la guerre entre la France et la Prusse fût inévitable ? Non, certes. Quand on peut attendre, peu de choses sont inévitables ; or on pouvait gagner du temps. La mort du roi de Prusse, ce qu'on sait du caractère sage et modéré du prince et de la princesse de Prusse pouvaient déplacer bien des choses. Le parti militaire féodal prussien, qui est l'une des grandes causes de danger pour la paix de l'Europe, semble destiné à céder avec le temps beaucoup de son ascendant à la bourgeoisie berlinoise, à l'esprit allemand, si large, si libre, et qui deviendra profondément libéral dès qu'il sera délivré de l'étreinte du casernement prussien. Je sais que les symptômes de ceci ne se montrent guère encore, que l'Allemagne, toujours un peu timide dans l'action, a été conquise par la Prusse, sans qu'aucun indice ait montré la Prusse disposée à se perdre dans l'Allemagne ; mais le temps n'est pas venu pour une telle évolution. Acceptée comme moyen de lutte contre la France, l'hégémonie prussienne ne faiblira que quand une pareille lutte n'aura plus de raison d'être. La force avec laquelle est lancé le mouvement allemand donnera lieu à des développements très rapides. Il n'y a plus aucune analogie en histoire si l'Allemagne conquise ne conquiert la Prusse à son tour et ne l'absorbe. Il est inadmissible que la race allemande, si peu révolutionnaire qu'elle soit, ne triomphe pas du noyau prussien, quelque résistant qu'il puisse être. Le principe prussien d'après lequel la base d'une nation est une armée, et la base de l'armée une petite noblesse, ne saurait être appliqué à l'Allemagne. L'Allemagne, Berlin même, a une bourgeoisie. La base de la vraie nation allemande sera, comme celle de toutes les nations modernes, une bourgeoisie riche. Le principe prussien a fait quelque chose de très fort, mais qui ne saurait durer au-delà du jour où la Prusse aura terminé son œuvre. Sparte eût cessé d'être Sparte si elle eût fait l'unité de la Grèce. La constitution et les mœurs romaines disparurent dès que Rome devint maîtresse du monde ; à partir de ce jour-là, Rome se vit gouvernée par le monde, et ce ne fut que justice.

Chaque année eût ainsi apporté à l'état de choses sorti de Sadowa les plus profondes transformations. Une heure d'aberration a troublé toutes les espérances des bons esprits. Sans songer qu'une nation jeune, dans tout le feu de son développement, a d'immenses avantages sur une nation vieillie qui a déjà rempli son programme et atteint l'égalité, on s'est jeté dans le gouffre de gaieté de cœur. La présomption et l'ignorance des militaires, l'étourderie de nos diplomates, leur vanité, leur sotte foi dans l'Autriche, machine disloquée dont il y a peu de compte à tenir, l'absence de pondération sérieuse dans le gouvernement, les accès bizarres d'une volonté intermittente comme les réveils d'un Épiménide ont amené sur l'espèce humaine les plus grands malheurs qu'elle eût connus depuis cinquante-cinq ans. Un incident qu'une habile diplomatie eût aplani en quelques heures a suffi pour déchaîner l'enfer... Retenons nos malédictions ; il y a des moments où l'horrible réalité est la plus cruelle des imprécations.

II

Qui a fait la guerre ? Nous l'avons dit, ce me semble. — Il faut se garder, dans ces sortes de questions, de ne voir que les causes immédiates et prochaines. Si l'on se bornait aux considérations restreintes d'un observateur inattentif, la France aurait tous les torts. Si l'on se place à un point de vue plus élevé, la responsabilité de l'horrible malheur qui a fondu sur l'humanité en cette funeste année doit être partagée. La Prusse a facilement dans ses manières d'agir quelque chose de dur, d'intéressé, de peu généreux. Sentant sa force, elle n'a fait aucune concession. Du moment que M. de Bismarck voulut exécuter ses grandes entreprises de concert avec la France, il devait accepter les conséquences de la politique qu'il avait choisie. M. de Bismarck n'était pas obligé de mettre l'empereur

Napoléon III dans ses confidences ; mais, l'ayant fait, il était obligé d'avoir des égards pour l'Empereur et les hommes d'État français, ainsi que pour une fraction de l'opinion, qu'il fallait ménager. Le grand mal de la Prusse, c'est l'orgueil. Foyer puissant d'ancien régime, elle s'irrite de notre prospérité bourgeoise ; ses gentilshommes sont blessés de voir des roturiers, je ne dis pas plus riches qu'eux, mais exerçant comme eux la profession qui ailleurs est le privilège de la noblesse. La jalousie chez eux double l'orgueil. « Nous sommes une jeunesse pauvre, disent-ils, des cadets qui veulent se faire leur place dans le monde. » Une des causes qui ont produit M. de Bismarck a été la vanité blessée du diplomate abreuvé d'avanies par ses confrères autrichiens traitant la Prusse en parvenue. Le sentiment qui a créé la Prusse a été quelque chose d'analogue : l'homme sérieux, pauvre, intelligent, sans charme, supporte avec peine les succès de société d'un rival qui, tout en lui étant fort inférieur pour les qualités solides, fait figure dans le monde, règle la mode et réussit, par des dédains aristocratiques, à l'empêcher de s'y faire accepter.

La France n'a pas été moins coupable. Les journaux ont été superficiels, le parti militaire s'est montré présomptueux et entêté, l'opposition n'a paru attentive qu'à la recherche d'une fausse popularité, blâmant le gouvernement s'il préparait la guerre, l'insultant s'il ne la faisait pas, parlant sans cesse de la honte de Sadowa et de la nécessité d'une revanchc ; mais le grand mal a été l'excès du pouvoir personnel. La conversion à la monarchie parlementaire affectée depuis un an était si peu sérieuse qu'un ministère tout entier, la Chambre, le Sénat ont cédé presque sans résistance à une pensée personnelle du souverain qui ne répondait nullement à leurs idées ni à leurs désirs.

Et, maintenant, qui fera la paix ?... La pire conséquence de la guerre, c'est de rendre impuissants ceux qui ne l'ont pas voulue, et d'ouvrir un cercle fatal où le bon sens est qualifié de lâcheté, parfois de trahison. Nous parlerons avec franchise. Une seule force au monde sera capable de réparer le mal que l'orgueil féodal, le patriotisme exagéré, l'excès du pouvoir personnel, le peu de développement du gouvernement parlementaire sur le continent ont fait en cette circonstance à la civilisation.

Cette force, c'est l'Europe. L'Europe a un intérêt majeur à ce qu'aucune des deux nations ne soit ni trop victorieuse, ni trop vaincue. La disparition de la France du nombre des grandes puissances serait la fin de l'équilibre européen. J'ose dire que l'Angleterre en particulier sentirait, le jour où un tel événement viendrait à se produire, les conditions de son existence toutes changées. La France est une des conditions de la prospérité de l'Angleterre. L'Angleterre, selon la grande loi qui veut que la race primitive d'un pays prenne à la longue le dessus sur toutes les invasions, devient chaque jour plus celtique et moins germanique ; dans la grande lutte des races, elle est avec nous ; l'alliance de la France et de l'Angleterre est fondée pour des siècles. Que l'Angleterre porte sa pensée du côté des États-Unis, de Constantinople, de l'Inde ; elle verra qu'elle a besoin de la France, et d'une France forte.

Il ne faut pas s'y tromper en effet : une France faible et humiliée ne saurait exister. Que la France perde l'Alsace et la Lorraine, et la France n'est plus. L'édifice est si compact que l'enlèvement d'une ou deux grosses pierres le ferait crouler. L'histoire naturelle nous apprend que l'animal dont l'organisation est très centralisée ne souffre pas l'amputation d'un membre important ; on voit souvent un homme à qui l'on coupe une jambe mourir de phtisie ; de même, la France atteinte dans ses parties principales verrait sa vie générale s'éteindre et ses organes du centre insuffisants pour renvoyer la vie jusqu'aux extrémités.

Qu'on ne rêve donc pas de concilier deux choses contradictoires : conserver la France et l'amoindrir. Il y a des ennemis absolus de la France qui croient que le but suprême de la politique contemporaine doit être d'étouffer une puissance qui, selon eux, représente le mal. Que ces fanatiques conseillent d'en finir avec l'ennemi qu'ils ont momentanément vaincu, rien de plus simple ; mais que ceux qui croient que le monde serait mutilé si la France disparaissait y prennent garde. Une France diminuée perdrait successivement toutes ses parties ; l'ensemble se disloquerait, le Midi se séparerait ; l'œuvre séculaire des rois de France serait anéantie, et, je vous le jure, le jour où cela arriverait, personne n'aurait lieu de s'en réjouir. Plus tard, quand on voudrait former la grande coalition que provoque toute ambition démesurée, on regretterait en Europe de ne pas avoir été plus prévoyant. Deux grandes races sont en présence ; toutes deux ont fait de grandes choses, toutes deux ont une grande tâche à remplir en commun ; il ne faut pas que l'une d'elles soit mise en un état qui équivaille à sa destruction. Le monde sans la France serait aussi mutilé que le monde sans l'Allemagne ; ces grands organes de l'humanité ont chacun leur office : il importe de les maintenir pour l'accomplissement de leur mission diverse. Sans attribuer à l'esprit français le premier rôle dans l'histoire de l'esprit humain, on doit reconnaître qu'il y joue un rôle essentiel : le concert serait troublé si cette note y manquait. Or, si vous voulez que l'oiseau chante, ne touchez pas à son bocage. La France humiliée, vous n'aurez plus d'esprit français.

Une intervention de l'Europe assurant à l'Allemagne l'entière liberté de ses mouvements intérieurs, maintenant les limites fixées en 1815 et défendant à la France d'en rêver d'autres, laissant la France vaincue, mais fière dans son intégrité, la livrant au souvenir de ses fautes et la laissant se dégager en toute liberté et comme elle l'entendrait de l'étrange situation intérieure qu'elle s'est faite, telle est la solution que doivent, selon nous, désirer les amis de l'humanité et de la civilisation. Non seulement cette solution mettrait fin à l'horrible déchirement qui trouble en ce moment la famille européenne, elle renfermerait de plus le germe d'un pouvoir destiné à exercer sur l'avenir l'action la plus bienfaisante.

Comment, en effet, un effroyable événement comme celui qui laissera autour de l'année 1870 un souvenir de terreur a-t-il été possible ? Parce que les diverses nations européennes sont trop indépendantes les unes des autres et n'ont personne au-dessus d'elles, parce qu'il n'y a ni congrès, ni diète, ni tribunal amphictyonique qui soient supérieurs aux souverainetés nationales. Un tel établissement existe à l'état virtuel, puisque l'Europe, surtout depuis 1814, a fréquemment agi en nom collectif, appuyant ses résolutions de la menace d'une coalition ; mais ce pouvoir central n'a pas été assez fort pour empêcher des guerres terribles. Il faut qu'il le devienne. Le rêve des utopistes de la paix, un tribunal sans armée pour appuyer ses décisions, est une chimère ; personne ne lui obéira. D'un autre côté, l'opinion selon laquelle la paix ne serait assurée que le jour où une nation aurait sur les autres une supériorité incontestée est l'inverse de la vérité ; toute nation exerçant l'hégémonie prépare par cela seul sa ruine en amenant la coalition de tous contre elle. La paix ne peut être établie et maintenue que par l'intérêt commun de l'Europe, ou, si l'on aime mieux, par la ligue des neutres passant à une attitude comminatoire. La justice entre deux parties contendantes n'a aucune chance de triompher ; mais entre dix parties contendantes la justice l'emporte, car il n'y a qu'elle qui offre une base commune d'entente, un terrain commun. La force capable de maintenir contre le plus puissant des États une décision jugée utile au salut de la famille européenne réside donc uniquement dans le pouvoir d'intervention, de médiation, de coalition, des divers États. Espérons que ce pouvoir, prenant des formes de plus en plus concrètes et régulières, amènera dans l'avenir un vrai congrès, périodique, sinon permanent, et sera le cœur d'État-Unis d'Europe liés entre eux par un pacte fédéral. Aucune nation alors n'aura le droit de s'appeler « la grande nation », mais il sera loisible à chacune d'être une grande nation, à condition que, ce titre, elle l'attende des autres et ne prétende pas se le décerner. C'est à l'histoire qu'il appartiendra plus tard de spécifier ce que chaque peuple aura fait pour l'humanité et de désigner les pays qui, à certaines époques, ont pu avoir sur les autres certains genres de supériorité.

De la sorte, on peut espérer que la crise épouvantable où est engagée l'humanité trouvera un moment d'arrêt. Le lendemain du jour où la faux de la mort aura été arrêtée, que devra-t-on faire ? Attaquer énergiquement la cause du mal. La cause du mal a été un déplorable régime politique qui a fait dépendre l'existence d'une nation des présomptueuses vantardises de militaires bornés, des dépits et de la vanité blessée de diplomates inconsistants. Opposons à cela le régime parlementaire, un vrai gouvernement des parties sérieuses et modérées du pays, non la chimère démocratique du règne de la volonté populaire avec tous ses caprices, mais le règne de la volonté nationale, résultat des bons instincts du peuple savamment interprétés par des pensées réfléchies. Le pays n'a pas voulu la guerre ; il ne la voudra jamais ; il veut son développement intérieur, soit sous forme de richesse, soit sous forme de libertés publiques. Donnons à l'étranger le spectacle de la prospérité, de la liberté, du calme, de l'égalité bien entendue, et la France reprendra l'ascendant qu'elle a perdu par les imprudentes manifestations de ses militaires et de ses diplomates. La France a des principes qui, bien que critiquables et dangereux à quelques égards, sont faits pour séduire le monde, quand la France donne la première l'exemple du respect de ces principes ; qu'elle présente chez elle le modèle d'un État vraiment libéral, où les droits de chacun sont garantis, d'un État bienveillant pour les autres États, renonçant définitivement à l'idée d'agrandissement, et tous, loin de l'attaquer, s'efforceront de l'imiter.

Il y a, je le sais, dans le monde, des foyers de fanatisme où le tempérament règne encore ; il y a en certains pays une noblesse militaire, ennemie-née de ces conceptions raisonnables, et qui rêve l'extermination de ce qui ne lui ressemble pas. L'élément féodal de la Prusse, d'une part, la Russie, de l'autre, sont à cet âge où l'on a l'âcreté du sang barbare, sans retour en arrière ni désillusion. La France et jusqu'à un certain point l'Angleterre ont atteint leur but. La Prusse et la Russie ne sont pas encore arrivées à ce moment où l'on possède ce que l'on a voulu, où l'on considère froidement ce pour quoi l'on a troublé le monde, et où l'on s'aperçoit que ce n'est rien, que tout ici-bas n'est qu'un épisode d'un rêve éternel, une ride à la surface d'un infini qui tour à tour nous produit et nous absorbe. Ces races neuves et violentes du Nord sont bien plus naïves ;

elles sont dupes de leurs désirs ; entraînées par le but qu'elles se proposent, elles ressemblent au jeune homme qui s'imagine que, l'objet de sa passion une fois obtenu, il sera pleinement heureux. À cela se joint un trait de caractère, un sentiment que les plaines sablonneuses du nord de l'Allemagne paraissent toujours avoir inspiré, le sentiment des Vandales chastes devant les mœurs et le luxe de l'Empire romain, une sorte de fureur puritaine, la jalousie et la rage contre la vie facile de ceux qui jouissent. Cette humeur sombre et fanatique existe encore de nos jours. De tels « esprits mélancoliques », comme on disait autrefois, se croient chargés de venger la vertu, de redresser les nations corrompues. Pour ces exaltés, l'idée de l'Empire allemand n'est pas celle d'une nationalité limitée, libre chez elle, ne s'occupant pas du reste du monde ; ce qu'ils veulent, c'est une action universelle de la race germanique, renouvelant et dominant l'Europe. C'est là une frénésie bien chimérique ; car supposons, pour plaire à ces esprits chagrins, la France anéantie, la Belgique, la Hollande, la Suisse écrasées, l'Angleterre passive et silencieuse, que dire du grand spectre de l'avenir germanique, des Slaves qui aspireront d'autant plus à se séparer du corps germanique que ce dernier s'individualisera davantage ? La conscience slave s'élève en proportion de la conscience germanique et s'oppose à celle-ci comme un pôle contraire ; l'une crée l'autre. L'Allemand a droit comme tout le monde à une patrie, pas plus que personne il n'a droit à la domination. Il faut observer d'ailleurs que de telles visées fanatiques ne sont nullement le fait de l'Allemagne éclairée. La plus complète personnification de l'Allemagne, c'est Goethe. Quoi de moins prussien que Goethe ? Qu'on se figure ce grand homme à Berlin et le débordement de sarcasmes olympiens que lui eussent inspirés cette roideur sans grâce ni esprit, ce lourd mysticisme de guerriers pieux et de généraux craignant Dieu ! Une fois délivrées de la crainte de la France, ces populations fines de la Saxe, de la Souabe, se soustrairont à l'enrégimentation prussienne ; le Midi en particulier reprendra sa vie gaie, sereine, harmonieuse et libre.

Le moyen pour que cela arrive, c'est que nous ne nous en mêlions pas. Le grand facteur de la Prusse, c'est la France, ou, pour mieux dire, l'appréhension d'une ingérence de la France dans les affaires allemandes. Moins la France s'occupera de l'Allemagne, plus l'unité allemande sera compromise, car l'Allemagne ne veut l'unité que par mesure de précaution. La France est en ce sens toute la force de la Prusse. La Prusse (j'entends la Prusse militaire et féodale) aura été une crise, non un état permanent ; ce qui durera réellement, c'est l'Allemagne. La Prusse aura été l'énergique moyen employé par l'Allemagne pour se délivrer de la menace de la France bonapartiste. La réunion des forces allemandes dans la main de la Prusse n'est qu'un fait amené par une nécessité passagère. Le danger disparu, l'union disparaîtra, et l'Allemagne reviendra bientôt à ses instincts naturels. Le lendemain de sa victoire, la Prusse se trouvera ainsi en face d'une Europe hostile et d'une Allemagne reprenant son goût pour les autonomies particulières. C'est ce qui me fait dire avec assurance : la Prusse passera, l'Allemagne restera. Or l'Allemagne livrée à son propre génie sera une nation libérale, pacifique, démocratique même dans le sens légitime ; je crois que les sciences sociales lui devront des progrès remarquables, et que plusieurs idées qui chez nous ont revêtu le masque effrayant de la démocratie socialiste se produiront chez elle sous une forme bienfaisante et réalisable.

La plus grande faute que pourrait commettre l'école libérale au milieu des horreurs qui nous assiègent, ce serait de désespérer. L'avenir est à elle. Cette guerre, objet des malédictions futures, est arrivée parce qu'on s'est écarté des maximes libérales, maximes qui sont en même temps celles de la paix et de l'union des peuples. Le funeste désir d'une revanche, désir qui prolongerait indéfiniment l'extermination, sera écarté par un sage développement de la politique libérale. C'est une fausse idée que la France puisse imiter les institutions militaires prussiennes. L'état social de la France ne veut pas que tous les citoyens soient soldats, ni que ceux qui le sont le soient toujours. Pour maintenir une armée organisée à la prussienne, il faut une petite noblesse ; or nous n'avons pas de noblesse, et, si nous en avions une, le génie de la France ferait que nous en aurions plutôt une grande qu'une petite. La Prusse fonde sa force sur le développement de l'instruction primaire et sur l'identité de l'armée et de la nation. Le parti conservateur en France admet difficilement ces deux principes, et, à vrai dire, il n'est pas sûr que le pays en soit capable. La Prusse, étant, comme dirait Plutarque, d'un tempérament plus vertueux que la France, peut porter des institutions qui, appliquées sans précautions, donneraient peut-être chez nous des fruits tout différents et seraient une source de révolutions. La Prusse touche en cela le bénéfice de la grande abnégation politique et sociale de ses populations. En obligeant ses rivaux à soigner l'instruction primaire et à imiter sa *Landwehr* (innovations qui, dans des pays catholiques et révolutionnaires, seront probablement anarchiques), elle les force à un régime sain pour elle, malsain pour eux, comme le buveur qui fait boire à son partenaire un vin qui l'enivrera, tandis que lui gardera sa raison.

En résumé, l'immense majorité de l'espèce humaine a horreur de la guerre. Les idées vraiment chrétiennes de douceur, de justice, de bonté, conquièrent de plus en plus le monde. L'esprit belliqueux ne vit plus que chez les soldats de profession, dans les classes nobles du Nord de l'Allemagne et en Russie. La démocratie ne veut pas, ne comprend pas la guerre. Le progrès de la démocratie sera la fin du règne de ces hommes de fer, survivants d'un autre âge, que notre siècle a vus avec terreur sortir des entrailles du vieux monde germanique. Quelle que soit l'issue de la guerre actuelle, ce parti sera vaincu en Allemagne. La démocratie lui a compté les jours. J'ai des appréhensions contre certaines tendances de la démocratie, et je les ai dites, il y a un an*, avec sincérité ; mais certes, si la démo-

* Article sur la *Monarchie constitutionnelle*, réimprimé à la fin de ce volume. (Il s'agit du volume *La Réforme intellectuelle et morale*. (N.d.T.)

cratie se borne à débarrasser l'espèce humaine de ceux qui, pour la satisfaction de leurs vanités et de leurs rancunes, font égorger des millions d'hommes, elle aura mon plein assentiment et ma reconnaissante sympathie.

Le principe des nationalités indépendantes n'est pas de nature, comme plusieurs le pensent, à délivrer l'espèce humaine du fléau de la guerre ; au contraire, j'ai toujours craint que le principe des nationalités, substitué au doux et paternel symbole de la légitimité, ne fît dégénérer les luttes des peuples en exterminations de race, et ne chassât du code du droit des gens ces tempéraments, ces civilités qu'admettaient les petites guerres politiques et dynastiques d'autrefois. On verra la fin de la guerre quand, au principe des nationalités, on joindra le principe qui en est le correctif, celui de la fédération européenne, supérieure à toutes les nationalités ; ajoutons : quand les questions démocratiques, contre-partie des questions de politique pure et de diplomatie, reprendront leur importance. Qu'on se rappelle 1848 ; le mouvement français se reproduisit en secousses simultanées dans toute l'Allemagne. Partout les chefs militaires surent étouffer les naïves aspirations d'alors ; mais qui sait si les pauvres gens que ces mêmes chefs militaires mènent aujourd'hui à l'égorgement n'arriveront pas à éclaircir leur conscience ? Des naturalistes allemands, qui ont la prétention d'appliquer leur science à la politique, soutiennent, avec une froideur qui voudrait avoir l'air d'être profonde, que la loi de la destruction des races et de la lutte pour la vie se retrouve dans l'histoire, que la race la plus forte chasse nécessairement la plus faible, et que la race germanique, étant plus forte que la race latine et la race slave, est appelée à les vaincre et à se les subordonner. Laissons passer cette dernière prétention, quoiqu'elle pût donner lieu à bien des réserves. N'objectons pas non plus à ces matérialistes transcendants que le droit, la justice, la morale, choses qui n'ont pas de sens dans le règne animal, sont des lois de l'humanité ; des esprits si dégagés des vieilles idées nous répondraient probablement par un sourire. Bornons-nous à une observation : les espèces animales ne se liguent pas entre elles.

On n'a jamais vu deux ou trois espèces en danger d'être détruites former une coalitition contre leur ennemi commun ; les bêtes d'une même contrée n'ont entre elles ni alliances ni congrès. Le principe fédératif, gardien de la justice, est la base de l'humanité. Là est la garantie des droits de tous ; il n'y a pas de peuple européen qui ne doive s'incliner devant un pareil tribunal. Cette grande race germanique, bien plus réellement grande que ne le veulent ses maladroits apologistes, aura certes dans l'avenir un haut titre de plus, si l'on peut dire que c'est sa puissante action qui aura introduit définitivement dans le droit européen un principe aussi essentiel. Toutes les grandes hégémonies militaires, celle de l'Espagne au XVIe siècle, celle de la France sous Louis XIV, celle de la France sous Napoléon, ont abouti à un prompt épuisement. Que la Prusse y prenne garde, sa politique radicale peut l'engager dans une série de complications dont il ne lui soit plus loisible de se dégager ; un œil pénétrant verrait peut-être dès à présent le nœud déjà formé de la coalition future. Les sages amis de la Prusse lui disent tout bas, non comme menace, mais comme avertissement : *Vae victoribus !*

LETTRES À STRAUSS
AVEC
LES LETTRES DE STRAUSS

LETTRE DE M. STRAUSS À RENAN

Il y a quelques jours, M. David-Frédéric Strauss, le célèbre auteur de la *Vie de Jésus*, a écrit à M. Ernest Renan une lettre publiée par la *Gazette d'Augsbourg*, et qui a fait beaucoup d'impression en Allemagne. Il va sans dire que la lettre du docteur Strauss est écrite surtout au point de vue des intérêts allemands. Toutefois nous croyons devoir en publier la traduction en la faisant suivre de la réponse de M. Renan. Nous pensons que nos lecteurs nous sauront gré de leur faire connaître, sur les rapports actuels de la France et de l'Allemagne, les opinions de deux des plus grands esprits de notre temps.

À Ernest Renan

Très honoré Monsieur,

Le bienveillant accueil que mon ouvrage sur Voltaire a trouvé auprès de vous, comme le prouve votre lettre du 30 juillet, m'a tranquillisé au sujet de mon entreprise. Ce livre avait été favorablement reçu en Allemagne, pendant le peu de semaines qui se sont écoulées entre son apparition et le commencement de la guerre ; mais je ne m'étais jamais dissimulé combien il est difficile pour un étranger d'être tout à fait juste envers l'écrivain d'une autre nation, surtout quand cet écrivain en est l'image vivante. Aussi n'était-ce pas sans inquiétude que j'attendais le jugement qui serait porté dans le pays de Voltaire par les critiques autorisés. Aujourd'hui je suis rassuré. Mon travail a obtenu votre approbation : l'éloge que vous lui donnez, celui d'être vrai, est le seul que j'aie ambitionné.

Mais qui peut goûter à loisir un travail littéraire, et surtout un travail fondé sur l'idée d'un commerce pacifique, au moment où les deux nations qu'il devait contribuer à rapprocher sont en armes l'une contre l'autre ? Certes, vous avez raison quand vous dites que la guerre actuelle doit causer la peine la plus vive à tous ceux qui s'efforcent de multiplier les relations intellectuelles entre la France et l'Allemagne, — quand vous déplorez qu'au lieu de l'entente entre les deux peuples, si nécessaire à l'œuvre de la civilisation, la haine, l'injustice et les appréciations passionnées soient pour longtemps à l'ordre du jour ; vous avez raison encore quand vous déclarez que tous les amis de la vérité et de la justice doivent, sans oublier ce que leur imposent les devoirs patriotiques, se préserver de ce patriotisme partial qui rétrécit le cœur et qui fausse le jugement.

Vous aviez espéré, dites-vous, que la guerre pourrait être conjurée encore. Ç'a été là aussi notre espérance, à nous autres Allemands, toutes les fois qu'elle a paru devoir éclater depuis 1866 ; mais, au fond, nous n'en tenions pas moins une guerre avec la France pour inévitable. Ce sentiment était si vif, qu'il suscitait parfois chez nous cette question adressée comme un blâme à la Prusse : Pourquoi la Prusse n'a-t-elle pas réglé ses comptes plus tôt et accepté la guerre à l'occasion de l'affaire du Luxembourg, par exemple ? Non pas que nous désirions la guerre ; mais nous connaissions assez les Français pour savoir qu'ils la voudraient. C'est ainsi que la guerre de Sept Ans a été la conséquence des deux guerres de Silésie du grand Frédéric. Il n'a pas voulu cette guerre, mais il savait que Marie-Thérèse la voudrait et n'aurait pas de repos jusqu'à ce qu'elle eût trouvé des alliés pour la faire. Un souverain, un peuple ne renoncent pas sans peine à une suprématie traditionnelle ; ils ne cesseront leurs tentatives pour la conserver qu'au moment où elle leur sera décidément enlevée. Ainsi fit alors l'Autriche, ainsi fait aujourd'hui la

France, toutes deux vis-à-vis de la Prusse aux côtés de laquelle, instruits par l'expérience, combattent aujourd'hui tous les Allemands, à l'exception des Autrichiens.

La France a été accoutumée, dès l'époque de Richelieu et de Louis XIV, à jouer le premier rôle parmi les nations européennes, et elle a été confirmée dans cette prétention par Napoléon Ier. Cette suprématie se fondait sur une forte organisation politique et militaire, et plus encore sur la littérature classique que la France avait produite au XVIIe et au XVIIIe siècle, et qui avait assuré à sa langue et à sa culture la prépondérance en Europe. Il faut ajouter que la première condition de cette hégémonie de la France était la faiblesse de l'Allemagne, divisée, désunie, difficile à mettre en mouvement, vis-à-vis de la France une, centralisée et prompte à l'action. Mais il y a un temps pour chaque peuple, et pour les peuples vigoureux il y en a plus d'un. Le peuple allemand avait eu déjà son heure au XVIe siècle, à l'époque de la Réformation ; plus tard, il avait payé bien cher ce progrès : il l'avait payé par les désastres de la guerre de Trente Ans qui le fit tomber à la fois dans l'impuissance politique et dans une vraie décadence intellectuelle. Mais son rôle n'était pas encore fini. L'Allemagne se recueillit et se mit à l'œuvre en silence. Elle commença par ce qui avait créé, non pas la puissance française, mais le droit de la France à la suprématie européenne. Elle produisit une littérature, et on vit paraître une élite de poètes et de penseurs qui n'ont certes pas à craindre la comparaison avec les classiques français du XVIIe et du XVIIIe siècle. Si en certaines qualités de goût, de délicatesse et de culture sociale, en clarté et en élégance de la forme, nos classiques n'ont pas toujours égalé les Français, ils leur sont supérieurs par la profondeur de la pensée, par la sincérité du sentiment : l'idée de l'*humanité*, du développement harmonique de la nature humaine dans la vie individuelle comme dans la vie générale, a été mise en lumière par la littérature allemande dans le dernier quart du XVIIIe siècle et dans le premier quart du XIXe.

L'Allemagne avait aussi obtenu la suprématie intellectuelle en Europe, tandis que la France continuait d'exercer la prépondérance politique, que l'Angleterre toutefois lui disputait vivement. Mais la floraison littéraire de l'Allemagne ne pouvait rester stérile : à l'essor intellectuel devrait succéder l'action politique. Sous Napoléon Ier, c'était l'Allemagne qui avait eu le plus à souffrir de la prépondérance française. Le joug fut secoué dans les guerres de l'indépendance, en 1813 et 1814 ; cependant la cause première de notre impuissance, le manque d'unité politique, n'avait pas disparu. L'empire d'Allemagne n'était depuis longtemps qu'une ombre : cette ombre elle-même s'était évanouie. L'Allemagne ne formait plus qu'un agrégat d'États grands et petits, indépendants les uns des autres. Cette indépendance, beaucoup plus apparente que réelle, était assez réelle cependant pour rendre impossible toute action vigoureuse de l'ensemble. La Diète, qui devait représenter notre unité, ne révélait guère son existence que par les obstacles qu'elle opposait au mouvement libéral dans les divers États. Que si la France éprouvait de nouveau la tentation de s'agrandir à nos dépens, ce n'était pas nous, c'étaient la Russie et l'Angleterre qui pouvaient s'y opposer. On le sentait bien en Allemagne ; ils le sentaient bien les survivants des guerres de l'indépendance, qui voyaient, dans les tristes années de la réaction, se lever de tout autres épis que ceux qu'ils avaient voulu semer ; ils le sentaient bien les jeunes gens qui avaient grandi au milieu des idées et des chants nationaux inspirés par ces guerres. Les efforts unitaires de cette époque eurent eux-mêmes quelque chose de bien juvénile, quelque chose de prématuré et de romantique. L'idée allemande ne vivait plus qu'à l'état de fantôme : elle errait comme l'ombre du vieil empereur. Et l'inquiétude bien exagérée que causaient aux puissants d'alors les sociétés d'étudiants, et « ces stériles agitations démocratiques », comme on les appelait, — cette inquiétude prouve seulement le malaise de leur conscience.

L'orage de votre révolution de Juillet ne fut pas sans purifier aussi chez nous l'atmosphère ; toutefois, il ne fut suivi chez nous d'aucun progrès essentiel. On se préoccupa beaucoup trop de l'étranger. Chaque peuple, au contraire, doit regarder avant tout en lui-même, considérer son propre tempérament et sa propre histoire. Dans les Chambres de nos petits États, il y eut quelque mouvement, et plus d'un talent politique se manifesta ; mais l'étroitesse du théâtre rétrécissait aussi la perspective. Comme la Prusse et l'Autriche restaient fermées au régime constitutionnel et se donnaient la main pour l'étouffer, autant que possible, dans les petits États, on en vint naturellement à voir un acte de patriotisme dans toute résistance à la Diète, qui était pourtant le seul et pauvre reste de l'unité allemande. Mais à la longue on ne pouvait se dissimuler que les meilleurs discours dans les Chambres des petits États n'aboutiraient à rien, aussi longtemps que les gouvernements de ces États pourraient s'appuyer sur la Diète, c'est-à-dire sur la Prusse et l'Autriche absolutistes. La pensée d'une représentation du peuple à la Diète se faisait jour ; un progrès important, quoique incomplet, s'était accompli en Prusse par la convocation du Parlement uni, lorsqu'un nouveau choc, parti de la France, la révolution de Février, vint agir sur le développement de l'Allemagne. Ces contre-coups des agitations françaises n'avaient de dangers pour nous qu'aussi longtemps que nous étions faibles. À mesure que nos forces croissaient, ils nous devinrent de plus en plus profitables : le dernier, — celui de juillet 1870, — qui devait, dans l'intention de votre gouvernement, nous être si fatal, promet aujourd'hui d'avoir pour nous des suites plus heureuses que tous les précédents. Le contre-coup de votre révolution de Février atteignit l'Allemagne à un moment où l'on était arrivé dans les divers États à comprendre la stérilité de toutes les tentatives isolées pour fonder la liberté et la prospérité de la nation ; il fit prévaloir soudainement l'idée unitaire. Pour la première fois cette idée eut un organe politique, le Parlement allemand, issu des élections générales de 1848 et revêtu d'une autorité morale assez grande pour reléguer dans l'ombre pendant quelque temps les gouvernements réguliers. Tandis que, de 1820 à 1830, l'idée de l'unité avait surtout vécu chez les étudiants, un plaisant aurait pu dire qu'en 1848 elle avait passé aux professeurs — si du moins il y a, comme on l'a prétendu, quelque chose d'un professeur dans tout Allemand cultivé. Bref, la question théorique fut très consciencieusement étudiée, mais en fait on n'exécuta rien : on perdit un temps précieux à constater le droit abstrait, à discuter des paragraphes de Constitution, — jusqu'à ce que peu à peu les puissances réelles fussent redevenues capables d'agir et que l'édifice idéal de l'Allemagne nouvelle se fût dissipé comme un dôme de nuages.

De cette hauteur éthérée on avait offert la couronne impériale à un prince qui, tout habitant des nuages qu'il était lui-même, montra pourtant du bon sens en reconnaissant que son front n'était pas fait pour cette couronne, et que d'ailleurs cette couronne telle qu'on la lui offrait était illusoire. Les essais qu'il fit ensuite de son chef pour s'approprier une partie de ce qui lui avait été offert échouèrent plus misérablement encore que n'avait échoué l'essai du peuple allemand pour se reconstituer lui-même. Pendant ces luttes on avait pu reconnaître toujours mieux que la rivalité de la Prusse et de l'Autriche était la cause principale du mal dont souffrait la politique allemande. Au temps où régnait l'influence de Metternich, la Prusse s'était traînée à la remorque de l'Autriche et on avait vu dans cet état de choses la garantie de l'ordre et de la sécurité : les efforts toujours plus sérieux que faisait la Prusse pour avoir une politique à elle, ces efforts étaient aussi désagréables que nouveaux pour l'Autriche. Aussi, tout ce que la Prusse voulut dès lors créer ou développer en Allemagne — à commencer par le *Zollverein* — fut combattu secrètement et ouvertement par l'Autriche : l'Allemagne fut désormais dans la situation d'une voiture à laquelle seraient attelés devant et derrière deux chevaux d'égale force, et qui, pour cette raison, resterait immobile. Mais toutes les époques produisent leurs hommes, — celles du moins où se rencontrent des caractères de forte trempe, placés dans une situation favorable. M. de Bismark était un de ces hommes-là, et la Diète de Francfort, où il représentait la Prusse, était l'endroit du monde où l'on pouvait le mieux pénétrer dans tout le détail des misères allemandes. Ce fut à l'origine sa fierté de Prussien qui jura vengeance à l'Autriche pour les humiliations qu'elle avait infligées à son pays ; mais M. de Bismark sentait bien qu'en relevant la Prusse il relèverait aussi l'Allemagne. À l'occasion des affaires du Schleswig-Holstein, on réussit un instant à atteler les deux chevaux l'un à côté de l'autre ; mais à peine le but était-il atteint, que les deux coursiers se séparèrent. Maintenant il s'agissait de briser résolument les traits qui retenaient au char le cheval de derrière : cela fait, le cheval de devant n'aurait plus aucune peine à avancer. C'était aussi simple que l'œuf de Colomb ; il semblait que l'idée dût en venir à tout le monde, et pourtant, si d'autres l'ont eue, il n'y a eu qu'un seul homme qui ait su découvrir les vrais moyens de la mettre à exécution.

Il y a dans la vie des peuples, comme dans celle des individus, des moments où le résultat que nous avions depuis longtemps désiré est recherché et obtenu, mais sous une forme si inattendue, que nous ne le reconnaissons pas, que nous nous en détournons même avec mécontentement et avec colère. C'est ce qu'on vit à propos de la guerre austro-prussienne de 1866 et de ses suites : elle nous apportait, à nous autres Allemands, le résultat que nous désirions depuis longtemps, mais elle ne l'apportait pas *comme* nous l'avions voulu, et c'est pour cela qu'une grande partie du peuple allemand refusa de l'accepter. Nous avions voulu inaugurer l'unité allemande au nom de l'*idée*, du vœu de la nation, de la pensée de ses plus grands hommes : et voilà que la force lui frayait un chemin par le fer et le sang. Nous avions voulu, — car rien ne gêne l'essor de l'idée pure, — nous avions voulu réunir tous les membres de la famille allemande dans un seul empire ; et voilà que, pour nous accommoder aux conditions de la réalité, nous devions voir, non seulement les Allemands de l'Autriche, mais encore les États du Sud, rester en dehors de l'Allemagne nouvelle. Il a fallu du temps pour que l'idéalisme allemand, et, disons-le, pour que la ténacité allemande se réconciliât avec les faits ; mais la puissance de ces faits, la raison supérieure dont ils étaient l'expression, ont été irrésistibles, et en très peu de temps l'intelligence de nos vrais intérêts s'est propagée de la façon la plus heureuse.

Ce qui n'a pas peu contribué à ouvrir les yeux les plus rebelles à l'évidence, c'est l'attitude prise par la France à la suite de ces événements. Elle avait laissé faire, dans l'espérance de tirer parti pour sa prépondérance des divisions intérieures de l'Allemagne ; lorsqu'elle se vit trompée dans son calcul, elle ne put cacher son dépit. Dès lors, nous pûmes, nous autres Allemands, juger très exactement notre situation politique à la lumière des appréciations françaises. À voir la mine renfrognée que faisait la France à la Prusse et à la Confédération du Nord, à voir ses agaceries à l'adresse des États du Sud, nous comprîmes bientôt que la cause de la Prusse était celle de l'Allemagne et que le *Sonderbund* sudiste nous exposait aux plus grands dangers. Tout mouvement que faisait la Prusse, non pas pour forcer les États du Sud à entrer dans la Confédération nouvelle, mais pour tenir la porte ouverte, était suspecté par la France : même à propos de sujets étrangers à la politique, comme la subvention pour le chemin de fer du Saint-Gothard, le coq gaulois entonnait son chant de bataille. Depuis la chute de Napoléon Ier, la France a changé trois fois sa constitution : l'Allemagne n'a jamais pensé à lui faire d'objections à ce propos ; elle a toujours reconnu le droit du voisin de transformer sa maison à l'intérieur selon ses besoins et ses convenances, et même selon ses caprices. Ce que nous, Allemands, nous avons fait en 1866 et depuis, est-ce donc autre chose ? Les réparations que nous faisions à un logis notoirement inhabitable, — les parois que nous élevions, les poutres que nous placions, les murs que nous construisions, — tout cela ébranlait-il la maison du voisin ? Cela menaçait-il de lui ôter l'air et la lumière, de l'exposer à un incendie ? Nullement ; mais notre maison lui semblait devenir trop belle ; il voulait posséder la maison la mieux bâtie et la plus haute de toute la rue, et surtout il ne fallait pas que la nôtre devînt trop solide, il ne devait pas nous être permis de la fermer : le voisin devait garder indéfiniment le privilège d'en prendre, à l'occasion et selon sa fantaisie, quelques chambres pour son usage, et de les réunir à sa propre maison, comme il l'avait déjà fait à plusieurs reprises. Et cependant nous n'avions pas songé, dans notre projet de restauration, à réclamer les parties de notre édifice dont ce violent voisin s'était emparé à une autre époque ; nous les lui avions laissées, considérant l'affaire comme prescrite ; maintenant, je l'avoue, après qu'il en a appelé au glaive, ces anciennes aspirations se réveillent.

La France ne veut pas renoncer à sa suprématie sur l'Europe, car ce n'est que si elle a un droit à cette suprématie qu'elle a aussi le droit d'intervenir dans nos affaires intérieures. Mais sur quoi donc se fonde ce prétendu droit ? Pour la culture générale, l'Allemagne est depuis longtemps au moins à la hauteur de la France ; les représentants les plus autorisés de la littérature française reconnaissent que notre littérature ne le cède en rien à la leur ; et quant à cette instruction également répandue qui fait pénétrer la culture et la moralité dans toutes les classes de la population, elle nous est enviée par les meilleurs citoyens de la France. En repoussant le protestantisme, la France a sans doute augmenté sa puissance politique, mais elle a porté à ses intérêts spirituels et moraux la plus grave atteinte. Enfin, pour ce qui est de la capacité politique, après être longtemps restés en arrière, nous sommes aujourd'hui pour le moins égaux aux Français. La Révolution de 1789 avait paru leur donner l'avance sur nous, et nous lui devons nous-mêmes la rupture de maintes chaînes qui, sans elle, nous auraient entravés longtemps encore ; mais ce qu'on a pu voir depuis lors en France n'est vraiment pas fait pour nous inspirer de la jalousie. Des gouvernements tempérés semblent n'exister dans ce pays que pour être minés et renversés, pour se dissoudre dans l'anarchie, comme celle-ci dans le despotisme. La monarchie constitutionnelle, dans laquelle vous voyez comme moi la seule forme de gouvernement acceptable pour l'Europe (quelques cas exceptionnels mis de côté) pourra-t-elle jamais prendre racine en France ? C'est là ce dont vous doutez vous-même dans votre excellent écrit sur ce sujet, c'est là du moins ce que vous désirez plus que vous ne l'espérez.

Ai-je besoin de vous dire, très honoré Monsieur, que je ne méconnais aucunement les nombreuses qualités de la nation française, que je vois en elle un membre essentiel et indispensable de la famille européenne, — un ferment bienfaisant dans la masse ? Non certes, pas plus que vous n'avez à m'assurer vous-même de votre bienveillante impartialité à l'égard de la nation allemande. Mais les nations, comme les individus, ont les défauts de leurs qualités, et depuis des siècles nos deux nations ont reçu une éducation bien différente ou plutôt tout à fait opposée. Nous, à la dure école du malheur et de la honte, où d'ordinaire vos compatriotes ont été nos maîtres et pédagogues peu indulgents, nous avons appris à reconnaître nos défauts capitaux et héréditaires, nos rêveries, notre lenteur et, avant tout, notre manque d'unité ; — nous avons appris à les reconnaître pour ce qu'ils sont, pour les obstacles à toute prospérité nationale ; nous nous sommes recueillis, nous avons lutté contre nos défauts et nous avons tâché de nous en délivrer toujours de plus en plus. Au contraire, les défauts nationaux de la France ont été entretenus par une suite de souverains français ; ils ont été favorisés par le succès, et le malheur ne les a pas fait disparaître. La recherche de l'éclat et de la gloire, le désir de briller, non par le travail tranquille à l'intérieur, mais par d'aventureuses entreprises au-dehors, la prétention arrogante d'être à la tête de la civilisation, le penchant à prendre les autres nations en tutelle et à les exploiter, — ces travers qui sont dans la nature française comme les précédents dans la nature germanique, ont été nourris avec tant de soin par Louis XIV, par le premier Napoléon et par celui qui aura été, je l'espère, le dernier, que le caractère de la nation en a été atteint de la manière la plus grave. La gloire, en particulier, que récemment encore un de vos ministres appelait le premier mot de la langue française, en est au contraire le plus mauvais et le plus pernicieux, et la nation ferait bien de le rayer pour un temps de son dictionnaire : n'est-ce pas, en effet, le veau d'or devant lequel elle a dansé depuis des siècles, — le Moloch auquel elle a sacrifié et sacrifie encore aujourd'hui tant de milliers de ses fils et des fils des nations voisines, — le feu follet qui a toujours su l'attirer loin des champs prospères du travail pour la conduire dans le désert et souvent jusqu'au bord de l'abîme ? Et tandis que les précédents souverains, Napoléon Ier en particulier, possédés eux-mêmes de ce démon national, étaient jusqu'à un certain point *naïfs* dans leurs guerres injustes, ce qui pousse le Napoléon actuel à surexciter sans cesse la passion nationale pour l'éclat, la gloire et les conquêtes, c'est un dessein conscient et raffiné d'égarer la nation au profit des calculs d'un froid égoïsme et de détourner son attention de la décadence morale et politique à l'intérieur. Ce manège lui a réussi contre la Russie en Crimée, contre l'Autriche en Italie ; au Mexique, il a eu un échec significatif ; vis-à-vis de la Prusse, il a laissé passer le bon moment. Au commencement de cette année, on put croire qu'il pensait sérieusement à changer de voie et à se tourner vers les réformes intérieures dans le sens d'une liberté raisonnable, — on put le croire jusqu'à ce que le recours au plébiscite apprît au monde entier que Napoléon III était resté le même. Dès lors tout était à craindre pour l'Allemagne, — tout à craindre, ou, pour mieux dire, tout à espérer.

L'unité qu'il voulait empêcher, nous l'avons maintenant ; le défi arrogant adressé par lui au roi de Prusse a été sur-le-champ compris et relevé par le moindre paysan de la Marche de Brandebourg comme par les rois et les ducs au sud du Main. L'esprit de 1813 et de 1814 a couru sur toute l'Allemagne comme un vent de tempête, et nos premières victoires nous ont déjà donné un gage du succès assuré à une nation puissante qui combat pour son droit. Le but que nous voulons atteindre est uniquement l'égalité des peuples européens et cette sécurité qui est impossible pour notre nation tant qu'un voisin inquiet peut, selon son caprice, venir nous troubler dans nos travaux paisibles et nous enlever les fruits de notre labeur. Mais pour cela nous voulons des garanties, et ce n'est que lorsqu'elles nous auront été données qu'il pourra être question d'une entente amicale, d'une action commune des deux peuples dans tous les travaux de la haute culture et de la vraie civilisation. C'est aussi alors, — quand les chemins périlleux auront été fermés au peuple français, — c'est seulement alors qu'il pourra vraiment prêter l'oreille à des voix comme la vôtre qui lui ont indiqué de tout temps le bon chemin, le chemin du sérieux travail sur soi-même.

J'ai été plus long que je ne voulais d'abord, et qu'il n'était peut-être convenable ; mais notre situation politique allemande apparaît volontiers aux étrangers comme voilée d'un brouillard ; pour y porter la lumière, il faut absolument reprendre les choses de haut. Vous trouverez peut-être étrange aussi que ces lignes ne vous parviennent que par l'intermédiaire d'un journal. Certes, dans des temps moins agités, je me serais assuré tout d'abord de votre agrément ; mais, dans les circonstances actuelles, avant que ma demande fût parvenue dans vos mains, et votre réponse dans les miennes, le vrai moment aurait passé. Et j'estime d'ailleurs qu'il peut y avoir quelque utilité à ce que, dans cette crise, deux hommes appartenant aux deux nations rivales, indépendants l'un et l'autre et étrangers à tout esprit de parti, échangent leurs vues sans passion, mais en toute franchise, sur les causes et sur la portée de la lutte actuelle ; car les pages que je viens d'écrire n'auront complétement atteint leur but que si elles vous déterminent à un semblable exposé de sentiments, fait à votre point de vue.

Et là-dessus, très honoré Monsieur, agréez l'assurance de mes respectueux sentiments, et conservez, au milieu du tumulte de la guerre, votre amicale sympathie à votre tout dévoué

D.-F. STRAUSS.

Rorschach, aux bords du lac de Constance, le 12 août 1870.

LETTRE À M. STRAUSS

Le 18 août 1870, parut, dans la *Gazette d'Augsbourg*, une lettre que M. Strauss me faisait l'honneur de m'adresser sur les événements du temps. Elle se terminait ainsi :

« Vous trouverez peut-être étrange aussi que ces lignes ne vous parviennent que par l'intermédiaire d'un journal. Certes, dans des temps moins agités, je me serais assuré tout d'abord de votre agrément ; mais, dans les circonstances actuelles, avant que ma demande fût parvenue dans vos mains, et votre réponse dans les miennes, le vrai moment aurait passé. Et j'estime d'ailleurs qu'il peut y avoir quelque utilité à ce que, dans cette crise, deux hommes appartenant aux deux nations rivales, indépendants l'un et l'autre et étrangers à tout esprit de parti, échangent leurs vues sans passion, mais en toute franchise, sur les causes et sur la portée de la lutte actuelle ; car les pages que je viens d'écrire n'auront complètement atteint leur but que si elles vous déterminent à un semblable exposé de sentiments, fait à votre point de vue. »

Je me rendis à cette invitation ; le 16 septembre 1870, parut dans le *Journal des Débats* la réponse que je vais reproduire. La veille avait paru dans le même journal la traduction de la lettre de M. Strauss.

Monsieur et savant maître,

Vos hautes et philosophiques paroles nous sont arrivées à travers ce déchaînement de l'enfer, comme un message de paix ; elles nous ont été d'une grande consolation, à moi surtout qui dois à l'Allemagne ce à quoi je tiens le plus, ma philosophie, je dirai presque ma religion. J'étais au séminaire Saint-Sulpice vers 1843, quand je commençai à connaître l'Allemagne par Goethe et Herder. Je crus entrer dans un temple, et, à partir de ce moment, tout ce que j'avais tenu jusque-là pour une pompe digne de la Divinité me fit l'effet de fleurs de papier jaunies et fanées. Aussi, comme je vous l'ai écrit au premier moment des hostilités, cette guerre m'a rempli de douleur, d'abord à cause des épouvantables calamités qu'elle ne pouvait manquer d'entraîner, ensuite à cause des haines, des jugements erronés qu'elle répandra et du tort qu'elle fera aux progrès de la vérité. Le grand malheur du monde est que la France ne comprend pas l'Allemagne et que l'Allemagne ne comprend pas la France : ce malentendu ne fera que s'aggraver. On ne combat le fanatisme que par un fanatisme opposé ; après la guerre, nous nous trouverons en présence d'esprits rétrécis par la passion, qui admettront difficilement notre libre et large sérénité.

Vos idées sur l'histoire du développement de l'unité allemande sont d'une parfaite justesse. Au moment où j'ai reçu le numéro de la *Gazette d'Augsbourg* qui contenait votre belle lettre, j'étais justement occupé à écrire pour la *Revue des Deux Mondes* un article qui paraîtra ces jours-ci, et où j'exposais des vues identiques aux vôtres. Il est clair que, dès que l'on a rejeté le principe de la légitimité dynastique, il n'y a plus, pour donner une base aux délimitations territoriales des États, que le droit des nationalités, c'est-à-dire des groupes naturels déterminés par la race, l'histoire et la volonté des populations. Or, s'il y a une nationalité qui ait un droit évident d'exister en toute son indépendance, c'est assurément la nationalité allemande. L'Allemagne a le meilleur titre national, je veux dire un rôle historique de première importance, une âme, une littérature, des hommes de génie, une conception particulière des choses divines et humaines. L'Allemagne a fait la plus importante révolution des temps modernes, la Réforme ; en outre, depuis un siècle, l'Allemagne a produit un des plus beaux développements intellectuels qu'il y ait jamais eu, un développement qui a, si j'ose le dire, ajouté un degré de plus à l'esprit humain en profondeur et en étendue, si bien que ceux qui n'ont pas participé à cette culture nouvelle sont à ceux qui l'ont traversée comme celui qui ne connaît que les mathématiques élémentaires est à celui qui connaît le calcul différentiel.

Qu'une si grande force intellectuelle, jointe à tant de moralité et de sérieux, dût produire un mouvement politique correspondant, que la nation allemande fût appelée à prendre dans l'ordre extérieur, matériel et pratique, une importance proportionnée à celle qu'elle avait dans l'ordre de l'esprit, c'est ce qui était évident pour toute personne instruite, non aveuglée par la routine et les partis pris superficiels. Ce qui ajoutait à la légitimité des vœux de l'Allemagne, c'est que le besoin d'unité était chez elle une mesure de précaution justifiée par les déplorables folies du premier Empire, folies que les Français éclairés réprouvent autant que les Allemands, mais contre le retour desquelles il était bon de se prémunir, certaines personnes relevant encore ces souvenirs avec beaucoup d'étourderie.

C'est vous dire qu'en 1866 (je parle ici au nom d'un petit groupe de vrais libéraux) nous accueillîmes avec une grande joie l'augure de la constitution d'une Allemagne à l'état de puissance de premier ordre. Ce n'est pas qu'il nous agréât plus qu'à vous de voir ce grand et heureux événement réalisé par l'armée prussienne. Vous avez montré mieux que personne combien il s'en faut que la Prusse soit l'Allemagne. Mais n'importe ; nous avions à cet égard une pensée que, je pense, vous partagez : c'est que l'unité allemande, après avoir été faite par la Prusse, absorberait la Prusse, conformément à cette loi générale que le levain disparaît dans la pâte qu'il a fait lever. À ce pédantisme rogue et jaloux qui nous déplaît parfois dans la Prusse, nous voyions ainsi se substituer peu à peu et succéder en définitive l'esprit allemand, avec sa merveilleuse largeur, ses poétiques et philosophiques aspirations. Ce qu'il y avait de peu sympathique à nos instincts libéraux dans un pays féodal, très médiocrement parlementaire, dominé par une petite noblesse entichée d'une orthodoxie étroite et pleine de préjugés, nous l'oubliions comme vous l'oubliiez vous-même, pour ne voir dans un avenir ultérieur que l'Allemagne, c'est-à-dire une grande nation libérale, destinée à faire faire un pas décisif aux questions politiques, religieuses et sociales, et peut-être à réaliser ce que nous avons essayé en France, jusqu'ici sans y réussir : une organisation scientifique et rationnelle de l'État.

Comment ces rêves ont-ils été déçus ? Comment ont-ils fait place à la plus amère réalité ? J'ai expliqué mes idées sur ce point dans la *Revue* ; les voici en deux mots : on peut faire aussi grande que l'on voudra la part des fautes du gouvernement français, mais il serait injuste d'oublier ce qu'a eu de répréhensible à beaucoup d'égards la conduite du gouvernement prussien. Vous savez que les plans de M. de Bismarck furent communiqués en 1865 à l'empereur Napoléon III, lequel, en somme, y adhéra. Si cette adhésion vint de la conviction que l'unité de l'Allemagne était une nécessité historique, et qu'il était désirable que cette unité se fît avec la pleine amitié de la France, l'empereur Napoléon III eut mille fois raison. Il est à ma connaissance personnelle qu'un mois à peu près avant le commencement des hostilités de 1866 l'empereur Napoléon III croyait au succès de la Prusse, et même qu'il le désirait. Malheureusement, l'hésitation, le goût des actes successivement contradictoires perdirent l'Empereur en cette occasion comme en plusieurs autres. La victoire de Sadowa éclata sans que rien fût convenu. Versatilité inconcevable ! Égaré par les rodomontades du parti militaire, troublé par les reproches de l'opposition, l'Empereur se laissa entraîner à regarder comme une défaite le résultat qui aurait dû être pour lui une victoire, et qu'en tout cas il avait voulu et amené.

Si le succès justifie tout, le gouvernement prussien est complètement absous ; mais nous sommes philosophes, monsieur ; nous avons la naïveté de croire que celui qui a réussi peut avoir eu des torts. Le gouvernement prussien avait sollicité, accepté l'alliance secrète de l'empereur Napoléon III et de la France. Quoique rien n'eût été stipulé, il devait à l'Empereur et à la France des marques de gratitude et de sympathie. Un de vos compatriotes, qui montre en ce moment contre la France plus de passion que je n'aime à en voir chez un galant homme, me disait, à l'époque dont il s'agit, que l'Allemagne devait à la France une grande reconnaissance pour la part réelle, quoique négative, que cette dernière avait prise à sa fondation. Conduit par un principe d'orgueil qui aura dans l'avenir de fâcheuses conséquences, le cabinet de Berlin ne l'entendit pas ainsi. Certes les agrandissements territoriaux, quand il s'agit d'une nation forte déjà de trente ou quarante millions d'hommes, ont peu d'importance ; l'acquisition de la Savoie et de Nice a été pour la France plus fâcheuse qu'utile. On peut regretter cependant que le gouvernement prussien n'ait pas fait céder la rigueur de ses prétentions dans l'affaire du Luxembourg. Le Luxembourg cédé à la France, la France n'eût pas été plus grande ni l'Allemagne plus petite ; mais cette concession insignifiante eût suffi pour satisfaire l'opinion superficielle, qui en un pays de suffrage universel doit être ménagée, et eût permis au gouvernement français de masquer sa retraite. Dans le plus grand château des croisés qui existe encore en Syrie, le Kalaat-el-hosn, se voit, en beaux caractères du XIIe siècle, sur une pierre au milieu des ruines, l'inscription suivante, que la maison de Hohenzollern devrait faire graver sur l'écusson de tous ses châteaux :

Sit tibi copia,
Sit sapientia,
Formaque detur ;
Inquinat omnia
Sola superbia
Si comitetur.

Dans les causes éloignées de la guerre, un esprit impartial peut donc faire presque égale la part de reproches que méritent d'un côté le gouvernement de la France et d'un autre côté celui de la Prusse. Quant à la cause prochaine, à ce pitoyable incident diplomatique ou plutôt ce jeu cruel de vanités blessées qui, pour venger de chétives querelles de diplomates, a déchaîné tous les fléaux sur l'espèce humaine, vous savez ce que j'en pense. J'étais à Tromsoë, où le plus splendide paysage de neige des mers polaires me faisait rêver aux îles des Morts de nos ancêtres celtes et germains, quand j'appris cette horrible nouvelle ; je n'ai jamais maudit comme ce jour-là le sort fatal qui semble condamner notre malheureux pays à n'être jamais conduit que par l'ignorance, la présomption et l'ineptie.

Cette guerre, quoi qu'on en dise, n'était nullement inévitable. La France ne voulait en aucune façon la guerre. Il ne faut pas juger de ces choses par des déclamations de journaux et des criailleries de boulevard. La France est profondément pacifique ; ses préoccupations sont tournées vers l'exploitation des énormes sources de richesses qu'elle possède et vers les questions démocratiques et sociales. Le roi Louis-Philippe avait vu le vrai sur ce point avec beaucoup de bon sens. Il sentait que la France, avec son éternelle blessure, toujours près de se rouvrir (le manque d'une dynastie ou d'une constitution universellement acceptée), ne pouvait pas faire la grande guerre. Une nation qui a rempli son programme et atteint l'égalité ne saurait lutter avec des peuples jeunes, pleins d'illusions et dans tout le feu de leur développement. Croyez-moi, les uniques causes de la guerre sont la faiblesse de nos institutions constitutionnelles et les funestes conseils que des militaires présomptueux et bornés, des diplomates vaniteux ou ignorants ont donnés à l'Empereur. Le plébiscite n'y est pour rien ; au contraire, cette étrange manifestation, qui montra que la dynastie napoléonienne avait poussé ses racines jusqu'aux entrailles mêmes du pays, devait faire croire que l'Empereur s'éloignerait ensuite de plus en plus des allures d'un joueur désespéré. Un homme qui possède de grands biens territoriaux nous paraît devoir être moins porté à tenter le sort sur un coup de dé que celui dont la richesse est douteuse. En réalité, pour écarter les dangers de conflagration, il suffisait d'attendre. Que de questions, dans les affaires de cette pauvre espèce humaine, il faut résoudre en ne les résolvant pas ! Au bout de quelques années on est tout surpris que la question n'existe plus. Y eut-il jamais une haine nationale comme celle qui pendant six siècles a divisé la France et l'Angleterre ? Il y a vingt-cinq ans, sous Louis-Philippe, cette haine était encore assez forte ; presque tout le monde déclarait qu'elle ne pouvait finir que par la guerre ; elle a disparu comme par enchantement.

Naturellement, cher monsieur, les libéraux éclairés n'ont eu ici qu'un seul vœu depuis l'heure fatale, voir finir ce qui n'aurait pas dû commencer. La France a eu mille fois tort de paraître vouloir s'opposer aux évolutions intérieures de l'Allemagne ; mais l'Allemagne commettrait une faute non moins grave en voulant porter atteinte à l'intégrité de la France. Si l'on a pour but de détruire la France, rien de mieux conçu qu'un tel plan ; mutilée, la France rentrerait en convulsions et périrait. Ceux qui pensent, comme quelques-uns de vos compatriotes, que la France doit être supprimée du nombre des peuples sont conséquents en demandant son amoindrissement ; ils voient très bien que cet amoindrissement serait sa fin ; mais ceux qui croient comme vous que la France est nécessaire à l'harmonie du monde doivent peser les conséquences qu'entraînerait un démembrement. Je puis parler ici avec une sorte d'impartialité. Je me suis étudié toute ma vie à être bon patriote, ainsi qu'un honnête homme doit l'être, mais en même temps à me garder du patriotisme exagéré comme d'une cause d'erreur. Ma philosophie, d'ailleurs, est l'idéalisme ; où je vois le bien, le beau, le vrai, là est ma patrie. C'est au nom des vrais intérêts éternels de l'idéal que je serais désolé que la France n'existât plus. La France est nécessaire comme protestation contre le pédantisme, le dogmatisme, le rigorisme étroit. Vous qui avez si bien compris Voltaire devez comprendre cela. Cette légèreté qu'on nous reproche est au fond sérieuse et honnête. Prenez garde que, si notre tour d'esprit, avec ses qualités et ses défauts, disparaissait, la conscience humaine serait sûrement amoindrie. La variété est nécessaire, et le premier devoir de l'homme qui cherche d'un cœur vraiment pieux à entrer dans les desseins de la Divinité est de supporter, de respecter même les organes providentiels de la vie spirituelle de l'humanité qui lui sont le moins congénères et le moins sympathiques. Votre illustre Mommsen, dans une lettre qui nous a un peu attristés, comparait il y a quelques jours notre littérature aux eaux bourbeuses de la

Seine, et cherchait à en préserver le monde comme d'un poison. Quoi ! cet austère savant connaît donc nos journaux burlesques et notre niais petit théâtre bouffon ! Soyez assuré qu'il y a encore, derrière la littérature charlatanesque et misérable qui a chez nous comme partout les succès de la foule, une France fort distinguée, différente de la France du XVIIe et du XVIIIe siècle, de même race cependant : d'abord un groupe d'hommes de la plus haute valeur et du sérieux le plus accompli, puis une société exquise, charmante et sérieuse à la fois, fine, tolérante, aimable, sachant tout sans avoir rien appris, devinant d'instinct le dernier résultat de toute philosophie. Prenez garde de froisser cela. La France, pays très mixte, offre cette particularité que certaines plantes germaniques y poussent souvent mieux que dans leur sol natal ; on pourrait le démontrer par des exemples de notre histoire littéraire du XIIe siècle, par les chansons de geste, la philosophie scolastique, l'architecture gothique. Vous semblez croire que la diffusion des saines idées germaniques serait facilitée par certaines mesures radicales, détrompez-vous ; cette propagande serait alors arrêtée net ; le pays s'enfoncerait avec rage dans ses routines nationales et ses défauts particuliers. — « Tant pis pour lui ! » diront vos exaltés. — « Tant pis pour l'humanité ! » ajouterai-je. La suppression ou l'atrophie d'un membre fait pâtir tout le corps.

L'heure est solennelle. Il y a en France deux courants d'opinion. Les uns raisonnent ainsi : « Finissons cette odieuse partie au plus vite ; cédons tout, l'Alsace, la Lorraine ; signons la paix ; puis haine à mort, préparatifs sans trêve, alliance avec n'importe qui, complaisances sans borne pour toutes les ambitions russes ; un seul but, un seul mobile à la vie, guerre d'extermination contre la race germanique. » D'autres disent : « Sauvons l'intégrité de la France, développons les institutions constitutionnelles, réparons nos fautes, non en rêvant de prendre notre revanche d'une guerre où nous avons été injustes agresseurs, mais en contractant avec l'Allemagne et l'Angleterre une alliance dont l'effet sera de conduire le monde dans les voies de la civilisation libérale. » L'Allemagne décidera laquelle des deux politiques suivra la France, et du même coup elle décidera de l'avenir de la civilisation.

Vos germanistes fougueux allèguent que l'Alsace est une terre germanique, injustement détachée de l'Empire allemand. Remarquez que les nationalités sont toutes des cotes mal taillées ; si l'on se met à raisonner ainsi sur l'ethnographie de chaque canton, on ouvre la porte à des guerres sans fin. De belles provinces de langue française ne font pas partie de la France, et cela est très avantageux, même pour la France. Des pays slaves appartiennent à la Prusse. Ces anomalies servent beaucoup à la civilisation. La réunion de l'Alsace à la France, par exemple, est un des faits qui ont le plus contribué à la propagande du germanisme ; c'est par l'Alsace que les idées, les méthodes, les livres de l'Allemagne passent d'ordinaire pour arriver jusqu'à nous. Il est incontestable que, si on soumettait la question au peuple alsacien, une immense majorité se prononcerait pour rester unie à la France. Est-il digne de l'Allemagne de s'attacher de force une province rebelle, irritée, devenue irréconciliable, surtout depuis la destruction de Strasbourg ? L'esprit est vraiment parfois confondu de l'audace de vos hommes d'État. Le roi de Prusse paraît en train de s'imposer la lourde tâche de résoudre la question française, de donner et par conséquent de garantir un gouvernement à la France. Peut-on, de gaieté de cœur, rechercher un pareil fardeau ? Comment ne voit-on pas que la conséquence de cette politique serait d'occuper la France à perpétuité avec 3 ou 400 000 hommes ? L'Allemagne veut donc rivaliser avec l'Espagne du XVIe siècle ? Et sa grande et haute culture intellectuelle, que deviendrait-elle à ce jeu-là ? Qu'elle prenne garde qu'un jour, quand on voudra désigner les années les plus glorieuses de la race germanique, on ne préfère à la période de sa domination militaire, marquée peut-être par un abaissement intellectuel et moral, les premières années de notre siècle, où, vaincue, humiliée extérieurement, elle créait pour le monde la plus haute révélation de la raison que l'humanité eût connue jusque-là !

On s'étonne que quelques-uns de vos meilleurs esprits

ne voient pas cela, et surtout qu'ils se montrent contraires à une intervention de l'Europe en ces questions. La paix ne peut, à ce qu'il semble, être conclue directement entre la France et l'Allemagne ; elle ne peut être l'ouvrage que de l'Europe, qui a blâmé la guerre et qui doit vouloir qu'aucun des membres de la famille européenne ne soit trop affaibli. Vous parlez à bon droit de garanties contre le retour de rêves malsains ; mais quelle garantie vaudrait celle de l'Europe, consacrant de nouveau les frontières actuelles et interdisant à qui que ce soit de songer à déplacer les bornes fixées par les anciens traités ? Toute autre solution laissera la porte ouverte à des vengeances sans fin. Que l'Europe fasse cela, et elle aura posé pour l'avenir le germe de la plus féconde institution, je veux dire d'une autorité centrale, sorte de congrès des États-Unis d'Europe, jugeant les nations, s'imposant à elles, et corrigeant le principe des nationalités par le principe de fédération. Jusqu'à nos jours, cette force centrale de la communauté européenne ne s'est guère montrée en exercice que dans des coalitions passagères contre le peuple qui aspirait à une domination universelle ; il serait bon qu'une sorte de coalition permanente et préventive se formât pour le maintien des grands intérêts communs, qui sont après tout ceux de la raison et de la civilisation.

Le principe de la fédération européenne peut ainsi offrir une base de médiation semblable à celle que l'Église offrait au Moyen Âge. On est parfois tenté de prêter un rôle analogue aux tendances démocratiques et à l'importance que prennent de nos jours les problèmes sociaux. Le mouvement de l'histoire contemporaine est une sorte de balancement entre les questions patriotiques d'une part, les questions démocratiques et sociales de l'autre. Ces derniers problèmes ont un côté de légitimité et seront peut-être, en un sens, la grande pacification de l'avenir. Il est certain que le parti démocratique, malgré ses aberrations, agite des problèmes supérieurs à la patrie : les sectaires de ce parti se donnent la main par-dessus toutes les divisions de nationalité et professent une grande indifférence pour les questions de point d'honneur, qui touchent surtout la noblesse et les militaires. Les milliers de pauvres gens qui en ce moment s'entre-tuent pour une cause qu'ils ne comprennent qu'à demi ne se haïssent pas ; ils ont des besoins, des intérêts communs. Qu'un jour ils arrivent à s'entendre et à se donner la main malgré leurs chefs, c'est là un rêve sans doute ; on peut cependant entrevoir plus d'un biais par où la politique à outrance de la Prusse pourra servir à l'avènement d'idées qu'elle ne soupçonne pas. Il paraît difficile que cette fureur d'une poignée d'hommes, reste des vieilles aristocraties, mène longtemps à l'égorgement des masses de populations douces, arrivées à une conscience démocratique assez avancée et plus ou moins imbues d'idées économiques (pour eux saintes) dont le propre est justement de ne pas tenir compte des rivalités nationales.

Ah ! cher maître, que Jésus a bien fait de fonder le royaume de Dieu, un monde supérieur à la haine, à la jalousie, à l'orgueil, où le plus estimé est, non pas, comme dans les tristes temps que nous traversons, celui qui fait le plus de mal, celui qui frappe, tue, insulte, celui qui est le plus menteur, le plus déloyal, le plus mal élevé, le plus défiant, le plus perfide, le plus fécond en mauvais procédés, en idées diaboliques, le plus fermé à la pitié, au pardon, celui qui n'a nulle politesse, qui surprend son adversaire, lui joue les plus mauvais tours ; mais celui qui est le plus doux, le plus modeste, le plus éloigné de toute assurance, jactance et dureté, celui qui cède le pas à tout le monde, celui qui se regarde comme le dernier ! La guerre est un tissu de péchés, un état contre nature où l'on recommande de faire comme belle action ce qu'en tout autre temps on commande d'éviter comme vice ou défaut, où c'est un devoir de se réjouir du malheur d'autrui, où celui qui rendrait le bien pour le mal, qui pratiquerait les préceptes évangéliques de pardon des injures, de goût pour l'humiliation, serait absurde et même blâmable. Ce qui fait entrer dans le Walhalla est ce qui exclut du royaume de Dieu. Avez-vous remarqué que ni dans les huit béatitudes, ni dans le sermon sur la montagne, ni dans l'Évangile, ni dans toute la littérature chrétienne primitive, il n'y a un mot qui mette les vertus militaires parmi celles qui gagnent le royaume du ciel ?

Insistons sur ces grands enseignements de paix, qui échappent aux hommes dupes de leur orgueil, entraînés par leur éternel et si peu philosophique oubli de la mort. Personne n'a le droit de se désintéresser des désastres de son pays ; mais le philosophe comme le chrétien a toujours des motifs de vivre. Le royaume de Dieu ne connaît ni vainqueurs ni vaincus ; il consiste dans les joies du cœur, de l'esprit et de l'imagination, que le vaincu goûte plus que le vainqueur, s'il est plus élevé moralement et s'il a plus d'esprit. Votre grand Goethe, votre admirable Fichte ne nous ont-ils pas appris comment on peut mener une vie noble et par conséquent heureuse au milieu de l'abaissement extérieur de sa patrie ? Un motif, du reste, m'inspire un grand repos d'esprit : l'an dernier, lors des élections pour le Corps législatif, je m'offris aux suffrages des électeurs ; je ne fus pas choisi ; mes affiches se voient encore sur les murs des villages de Seine-et-Marne ; on y peut lire : « Pas de révolution, pas de guerre ! Une guerre serait aussi funeste qu'une révolution ! » Pour avoir la conscience tranquille dans des temps comme les nôtres, il faut pouvoir se dire qu'on n'a pas fui systématiquement la vie publique, pas plus qu'on ne l'a recherchée.

Conservez-moi toujours votre amitié, et croyez à mes sentiments les plus élevés.

Paris, 13 septembre 1870.

DEUXIÈME LETTRE À RENAN[1]

Monsieur et très honoré,

Vous avez accédé à mon vœu en répondant à ma lettre ouverte dans la même forme, et vous l'avez fait d'une manière si aimable et amicale que je ne saurais trop tarder à vous en marquer ma reconnaissance. Votre réponse ranime en moi la conviction encourageante que nous œuvrons à une même tâche et que, par des voies diverses, nous poursuivons les mêmes fins. Conduire honnêtement l'humanité en direction d'un développement harmonieux et libre est pour nous deux le fil conducteur de nos pensées et de nos actions ; aussi chacun d'entre nous cherche-t-il, de la manière la plus appropriée, à agir sur sa propre nation, mais aussi à comprendre celle de l'autre et à savoir l'estimer.

Les paroles de vive reconnaissance que vous adressez à notre littérature classique, au début de votre lettre, m'ont été droit au cœur. Et comme je vous accorde volontiers que vous exigiez du censeur de votre nation qu'il sache distinguer la littérature frivole des journaux des riches fruits du travail d'esprits sérieux, la France des futilités et des modes du noyau de fermeté qu'elles masquent, une société aux mœurs corrompues d'une bonne société, profonde et véridique. Il est toutefois indéniable que, durant la dernière décennie, la France, tout particulièrement par ses romans et son théâtre, a fait surgir un tel flot de poison qu'on ne peut reprocher ses paroles de colère à l'érudit allemand dont vous parlez[2]. Mais, pour notre honte à nous Allemands, il n'avait pas besoin, pour s'en per-

1. Traduction de Joël Roman. Je remercie Dominique Bourel de ses conseils. J'ai en général repris la traduction des phrases citées par Jean-Marie Paul dans sa thèse.

2. Il s'agit de Mommsen. Cf. la lettre de Renan, pp. 125-126.

suader, d'entreprendre le voyage jusqu'à Paris : il pouvait voir à Berlin toutes les danses dévergondées et toutes les pièces de théâtre burlesques ; ainsi nous sommes-nous laissé librement circonvenir par la perversion française et nous en sommes aussi coupables. Inversement, nous ne devrions pas, en ces temps de catastrophe, rejeter en bloc comme corrompue une littérature issue d'esprits aussi fins et nobles que celui de Sainte-Beuve — pour n'en citer qu'un, hélas disparu. Mais si cette dépravation est aussi profondément répandue et largement partagée que les patriotes français le confessent (ce que nous avions, nous autres Allemands, su pressentir), c'est qu'elle ne touche pas seulement la littérature, mais aussi le peuple ; nous n'avions aucune idée, avant-guerre, de la profondeur de la corruption et de la dissolution de tous les liens moraux.

On ne pouvait pas ne pas attendre de votre perspicacité et de votre équité que vous nous accordiez, à côté de la place que nous avons conquise dans les domaines des mœurs et de l'esprit, le droit d'exister politiquement dans cette même mesure. Vous octroyez au « peuple de penseurs » un coin de terre. Que ce but n'ait pas été atteint par ce lâche agrégat de petits, moyens ou grands États qui s'appelait jusqu'en 1866 l'Allemagne, qu'il ait donc fallu pour cela la réunion des États et tribus allemands dans un véritable État unifié, vous en convenez aussi. Pourquoi, demandez-vous dans votre pénétrant article sur « La guerre entre la France et l'Allemagne » paru dans *La Revue des deux mondes*, pourquoi refuser à l'Allemagne ce que nous avons fait chez nous, et ce que nous avons aidé l'Italie à faire ? Si la France nous a donc déclaré la guerre parce qu'elle ne supportait pas le renforcement de notre État, vous lui donnez décidément tort.

Mais vous en exonérez le peuple français et, d'une manière générale, vous n'attribuez pas à la France la totalité de la faute, tout au plus la moitié. D'après vous, le peuple français a des dispositions pacifiques ; il a le besoin et le désir de cultiver à loisir ses riches ressources, de construire ses institutions politiques dans le sens de la liberté. Je veux croire que vous connaissez bien votre peuple ;

mais d'où vient donc la magie qu'exerce sans cesse l'appel à la frontière sur le Rhin ? D'où vient cette représentation fantastique, qui le fait entrer en fureur non seulement à l'évocation de Waterloo, qui fut pour lui une défaite et signifia la chute du premier empire et de sa splendeur, mais aussi à celle de Sadowa, où il n'a pas perdu un homme ni un pouce de territoire ? D'où, sinon de cette blessure ouverte de la France, qui n'est pas seulement telle que vous la décrivez — « le manque d'une dynastie universellement acceptée » — mais qui provient aussi tout particulièrement de cette jalousie irritable et maladive à l'égard de l'Allemagne. Vous reconnaissez vous-même que chaque Français, depuis plus de cinquante ans, a littéralement tété avec le sein maternel la revendication des frontières naturelles sur le Rhin ; et combien s'en trouve-t-il qui aient pu se dégager d'un préjugé qui fut leur premier aliment par un acte de réflexion ultérieur ? Peut-être pas un sur mille. Aussi lorsque vous dites « cette guerre était évitable », je vous retourne « oui, si les Français s'étaient métamorphosés ». Tant qu'ils resteront ce qu'ils sont, qu'ils forment une république ou une monarchie, qu'ils aient à leur tête un empereur ou un roi, cette susceptibilité peut à tout instant se réveiller et le gouvernement croire ne pas pouvoir résister à la pression d'en bas, aux inclinations d'un parti, aux cris de la presse, et se précipiter dans la guerre.

Mais davantage encore, vous jugez que l'Allemagne porte la responsabilité d'avoir excité la sensibilité française ; que la Prusse, par vanité déplacée, a dédaigné les égards nécessaires, ce qui lui conférerait la moitié de la faute dans le malheur qui a fondu sur nos deux pays. L'assistance au moins négative que Napoléon III aurait fournie à la Prusse dans son entreprise de 1866, c'est-à-dire de ne pas s'y être opposé, aurait dû lui valoir la reconnaissance de la Prusse et cette reconnaissance aurait pu se manifester en lui abandonnant l'insignifiant Luxembourg. Vous remarquez vous-même que les armées prussiennes ont emporté la décision sur le champ de bataille de Königgraetz sans aucun accord, en l'absence de tout engagement, tandis que l'empereur était encore incertain.

Par quelle étrange grandeur d'âme la Prusse, qui a vaincu par ses seules forces, serait-elle obligée d'honorer une dette envers un voisin qui n'a eu aucune part à cela, ni positive ni négative, auquel rien n'avait été promis et qui n'a rien fait pour se gagner cette récompense ? Ou bien si l'on doit parler de gratitude, soit, il faut alors entrevoir pour un soutien négatif une gratitude négative ; s'il avait pris à Napoléon quelque envie d'une entreprise similaire, la Prusse de son côté ne se serait pas mise en travers de sa route ; et comment ? Cette abstention, la Prusse l'avait déjà fournie à l'avance, quand elle ne s'est pas opposée à l'annexion par la France de Nice et de la Savoie. Mais la Prusse aurait dû ménager l'opinion publique en France en lui abandonnant le Luxembourg, et ouvrir ainsi la voie à de nouvelles exigences françaises ? Comme si la Prusse n'avait point elle aussi d'opinion publique à ménager, et comme s'il ne lui était pas plus important de considérer l'opinion publique allemande que la française ! Nos anciens empereurs se nommaient « éternels augmenteurs de l'Empire » (*allezeit Mehrer des Reichs*). Mais à l'évidence, depuis deux cents ans, ils ont bien plutôt été les réducteurs de l'Empire, ayant laissé s'en détacher une province après l'autre. Quand le roi de Prusse s'est installé à la place de ces anciens empereurs, devait-il commencer par amoindrir l'Empire ? Après s'être acquis la maîtrise de plusieurs provinces allemandes, devait-il suivre les traces dévaluées des Habsbourg, et comme ils l'avaient si souvent fait, laisser conquérir par la France une province allemande qui ne lui appartenait pas ? Vous n'avez jamais été en mesure d'entendre le reproche qu'autrefois les particularistes et les démocrates firent à la Prusse, sur la simple supposition qu'il put en être ainsi, qu'elle se comportât aussi mal comme protecteur de l'Allemagne. Au printemps 1866, avant que la Prusse eût démontré sa force, un arrangement de ce type eût été pensable et à la rigueur excusable ; maintenant, après qu'elle s'est mesurée à l'Autriche, une telle concession serait apparue comme à la fois un manque de courage et de probité : la médiation d'information, qui fut jadis trouvée avec le Luxembourg, ne vaut-elle pas aux yeux de beaucoup comme une tache sur l'écusson de la Prusse, tache qu'ils saisissent toujours toute occasion de montrer du doigt ?

Je doute que cette action luxembourgeoise, où la Prusse, au moins selon le point de vue allemand, s'est montrée presque accommodante, ait été la bonne occasion pour mettre en garde, comme vous le faites, la maison Hohenzollern contre la tentation de l'arrogance. Mais cette histoire ne montre pas non plus que l'arrogance appartienne à l'héritage fautif de cette maison. Pour ne pas remonter plus loin qu'au siècle dernier, nous avons, nous Allemands, vu le père du grand Frédéric, le roi en perruque et à la garde gigantesque à Postdam, mené toute sa vie par le bout du nez comme un balourd perdu dans les brumes de la représentation que la maison impériale d'Autriche lui imposait dans le cercle des vieux usages et des toujours renaissantes intrigues ; avec Frédéric toutefois, l'aigle prussien prit son envol et le monde entier admira son audace ; mais à la mort du grand roi, il tomba sur le sol en battant de l'aile. On vit bientôt venir le temps où le nouvel aigle impérial français mit en cage l'aigle prussien ; il se démena bec et ongles pour se libérer, ce qui fut un grand moment : mais le ciel m'en est témoin, il n'y a pas que les plus vieux d'entre nous pour s'en souvenir, dans quelle humiliation pendant plus d'une génération l'aigle prussien singulier chanta au service de l'aigle impérial à deux têtes (les deux rats, plutôt : démagogues et révolutionnaires). Dix ans ne passèrent pas, qu'il se souvint de l'oiseau qu'il était, et en si peu de temps il prit deux fois son vol, étonnant le monde et l'effrayant presque à chacune plus encore que la première fois. Mais la tradition des Hohenzollern est au contraire la retenue et non l'arrogance. Frédéric voulait obtenir de l'Autriche la Silésie, et rien d'autre ; et on verra aussi que Guillaume Ier a limité ses exigences envers la France aussi strictement qu'il les exécutera.

Mais vous ne vous préoccupez pas seulement de la maison de Prusse, vous songez aussi au peuple et à l'État prussiens. Vous et vos amis (ce petit nombre de libéraux), vous vous êtes réjouis en 1866 du succès prussien, en présupposant aussitôt que l'Allemagne dans sa grandeur absorberait la petite Prusse. Que vous proclamiez aujourd'hui votre déception, dit bien combien vous attendiez cela pendant ces quatre ans de sursis. Ça me semble au contraire presque avoir été trop court. Une telle évolution ne me convient guère, car précisément les États qui auraient dû assumer la majeure partie de l'effort, ceux de l'Allemagne du Sud, ne se sont pas encore liés assez étroitement avec la Prusse. Certes, nous voulons aussi la dissolution de la Prusse dans l'Allemagne ; mais il en va ici comme du sacrifice de la chasteté pour un curé : nous ne le voulons pas si vite. Nous autres Allemands nous avons encore besoin que s'exerce sur nous pendant un temps l'action de l'être prussien sans mélange, nous avons encore beaucoup à apprendre de la Prusse en tant que telle. Je suis, comme vous le savez, un Allemand du Sud : aussi ne puis-je point être ici soupçonné de parti pris. Mais je veux aussi vous parler librement dans l'autre sens. Le caractère prussien ne nous plaît pas (nous, c'est-à-dire les Allemands du Sud pro-prussiens). Cette mentalité, ce goût de la critique, ce « pédantisme », comme si les mots leur venaient plus vite qu'à nous, comme s'ils nous précédaient toujours dans la pensée, sont en effet à nos yeux outrageants. Nous croyons, en ce qui concerne la force de pensée, ne pas leur être inférieurs, et même les dépasser en force d'âme et en imagination. Mais il y a une chose que l'Allemand du Sud, qui n'est pas prisonnier de son amour-propre et de son particularisme, doit concéder à celui du Nord et particulièrement au Prussien : ce dernier lui est nettement supérieur comme « bête politique ». Il en est redevable, pour une part, à sa terre, qui invite plus au travail qu'elle n'incite au plaisir ; pour partie à l'histoire, à cette éducation et ce dressage sous la férule de princes durs mais valeureux, et avant tout au service militaire généralisé, ce palladium de la Prusse, et sans doute maintenant de toute l'Allemagne, mais qui manquait jusqu'alors à un tel point aux autres États allemands, plus particulièrement à ceux du Sud. Cette institution rend toutes les couches de la société égales devant l'État et dans le devoir envers l'État ; quand chaque jeune homme grandit, chaque année, quand vient le temps de l'exercice, chaque famille est rappelée de la manière la plus immédiate et la plus vivante à l'État et au devoir envers celui-ci, où elle trouve la gloire, la force et l'honneur de lui appartenir.

Croyez-moi, comparés à la Prusse ainsi éduquée, nous ne sommes, nous autres Allemands du Sud, que des bohèmes débonnaires, si vous me passez l'expression. Notre chaleur de sentiments et notre bonne foi marchent la main dans la main avec une certaine nonchalance, une mollesse et un goût immodéré du confort. Nous vivons volontiers d'après la loi du cœur, tandis qu'en Prusse, l'impératif catégorique de son grand philosophe emplit du devoir envers l'État tout le peuple. Nous pouvons, tout particulièrement au Wurtemberg, constater avec quelle facilité nos qualités virent à la faute. La Constitution de ce petit État, « le bon vieux droit » que chantait encore Uhland, fut pendant des siècles le trésor qui, malgré toutes les dominations despotiques, put sauver un ordre supportable quelles qu'aient été les circonstances. En outre, un enseignement excellent dans les grandes comme dans les petites écoles dispensait une formation moyenne et donnait au peuple la conscience de ce qu'il devait à cette Constitution et à son administration. Mais d'un autre côté, on a ainsi produit un esprit d'autosuffisance, une satisfaction bornée aux petites choses, qui constituent un obstacle à une vision politique élargie. Aux yeux du parfait Wurtembergeois, son petit pays était la patrie du droit et de la stabilité ; passait-il la frontière, que commençait pour lui duperie et déraison. La Prusse, tout particulièrement, lui apparaissait jusqu'à aujourd'hui comme une caricature. Ainsi a-t-il pu se faire que cette souche allemande, par ailleurs des plus douées et des plus sérieuses, se soit montrée du point de vue politique des plus arriérées au cours des dernières années.

Déjà, la guerre de 1866 avec ses succès donna à penser à nos Allemands du Sud : la guerre actuelle, on peut l'espérer, achèvera de convertir leurs esprits. Ils doivent comprendre que, quand même ils auraient prêté à ce combat le concours de leurs bras, la Prusse a fourni celui de sa tête. Sans le plan de guerre prussien, sans l'ordonnance de l'armée prussienne à laquelle ils se sont intégrés, ils ne seraient parvenus à rien contre les Français, malgré toute leur force, leur bonne volonté et leur virilité. Et cette guerre a bien dû aussi leur apprendre qu'ils ont encore fort à faire pour devenir les égaux des Prussiens, non certes en courage et en qualité d'âme, mais en discipline et en ponctualité. Un État plus grand, mais composé uniquement des éléments d'Allemagne du Sud, ferait, il est vrai, un corps bien nourri et plein de sève, mais surtout enflé et maladroit ; tandis qu'assemblant les seuls États d'Allemagne du Nord, il serait en effet ferme et alerte, mais en revanche trop maigre et desséché. La Prusse apportera au futur État allemand une charpente solide et des muscles fermes, qu'il reviendra à l'Allemagne du Sud de garnir de chair et d'irriguer de sang. Et on voudrait croire qu'une de ces deux parties puisse se passer de l'autre sans dommage ? On douterait que toutes deux soient destinées, l'une avec l'autre et l'une par l'autre, à former un État achevé et unir leurs peuples en un corps ? « Rude est la vie au cœur du noyau », a dit notre poète du Sud. Cette rudesse n'est pas un défaut pour qui doit être le cœur d'un grand État plein de vie.

Excusez cette digression, Monsieur, qui s'adresse au demeurant davantage à mes compatriotes qu'aux vôtres. Elle était toutefois exigée par votre regret de ne pouvoir observer que la Prusse ne se dissolve point plus vite dans l'Allemagne. Il n'y a à mon sens aucune hâte à cela, quoique, pour autant que ce fût souhaitable, cela finira sans doute par se produire. Vous-même, me semble-t-il, vous ne concédez pas assez à cet espoir, car la suprématie de la Prusse sur toute l'Allemagne ne vous apparaît que comme passagère : elle ne serait d'après vous que l'effet en retour de la peur de la France. Les petits poussins allemands se presseraient sous l'aile de l'aigle prussien parce qu'ils croiraient y trouver protection contre le coq gaulois, toujours aussi querelleur. Qu'il cesse de les menacer

— et vous comptez bien l'en convaincre — et ils cesseront aussitôt de se cacher. Avec le danger, peut-on lire dans l'article de la revue, l'unité disparaîtra aussi et l'Allemagne retournera à ses instincts naturels, la discorde et le particularisme. « Une fois délivrées de la crainte de la France, ces populations fines de la Saxe, de la Souabe (merci pour la Souabe, si rarement créditée d'une telle qualité !), se soustrairont à l'enrégimentation prussienne ; le Midi en particulier reprendra sa vie gaie, sereine, harmonieuse et libre. »

Ce dernier point touche à la bigoterie prussienne, et c'est là à l'évidence une question sur laquelle vous pouvez à nouveau tenir pour assurée notre adhésion, la mienne et celle de ceux qui partagent avec moi votre sentiment. Ce que vous dites des sarcasmes olympiens dont Goethe aurait accablé « ce lourd mysticisme de guerriers pieux et de généraux craignant Dieu » me va au cœur. Un Mühler ministre des cultes dans un État qui se prétend si volontiers l'État de l'intelligence attire à coup sûr la raillerie. Au siècle dernier, ce ne fut qu'après la mort du roi-héros qu'on vit des Wöllner et des Bischofswerder [1] ; maintenant, voir les bigots de Frédéric-Guillaume II dans l'entourage du Prince qui a tiré l'épée de Frédéric avec un tel succès, est un étrange spectacle ; quoiqu'il demeure, tant que cela ne tourne pas à la clique ou qu'on ne conforte pas l'hypocrisie, que chacun est libre de chercher son salut *à sa façon* [2]. Cela passera, espérons-nous, comme passera cet autre de vos motifs de reproches : la domination des junkers dans l'État prussien. Nous n'oublierons certes pas la noblesse allemande, qui nous a donné un Bismarck ou un Moltke, comme jadis un Stein et un Gneisenau ; et les nobles chefs de guerre princiers ont accompli leur tâche dans la guerre présente avec tant de zèle, qu'aucun bourgeois n'aurait pu mieux faire à leur place ; tandis que du

1. Allusion au règne de Frédéric II. Wöllner et Bischofswerder furent en effet des ministres du culte passablement intolérants en Prusse après sa mort. Kant les prend à parti dans *La religion dans les limites de la simple raison*.
2. En français dans le texte. L'expression est de Frédéric II.

côté français, le miracle attendu du bâton de maréchal dans la besace du moindre soldat ne s'est cette fois pas produit. Cela n'empêche pourtant pas que, dans l'État prussien, la difficulté, confinant à l'exclusive, de se hisser quand on est un bourgeois à des postes importants dans l'administration et particulièrement dans l'armée nous semble une lacune, une survivance des vieux préjugés et qu'il nous faut réclamer, pour le nouvel État allemand qu'il s'agit de fonder, la pleine liberté de concurrence sans restriction de classes. Et nous espérons ainsi prendre en défaut l'hypothèse que vous semblez émettre, que l'existence d'une caste d'officiers nobles soit la condition essentielle de l'armée prussienne. Ce n'est pas le junker que le soldat prussien respecte dans son officier, mais le supérieur, et plus encore, l'ordre du service et la loi de l'État ; le système militaire prussien, qui place sous la même bannière, soumet au même ordre et voue au même sacrifice (sacrifice qui en outre, dans cette guerre-ci, a précipité la noblesse dans la plus belle des compétitions avec la bourgeoisie et la paysannerie) riches et pauvres, grands et petits, est une institution démocratique, au meilleur sens du mot, et de la façon la mieux fondée.

Et ne serait-ce pas bien pire si, comme vous en exprimez l'espoir, les autres États allemands, et particulièrement ceux du Sud, devaient un jour se lasser de s'être incorporés à l'armée prussienne ? Non, permettez-moi de vous le dire, je ne vois pas mes compatriotes si médiocres, ni si terne l'avenir de l'Allemagne. Vous croyez nous souhaiter du bien ou nous mettre en garde, et vous vous étonnez que nous déclinions votre bienveillance. Mais nous n'y voyons rien d'autre que le souhait de ce Romain, homme à l'âme la plus noble à coup sûr, mais qui ne pouvait faire qu'il ne fût et restât avant tout romain : je pense au mot de Tacite, où il prie les dieux d'entretenir la discorde entre les jeunes et vives tribus allemandes pour le plus grand bien de la Rome vieillissante. Non, lorsque nos armées repasseront le Rhin, couronnées de la victoire pour revenir dans leurs régions d'origine, quand tant de soldats manqueront à l'appel, qui étaient partis frais et heureux avec ceux qui ne les ramèneront pas, alors ils nous rapporteront comme le prix le plus précieux de la victoire et pour lequel aucun sacrifice n'aura coûté trop cher l'impossibilité définitive de se tourner les uns contre les autres, de se laisser séparer les uns des autres, acquise dans le côte à côte de tant de batailles, dans le combat et le sang versé contre le même adversaire et pour la même cause. L'unité allemande aura vu pour toujours le sang versé de ses fils du Nord comme du Sud ; et c'est aussi en ce sens que se vérifie la sentence : « Le sang est bien un suc très particulier. »

Bien entendu, cher Monsieur, nous comptons aussi sur un autre prix de la victoire, encore plus immédiat : la règle de la guerre n'est-elle pas, quand elle a été déclenchée en état de légitime défense, d'avoir pour but de prendre aussi quelque chose à l'ennemi ? Vous pensez au territoire, et c'est pourquoi nous ne devrions pas, selon vous, y penser. À vrai dire, nous n'y pensons pas immédiatement, mais d'abord à notre sécurité, et croyez-moi, si vous étiez dans la position de nous garantir cette sécurité, vous et vos compatriotes, nous vous laisserions volontiers parler avec nous de ces questions de territoire. Mais ce n'est pas près d'être le cas : vous le sentez vous-même et on le sent bien à vous entendre. Il m'apparaît que vous haussez ici un peu le ton. Je n'entends pas par là les fortes paroles que vous consacrez au rôle irremplaçable de la France dans le chœur des peuples de culture européens. Que la France soit la protestation vivante contre le pédantisme, le dogmatisme et le rigorisme, voilà une assertion à laquelle je souscris de tout cœur. À coup sûr, on ne pourrait ôter cette corde à la lyre de l'humanité sans que le concert n'en soit amoindri. Mais demander à une voix du chœur de chanter *piano* n'est pas encore la réduire au silence. Et que la France, avec ses stridents coups de trompette ait sévèrement troublé l'harmonie européenne, vous-même ne le contesterez pas. Vous assurez que l'enlèvement de l'Alsace et de la Lorraine reviendrait à l'anéantissement de la France. Je crois cependant le corps du peuple et de l'État français animés d'une force vitale plus coriace. Et il me faut d'autant plus m'étonner de votre manque de confiance dans la nation française, quand je constate que vous n'êtes menacés que de l'ablation de provinces essentiellement allemandes. La France n'existerait plus, si on lui retirait ses provinces allemandes ? Son corps ne pourrait plus s'entretenir, s'il n'était plus irrigué de sang allemand ? Je ne voudrais pas avoir fait de telles suppositions, si j'étais français. Pour sa part, l'Allemagne s'est maintenue, et s'est guérie de ses faiblesses passées, même quand on l'eut amputée de territoires qui étaient pourtant des territoires allemands, quand on lui eut arraché des fragments de sa chair. Et la France ne survivrait pas à l'ablation de territoires qui originellement ne lui appartenaient pas, qui ne furent reliés à elle qu'après coup et superficiellement ? C'est au cœur même de votre propre fierté nationale qu'il me faut porter le démenti. Ce que vous dites du peuple qui a rempli son programme, qui a laissé derrière lui l'âge des illusions (aussi étrange que résonne cette assertion quand on voit l'humeur pleine d'illusions de la France), dans son rapport à cet autre peuple qui est encore dans le feu et la jeunesse de son développement, s'entend comme un pressentiment du discours sur le déclin de la race latine, qui cède la place à la race germanique ; s'il en était toutefois ainsi, et qu'en particulier la France, ce que je ne veux pas penser, devait être détruite, nous n'en porterions cependant pas la responsabilité, mais bien la France elle-même. Un peuple qui veut se conserver ne doit pas au fil des jours laisser corrompre par le plaisir et la splendeur le noyau de ses mœurs ; et la France ne pourrait vaincre que si elle se laissait déterminer par notre intervention, au lieu de marcher à la pointe de la civilisation avec des hordes de Turcs à travers toute l'Europe, à améliorer chez elle ses écoles.

Aussi peu pouvons-nous, nous autres Allemands, nous résigner à cet autre dilemme que vous nous proposez. Nous avons le choix, dites-vous, entre nous faire de la France un ennemi irréconciliable en la mutilant, et par là d'ouvrir grand la porte à une série sans fin de guerres destructrices ; ou bien de nous la concilier par une belle action et, par des liens profitables, de l'inviter à la construction commune de la liberté et de la civilisation. C'est une bien belle image que vous peignez de la France dans le second cas (dans la revue) : « vaincue, mais fière dans son intégrité, la livrant au souvenir de ses fautes et la laissant se dégager en toute liberté et comme elle l'entendrait de l'étrange situation intérieure qu'elle s'est faite ». Pardonnez-nous toutefois, mais l'image de Gallia en pénitente est une représentation que nous ne pouvons tout à fait admettre sans sourire. Oui, elle se souviendra de ses fautes et de ses défaites, c'est-à-dire qu'elle nourrira sa rancune contre ceux qui les lui ont procurées. Mais elle le fera, qu'on lui enlève ou non une portion de territoire. Un peuple qui a voulu avoir réparation pour Sadowa, défaite qui pourtant ne lui était rien, criera dix fois à la revanche pour Wörth et Metz, pour Sedan et Paris, même si nous ne lui infligeons rien de plus, comme nous l'avons déjà si souvent fait. Ainsi, nous n'améliorerons pas notre situation pour l'avenir si nous la ménageons ; au contraire, nous l'aggraverons. Qu'en toute circonstance nous n'ayons rien à attendre de sa bonne volonté doit nous obliger à nous assurer que sa mauvaise volonté ne pourra pas nous nuire à l'avenir. Comment cela ? Regardez donc la carte. Cet angle qui pointe en territoire allemand, entre Bâle et le Luxembourg, est une fois pour toutes injuste. On le voit tout de suite : ce n'est pas là une frontière naturelle ; il y a fallu le concours de la force. Ici, le voisin a ouvert une brèche dans notre maison : il nous faut la lui fermer. Ici, l'ennemi a pénétré sur notre territoire : nous exigerons de lui qu'il se retire. Vous demandez à juste titre quel peuple n'a pas à se plaindre de ses frontières. Mais moi je demande : quel peuple ne les corrigera pas, une fois que l'ennemi l'a contraint à prendre les armes, et qu'il a pu ainsi pénétrer victorieusement jusqu'au cœur de ce pays ennemi ? Les places fortes que la France a utilisées jusqu'à présent pour envahir notre territoire à partir d'elles, nous les lui prendrons, non pas pour attaquer le sien grâce à elles, mais pour assurer la sécurité du nôtre. Chez nous le peuple et les gouvernants sont maintenant unis dans cette intention ;

et nous pouvons appeler quantité de peuples voisins à témoigner que ce ne fut jamais dans nos façons (et que cela le sera encore moins à l'avenir par suite de la nature actuelle de notre être militaire) de jouer les fauteurs de troubles, pourvu qu'on nous laisse en paix.

Que l'Alsace et la Lorraine aient auparavant appartenu à l'empire allemand, qu'en outre la langue allemande, malgré tous les efforts français pour l'opprimer, soit encore la langue maternelle en Alsace et dans une partie de la Lorraine, ne furent pas les motifs qui nous ont conduits à élever des prétentions sur ces territoires. Nous ne songions pas à les réclamer à un voisin pacifique. Mais après qu'il eut brisé la paix et laissé voir l'intention d'annexer la Rhénanie, qu'il avait déjà occupée une fois pendant quelques années au mépris de tout droit, il faudrait que nous soyons les derniers des insensés si, une fois vainqueurs, nous ne voulions pas récupérer ce qui fut une fois nôtre et qui est nécessaire à notre sécurité. Vous retournez le *vae victis* en *vae victoribus* contre les vainqueurs qui mésuseraient de leur victoire : il n'y a pas là de danger, nous l'avons vu ; mais nous apprendrons aussi à nous épargner d'avoir à guérir les railleries et les regrets qui infestent le vainqueur qui aurait négligé de tirer parti de sa victoire. Quoique de votre point de vue vous ne puissiez naturellement tenir pour possible qu'il nous faille guère de temps pour faire revivre dans ces territoires la germanité à demi arrachée, ni même que nous puissions nous consacrer avec entrain aux portions de territoire vraiment françaises que nous pourrions être dans l'obligation d'annexer, permettez toutefois que nous le souhaitions et que nous nous en fassions un devoir. Nous sommes persuadés que nous avons à fournir aux habitants de ces terres de l'Allemagne nouvellement fondée des bienfaits que la France ne leur a jusqu'ici pas procurés ; tandis que le nouveau cours des affaires allemandes écarte nombre d'obstacles qui ont autrefois effrayé et empêché la perspective d'une association avec l'Allemagne. Nous comprenons bien que l'Alsace ait pu se sentir amoindrie d'appartenir à un petit État allemand (ou même moyen) au lieu du grand État qu'est la

France ; mais cette question ne se pose plus. Pas même si elle était adjointe au pays de Bade ou à la Bavière, car elle appartiendrait alors encore à l'État allemand unifié et à sa représentation nationale ; mais toutes les voix autorisées en Allemagne tombent d'accord pour dire que ce n'est que la Prusse qui peut s'annexer les États conquis. Puisque c'est la protection de l'Allemagne du Sud-Ouest contre la France qui est recherchée par cette annexion, seule la puissance centrale peut garantir suffisamment cette protection ; tout comme seul ce grand État est en mesure d'intégrer à son organisme, sans perturbations, des éléments encore étrangers et qui réagissent à contrecœur.

Vous vous étonnez que même parmi les plus éclairés des Allemands on ne veuille pas comprendre qu'il faille porter le différend que nous avons à l'heure actuelle avec la France devant un congrès, en recourant à la médiation de puissances neutres, qui pourrait devenir un arbitre européen permanent. Cela vient tout d'abord de ce que nous ne nous sommes pas très bien trouvés du dernier arbitrage analogue, qui devait tenir la balance égale entre la France et nous : le congrès de Vienne. Les fameuses puissances neutres (qui étaient alors aussi confédérées avec nous) ne sont presque jamais impartiales et sans préventions dans une telle circonstance : l'envie et la crainte, les accords et l'intervention de toutes sortes d'influences, comme cela se produisit alors tout particulièrement, ces procédés ont amoindri le prix de nos victoires, et notamment la Prusse fut contrainte dans ces frontières insupportables que seule sa percée de 1866 put enfin venir rectifier. Mais la raison la plus pressante, pour ne pas vouloir entendre parler d'un tel arbitrage, c'est vous-même qui nous la suggérez. Cette instance devrait, dites-vous dans votre lettre, contraindre la France et l'Allemagne à se tenir aux frontières garanties par les anciens traités. Comme vous y parlez des « frontières actuelles », on doit supposer que vous pensez aux traités de 1815. Mais l'article de la revue vend la mèche : c'est bien plutôt les traités de 1814 qu'il faut comprendre. Nous devrions donc perdre Sarrelouis et Landau, ainsi que leurs circonscriptions, dont nous n'avons pris possession qu'en 1815. Ce serait ainsi la pénitence de la France, pour avoir commencé une guerre criminelle, que le prix de notre victoire glorieuse, mais sanglante, soit non pas de recevoir un fragment de territoire, mais de devoir en rétrocéder un à l'agresseur vaincu ! Non, quand même un homme aussi raisonnable que Ernest Renan propose au tribunal d'arbitrage qu'il appelle de ses vœux un tel conseil, nous sommes alors pleinement justifiés d'affirmer qu'ayant mené seuls la guerre, nous pouvons aussi dicter nous-même les conditions de paix.

Bien entendu, pour rendre acceptable une adresse de ce genre à l'Allemagne victorieuse, il faut être mû par des raisons surnaturelles, et c'est en ce sens tout à fait dans l'ordre que vous concluiez votre lettre en nous remettant en mémoire les béatitudes du Sermon sur la montagne, tout particulièrement celle qui concerne les pacifiques. Qui ne respecte comme il convient la hauteur idéale de ces paradoxes évangéliques ? Mais aussi, qui n'a pris depuis longtemps la liberté de les entendre, comme il est en fin de compte toujours nécessaire de le faire avec de tels préceptes spirituels, *cum grano salis* ? La sentence « Si quelqu'un te frappe la joue droite, tends l'autre joue » est une sentence que nous révérons tous ; mais qui voudrait avoir un fils qui se conduise littéralement d'après un tel précepte ? Ou encore, qui voudrait d'un gendre qui organiserait son ménage selon cette autre parole du sermon sur la montagne : « Ne vous souciez pas du lendemain... » ? L'Église catholique nous a appris à différencier entre les préceptes adressés à tous et les conseils pour ceux qui tendent à la sainteté ; plus profondément, le protestantisme a appris à introduire l'humilité dans la grandeur, la pauvreté dans la possession et la paix dans la guerre ; de tout cela nous pouvons aussi nous servir. Si, comme vous le remarquez en effet, on ne peut trouver nulle part dans l'Évangile ni dans la littérature chrétienne primitive un mot qui mette les vertus militaires parmi celles qui peuvent gagner le ciel, pourquoi alors ne s'est-il jamais trouvé nulle part un État chrétien, ou païen, ni n'aurait-il pu y en avoir un, qui n'ait pas su chérir de telles vertus ? Vous dites de la guerre beaucoup de mal ; j'aimerais, sans vous contredire, en dire beaucoup de bien ; nous nous serions alors tous deux sans doute approchés de la vérité. Les guerres de conquête et de pillage se sont certes avérées depuis toujours corruptrices de la moralité et aussi de la stabilité des États et des peuples, depuis les guerres asiastiques des Romains jusqu'à celles de votre Napoléon Ier. Mais en revanche les guerres où un pays se défend contre les invasions étrangères, celles entreprises pour sauver une indépendance menacée, malgré toute la détresse qu'elles ont apportée avec elles en grand nombre, ont eu régulièrement pour conséquence un sursaut de la vie nationale ; ces guerres, depuis celles des Grecs contre les Perses jusqu'aux guerres de libération allemandes, et jusqu'à cette guerre-ci, dont nous espérons le meilleur pour nos affaires intérieures, sont encore aujourd'hui légitimes.

Il est en outre singulier, et cela signale un remarquable retournement des choses, qu'un Français vienne nous prêcher la paix. Un membre du peuple qui depuis des siècles a brandi le flambeau de la guerre en Europe, sermonner ainsi le voisin qui n'a jamais rien pu faire d'autre qu'éteindre les feux que le premier avait portés dans ses villes et mis à ses semences ? Que n'a-t-il pas fallu qu'il arrivât, pour qu'on en vienne à un tel résultat ! Le Français a pendant si longtemps maltraité l'Allemand, l'a menacé sans cesse, jusqu'à ce que celui-ci se décide enfin, pour avoir la paix, de troquer la faux pour l'épée. Et avec cette épée l'Allemand a à ce point terrassé le Français que celui-ci commence à lui montrer les vertus de la faux. Cet éloge ne nous est pas nécessaire : nous serions volontiers restés la faux à la main. Quand Milon commença à lire le plaidoyer de Cicéron, que celui-ci récrira par la suite pour en faire le morceau d'anthologie si célèbre, il est censé avoir dit : « Aurais-tu parlé ainsi, ô Marcus Tullius, que je ne serais pas en ce moment en train de manger ces délicieux poissons à Marseille. » De la même manière, nos fils aujourd'hui engagés en France pourraient dire, à supposer que le feu des combats leur laissât le loisir de la correspondance : « Aurais-tu parlé ainsi à tes compatriotes, ô Ernest Renan, diraient-ils, et ce qui est le plus important, les aurais-tu convertis à ton attitude de paix, que nous ne serions pas sur le point de boire prochainement ces savoureux vins français à Paris. » Mais les vins peuvent bien leur plaire, ces bons garçons seraient volontiers restés chez eux. Vous redoutez, cher Monsieur, que les Allemands après de tels débuts aient pris goût à la vie des combattants, et vous nous menacez de ce fait d'un siècle de fer. La meilleure mise en garde, toutefois, comme s'il était besoin de nous en faire une, résiderait toujours dans un regard jeté à votre nation et aux suites qu'a toujours entraîné ce goût profondément enraciné de la guerre et de la rapine. Nous, Allemands, nous ne déposerons pas l'épée que nous avons été contraints de tirer tant que le but de cette guerre ne sera pas atteint ; mais soyez sûr qu'aussitôt celui-ci obtenu, nous ne la garderons pas un jour de plus.

C'est que, une fois la paix conclue, nous aurons tant à faire chez nous ! Ces tâches domestiques nous apparaissent même comme la chose principale, la victoire sur les difficultés intérieures plus importante que celle sur l'ennemi extérieur. Certes, ce n'est pas sans inquiétude que nous pensons à ce devoir domestique. Si nous avons souvent bien accompli celui de la guerre, nous ne parvenons à accomplir celui de la paix qu'à moitié. Il est devenu chez nous proverbial qu'en 1814 et 1815 les plumes des diplomates ont compromis ce que les épées des combattants avaient si bien fait ; l'année 1866 ne nous a pas amené une Allemagne entière, mais seulement une demi-Allemagne. Et maintenant 1870 ? Nous avons franchi le Rhin en vainqueurs et nous avons pleinement conquis sa rive gauche et le Main devrait nous être une frontière, sa rive gauche demeurer à l'extérieur de l'État allemand ? Nous ne pouvons le penser, et nous tiendrions pour indigne du nom d'Allemand celui qui, serait-il le plus haut placé, par préjugé ou par égoïsme, par jalousie ou par ambition, serait en mesure de retarder l'entrée des souches allemandes encore séparées dans l'État allemand unifié. En voiture, en voiture ! retentit la gare quand le train est prêt au départ et que quelques passagers encore hésitants vont et viennent sur le quai. Maintenant entrez, entrez dans le train de l'unité allemande ! crie aujourd'hui l'histoire. Le moment est arrivé, la marée est haute, il n'y a plus un instant à perdre ou le reflux échouera votre navire. Plus de remarques, plus de conditions ! Que tous, nous nous unissions est la tâche principale ; le reste suivra bien assez. Et s'il ne suffit pas d'exhorter, nous pouvons aussi menacer. Vous avez contribué, États de l'Allemagne du Sud, à humilier la France, à lui enlever de beaux territoires. Vous pouvez tenir pour certain qu'elle se souviendra de ce que vous lui avez fait, qu'elle cherchera, si l'occasion se présente, à en tirer vengeance sur vous. Mais comment voulez-vous lui résister, si vous ne vous unissez pas solidement et totalement à vos frères de l'Allemagne du Nord ? Solidement et totalement, c'est-à-dire non pas seulement au moyen de fragiles traités d'État à État, dont à chaque fois encore le respect est suspendu à la bonne volonté, mais au contraire par une adhésion totale, sans restriction, à l'unique État allemand fédéré.

Voyez-vous, cher Monsieur, nous sommes suspendus à ces questions ; nous sommes prêts à quitter la France pour rentrer à Berlin, et malgré la joie que susciterait en nous l'annonce de l'entrée de nos guerriers à Paris, notre joie ne sera pleine et entière que lorsque les délégués de la Bavière et de la Souabe, du Palatinat et de Hesse pénétreront pacifiquement dans le Reichstag allemand. Si nous atteignons prochainement ce but, ce que j'espère, et si les Français mettent alors autant de soin à s'occuper de leurs affaires intérieures, s'ils tirent les leçons de cette guerre, qu'ils doivent, à ne pas s'y méprendre, chercher en eux-mêmes, si enfin l'obstacle extérieur, que représente le renforcement de l'Allemagne, les retient de s'engager à nouveau sur des voies erronées : alors les deux peuples s'entendront bien, l'Europe aura toutes les raisons de se réjouir des nouvelles circonstances, l'humanité aura fait un pas en avant significatif dans son développement et les hommes qui considèrent qu'il est de leur métier de travailler à ce progrès, pourront à nouveau se tendre pacifiquement la main.

C'est au moins avec plein d'espoir que je vous tends déjà la mienne, tout en vous souhaitant un sort heureux dans les embarras des prochaines semaines, et en me recommandant à votre bienveillance permanente.

NOUVELLE LETTRE À M. STRAUSS

Paris, 15 septembre 1871.

Monsieur et savant maître,

À la fin de la lettre que vous m'avez adressée par la *Gazette d'Augsbourg*, le 18 août 1870, vous m'invitiez à exposer mes vues sur la situation terrible créée par les derniers événements. Je le fis ; ma réponse à votre lettre parut dans le *Journal des Débats*, le 16 septembre ; la veille, avait été insérée dans le même journal la traduction de votre lettre, telle que nous l'avait envoyée votre excellent interprète français, M. Charles Ritter. Si vous voulez bien réfléchir à l'état de Paris à cette époque, vous reconnaîtrez peut-être que ce journal faisait en cela preuve d'un certain courage. Le siège commença le lendemain, et toute communication entre l'intérieur de Paris et le reste du monde se trouva interrompue pendant cinq mois.

Plusieurs jours après la conclusion de l'armistice au mois de février 1871, j'appris une nouvelle qui me surprit, c'est que, le 2 octobre 1870, vous aviez fait dans la *Gazette d'Augsbourg* une réponse à ma lettre du 16 septembre. Vous ne pensiez pas sans doute que le blocus prussien fût aussi rigoureux qu'il l'était ; car, si vous l'aviez su, il est peu probable que vous m'eussiez adressé une lettre publique que je ne pouvais lire et à laquelle je ne pouvais répondre. Le malentendu en ces matières délicates est facile ;

il faut que la personne qu'on a interpellée puisse donner des explications et rectifier, s'il y a lieu, les opinions qu'on lui prête. Dans le cas dont il s'agit, la crainte d'un malentendu n'était pas chimérique. Entre bien des rectifications, en effet, que j'aurais à faire à votre réponse du 2 octobre, il en est une qui a de l'importance. Trompé par l'expression de « traités de 1814 » que nous employons souvent en France pour désigner l'ensemble des conventions qui fixèrent les limites de la France à la chute du premier Empire, vous avez cru que je demandais après Sedan qu'on revînt sur les cessions de 1815, qu'on nous rendît Sarrelouis et Landau. Je suis fâché d'avoir été présenté par vous au public allemand comme capable d'une telle absurdité. Il me semble que, s'il y a une pensée qui résulte clairement de ce que j'ai écrit sur cette funeste guerre, c'est qu'il fallait s'en tenir aux frontières nationales telles que l'histoire les avait fixées, que toute annexion de pays sans le vœu des populations était une faute et même un crime.

Une circonstance augmenta encore mon chagrin. Peu de jours après que j'eus connu l'existence de votre lettre du 2 octobre, j'appris que la *Gazette d'Ausgbourg* n'avait pas inséré la traduction de ma lettre du 16 septembre, si bien que ce journal, après m'avoir invité par votre organe à entrer dans la discussion, après avoir vu le *Journal des Débats*, dont la position était autrement délicate que la sienne, insérer vos pages hautaines sous le coup de l'émeute populaire, refusait de porter au public allemand victorieux les humbles pages où je réclamais pour ma patrie vaincue un peu de générosité et de pitié. Je sais que vous avez regretté ce procédé ; mais c'est ici que j'admire de quoi est capable votre patriotisme exalté ; car, au lieu de vous retirer d'un débat où la parole était refusée à votre adversaire, vous avez inséré quelques jours après dans cette même *Gazette d'Augsbourg* une réplique à la lettre que vous m'aviez fait écrire et que vous n'aviez pas eu le crédit de faire publier. Voilà, monsieur, où je vois bien la différence entre nos manières de comprendre la vie. La passion qui vous remplit et qui vous semble sainte est capable de vous arracher un acte pénible. Une de nos faiblesses, au contraire, à nous autres Français de la vieille école, est de croire que les délicatesses du galant homme passent avant tout devoir, avant toute passion, avant toute croyance, avant la patrie, avant la religion. Cela nous fait du tort ; car on ne nous rend pas toujours la pareille, et, comme tous les délicats, nous jouons le rôle de dupes au milieu d'un monde qui ne nous comprend plus.

Il est vrai que vous m'avez fait ensuite un honneur auquel je suis sensible comme je le dois. Vous avez traduit vous-même ma réponse et l'avez réunie dans une brochure à vos deux lettres*. Vous avez voulu que cette brochure se vendît au profit d'un établissement d'invalides allemands. Dieu me garde de vous faire une chicane au point de vue de la propriété littéraire ! L'œuvre à laquelle vous m'avez fait contribuer est d'ailleurs une œuvre d'humanité, et, si ma chétive prose a pu procurer quelques cigares à ceux qui ont pillé ma petite maison de Sèvres, je vous remercie de m'avoir fourni l'occasion de conformer ma conduite à quelques-uns des préceptes de Jésus que je crois les plus authentiques. Mais remarquez encore ces nuances légères. Certainement, si vous m'aviez permis de publier un écrit de vous, jamais, au grand jamais, je n'aurais eu l'idée d'en faire une édition au profit de notre hôtel des Invalides. Le but vous entraîne ; la passion vous empêche de voir ces mièvreries de gens blasés que nous appelons le goût et le tact.

Il m'est arrivé depuis un an ce qui arrive toujours à ceux qui prêchent la modération en temps de crise. Les événements ainsi que l'immense majorité de l'opinion m'ont donné tort. Je ne puis vous dire cependant que je sois converti. Attendons dix ou quinze années ; ma conviction est que la partie éclairée de l'Allemagne reconnaîtra alors qu'en lui conseillant d'user doucement de sa victoire je fus son meilleur ami. Je ne crois pas à la durée des choses menées à l'extrême, et je serais bien surpris si une foi aussi

* *Krieg und Friede, zwei Briefe an Ernest Renan, nebst dessen Antwort auf den ersten*, Leipzig, Hirzel, 1870.

absolue en la vertu d'une race que celle que professent M. de Bismarck et M. de Moltke n'aboutissait pas à une déconvenue. L'Allemagne, en se livrant aux hommes d'État et aux hommes de guerre de la Prusse, a monté un cheval fringant, qui la mènera où elle ne veut pas. Vous jouez trop gros jeu. À quoi ressemble votre conduite ? Exactement à celle de la France à l'époque qu'on lui reproche le plus. En 1792, les puissances européennes provoquent la France ; la France bat les puissances, ce qui était bien son droit ; puis elle pousse ses victoires à outrance, en quoi elle avait tort. L'outrance est mauvaise ; l'orgueil est le seul vice qui soit puni en ce monde. Triompher est toujours une faute et en tout cas quelque chose de bien peu philosophique : *Debemur morti nos nostraque.*

Ne vous imaginez pas être plus que d'autres à l'abri de l'erreur. Depuis un an, vos journaux se sont montrés moins ignorants sans doute que les nôtres, mais tout aussi passionnés, tout aussi immoraux, tout aussi aveugles. Ils ne voient pas une montagne qui est devant leurs yeux, l'opposition toujours croissante de la conscience slave à la conscience germanique, opposition qui aboutira à une lutte effroyable. Ils ne voient pas qu'en détruisant le pôle nord d'une pile on détruit le pôle sud, que la solidarité française faisait la solidarité allemande, qu'en mourant la France se vengera et rendra le plus mauvais service à l'Allemagne. L'Allemagne, en d'autres termes, a fait la faute d'écraser son adversaire. Qui n'a pas d'antithèse n'a pas de raison d'être. S'il n'y avait plus d'orthodoxes, ni vous ni moi n'existerions : nous serions en face d'un stupide matérialisme vulgaire qui nous tuerait bien mieux que les théologiens. L'Allemagne s'est comportée avec la France comme si elle ne devait jamais avoir d'autre ennemi. Or le précepte du vieux sage : *Ama tanquam osurus*, doit aujourd'hui être retourné ; il faut haïr comme si l'on devait un jour être l'allié de celui qu'on hait ; on ne sait pas de qui on devra quelque jour rechercher l'amitié.

Il ne sert de rien de dire qu'il y a soixante et soixante-dix ans nous avons agi exactement de la même manière, qu'alors nous avons fait en Europe la guerre de pillage, de massacre et de conquête que nous reprochons aux Allemands de 1870. Ces méfaits du premier Empire, nous les avons toujours blâmés ; ils sont l'œuvre d'une génération avec laquelle nous avons peu de chose en commun et dont la gloire n'est plus la nôtre. À tort évidemment, nous nous étions habitués à croire que le XIXe siècle avait inauguré une ère de civilisation, de paix, d'industrie, de souveraineté des populations. « Comment, dit-on, traitez-vous de crimes et de hontes des cessions d'âmes auxquelles ont autrefois consenti des races aussi nobles que la vôtre et dont vous-mêmes avez profité ? » — Distinguons les dates. Le droit d'autrefois n'est pas le droit d'aujourd'hui. Le sentiment des nationalités n'a pas cent ans. Frédéric II n'était pas plus mauvais allemand dans son dédain pour la langue et la littérature allemandes que Voltaire n'était mauvais français en se réjouissant de l'issue de la bataille de Rosbach. Une cession de province n'était alors qu'une translation de biens immeubles d'un prince à un prince ; les peuples y restaient le plus souvent indifférents. Cette conscience des peuples, nous l'avons créée dans le monde par notre Révolution ; nous l'avons donnée à ceux que nous avons combattus et souvent injustement combattus ; elle est notre dogme. Voilà pourquoi nous autres libéraux français étions pour les Vénitiens, pour les Milanais contre l'Autriche ; pour la Bohême, pour la Hongrie contre la centralisation viennoise ; pour la Pologne contre la Russie ; pour les Grecs et les Slaves de Turquie contre les Turcs. Il y avait protestation de la part de Milan, de Venise, de la Bohême, de la Hongrie, de la Pologne, des Grecs et des Slaves de Turquie, cela nous suffisait. Nous étions également pour les Romagnols contre le pape, ou plutôt contre la contrainte étrangère qui les maintenait malgré eux sujets du pape ; car nous ne pouvions admettre qu'une population soit confisquée contre son gré au profit d'une idée religieuse qui prétend qu'elle a besoin d'un territoire pour vivre. Dans la guerre de la sécession d'Amérique, beaucoup de bons esprits, tout en étant peu sympathiques aux États du Sud, ne purent se décider à leur dénier le droit de se retirer d'une association dont ils ne voulaient plus faire partie, du moment qu'ils eurent prouvé par de rudes sacrifices que leur volonté à cet égard était sérieuse.

Cette règle de politique n'a rien de profond ni de transcendant ; mais il faut se garder, à force d'érudition et de métaphysique, de n'être plus juste ni humain. La guerre sera sans fin si l'on n'admet des prescriptions pour les violences du passé. La Lorraine a fait partie de l'empire germanique, sans aucun doute ; mais la Hollande, la Suisse, l'Italie même, jusqu'à Bénévent, et, en remontant au-delà du traité de Verdun, la France entière, en y comprenant même la Catalogne, en ont aussi fait partie. — L'Alsace est maintenant un pays germanique de langue et de race ; mais, avant d'être envahie par la race germanique, l'Alsace était un pays celtique, ainsi qu'une partie de l'Allemagne du Sud. Nous ne concluons pas de là que l'Allemagne du Sud doive être française, mais qu'on ne vienne pas non plus soutenir que, par droit ancien, Metz et Luxembourg doivent être allemands. Nul ne peut dire où cette archéologie s'arrêterait. Presque partout où les patriotes fougueux de l'Allemagne réclament un droit germanique, nous pourrions réclamer un droit celtique antérieur, et, avant la période celtique, il y avait, dit-on, les Allophyles, les Finnois, les Lapons ; et avant les Lapons, il y eut les hommes des cavernes ; et avant les hommes des cavernes, il y eut les orangs-outans. Avec cette philosophie de l'histoire, il n'y aura de légitime dans le monde que le droit des orangs-outans, injustement dépossédés par la perfidie des civilisés.

Soyons moins absolus ; à côté du droit des morts, admettons pour une petite part le droit des vivants. Le traité de 843, pacte conclu entre trois chefs barbares qui assurément ne se préoccupèrent dans le partage que de leurs convenances personnelles, ne saurait être une base éternelle de droit national. Le mariage de Marie de Bourgogne avec Maximilien ne saurait s'imposer à jamais à la volonté des peuples. Il est impossible d'admettre que l'humanité soit liée pour des siècles indéfinis par les mariages, les batailles, les traités des créatures bornées, ignorantes, égoïstes, qui, au Moyen Âge, tenaient la tête des affaires de ce bas monde. Ceux de vos historiens, comme Ranke, Sybel, qui ne voient dans l'histoire que le tableau des ambitions princières et des intrigues diplomatiques, pour lesquels une province se résume en la dynastie, souvent étrangère, qui l'a possédée, sont aussi peu philosophes que la naïve école qui veut que la Révolution française ait marqué une ère absolument nouvelle dans l'histoire. Un moyen terme entre ces extrêmes nous paraît seul pratique. Certes, nous repoussons comme une erreur de fait fondamentale l'égalité des individus humains et l'égalité des races ; les parties élevées de l'humanité doivent dominer les parties basses ; la société humaine est un édifice à plusieurs étages, où doit régner la douceur, la bonté (l'homme y est tenu même envers les animaux), non l'égalité. Mais les nations européennes telles que les a faites l'histoire sont les pairs d'un grand sénat où chaque membre est inviolable. L'Europe est une confédération d'États réunis par l'idée commune de la civilisation. L'individualité de chaque nation est constituée sans doute par la race, la langue, l'histoire, la religion, mais aussi par quelque chose de beaucoup plus tangible, par le consentement actuel, par la volonté qu'ont les différentes provinces d'un État de vivre ensemble. Avant la malheureuse annexion de Nice, pas un canton de France ne voulait se séparer de la France ; cela suffisait pour qu'il y eût crime européen à démembrer la France, quoique la France ne soit une ni de langue ni de race. Au contraire, des parties de la Belgique et de la Suisse, et jusqu'à un certain point les îles de la Manche, quoique parlant français, ne désirent nullement appartenir à la France ; cela suffit pour qu'il fût criminel de chercher à les y annexer par la force. L'Alsace est allemande de langue et de race ; mais elle ne désire pas faire partie de l'État allemand : cela tranche la question. On parle du droit de la France, du droit de l'Allemagne. Ces abstractions nous touchent beaucoup moins que le droit qu'ont les Alsaciens, êtres vivants en chair et en os, de n'obéir qu'à un pouvoir consenti par eux.

Ne blâmez donc pas notre école libérale française de regarder comme une sorte de droit divin le droit qu'ont les populations de n'être pas transférées sans leur consentement. Pour ceux qui comme nous n'admettent plus le principe dynastique qui fait consister l'unité d'un État dans les droits personnels du souverain, il n'y a plus d'autre droit des gens que celui-là. De même qu'une nation légitimiste se fait hacher pour sa dynastie, de même nous sommes obligés de faire les derniers sacrifices pour que ceux qui étaient liés à nous par un pacte de vie et de mort ne souffrent pas violence. Nous n'admettons pas les cessions d'âmes ; si les territoires à céder étaient déserts, rien de mieux ; mais les hommes qui les habitent sont des créatures libres, et notre devoir est de les faire respecter.

Notre politique, c'est la politique du droit des nations ; la vôtre, c'est la politique des races : nous croyons que la nôtre vaut mieux. La division trop accusée de l'humanité en races, outre qu'elle repose sur une erreur scientifique, très peu de pays possédant une race vraiment pure, ne peut mener qu'à des guerres d'extermination, à des guerres « zoologiques », permettez-moi de le dire, analogues à celles que les diverses espèces de rongeurs ou de carnassiers se livrent pour la vie. Ce serait la fin de ce mélange fécond, composé d'éléments nombreux et tous nécessaires, qui s'appelle l'humanité. Vous avez levé dans le monde le drapeau de la politique ethnographique et archéologique en place de la politique libérale ; cette politique vous sera fatale. La philologie comparée, que vous avez créée et que vous avez transportée à tort sur le terrain de la politique, vous jouera de mauvais tours. Les Slaves s'y passionnent ; chaque maître d'école slave est pour vous un ennemi, un termite qui ruine votre maison. Comment pouvez-vous croire que les Slaves ne vous feront pas ce que vous faites aux autres, eux qui en toute chose marchent après vous, suivent vos traces pas à pas ? Chaque affirmation du germanisme est une affirmation du slavisme ; chaque mouvement de concentration de votre part est un mouvement qui « précipite » le Slave, le dégage, le fait être séparément. Un coup d'œil sur les affaires d'Autriche montre cela avec évidence. Le Slave, dans cinquante ans, saura que c'est vous qui avez fait son nom synonyme d'« esclave » ; il verra cette longue exploitation historique de sa race par la vôtre, et le nombre des Slaves est double du vôtre et le Slave, comme le dragon de l'apocalypse, dont la queue balaye la troisième partie des étoiles, traînera un jour après lui le troupeau de l'Asie centrale, l'ancienne clientèle des Gengis Khan et des Tamerlan. Combien il eût mieux valu vous réserver pour ce jour-là l'appel à la raison, à la moralité, à des amitiés de principe ! Songez quel poids pèsera dans la balance du monde le jour où la Bohême, la Moravie, la Croatie, la Serbie, toutes les populations slaves de l'Empire ottoman, sûrement destinées à l'affranchissement, races héroïques encore, toutes militaires et qui n'ont besoin que d'être commandées, se grouperont autour de ce grand conglomérat moscovite, qui englobe déjà dans une gangue slave tant d'éléments divers, et qui paraît bien le noyau désigné de la future unité slave, de même que la Macédoine, à peine grecque, le Piémont, à peine italien, la Prusse, à peine allemande, ont été le centre de formation de l'unité grecque, de l'unité italienne, de l'unité allemande. Et vous êtes trop sages pour compter sur la reconnaissance que vous doit la Russie. Une des causes secrètes de la mauvaise humeur de la Prusse contre nous est de nous devoir une partie de sa culture. Une des blessures des Russes sera un jour d'avoir été civilisés par les Allemands. Ils le nieront, mais se l'avoueront tout en le niant, et ce souvenir les exaspérera. L'Académie de Saint-Pétersbourg en voudra un jour autant à celle de Berlin, pour avoir été tout allemande, que celle de Berlin nous en veut pour avoir été autrefois à moitié française. Notre siècle est le siècle du triomphe du serf sur son maître ; le Slave a été et à quelques égards est encore votre serf.

Or, le jour de la conquête slave, nous vaudrons plus que vous, de même qu'Athènes sous l'Empire romain eut un rôle brillant encore, tandis que Sparte n'en eut plus.

Défiez-vous donc de l'ethnographie, ou plutôt ne l'appliquez pas trop à la politique. Sous prétexte d'une étymologie germanique, vous prenez pour la Prusse tel village de Lorraine. Les noms de Vienne *(Vindobona)*, de Worms *(Borbitomagus)*, de Mayence *(Moguntiacum)* sont gaulois ; nous ne vous réclamerons jamais ces villes ; mais, si un jour les Slaves viennent revendiquer la Prusse proprement dite, la Poméranie, la Silésie, Berlin, par la raison que tous ces noms sont slaves, s'ils font sur l'Elbe et sur l'Oder ce que vous avez fait sur la Moselle, s'ils pointent sur la carte les villages obotrites ou vélatabes, qu'aurez-vous à dire ? Nation n'est pas synonyme de race. La petite Suisse, si solidement bâtie, compte trois langues, trois ou quatre races, deux religions. Une nation est une grande association séculaire (non pas éternelle) entre des provinces en partie congénères formant noyau, et autour desquelles se groupent d'autres provinces liées les unes aux autres par des intérêts communs ou par d'anciens faits acceptés et devenus des intérêts. L'Angleterre, qui est la plus parfaite des nations, est la plus mêlée, au point de vue de l'ethnographie et de l'histoire. Bretons purs, Bretons romanisés, Irlandais, Calédoniens, Anglo-Saxons, Danois, Normands purs, Normands francisés, tout s'y est confondu.

Et j'ose dire qu'aucune nation n'aura tant à souffrir de cette fausse manière de raisonner que l'Allemagne. Vous savez mieux que moi que ce qui marqua le grand règne de la race germanique dans le monde, du Ve au XIe siècle, ce fut moins d'occuper à l'état de population compacte de vastes pays contigus que d'essaimer l'Europe et d'y introduire un nouveau principe d'autorité. Pendant que le germanisme était maître de tout l'Occident, la Germanie proprement dite avait peu de corps. Les Slaves venaient jusqu'à l'Elbe, le vieux fond gaulois persistait ; si bien que l'Empire germanique n'était en partie qu'une féodalité germanique régnant sur un fond slave et gaulois. Prenez garde, en ce siècle de la résurrection des morts, il pourrait se passer d'étranges choses. Si l'Allemagne s'abandonne à un sentiment trop exclusivement national, elle verra se rétrécir d'autant la zone de son rayonnement moral. La Bohême, qui était à demi digérée par le germanisme, vous échappe, comme une proie déjà avalée par un serpent boa, qui ressusciterait dans l'œsophage du monstre et ferait des efforts désespérés pour en sortir. Je veux croire que la conscience slave est morte en Silésie ; mais vous n'assimilerez pas Posen. Ces opérations veulent être enlevées d'emblée, pendant que le patient dort ; s'il vient à se réveiller, on ne les reprend plus. Une suspicion universelle contre votre puissance d'assimilation, contre vos écoles, va se répandre. Un vaste effort pour écarter vos nationaux, que l'on envisagera comme les avant-coureurs de vos armées, sera pour longtemps à l'ordre du jour. L'infiltration silencieuse de vos émigrants dans les grandes villes, qui était devenue un des faits sociaux les plus importants et les plus bienfaisants de notre siècle, va être bien diminuée. L'Allemand, ayant dévoilé ses appétits conquérants, ne s'avancera plus qu'en conquérant. Sous l'extérieur le plus pacifique, on verra un ennemi cherchant à s'impatroniser chez autrui. Croyez-moi, ce que vous avez perdu est faiblement compensé par les cinq milliards que vous avez gagnés.

Chacun doit se défier de ce qu'il y a d'exclusif et d'absolu dans son esprit. Ne nous imaginons jamais avoir tellement raison que nos adversaires aient complètement tort. Le Père céleste fait lever son soleil avec une bienveillance égale sur les spectacles les plus divers. Ce que nous croyons mauvais est souvent utile et nécessaire. Pour moi, je m'irriterais d'un monde où tous mèneraient le même genre de vie que moi. Comme vous, je me suis imposé, en qualité d'ancien clerc, d'observer strictement la règle des mœurs, mais je serais désolé qu'il n'y eût pas des gens du monde pour représenter une vie plus libre. Je ne suis pas riche, mais je ne pourrais guère vivre dans une société où il n'y aurait pas de gens riches. Je ne suis pas catholique, mais je suis bien aise qu'il y ait des catholiques, des sœurs de charité, des curés de campagne, des carmélites, et il dépendrait de moi de supprimer tout cela que je ne le ferais pas. De même, vous autres Allemands, supportez ce qui ne vous ressemble pas ; si tout le monde était fait à votre image, le monde serait peut-être un peu morne et ennuyeux ; vos femmes elles-mêmes supportent avec peine cette austérité trop virile. Cet univers est un spectacle qu'un dieu se donne à lui-même. Servons les intentions du grand chorège en contribuant à rendre le spectacle aussi brillant, aussi varié que possible.

Votre race germanique a toujours l'air de croire au Walhalla ; mais le Walhalla ne sera jamais le royaume de Dieu. Avec cet éclat militaire, l'Allemagne risque de manquer sa vraie vocation. Reprenons tous ensemble les grands et vrais problèmes, les problèmes sociaux, qui se résument ainsi : trouver une organisation rationnelle et aussi juste que possible de l'humanité. Ces problèmes ont été posés par la France en 1789 et en 1848 ; mais en général celui qui pose les problèmes n'est pas celui qui les résout. La France les attaqua d'une façon trop simple ; elle crut avoir trouvé une issue par la démocratie pure, par le suffrage universel et par des rêves d'organisation communiste du travail. Les deux tentatives ont échoué, et ce double échec a été la cause de réactions fâcheuses, pour lesquelles il convient d'être indulgent, si l'on songe que l'initiative en pareille matière a bien quelque mérite. Attaquez à votre tour ces problèmes. Créez à l'homme en dehors de l'État et par-delà la famille une association qui l'élève, le soutienne, le corrige, l'assiste, le rende heureux, ce que fut l'Église et ce qu'elle n'est plus. Réformez l'Église, ou substituez-y quelque chose. L'excès du patriotisme nuit à ces œuvres universelles dont la base est le mot de saint Paul : *Non est Judaeus neque Graecus.* C'est justement parce que vos grands hommes d'il y a quatre-vingts ans n'étaient pas trop patriotes qu'ils ouvrirent cette large voie, où nous sommes leurs disciples. Je crains que votre génération ultra-patriotique, en repoussant tout ce qui n'est pas germanique pur, ne se prépare un auditoire beaucoup plus restreint. Jésus et les fondateurs du christianisme n'étaient pas des Allemands. Saint Boniface, les Irlandais qui vous ont appris à écrire du temps des Carlovingiens, les Italiens, qui ont été deux ou trois fois nos maîtres à tous, n'étaient pas des Allemands. Votre Goethe reconnaissait devoir quelque chose à cette France « corrompue » de Voltaire, de Diderot. Laissons ces fanatismes étroits aux régions inférieures de l'opinion. Permettez-moi de vous le dire : vous avez déchu. Vous avez été plus étroitement patriotes que nous. Chez nous, quelques hommes supérieurs ont trouvé dans leur philosophie le calme et l'impartialité ; chez vous, je ne connais personne, en dehors du parti démocratique, qui n'ait été ébranlé dans la froideur de ses jugements, qui n'ait été une fois injuste, qui n'ait recommandé de faire dans l'ordre des relations nationales ce qui eût été une honte selon les principes de la morale privée.

Mais je m'arrête ; on est aujourd'hui trop naïf à parler de modération, de justice, de fraternité, de la reconnaissance et des égards que les peuples se doivent entre eux. La conduite que vous allez être forcés de tenir dans les provinces annexées malgré elles achèvera de vous démoraliser. Vous allez être obligés de donner un démenti à tous vos principes, de traiter en criminels des hommes que vous devrez estimer, des hommes qui n'auront fait autre chose que ce que vous fîtes si noblement après Iéna ; toutes les idées morales vont être perverties. Notre système d'équilibre et d'amphictyonie européenne va être renvoyé au pays des chimères ; nos thèses libérales vont devenir un jargon vieilli. Par le fait des hommes d'État prussiens, la France d'ici longtemps n'aura plus qu'un objectif : reconquérir les provinces perdues. Attiser la haine toujours croissante des Slaves contre les Allemands, favoriser le panslavisme, servir sans réserve toutes les ambitions russes, faire miroiter aux yeux du parti catholique répandu partout le rétablissement du pape à Rome ; à l'intérieur, s'abandonner au parti légitimiste et clérical de l'Ouest, qui seul possède un fanatisme intense, voilà la politique que commande une telle situation. C'est justement l'inverse de ce que nous avions rêvé. On ne sert pas tour à tour deux causes opposées : ce n'est pas nous qui conseillerons la destruction de ce que nous avons aimé, qui donnerons un plan pour trafiquer habilement de la question romaine, qui deviendrons russes et papistes, qui recommanderons la défiance et la malveillance envers les étrangers ; mais que voulez-vous !

nous serions coupables, d'un autre côté, si nous cherchions, en conseillant encore des poursuites généreuses et désintéressées, à empêcher le pays d'écouter la voix de deux millions de Français qui réclament l'aide de leur ancienne patrie.

La France est en train de dire comme votre Herwegh : « Assez d'amour comme cela ; essayons maintenant de la haine. » Je ne la suivrai pas dans cette expérience nouvelle, et l'on peut, au reste, douter qu'elle réussisse ; la résolution que la France tient le moins est celle de haïr. En tout cas, la vie est trop courte pour qu'il soit sage de perdre son temps et d'user sa force à un jeu si misérable. J'ai travaillé dans mon humble sphère à l'amitié de la France et de l'Allemagne ; si c'est maintenant « le temps de cesser les baisers », comme dit l'Ecclésiaste, je me retire. Je ne conseillerai pas la haine, après avoir conseillé l'amour ; je me tairai. Âpre et orgueilleuse est cette vertu germanique, qui nous punit, comme Prométhée, de nos téméraires essais, de notre folle « philanthropie* ». Mais nous pouvons dire avec le grand vaincu : « Jupiter, malgré tout son orgueil, ferait bien d'être humble. Maintenant, puisqu'il est vainqueur, qu'il trône à son aise, se fiant au bruit de son tonnerre et secouant dans sa main son dard au souffle de feu. Tout cela ne le préservera pas un jour de tomber ignominieusement d'une chute horrible. Je le vois se créer lui-même son ennemi, monstre très difficile à combattre, qui trouvera une flamme supérieure à la foudre, un bruit supérieur au tonnerre. Vaincu alors, il comprendra par son expérience combien il est différent de règner ou de servir**. »

Croyez, monsieur et illustre maître, à mes sentiments les plus élevés.

* Eschyle, *Prométhée enchaîné*, vers 11.
** Idem, *ibidem*, vers 907 ss.

PRÉFACE DE
MÉLANGES D'HISTOIRE ET DE VOYAGES
(*Extrait*)

Voilà près de huit ans écoulés depuis les terribles épreuves que nous avons traversées, et il est maintenant permis de voir quelle direction notre pays a définitivement choisie dans l'alternative cruelle où l'avait mis sa destinée. La France avait l'option entre deux partis opposés*. Elle pouvait adopter un système de réformes analogues à celles que s'imposa la Prusse après la bataille d'Iéna, réformes austères, tendant à donner à tous les services de la force et de la vigueur, sacrifiant dans une large mesure l'individu à l'État, fortifiant l'État et admettant son action dans tous les ordres : comme condition de ces réformes, un gouvernement plus sérieux que brillant, un parlement réduit au rôle de conseiller intime, une monarchie ayant son droit en dehors de la volonté de la nation ; comme conséquence, l'inégalité sociale, une telle organisation supposant des classes en apparence privilégiées, en réalité mises à part pour le service de la nation. — À cette voie de pénitence et de retour en arrière, la France pouvait préférer la continuation du programme démocratique, où l'État, constitué par l'universalité des individus, n'ayant d'autre but que le bonheur des individus entendu comme les individus l'entendent, s'interdit toute visée au-delà de ce que conçoit et sent l'universalité des individus. La conséquence d'un pareil état de choses est la poursuite du bien-être

* *La réforme intellectuelle et morale*, pp. 372 sq., 383 sq., Paris, 1871.

et de la liberté, la destruction de tout ce qui reste de privilèges et d'esprit de classe, l'affaiblissement du principe de l'État. L'individu et les groupes subordonnés à l'État, tels que le département et la commune, se trouveront bien d'un tel régime ; mais il est à craindre que la nation, la patrie, la France enfin, y perde chaque jour quelque chose de son autorité et de sa forte cohésion.

Il est clair que la seconde hypothèse a complètement remporté la victoire sur la première. À deux tentatives, auxquelles n'a manqué ni la hardiesse ni la résolution d'aller jusqu'au bout, la France a opposé un *Non* absolu. À toute autre tentative du même genre (et il est probable qu'il y en aura), le pays répondra sans doute de la même manière. Une réforme dans le sens monarchique et gouvernemental ne se fera donc pas avec l'assentiment spontané de la France. Où prendre la force pour contraindre la France, pour lui faire accepter ce dont elle ne comprend pas la nécessité ? À l'intérieur ? L'armée, c'est la France même. Une armée ne se sépare de la nation d'où elle sort que par l'effet du sentiment prédominant qui l'attache à un général victorieux. Et même alors, les coups d'État (le 18 Brumaire, le 2 Décembre, par exemple) se font dans le sens voulu, à tort ou à raison, par la majorité de la nation. — Demanderait-on à l'extérieur l'appui nécessaire pour la réaction ? L'extérieur, c'est l'Allemagne. L'Allemagne jouit du privilège de la victoire ; elle a l'hégémonie en Europe pour le temps ordinaire que durent les hégémonies. Sa volonté est celle de Jupiter, d'ici à vingt ou vingt-cinq ans. Or l'intérêt de l'Allemagne n'est nullement que la France se réforme comme elle le fit elle-même à partir de 1808. L'intérêt de l'Allemagne est bien plutôt (elle le croit du moins ainsi) que la France reste dans l'état d'affaiblissement politique et militaire qu'entraînent à certains égards la démocratie et le gouvernement républicain.

Voilà ce que M. Thiers vit à Bordeaux, et en somme il vit bien. Le hasard des élections de février 1871, hasard qui nous domine encore, l'Assemblée de 1871 ayant trouvé moyen de s'imposer à l'avenir, a rendu jusqu'à ces derniers temps le résultat douteux. En 1873, notamment, il y eut un moment où l'on put croire que, moyennant un accord avec la maison de Bourbon, une restauration du vieux système national n'était pas impossible. La conduite de M. le comte de Chambord trancha la question. À partir de novembre 1873, la position de la France fut ce qu'aurait été celle de la Prusse, si Frédéric-Guillaume III et sa dynastie avaient abdiqué après la bataille d'Iéna. Les réformes dans le genre de celles dont nous parlons ne peuvent s'accomplir dans un pays qu'avec la collaboration de sa vieille dynastie nationale. — Quant à la tentative de 1877, il n'y faut voir que le rêve de personnes obstinées, à qui leurs principes arrêtés enlèvent toute vue claire de la réalité et de la possibilité, ces deux pôles uniques sur lesquels la politique doit se guider.

Ainsi la restauration de la nation à la façon prussienne n'aura pas lieu. Il faut, pour réaliser un tel programme, une union que nous n'avons pas ; il faut surtout une monarchie et une noblesse. Aucune des réformes que l'on avait pu concevoir dans ce sens n'est faite ; aucune ne se fera. Faut-il désespérer et ne plus admettre pour notre patrie aucun avenir ? Non, certes. Les choses humaines sont multiples et diverses, riches en volte-face étranges. Un pays fécond en ressources a toujours un grand rôle à jouer. Ce qui a été pendant quelque temps un désavantage devient ensuite un avantage. La période que nous allons traverser peut et doit être une période de liberté à l'américaine ; dans ce nouvel exercice, la France peut montrer des prestesses inattendues. L'essentiel dans la vie est de ne pas vouloir des choses contradictoires. Ce que nous aurons pourra être fort agréable, fort brillant, fort aimable, pourvu que nous ne prétendions pas qu'on peut joindre aux douceurs du laisser-aller les avantages du gouvernement fort. La république n'est forte que par la terreur, et la terreur, heureusement, est à mille lieues de nous. Un gouvernement vraiment fort est celui qui, sans entreprendre la tâche absurde de contrarier la nation, conduit la nation, est accepté d'elle comme un guide doué de lumières supérieures. Un tel gouvernement dirige l'opinion, règle l'instruction publique, a une politique, une diplomatie et, dans une certaine mesure, une histoire, une philosophie. Un tel gouvernement ne se contente pas de tout encourager, de sourire à toute chose ; il regarde comme une partie de sa tâche de décourager, d'empêcher — de décourager la science fausse, le charlatanisme, — d'empêcher les directions funestes à la bonne discipline des esprits. Personne n'a plus le bras assez ferme pour cela. Le parti conservateur s'abandonne à des alarmes puériles, en s'imaginant que nous sommes à la veille de scènes de pillage et de violence. Ce qui nous est réservé, ce n'est pas la violence, c'est la mollesse. Pour les initiatives individuelles, l'ère qui paraît s'ouvrir pourra être un temps excellent ; pour la grande direction politique, ce sera un temps presque nul. Si les événements extérieurs nous laissent en paix, nous pourrons donner le spectacle d'une des productions les plus riches et les plus variées qui se puissent imaginer ; mais de maîtrise exercée par une autorité quelconque, il n'y en aura pas. Une sorte d'indulgence universelle laissera tout passer ; à la longue, un dissolvant général détruira toute influence magistrale venant d'une classe aristocratique ou de groupes d'élite.

Ce qui fait qu'on doit envisager une telle perspective sans trop de crainte, c'est qu'il est probable que tous les pays viendront, chacun à leur tour, à l'état où nous sommes. Les progrès de la réflexion chez le peuple, favorisés par l'instruction primaire, par l'exercice des droits politiques, par les progrès de l'industrie, par l'augmentation de la richesse, rendront l'individu de moins en moins capable des miracles d'abnégation dont les masses inconscientes du passé nous ont donné l'exemple. La nation vit des sacrifices que lui font les individus ; l'égoïsme toujours croissant trouvera insupportables les exigences d'une entité métaphysique, qui n'est personne en particulier, d'un patriotisme qui implique plus d'un préjugé, plus d'une erreur. Ainsi nous assisterons dans toute l'Europe à l'affaiblissement de l'esprit national, qui, il y a quatre-vingt ans, a fait dans le monde une si puissante apparition. La nationalité allemande, créée la dernière, résistera la dernière, d'abord à cause de ses récentes victoires, puis à cause de l'esprit particulier de soumission de la race allemande ; mais elle finira par suivre la voie du reste du monde. Sa gloire lui deviendra un fardeau ; elle trouvera, comme la France de 1813, que la prédominance militaire d'une nation s'achète bien cher ; écrasée sous le poids de charges intolérables, elle portera envie à ses vaincus. Elle démontrera une fois de plus cette vérité, établie par les règnes de Louis XIV et de Napoléon Ier, que la grandeur des nations est le plus souvent en raison inverse du bonheur des peuples. Il arrivera peut-être ainsi que la France, qui, à la fin du dernier siècle, a proclamé l'idée de nation, aura été la première à réagir contre ce que cette idée avait d'exagéré. Cela sera dans l'ordre. Notre spirituelle vivacité, notre logique fiévreuse nous font éprouver avant les autres les symptômes des crises qui se préparent dans le grand corps européen. Honneur dangereux !

Après tout, nous n'avons pas le droit d'être bien difficiles. Les partis réactionnaires et monarchiques ne nous ont pas traités de telle façon que nous soyons obligés de prendre le deuil avec eux. Déjà, dans les dernières années du règne de Louis-Philippe, on voyait poindre cette faiblesse générale qui a corrompu chez nous la haute culture intellectuelle. Rappelons-nous ces lugubres années de 1849, 1850, 1851, où l'esprit humain fut régenté par ses ennemis, et les dix premières années de l'Empire, où tout ce qui n'était pas médiocre ou frivole passait pour dangereux. Nous ne serons jamais les flatteurs de la démocratie ; nous avouons cependant qu'il ne lui sera pas difficile d'égaler les aristocraties de ces temps-là. Maintenant, du moins, nous sommes libres, or nous ne l'avons pas toujours été. Ne nous faisons pas d'illusion : nous ne dirigerons rien, nous ne réformerons rien, nous n'organiserons pas grand-chose ; mais soyons modestes, on ne nous importunera pas ; c'est beaucoup. Si nous avons pu rêver une force dont nous disposerions, laissons ce rêve. Le monde est entraîné par un penchant irrésistible vers l'américanisme, vers le règne de ce que tous comprennent et apprécient. Galilée, de nos jours, n'aurait plus à craindre la géhenne et les cachots. Il assisterait au triomphe de M. Raspail.

Certainement, il serait assez philosophe pour y être peu sensible, et même pour voir que cela est légitime à beaucoup d'égards.

Profitons donc et jouissons de l'heure présente ; elle est bonne et douce. Tâchons tous de nous surpasser. Ne boudons pas notre patrie quand elle n'est pas de notre avis. C'est peut-être elle qui a raison. Pauvre France ! *malo tecum errare quam cum ceteris recte sapere.*

DES SERVICES RENDUS AUX SCIENCES HISTORIQUES PAR LA PHILOLOGIE

(*Extrait*)

[...] La race est un fait qui tend à disparaître ; nous ne sommes plus habitués à cet ordre d'idées, nous n'avons pas tort, nous sommes les fils de la raison ; les considérations dont je me permets de vous entretenir sont devenues en quelque sorte secondaires. Mais, à l'origine, la race était tout. C'est un phénomène qui perd de son importance, mais qui a été autrefois capital.

S'il m'était permis de continuer ces développements, je vous montrerais comment de cet esprit primitif naturaliste de la race indo-européenne sortit cette mythologie, l'épopée, qui n'est que la fille de la mythologie ; après l'épopée, la métaphysique, qui n'est qu'une mythologie à sa manière, issue en quelque sorte du même principe : et j'essayerais de vous montrer que la science positive est elle-même le dernier échelon du même esprit, et que tout cela tient à la constitution de notre langage et à la discipline primitive que les patriarches pères de notre race ont adoptée. Je vous montrerais comment, au contraire, de l'esprit particulier à la race sémitique sortit la religion, le monothéisme. À l'heure qu'il est, notre vieille race indo-européenne a gardé son langage ; mais elle a presque complètement abandonné ses dieux, puisque aujourd'hui, de tous ses descendants, il n'y a plus que les parsis et les brahmanes qui n'aient pas été convertis aux grandes religions monothéistes sorties des races sémitiques, soit sous la forme judaïque, soit sous la forme chrétienne, soit sous la forme musulmane ; si bien que le vieil adage biblique est toujours vrai : « Que Dieu dilate Japhet, et qu'il habite dans les tentes de Sem, et que Cham soit son esclave ! » Il y aurait long à dire sur ce verset-là ! Mais je craindrais d'insister trop longuement sur ce qui touche à un passé aussi reculé, aussi obscur.

J'ai essayé de vous montrer les abus qu'on peut faire de la philologie comparée pour l'étude du passé ; j'ai essayé de montrer d'abord que le langage est un critérium très insuffisant de la race et que la race est un fait sur lequel on doit s'exprimer avec la plus grande réserve. Il y a surtout une application de ces principes de la race et du langage qui m'inspire les plus graves appréhensions : c'est celle que l'on en fait aux choses humaines du présent. Quand on les applique aux choses humaines du passé, il en peut résulter des théories fausses ; mais enfin le mal est du domaine purement spéculatif, tandis que, s'il s'agit du présent, cette application se fait non plus sur les cadavres de vieilles races disparues, mais sur des consciences vivantes, sur des intérêts vivants. C'est pourquoi je suis toujours effrayé quand je vois faire des applications trop étendues de ces principes philologiques aux choses de notre temps.

La race et le langage, que nous venons de réduire à leur juste valeur, seraient en quelque sorte, s'il fallait en croire certains esprits, la base de la politique, ce qui constitue les nations, ce qui règle leurs limites. Ces principes-là, Messieurs, cette politique-là n'ont jamais été les nôtres : en France, avant le langage, nous plaçons l'âme, et en cela je trouve que nous sommes absolument dans le vrai. Nous admettons que l'on peut dans toutes les langues avoir de nobles sentiments et de nobles pensées ; nous admettons aussi que, tout en parlant des langues absolument différentes, on peut poursuivre le même idéal, si bien que la nation pour nous est chose absolument séparée de la langue. Au-dessus de la langue et de la race, au-dessus même de la géographie, des frontières naturelles, des divisions résultant de la différence des croyances religieuses et des cultes, au-dessus des questions de dynasties, il y a quelque chose que nous plaçons : c'est le respect de l'homme envisagé comme un être moral ; en un mot, la véritable base d'une nation avant la langue, avant la race, c'est le consentement des populations, c'est leur volonté de continuer à vivre ensemble.

La Suisse, Messieurs, est ici pour nous le meilleur de tous les exemples. Voilà certes une des nations du monde qui a le plus sa raison d'être, puisqu'elle a été formée par l'adhésion successive et presque toujours volontaire de toutes les parties qui la composent. Eh bien ! la Suisse, dans ce petit espace de terrain qu'elle occupe sur la carte de l'Europe, la Suisse a quatre langues et deux ou trois religions ; quant aux races, Dieu sait combien elle en compte : cela l'empêche-t-il d'être une nation parfaitement faite et qui se passe fort bien de l'unité du langage ?

C'est qu'une nation, c'est avant tout une âme, un esprit, une famille spirituelle, résultant pour le passé de souvenirs communs, de gloires communes, quelquefois aussi de deuils communs, car le deuil rassemble les cœurs autant que la gloire... résultant, dis-je, pour le passé de souvenirs communs, et pour le présent (c'est là un critérium d'une évidence absolue) du consentement des populations.

Une nation, en d'autres termes, n'est pas constituée par le fait qu'on parle une même langue, mais par le sentiment qu'on a fait ensemble de grandes choses dans le passé et qu'on a la volonté d'en faire encore dans l'avenir.

Il y a des politiques transcendants qui se raillent beaucoup de nos scrupules et qui nous trouvent bien puérils de vouloir consulter modestement les populations. Eh bien ! soyez sûrs que c'est nous qui avons raison. Cette manière, pardonnez-moi cette expression vulgaire, de prendre les gens à la gorge et de leur dire : « Ah ! vous parlez la même langue que nous, donc vous nous appartenez », cette manière-là, nous ne l'appellerons jamais que de la brutalité.

L'homme, Messieurs, n'appartient ni à sa langue ni à sa race ; il s'appartient à lui-même avant tout, car il est avant tout un être libre et un être moral.

LES ORIGINES DE LA LANGUE FRANÇAISE*

Entre les dons qui furent départis à l'esprit français ne comptait pas précisément le don des langues. C'est sans doute à cette inaptitude presque complète aux recherches de la philologie comparée qu'il faut attribuer ce fait singulier qu'aucune langue n'a fait autant déraisonner que la langue française, si sensée et si raisonnable cependant ; aucune, dis-je, n'a donné lieu à autant de méprises ni inspiré autant de rêveries. L'étymologie a été et reste encore parmi nous un véritable genre d'aliénation mentale, et je tiens pour très véritable ce mot d'un éminent linguiste de nos jours, que les trois causes qui ont rendu fous le plus d'hommes sensés d'ailleurs sont l'étymologie, l'amour et la théologie. Le fait est qu'il ne se passe pas d'année sans que les membres de l'Institut appelés à décerner le prix fondé par Volney aient à faire justice de quelque tentative d'explication universelle des langues et des idées par le moyen du français. En dehors même de ces aberrations extrêmes, on est parfois surpris de l'étrange facilité avec laquelle des hommes instruits se laissent aller sur ce point aux fantaisies les plus bizarres. Croirait-on, par exemple, que c'est un homme tenu de quelques-uns pour un oracle, et de plusieurs pour un écrivain éminent, qui fait dériver *ancêtre* de *ancien être, beffroi* de *bel effroi, conduire* de *du-ire*, aller à deux, *sortir* de *se-hors-tir*, se tirer

* *Essai philosophique sur la formation de la langue française*, par M. Edelestand du Méril. Paris, 1852.

Origine et formation de la langue française, par A. de Chevallet, 1re partie. Paris, 1853.

Journal de l'Instruction publique, 1853. (N.d.l'éd.)

dehors*, et prend occasion de là pour nous exposer d'un air de Trismégiste les mystères cachés dans le langage, tout comme si la langue dépositaire du secret des choses et de la révélation primitive n'était ni plus ni moins que le français !

Ces innocentes bévues des gens du monde, les savants de la vieille école, il faut le dire, les justifiaient jusqu'à un certain point par leurs folles imaginations. Depuis Périon et Henri Estienne, qui ne voyaient partout que du grec, on chercha tour à tour dans la langue française de l'hébreu, de l'allemand, du basque, du bas-breton. Chez ceux mêmes qui entrevirent une solution meilleure, tels que Roquefort, Raynouard, quel manque absolu de méthode et de sentiment philologique ! Ce fut un Allemand, M. Diez, qui, dans son excellent écrit sur les langues romanes, nous révéla nos propres origines. Heureusement il fut compris à demi-mot, et, avant qu'il eût achevé sa démonstration, M. Ampère la développait déjà parmi nous, avec cette habileté et cette finesse d'aperçus qui égalent presque le mérite de la découverte. Une série de travaux ingénieux fut le fruit de cette direction nouvelle, qui semble loin d'être épuisée, pusqu'une seule année a pu ajouter trois publications fort estimables à celles que nous possédions déjà sur le même sujet**.

Le nom de M. du Méril promettait un de ces vastes répertoires de faits et de considérations qui, s'ils ne présentent pas la solution dans ses formes nettes et dégagées, la renferment implicitement et laissent le plaisir de la déduire aux esprits pénétrants, plus jaloux de chercher la vérité que de la trouver toute faite. La sincérité de la

* *Soirées de Saint-Pétersbourg*, par M. le comte de Maistre, deuxième entretien. — Il est vrai que le latin n'a pas mieux inspiré le noble comte : à la même page, il nous donne *caecutire* comme composé de *caecus-ut-ire*, aller comme un aveugle, et accepte tout de bon la ridicule étymologie de *cadaver, caro data vermibus*.

** Depuis la rédaction de cet article, M. Diez a donné au public un autre travail important, un *Dictionnaire étymologique et comparé des langues romanes*, Bonn, 1853. Les observations auxquelles donnerait lieu ce nouvel ouvrage sont trop nombreuses pour être touchées ici : il suffit de le signaler comme un complément nécessaire aux travaux grammaticaux du même auteur.

critique oblige de dire, il est vrai, que tout en ce travail si méritoire n'est pas d'égale valeur, que l'ordonnance du livre laisse beaucoup à désirer, que la méthode n'a pas toujours cette sûreté que nous sommes accoutumés à trouver dans les ouvrages de philologie comparée, que la partie étymologique enfin offre de regrettables écarts qui rappellent trop souvent les procédés de l'ancienne école. Malgré ces taches, le livre de M. du Méril n'en reste pas moins un précieux instrument de travail et ajoute un titre de plus à ceux de son auteur, que la voix publique a proclamé depuis longtemps l'un des hommes les plus savants et les plus laborieux de notre temps.

L'ouvrage de M. de Chevallet, honoré en 1850 du prix fondé par Volney pour la philologie comparée, est aussi un consciencieux travail, moins complet que celui de M. du Méril pour la partie historique, mais supérieur pour la méthode et la clarté de l'exposition. Peut-être cependant, comme son estimable devancier, M. de Chevallet a-t-il quelquefois exagéré la part de l'influence celtique et germanique, et cherché dans ces deux familles de langues l'origine de mots purement latins. Comment, par exemple, demander à l'allemand l'origine du mot *effroi*, et au celtique l'origine des mots *talent, orgueil, arrogant*, quand il est évident que le premier mot vient de *exfrigidare* (effrayer), et les autres de mots classiques, détournés de leur signification primitive par la basse latinité ?

Quel que soit le jugement que l'on porte sur le mérite de ces différents travaux, le problème de l'origine et de la formation de la langue française peut être dès à présent considéré comme à peu près résolu : il n'est pas permis de croire que des documents nouveaux viennent s'ajouter à ceux que l'on possède, et certainement ils ne changeraient rien à la formule, désormais arrêtée, qui définit le français, l'italien, l'espagnol et les autres dialectes romans : un latin de bas étage, altéré par une prononciation provinciale, et mêlé d'éléments barbares, soit par suite des invasions germaniques, soit par la persistance d'un fonds insignifiant de mots antérieurs à la conquête romaine. L'identité fondamentale de ces trois idiomes, l'analogie des lois qui ont présidé à leur dérivation, le parallélisme de leur développement, ce fait si curieux que les éléments barbares (non latins) qui se trouvent dans chacun d'eux sont exactement les mêmes et toujours dans la même proportion, voilà plus qu'il n'en faut pour établir qu'une cause unique prédestinait la France, l'Italie et l'Espagne à parler la même langue. Comment expliquer, par exemple, que le mot *chemin (camino),* que l'on dit venir du celtique, se retrouve également en français, en italien, en espagnol ? Comment ces trois pays, si différemment atteints par la conquête et envahis par des branches si diverses de la famille germanique, se seraient-ils rencontrés pour adopter justement les mêmes mots allemands, tels que *dérober, rubare (rauben)* ; *jardin, giardino (Garten)* ; *auberge, albergo (Herberge)*, etc. ? N'est-il pas évident que l'introduction de ces mots barbares s'était déjà faite dans la basse latinité, et que Rome demeure la cause dominante de notre langue comme de notre culture intellectuelle et de nos institutions ?

« L'origine du roman, dit très bien M. du Méril, remonte au premier barbarisme que les Gaulois ajoutèrent à la langue latine. » Il serait mieux peut-être de dire : au premier effort que fit le peuple pour s'affranchir d'un joug grammatical trop pesant pour lui. Ce serait un paradoxe qui ne manquerait pas de quelque vérité de soutenir que le français est en un sens antérieur au latin, je veux dire au latin réformé sur le modèle du grec que nous trouvons dans les écrivains classiques de Rome. Il est sûr du moins que ce n'est pas cette langue savante et littéraire qui a survécu dans l'usage et qui est venue jusqu'à nous comme idiome parlé, sous le nom de français, d'italien, d'espagnol : c'est la langue du dessous, la langue sans grammaire, moins riche en désinences, traînante dans sa syntaxe, écourtée dans sa prononciation. Il n'y avait pas deux langues latines. Mais il y avait une langue grammaticale et une langue populaire, de même que, parmi nous, sans qu'il y ait deux langues françaises, le langage d'un paysan, si on l'écrivait rigoureusement comme il le prononce, différerait notablement de celui d'un homme bien élevé. Ainsi le fait générateur de la langue française n'est au fond qu'une révolution démocratique : la langue d'en bas l'a emporté sur la langue d'en haut ; la langue des gens illettrés, des soldats, des provinciaux, sur la langue des lettrés et de la capitale. Il arriva comme si de nos jours l'Académie cédait le pas au jargon, et comme si les gens sans étude réglaient l'orthographe. Les inscriptions, qui sont pour l'antiquité les meilleurs témoins de la langue populaire, nous offrent à chaque ligne les plus révoltantes énormités grammaticales. Les textes latins des basses époques qui n'aspirent qu'à se faire entendre sont du même style. Je signalerai à cet égard un curieux manuscrit que possède notre Bibliothèque nationale, et dont on a, ce me semble, tenu trop peu de compte. C'est un traité de cuisine du VIIe siècle, écrit, on peut le croire, dans la langue vulgaire du temps, par un certain Vinidarius. Le style de ce cordon bleu, qui s'intitule fièrement *Vir inluster*, fourmille de gallicismes, de locutions comme celle-ci, par exemple : *pisces eo jure — poissons au jus*, le pronom jouant déjà le rôle de l'article. Il importe aussi d'observer que les éditions imprimées des auteurs de cette époque qui, comme Grégoire de Tours, ignoraient la grammaire, ne peuvent donner une juste idée du texte primitif. Généralement, en effet, ces éditions ont été faites sur des copies corrigées après la renaissance carlovingienne, ou bien les éditeurs modernes ont envisagé comme fautes de copistes des traits de langue qui étaient bien le fait de l'auteur. M. Bethmann, qui a comparé trois manuscrits de Grégoire de Tours du VIIe siècle, annonce que dans l'édition qu'il prépare il ne subsistera pas une ligne des anciens éditeurs, et que son texte représentera réellement la langue que l'on parlait au VIe et au VIIe siècle.

La révolution qui du latin a tiré le français n'est donc le fait ni des Celtes ni des peuples germaniques ; elle est le fait de l'esprit humain. Depuis l'introduction du latin dans les Gaules, aucun changement brusque n'est survenu dans la langue de ce pays : tout s'est fait par une évolution spontanée, une sorte de végétation et d'épanouissement naturel. Sans doute des influences extérieures qu'on ne saurait nier concoururent au même résultat. Un vieux fonds de mots celtiques, mots humbles, bas, relatifs presque tous à la vie du paysan, ou bien mots obscènes et frappés d'un certain caractère de trivialité, se conserva dans le langage du peuple. La prononciation, d'ailleurs, élément si capital dans la transformation des langues, resta bien réellement celtique, en sorte que le français pourrait être défini : du latin prononcé à la gauloise. La Germanie, d'un autre côté, introduisit de force une foule d'expressions relatives au nouvel état social qu'elle fondait. À l'époque carlovingienne surtout, l'allemand fit dans la Gaule une véritable invasion, bien plus grave et plus féconde en résultats que celle de l'époque mérovingienne. Un moment le théotisque fut la langue de la classe politique. Le roman, il faut l'avouer, courut là un danger réel, et il n'a tenu qu'à peu de chose, au IXe siècle, que la France n'ait parlé allemand. Mais l'élément latin l'emporta complètement : l'allemand rentra à tout jamais dans ses frontières d'Alsace et de Lorraine, et, depuis ce temps, la langue romane, sans aucun accident extérieur (l'invasion normande ne sema quelques mots scandinaves que dans la Normandie), suivit la marche naturelle de son développement, ou, si l'on veut, de son progrès.

Certes, jamais ce mot n'a besoin de plus d'explication que quand on veut l'appliquer au langage. Nulle part autant que dans l'histoire des langues le progrès n'est douteux et compensé de décadence. Dans les langues, en effet, la perfection est à l'origine. Comparés au sanscrit, le grec et le latin sont des langues pauvres et rudes : comparées au grec et au latin, les langues que nous parlons (abstraction faite, bien entendu, de la noblesse que le génie a su leur donner) sont des patois barbares, n'ayant en eux-mêmes ni leurs racines ni la raison de leurs procédés. Pour les trouver nobles et belles, nous sommes obligés de fermer les yeux sur leur origine. Sorties du patois populaire, réformées plus tard par des grammairiens et des rhéteurs, elles portent toujours l'empreinte de cette double paternité. Prenez la meilleure langue de nos jours, remontez à l'origine de chacun des éléments qui la composent, oubliez un moment que cette langue est maintenant vivante et noble, pour n'être attentif qu'à sa généalogie, vous n'y trouverez jamais que ces deux choses : le pédantisme et le patois. Je cite au hasard :

« La beauté étend son prestige sur la postérité elle-même et répand un charme, vainqueur des siècles, sur le nom seul des créatures privilégiées auxquelles il a plu à Dieu de la départir. »

Il n'y a pas dans cette phrase un seul mot qui ne soit latin, au moins dans ses racines ; mais quel latin ! Voici au fond ce que M. Cousin, sans s'en douter peut-être, s'est résigné à écrire :

« *(Il) la bel(li)ta(s) e(x)tend(it) suum praestigi(um) su(pe)r (il)la(m) posterita(tem) illa(m) me(tipsis)s(i)ma(m)* * *et repand(it) un(um) carme(n) victor(em) de (il)lis sec(u)lis su(pe)r (il)lu(d) nom(en) sol(um) de il(lis) creaturis privilegia(tis) a(d) (il)las quales il(lud) (h)a(bet) placi(tum) a(d) Deu(m) de (il)la(m) departir(i).* »

Certes, si un contemporain d'Auguste se fût entendu dire que dix-huit siècles plus tard cela serait d'un excellent style, et que les maîtres écriraient de la sorte, il eût pris une bien triste opinion de l'avenir de l'esprit humain. S'il nous était donné un spécimen de la langue que l'on parlera dans dix siècles, quand le français sera devenu trop noble à son tour, notre étonnement sans doute ne serait pas moindre. Quelque chose comme le jargon des nègres : voilà peut-être la langue de l'avenir. Qu'on se représente seulement ce que deviendrait notre idiome écrit et parlé le jour où il serait reçu qu'on peut être un galant homme sans savoir le latin, le jour où, le sentiment de l'étymologie venant à se perdre par l'affaiblissement des études classiques, on se servirait de la langue à peu près comme les maçons se servent des procédés de la géométrie sans les comprendre. Or les pessimistes croient déjà voir de graves symptômes de cette révolution future. Lamartine nous donne des études du style des cuisinières ; George Sand

* Ital. *medesimo* : ancien espagnol, *mesmo*, même.

nous fait trouver des beautés infinies dans je ne sais quel patois. Le patois est à la mode, on se l'arrache ; l'Académie le couronne ! Encore si c'était un reste de quelqu'un de ces idiomes ennoblis par le génie et qui ont mérité un moment le nom de langue, si c'était le provençal des troubadours du XIIe siècle, un souvenir de la langue de Bernard de Ventadour ou de Raimbaud de Vaquères que l'on cherchât à faire revivre, cet écho du passé pourrait n'être pas sans charme. Mais le jargon des rues d'Agen, un patois sans règles, sans flexions, sans titres de noblesse, du mauvais français en un mot, dont tout le mérite consiste à dire *barquo* pour *barque* et *foulo* pour *foule*, cela ne devrait pas s'écrire et c'est un signe alarmant qu'en dehors d'Agen on ait consenti à l'admirer.

Ainsi une langue d'extraction plébéienne, martelée ensuite durant des siècles, par des gosiers barbares, à demi dévorée par des mangeurs de syllabes, voilà notre langue ; ce qui n'empêche pas que longtemps encore, quand l'étranger voudra dire de fines et gracieuses choses, il se croira obligé de les dire en français. L'humilité des origines n'humilie personne ; le monde n'est plein que de ces ennoblissements et de ces passages de la rusticité à la plus exquise politesse. L'histoire du langage, d'ailleurs, envisagée dans son ensemble, se résume tout entière en ces deux mots : déchéance sous le rapport de la noblesse et de la beauté des formes — progrès en facilité, j'ai presque envie de dire en démocratie ; et par suite substitution inévitable de l'idiome populaire à l'idiome savant. Le premier coupable de ce sacrilège fut ce révolutionnaire de Bouddha, quand, six cents ans avant Jésus-Christ, il voulut mettre à la portée du peuple les problèmes jusque-là réservés aux écoles et aux classes aristocratiques. Pour cela, il se vit obligé de parler une langue plate, prolixe, sans relief, sans constructions, pleine de redites, un vrai style de curé de campagne. Plus tard, ses disciples commirent un bien plus grave attentat : ce fut d'écrire et d'appliquer aux usages intellectuels la langue parlée (le pali), afin d'être plus clairs et de s'adresser à tout le monde. Cette énorme concession, nous l'avons faite à notre tour : nous avons oublié le beau latin pour le latin rustique ; nous avons passé au peuple. Je ne dis pas qu'il faille le regretter ; je constate seulement dans l'histoire des langues l'éternel balancement qui semble la loi des choses humaines : noblesse pour un petit nombre ou vulgarité pour tous.

DE LA PART DES PEUPLES SÉMITIQUES DANS L'HISTOIRE DE LA CIVILISATION*

Discours d'ouverture du cours de langues hébraïque, chaldaïque et syriaque au Collège de France prononcé le 21 février 1862

En reproduisant ce discours, je regarde comme un devoir pour moi d'exprimer ma reconnaissance aux auditeurs bienveillants et éclairés qui m'ont aidé à le prononcer. Avec beaucoup de tact, ils ont compris qu'il s'agissait d'une question de liberté. Interrompre un ouvrage d'esprit auquel on n'est pas forcé d'assister me paraît toujours une action illibérale ; c'est s'imposer violemment à l'opinion d'autrui, c'est confondre deux choses profondément distinctes, le droit très réel de distribuer le blâme selon son goût ou sa conscience et le droit prétendu d'étouffer de sa propre autorité les idées que l'on croit blâmables. Qui ne voit que cette dernière prétention est la source de toutes les violences et de toutes les oppressions ? Dans l'enseignement du Collège de France, entouré de tant de garanties, cette suppression de la parole me semble particulièrement déplacée. La nomination des professeurs de cet établissement se fait sur la présentation de MM. les professeurs du Collège réunis en assemblée et de la classe compétente de l'Institut. Cette double présentation n'est point un brevet indiscutable. Mais elle suffit au moins pour que celui

* Publié en brochure chez Michel Lévy, 1862. (N. de l'éd.)

qui en est honoré ne puisse être accusé de téméraire intrusion, quand il monte dans une chaire à laquelle le désignent des suffrages si autorisés.

Je ne voudrais pas que la forme de cette première leçon trompât le public sur la nature de mon enseignement. Depuis Vatable et Mercier jusqu'à M. Quatremère, la chaire à laquelle j'ai eu l'honneur d'être présenté et nommé a offert un caractère technique et spécial. Sans enchaîner en aucune façon ma liberté ni celle de mes successeurs, je croirais rendre un mauvais service à la science en sortant habituellement de cette respectable tradition. Que deviendront les études sérieuses si elles n'ont au Collège de France un sanctuaire inviolable ? Que deviendra la haute culture de l'esprit humain, si les expositions générales, seules admises en présence d'un public nombreux, étouffaient les enseignements d'une forme plus sévère, dans un établissement surtout qui est destiné à continuer l'école des grands travaux scientifiques ? Je serais tout à fait coupable, si on pouvait m'accuser dans l'avenir d'avoir contribué à un tel changement. Le progrès de la science est compromis si nous ne revenons aux longues réflexions, si chacun croit remplir les devoirs de la vie en ayant à l'aveugle sur toute chose les opinions d'un parti, si la légèreté, les opinions exclusives, les façons tranchantes et péremptoires viennent supprimer les problèmes au lieu de les résoudre. Oh ! que les pères de l'esprit moderne comprenaient mieux la sainteté de la pensée ! Grandes et vénérables figures des Reuchlin, des Henri Estienne, des Casaubon, des Descartes, levez-vous pour nous apprendre quel prix vous faisiez de la vérité, par quels labeurs vous saviez l'atteindre, ce que vous souffrîtes pour elle. Ce sont des spéculations comprises de vingt personnes au XVIIe siècle qui ont changé de fond en comble les idées des nations civilisées sur l'univers ; ce sont des travaux obscurs de quelques pauvres érudits du XVIe siècle qui ont fondé la critique historique et préparé une totale révolution dans les idées sur le passé de l'humanité. J'ai fait une trop sensible expérience de l'intelligente pénétration du public, pour ne pas être assuré que tous ceux qui m'ont appuyé hier m'approuveront de suivre cette voie, la plus profitable assurément pour la science et la bonne discipline de l'esprit.

23 février 1862.

Messieurs,

Je suis fier de monter dans cette chaire, la plus ancienne du Collège de France, illustrée au XVIe siècle par des hommes éminents et occupée de nos jours par un savant du mérite de M. Quatremère. En créant au Collège de France un asile pour la science libre, le roi François Ier posa comme loi constitutive de ce grand établissement la complète indépendance de la critique, la recherche désintéressée du vrai, la discussion impartiale, ne connaissant d'autres règles que celles du bon goût et de la sincérité. Voilà justement, Messieurs, l'esprit que je voudrais apporter dans cet enseignement. Je sais les difficultés inséparables de la chaire que j'ai l'honneur d'occuper. C'est le privilège et le danger des études sémitiques de toucher aux problèmes les plus importants de l'histoire de l'humanité. Le libre esprit ne connaît pas de limites ; mais il s'en faut que l'espèce humaine tout entière soit arrivée à ce degré de contemplation sereine où l'on n'a pas besoin de voir Dieu dans tel ordre particulier de faits, justement parce qu'on le voit en toute chose. La liberté, Messieurs, si elle était bien comprise, ferait vivre côte à côte ces exigences opposées. J'espère que, grâce à vous, ce cours en sera la preuve. Comme je ne porterai dans mon enseignement aucun dogmatisme, comme je me bornerai toujours à faire appel à votre raison, à vous proposer ce que je crois le plus probable, en vous laissant la plus parfaite liberté de jugement, qui pourra se plaindre ? Ceux-là seuls qui croient avoir le monopole de la vérité. Mais il faut que ceux-là renoncent à être les maîtres du monde. Galilée, de nos jours, ne se mettrait plus à genoux pour demander pardon d'avoir trouvé la vérité.

Vous me permettrez, dans l'accomplissement de ma tâche, de descendre jusqu'aux plus menus détails et d'être habituellement technique et austère. La science, Messieurs, n'atteint son but sacré, qui est la découverte de la vérité, qu'à condition d'être spéciale et rigoureuse. Tout le monde n'est pas destiné à être chimiste, physicien, philologue, à s'enfermer dans des laboratoires, à suivre durant des années une expérience ou un calcul ; tout le monde participe pourtant des grands résultats philosophiques de la chimie, de la physique, de la philologie. Présenter ces résultats dégagés de l'appareil qui a servi à les découvrir est une chose utile et que la science ne doit pas s'interdire. Mais telle n'est pas la destination du Collège de France ; tout l'appareil de la science la plus spéciale et la plus minutieuse doit être ici déployé. Des démonstrations laborieuses, de patientes analyses, n'excluant, il est vrai, aucun développement général, aucune digression légitime : tel est le programme de ces cours. C'est le laboratoire même de la science philologique qui est ouvert au public, pour que des vocations spéciales se forment et que les personnes du monde puissent se faire une idée des moyens qu'on emploie pour arriver à la vérité.

Aujourd'hui, Messieurs, je dérogerais à l'usage et je tromperais votre attente, si je débutais par des développements trop techniques. J'aurais voulu rappeler parmi vous le souvenir du confrère illustre que j'ai l'honneur de remplacer : M. Étienne Quatremère. Mais, ce devoir ayant été rempli ici-même d'une manière qui ne me permet pas d'y revenir, je consacrerai cette première leçon à m'entretenir avec vous du caractère général des peuples dont nous étudierons ensemble la langue et les littératures, du rôle qu'ils ont joué dans l'histoire, de la part qu'ils ont fournie à l'œuvre commune de la civilisation.

Le résultat le plus important auquel les sciences historiques et philologiques sont arrivées depuis un demi-siècle a été de montrer dans le développement général de l'humanité deux éléments en quelque sorte, qui, se mêlant dans des proportions inégales, ont fait la trame du tissu de l'histoire. Dès le XVIIe siècle et presque dès le moyen âge, on avait reconnu que les Hébreux, les Phéniciens, les Carthaginois, les Syriens, Babylone, au moins depuis une certaine époque, les Arabes, les Abyssins, avaient parlé des langues tout à fait congénères. Eichhorn, au siècle dernier, proposa d'appeler ces langues *sémitiques*, et ce nom, tout inexact qu'il est, peut continuer d'être employé. Dans les premières années de notre siècle, on fit une découverte autrement importante et délicate. Grâce à la connaissance du sanscrit, due aux savants anglais de Calcutta, les philologues de l'Allemagne, en particulier M. Bopp, posèrent des principes sûrs, au moyen desquels on démontra que les anciens idiomes de l'Inde brahmanique, les différents dialectes de la Perse, l'arménien, plusieurs dialectes du Caucase, les langues grecque et latine, avec leurs dérivés, les langues slaves, germaniques et celtiques, forment un vaste ensemble, profondément distinct du groupe sémitique, et qu'on appela indo-germanique ou indo-européen.

La ligne de démarcation révélée par l'étude comparée des langues ne tarda pas à être fortifiée par l'étude des littératures, des institutions, des mœurs, des religions. Quand on sait se placer au point de vue d'une comparaison délicate, on reconnaît dans les littératures antiques de l'Inde, de la Grèce, de la Perse, des peuples germaniques, des genres communs tenant à une profonde similitude d'esprit. La littérature des Hébreux et celle des Arabes ont aussi entre elles beaucoup de rapport ; au contraire, elles en ont aussi peu que possible avec celles que j'énumérais tout à l'heure. On chercherait vainement une épopée ou une tragédie chez les peuples sémitiques ; on chercherait vainement chez les peuples indo-européens l'analogue de la *kasida* des Arabes et ce genre d'éloquence qui distingue les prophètes juifs et le Coran. — Il faut en dire autant des institutions. Les peuples indo-européens eurent, à l'origine, un vieux droit, dont les lambeaux se retrouvent dans les *Brahmanas* de l'Inde, dans les formules des Latins, dans les coutumes celtiques, slaves et germaniques ; la vie patriarcale des Hébreux et des Arabes fut soumise, sans contredit, à des lois toutes différentes. — Enfin, la comparaison des religions est venue jeter sur cette question des lumières décisives. À côté de la philologie comparée s'est fondée en Allemagne, il y a quelques années, une *mythologie comparée*, laquelle a démontré que tous les peuples indo-européens eurent à l'origine, avec une même langue, une même religion, dont chacun a emporté, en se séparant du berceau commun, les membres épars. Cette religion, c'est le culte des forces et des phénomènes de la nature, aboutissant par le développement philosophique à une sorte de panthéisme. Les développements religieux des peuples sémitiques suivirent une ligne opposée. Le judaïsme, le christianisme, l'islamisme offrent un caractère de dogmatisme, d'absolu, de monothéisme sévère, qui les distingue profondément des cultes indo-européens, ou, comme nous disons, des cultes païens.

Voici donc deux individualités parfaitement reconnaissables qui remplissent en quelque sorte à elles deux presque tout le champ de l'histoire, et qui sont comme les deux pôles du mouvement de l'humanité. Je dis presque tout le champ de l'histoire ; car, en dehors de ces deux grandes individualités, il y en a encore deux ou trois qui se dessinent déjà suffisamment pour la science, et dont l'action a été considérable. Laissons de côté la Chine, qui est un monde à part, et les races tartares, qui n'ont agi que comme des fléaux naturels, pour détruire l'œuvre des autres. L'Égypte a eu une part considérable dans l'histoire du monde ; or l'Égypte n'est ni sémitique ni indo-européenne. Babylone n'est pas non plus un fait purement sémitique ; il y eut là, ce semble, un premier type de civilisation, analogue à celui de l'Égypte. On peut dire même en général que, avant l'entrée des peuples indo-européens et des peuples sémitiques sur la scène de l'histoire, le monde avait déjà des civilisations fort anciennes, auxquelles les nôtres doivent, sinon des éléments moraux, au moins des éléments industriels et une longue expérience de la vie matérielle. Mais tout cela est encore peu dessiné aux yeux de l'histoire ; tout cela pâlit d'ailleurs auprès de faits comme la mission de Moïse, l'invention de l'écriture alphabétique, la conquête de Cyrus, celle d'Alexandre, l'envahissement du monde par le génie grec, le christianisme, l'Empire romain, l'islamisme, la conquête germanique, Charlemagne, la Renaissance, la Réforme, la Philosophie, la Révolution française, la conquête du monde par l'Europe moderne. Voilà le grand courant de l'histoire ; ce grand courant est formé par le mélange de deux fleuves, auprès desquels tous les autres confluents ne sont que des ruisseaux. Essayons de démêler dans cet ensemble complexe la part de chacune des deux grandes races qui, par leur action combinée et le plus souvent par leur antagonisme, ont amené l'état du monde dont nous sommes les derniers aboutissants.

Une explication est d'abord nécessaire. Quand je parle du mélange des deux races, c'est uniquement du mélange des idées, et, si j'ose le dire, d'une sorte de collaboration historique qu'il s'agit. Les peuples indo-européens et les peuples sémitiques sont encore de nos jours parfaitement distincts. Je ne parle pas des Juifs, auxquels leur singulière et admirable destinée historique a donné dans l'humanité comme une place exceptionnelle ; et encore, si l'on excepte la France, qui a élevé dans le monde le principe d'une civilisation purement idéale, écartant toute idée de différence de races, les Juifs presque partout forment encore une société à part. L'Arabe, du moins, et dans un sens plus général le musulman, sont aujourd'hui plus éloignés de nous qu'ils ne l'ont jamais été. Le musulman (l'esprit sémitique est surtout représenté de nos jours par l'islam) et l'Européen sont en présence l'un de l'autre comme deux êtres d'une espèce différente, n'ayant rien de commun dans la manière de penser et de sentir. Mais la marche de l'humanité se fait par la lutte des tendances contraires, par une sorte de polarisation, en vertu de laquelle chaque idée a ici-bas ses représentants exclusifs. C'est dans l'ensemble que s'harmonisent toutes les contradictions, et que la paix suprême résulte du choc des éléments en apparence ennemis.

Cela posé, si nous recherchons ce que les peuples sémitiques ont donné à ce grand ensemble organique et vivant qu'on appelle la civilisation, nous trouvons que d'abord, en politique, nous ne leur devons rien du tout. La vie politique est peut-être ce que les peuples indo-européens ont de plus indigène et de plus propre. Ces peuples sont les seuls qui aient connu la liberté, qui aient compris à la fois l'État et l'indépendance de l'individu. Certes, ils sont loin d'avoir toujours également bien concilié ces deux nécessités contraires. Mais jamais chez eux on ne trouve ces grands despotismes unitaires, broyant toute individualité, réduisant l'homme à l'état d'une sorte de fonction abstraite et sans nom, comme on le voit dans l'Égypte, à Babylone, en Chine, dans les despotismes musulmans et tartares. Prenez les unes après les autres les petites républiques municipales de la Grèce et de l'Italie, la féodalité germanique, les grandes organisations centralisées dont Rome a donné le premier modèle et dont la Révolution française a repris l'idéal, vous y trouverez toujours un vigoureux élément moral, une forte idée du bien public, le sacrifice à un but général. L'individualité à Sparte était peu garantie ; les petites démocraties d'Athènes et de l'Italie du moyen âge étaient presque aussi féroces que le plus cruel tyran ; l'Empire romain arriva (en partie, du reste, par l'influence de l'Orient) à un despotisme intolérable ; la féodalité germanique aboutit à un vrai brigandage ; la royauté française, sous Louis XIV, atteignit les excès des dynasties sassanides ou mongoles ; la Révolution française, en créant avec une vigueur incomparable le principe d'unité dans l'État, a souvent fortement compromis la liberté. Mais de promptes réactions ont toujours sauvé ces peuples des conséquences de leurs fautes. Il n'en est pas de même en Orient. L'Orient, surtout l'Orient sémitique, n'a jamais connu de milieu entre la complète anarchie des Arabes nomades et le despotisme sanguinaire et sans compensation. L'idée de la chose publique, du bien public, fait totalement défaut chez ces peuples. La vraie et complète liberté, telle que les peuples anglo-saxons l'ont réalisée, et les grandes organisations d'État, telles que l'Empire romain et la France les ont créées, leur furent également étrangères. Les anciens Hébreux, les Arabes, ont été ou sont, par moments, les plus libres des hommes, mais à la condition d'avoir le lendemain un chef qui tranche les têtes selon son bon plaisir. Et, quand cela arrive, nul ne se plaint d'un droit violé : David arrive à régner par les moyens d'un énergique *condottiere*, ce qui ne l'empêche pas d'être un homme fort religieux, d'être un roi selon le cœur de Dieu. Salomon parvient et se maintient au trône par les procédés des sultans de tous les temps, ce qui ne l'empêche pas de passer pour le plus sage des rois. Quand les prophètes battent en brèche la royauté, ce n'est pas au nom d'un droit politique, c'est au nom de la théocratie. Théocratie, anarchie, despotisme, tel est, Messieurs, le résumé de la politique sémitique ; ce n'est heureusement pas la nôtre. La politique *tirée de l'Écriture sainte* (fort mal tirée, il est vrai) par Bossuet est une détestable politique. En politique, comme en poésie, en religion, en philosophie, le devoir des peuples indo-européens est de rechercher la nuance, la conciliation des choses opposées, la complexité, si profondément inconnues aux peuples sémitiques, dont l'organisation a toujours été d'une désolante et fatale simplicité.

Dans l'art et la poésie, que leur devons-nous ? Rien dans l'art. Ces peuples sont très peu artistes ; notre art nous vient tout entier de la Grèce. — En poésie, sans être leurs tributaires, nous avons pourtant avec eux plus de lien. Les psaumes sont devenus à quelques égards une de nos sources poétiques. La poésie hébraïque a pris place pour nous à côté de la poésie grecque, non comme ayant fourni des genres déterminés de poésie, mais comme constituant un idéal poétique, une sorte d'Olympe où tout se colore, par suite d'un prestige accepté, d'une auréole lumineuse. Milton, Lamartine, Lamennais n'existeraient pas, ou n'existeraient pas tout entiers sans les psaumes. Ici encore, cependant, tout ce qui est nuance, tout ce qui est délicat, tout ce qui est profond est notre œuvre. La chose essentiellement poétique, c'est la destinée de l'homme ; ce sont ses retours mélancoliques, sa recherche inquiète des origines, sa juste plainte contre le ciel. Nous n'avons eu besoin d'apprendre cela de personne. L'éternelle école, à cet égard, c'est l'âme de chacun.

Dans la science et la philosophie, nous sommes exclusivement Grecs. La recherche des causes, savoir pour savoir, est une chose dont il n'y a nulle trace avant la Grèce, une chose que nous avons apprise d'elle seule. Babylone a eu une science ; mais elle n'a pas eu le principe scientifique par excellence, la fixité absolue des lois de la nature. L'Égypte a su de la géométrie ; mais elle n'a pas créé les *Éléments* d'Euclide. Quant au vieil esprit sémitique, il est de sa nature antiphilosophique et antiscientifique. Dans *Job*, la recherche des causes est presque présentée comme une impiété. Dans *l'Ecclésiaste*, la science est déclarée une vanité. L'auteur, prématurément dégoûté, se vante d'avoir étudié tout ce qui est sous le soleil et de n'y avoir trouvé que de l'ennui. Aristote, à peu près son contemporain, et qui avec plus de raison eût pu dire qu'il avait épuisé l'univers, ne parle pas une fois de son ennui. La sagesse des nations sémitiques ne sortit jamais de la parabole et des proverbes. On parle souvent d'une science et d'une philosophie arabes, et, en effet, pendant un siècle ou deux, au moyen âge, les Arabes furent bien nos maîtres ; mais c'était en attendant que nous connussions les originaux grecs. Cette science et cette philosophie arabes n'étaient qu'une mesquine traduction de la science et de la philosophie grecques. Dès que la Grèce authentique se lève, ces chétives traductions deviennent sans objet, et ce n'est pas sans raison que tous les philologues de la Renaissance entreprennent contre elles une vraie croisade. À y regarder de près, d'ailleurs, cette science arabe n'avait rien d'arabe. Le fond en est purement grec ; parmi ceux qui la créèrent, il n'y a pas un vrai sémite ; c'était des Espagnols, des Persans écrivant en arabe. — Le rôle philosophique des juifs au moyen âge est aussi celui de simples interprètes. La philosophie juive de cette époque, c'est la philosophie arabe sans modification. Une page de Roger Bacon renferme plus de véritable esprit scientifique que toute cette science de seconde main, respectable assurément comme un anneau de la tradition, mais dénuée de grande originalité.

Si nous examinons la question au point de vue des idées morales et sociales, nous trouverons que la morale sémitique est parfois très sainte et très pure. Le Code attribué à Moïse renferme de belles idées de droit. Les prophètes sont par moments des tribuns fort éloquents. Les moralistes, Jésus fils de Sirach, Hillel, atteignent une surprenante hauteur. N'oublions pas enfin que la morale de l'Évangile a été d'abord prêchée en une langue sémitique. D'un autre côté, le caractère sémitique est en général dur, étroit, égoïste. Il y a dans cette race de fortes passions, de complets dévouements, des caractères incomparables. Il y a rarement cette finesse de sentiment moral qui semble être surtout l'apanage des races germaniques et celtiques. Les sentiments tendres, profonds, mélancoliques, ces rêves d'infini où toutes les puissances de l'âme se confondent, cette grande révélation du devoir qui seule donne une base solide à notre foi et à nos espérances sont l'œuvre de notre race et de notre climat. Ici donc l'œuvre est mêlée. L'éducation morale de l'humanité n'est le mérite exclusif d'aucune race. La raison en est toute simple ; la morale ne s'apprend pas plus que la poésie ; les beaux aphorismes ne font pas l'honnête homme ; chacun trouve le bien dans la hauteur de sa nature et dans l'immédiate révélation de son cœur.

En fait d'industrie, d'inventions, de civilisation matérielle, nous devons, sans contredit, beaucoup aux peuples sémitiques. Notre race, Messieurs, ne débuta point par le goût du confortable et des affaires. Ce fut une race morale, brave, guerrière, jalouse de liberté et d'honneur, aimant la nature, capable de dévouement, préférant beaucoup de choses à la vie. Le négoce, l'industrie ont été exercés pour la première fois sur une grande échelle par des peuples sémitiques, ou du moins parlant une langue sémitique, les Phéniciens. Au moyen âge, les Arabes et les juifs furent aussi nos maîtres en fait de commerce. Tout le luxe européen, depuis l'antiquité jusqu'au XVIIe siècle, est venu de l'Orient. Je dis le luxe et non point l'art ; il y a l'infini de l'un à l'autre ; la Grèce, qui, sous le rapport du goût, a une immense supériorité sur le reste de l'humanité, n'était pas un pays de luxe ; on y parlait avec dédain de la vaine magnificence des palais du grand roi, et, s'il nous était permis de voir la maison de Périclès, il est probable que nous la trouverions à peine habitable. Je n'insiste pas sur ce point, car il y aurait à examiner si le luxe asiatique, celui de Babylone, par exemple, est bien le fait des sémites ; j'en doute pour ma part. Mais un don incontestable qu'ils nous ont fait, un don de premier ordre, et qui doit placer les Phéniciens dans l'histoire du progrès, presque à côté des Hébreux et des Arabes, leurs frères, c'est l'écriture. Vous savez que les caractères dont nous nous servons encore aujourd'hui sont, à travers mille transformations, ceux dont les sémites se servirent d'abord pour exprimer les sons de leur langue. Les alphabets grecs et latins, dont tous nos alphabets européens dérivent, ne sont autre chose que l'alphabet phénicien. Le phonétisme, cette idée lumineuse d'exprimer chaque articulation par un signe et de réduire les articulations à un petit nombre (vingt-deux), est une invention des sémites. Sans eux, nous nous traînerions peut-être péniblement encore dans l'hiéroglyphisme. On peut dire en un sens que les Phéniciens, dont toute la littérature a si malheureusement disparu, ont posé ainsi la condition essentielle de tout exercice ferme et précis de la pensée.

Mais j'ai hâte d'arriver, Messieurs, au service capital que la race sémitique a rendu au monde, à son œuvre propre, et, si l'on peut s'exprimer ainsi, à sa mission providentielle. Nous ne devons aux sémites ni notre vie politique, ni notre art, ni notre poésie, ni notre philosophie, ni notre science. Que leur devons-nous ? Nous leur devons la religion. Le monde entier, si l'on excepte l'Inde, la Chine, le Japon et les peuples tout à fait sauvages, a adopté les religions sémitiques. Le monde civilisé ne compte que des juifs, des chrétiens ou des musulmans. La race indo-européenne en particulier, si l'on excepte la famille brahmanique et les faibles restes des parsis, a passé tout entière aux religions sémitiques. Quelle a été la cause de ce phénomène étrange ? comment les peuples qui tiennent l'hégémonie du monde ont-ils abdiqué leur symbole pour adopter celui de leurs vaincus ?

Le culte primitif de la race indo-européenne, Messieurs, était charmant et profond comme l'imagination de ces peuples eux-mêmes. C'était un écho de la nature, une sorte d'hymne naturaliste, où l'idée d'une cause unique n'apparaît que par moments et avec beaucoup d'indécision. C'était une religion d'enfants, pleine de naïveté et de poésie, mais qui devait crouler dès que la réflexion deviendrait un peu exigeante. La Perse la première opéra sa réforme (celle à laquelle on rattache le nom de Zoroastre) sous des influences et à une époque que nous ignorons. La Grèce, au temps de Pisistrate, était déjà mécontente de sa religion et se tournait vers l'Orient. À l'époque romaine, le vieux culte païen était devenu tout à fait insuffisant. Il ne disait plus rien à l'imagination ; il disait très peu de chose au sentiment moral. Les anciens mythes sur les forces de la nature s'étaient changés en anecdotes, parfois amusantes et fines, mais dénuées de toute valeur religieuse. C'est justement à cette époque que le monde civilisé se trouve face à face avec le culte juif. Fondé sur le dogme clair et simple de l'unité divine, écartant le naturalisme et le panthéisme par cette phrase merveilleuse de netteté : « Au commencement, Dieu créa le ciel et la terre », possédant une loi, un livre, dépositaire d'enseignement moraux élevés et d'une haute poésie religieuse, le judaïsme avait une incontestable supériorité, et il était possible de prévoir dès lors qu'un jour le monde deviendrait juif, c'est-à-dire quitterait la vieille mythologie pour le monothéisme. Un mouvement unique en son genre, qui se produisit à cette époque dans le sein du judaïsme lui-même, décida la victoire. À côté de ses grandes et incomparables parties, le judaïsme contenait le principe d'un formalisme étroit, d'un fanatisme exclusif et dédaigneux de l'étranger ; c'était l'esprit pharisien, qui est devenu plus tard l'esprit talmudique. Si le judaïsme n'eût été que le pharisaïsme, il n'aurait eu aucun avenir. Mais cette race portait en elle une activité religieuse vraiment extraordinaire. Comme toutes les grandes races, d'ailleurs, elle réunissait les contraires ; elle savait réagir contre elle-même et avoir au besoin les qualités les plus opposées à ses défauts. Au milieu de l'énorme fermentation où la nation juive se trouva plongée sous les derniers Asmonéens, l'événement moral le plus extraordinaire dont l'histoire ait gardé le souvenir se passa en Galilée. Un homme incomparable — si grand que, bien qu'ici tout doive être jugé au point de vue de la science positive, je ne voudrais pas contredire ceux qui, frappés du caractère exceptionnel de son œuvre, l'appellent Dieu — opéra une réforme du judaïsme, réforme si profonde, si individuelle, que ce fut, à vrai dire, une création de toutes pièces. Parvenu au plus haut degré religieux que jamais homme avant lui eût atteint, arrivé à s'envisager avec Dieu dans les rapports d'un fils avec son père, voué à son œuvre avec un total oubli de tout le reste et une abnégation qui n'a jamais été si hautement pratiquée, victime enfin de son idée et divinisé par la mort, Jésus fonda la religion éternelle de l'humanité, la religion de l'esprit, dégagée de tout sacerdoce, de tout culte, de toute observance, accessible à toutes les castes, absolue en un mot : « Femme, le temps est venu où l'on n'adorera plus sur cette montagne ni à Jérusalem, mais où les vrais adorateurs adoreront en esprit et en vérité. » Le centre fécond où l'humanité devait pendant des siècles rapporter ses joies, ses espérances, ses consolations, ses motifs de bien faire, était constitué. La source de vertu la plus abondante que le contact sympathique d'une conscience sublime eût fait jaillir dans le cœur des autres hommes était ouverte. La haute pensée de Jésus, à peine comprise de ses disciples, souffrit bien des déchéances. Néanmoins, le christianisme l'emporta tout d'abord, et l'emporta de l'infini sur les autres cultes alors existants. Ces cultes, qui ne prétendaient à aucune valeur absolue, qui n'avaient pas de forte organisation et ne répondaient à rien de moral, se défendirent faiblement. Quelques tentatives faites pour les réformer dans le sens des besoins nouveaux de l'humanité et pour y introduire un élément de sérieux et de moralité, la tentative de Julien, par exemple, échouèrent complètement. L'Empire, qui voyait non sans raison son principe menacé par la puissance d'un principe nouveau, l'Église, résista d'abord énergiquement ; il finit par adopter le culte qu'il avait combattu. Tous les peuples grécisés et latinisés devinrent chrétiens ; les peuples germaniques et slaves se rallièrent un peu plus tard. Seules dans la race indo-européenne, la Perse et l'Inde, grâce à leurs institutions religieuses très fortes et intimement liées à la politique, conservèrent, fort altéré, il est vrai, le vieux culte de leurs ancêtres. La race brahmanique, surtout, rendit au monde un service scientifique de premier ordre, en conservant, avec un luxe de précaution minutieux et touchant, les plus vieux hymnes de ce culte, les Védas.

Mais, après cette incomparable victoire, la fécondité religieuse de la race sémitique n'était pas épuisée. Le christianisme, absorbé par la civilisation grecque et latine, était devenu une chose occidentale ; l'Orient, son berceau, était justement le pays où il rencontrait le plus d'obstacles. L'Arabie en particulier, au VIIe siècle, ne pouvait se décider à se faire chrétienne. Flottant entre le judaïsme et le christianisme, les superstitions indigènes et les souvenirs du vieux culte patriarcal, choquée des éléments mythologiques que la race indo-européenne avait introduits dans le sein du christianisme, elle voulut revenir à la religion d'Abraham ; elle fonda l'islamisme. L'islamisme apparut à son tour avec une immense supériorité au milieu des religions abaissées de l'Asie. D'un souffle, il renversa le parsisme, qui avait été assez fort pour triompher du christianisme sous les Sassanides, et le réduisit à l'état de petite secte. L'Inde, à son tour, vit, mais sans se convertir, l'unité divine proclamée victorieusement au milieu de son panthéon vieilli. L'islamisme, en un mot, conquit au monothéisme presque tous les païens que le christianisme n'avait pas encore convertis. Il achève sa mission, de nos jours, par la conquête de l'Afrique, qui se fait, à l'heure qu'il est, presque toute musulmane. À part des exceptions d'importance secondaire, le monde a été de la sorte conquis tout entier par l'apostolat monothéiste des sémites.

Est-ce à dire que les peuples indo-européens, en adoptant le dogme sémitique, aient complètement abdiqué leur individualité ? Non, certes. En adoptant la religion sémitique, nous l'avons profondément modifiée. Le christianisme, tel que la plupart l'entendent, est en réalité notre œuvre. Le christianisme primitif, consistant essentiellement dans la croyance apocalyptique d'un royaume de Dieu qui allait venir ; le christianisme tel qu'il était dans l'esprit d'un saint Jacques, d'un Papias, était fort différent de notre christianisme, chargé de métaphysique par les Pères grecs et de scolastique par le moyen âge, réduit à un enseignement de morale et de charité par les progrès des temps modernes. La victoire du christianisme ne fut assurée que quand il brisa complètement son enveloppe juive, quand il redevint ce qu'il avait été dans la haute conscience de son fondateur, une création dégagée des entraves étroites de l'esprit sémitique. Cela est si vrai que les juifs et les musulmans n'ont que de l'aversion pour cette religion, sœur de la leur, mais qui, entre les mains d'une autre race, s'est revêtue d'une poésie exquise, d'une délicieuse parure de légendes romantiques. Des âmes fines, sensibles et imaginatives comme l'auteur de *l'Imitation*, comme les mystiques du moyen âge, comme les saints en général, professaient une religion sortie en réalité du génie sémitique, mais transformée de fond en comble par le génie des peuples modernes, surtout des peuples celtes et germains. Cette profondeur de sentimentalité, cette morbidesse en quelque sorte de la religion d'un François d'Assise, d'un Fra Angelico, étaient justement l'opposé du génie sémitique, essentiellement sec et dur.

Quant à l'avenir, Messieurs, j'y vois de plus en plus le triomphe du génie indo-européen. Depuis le XVIe siècle, un fait immense, jusque-là indécis, se manifeste avec une frappante énergie : c'est la victoire définitive de l'Europe, c'est l'accomplissement de ce vieux proverbe sémitique :

> Que Dieu dilate Japhet,
> Qu'il habite dans les tentes de Sem,
> Et que Chanaan [Cham ?] soit son esclave.

Jusque-là le sémitisme était maître encore sur sa terre. L'Orient musulman battait l'Occident, avait de meilleures armées et une meilleure politique, lui envoyait des richesses, des connaissances, de la civilisation. Désormais les rôles sont changés. Le génie européen se développe avec une grandeur incomparable ; l'islamisme, au contraire, se décompose lentement ; de nos jours, il s'écroule avec fracas. À l'heure qu'il est, la condition essentielle pour que la civilisation européenne se répande, c'est la destruction de la chose sémitique par excellence, la destruction du pouvoir théocratique de l'islamisme, par conséquent la destruction de l'islamisme ; car l'islamisme ne peut exister que comme religion officielle ; quand on le réduira à l'état de religion libre et individuelle, il périra. L'islamisme n'est pas seulement une religion d'État, comme l'a été le catholicisme en France, sous Louis XIV, comme il l'est encore en Espagne ; c'est la religion excluant l'État, c'est une organisation dont les États pontificaux seuls en Europe offraient le type. Là est la guerre éternelle, la guerre qui ne cessera que quand le dernier fils d'Ismaël sera mort de misère ou aura été relégué par la terreur au fond du désert. L'islam est la plus complète négation de l'Europe ; l'islam est le fanatisme, comme l'Espagne du temps de Philippe II et l'Italie du temps de Pie V l'ont à peine connu ; l'islam est le dédain de la science, la suppression de la société civile ; c'est l'épouvantable simplicité de l'esprit sémitique, rétrécissant le cerveau humain, le fermant à toute idée délicate, à tout sentiment fin, à toute recherche rationnelle, pour le mettre en face d'une éternelle tautologie : *Dieu est Dieu*.

L'avenir, Messieurs, est donc à l'Europe, et à l'Europe seule. L'Europe conquerra le monde et y répandra sa religion, qui est le droit, la liberté, le respect des hommes, cette croyance qu'il y a quelque chose de divin au sein de l'humanité. Dans tous les ordres, le progrès pour les peuples indo-européens consistera à s'éloigner de plus en plus de l'esprit sémitique. Notre religion deviendra de moins en moins juive ; de plus en plus repoussera toute organisation politique appliquée aux choses de l'âme. Elle deviendra la religion du cœur, l'intime poésie de chacun. En morale, nous poursuivrons des délicatesses inconnues aux âpres natures de la Vieille Alliance ; nous deviendrons de plus en plus chrétiens. En politique, nous concilierons deux choses que les peuples sémitiques ont toujours ignorées : la liberté et la forte organisation de l'État. À la poésie nous demanderons une forme pour cet instinct de l'infini qui fait notre charme et notre tourment, notre noblesse en tout cas. À la philosophie, au lieu de l'absolu scolastique, nous demanderons des échappées sur le système général de l'univers. En tout, nous poursuivrons la nuance, la finesse au lieu du dogmatisme, le relatif au lieu de l'absolu. Voilà, suivant moi, l'avenir, si l'avenir est au progrès. Arrivera-t-on à une vue plus certaine de la destinée de l'homme et de ses rapports avec l'infini ? Saurons-nous plus clairement la loi de l'origine des êtres, la nature de la conscience, ce qu'est la vie et la personnalité ? Le monde, sans revenir à la crédulité et tout en persistant dans sa voie de philosophie positive, retrouvera-t-il la joie, l'ardeur, l'espérance, les longues pensées ? Vaudra-t-il encore un jour la peine de vivre, et l'homme qui croit au devoir trouvera-t-il dans le devoir sa récompense ? Cette science, à laquelle nous consacrons notre vie, nous rendra-t-elle ce que nous lui sacrifions ? Je l'ignore. Ce qu'il y a de certain, c'est qu'en cherchant le vrai par la méthode scientifique nous aurons fait notre devoir. Si la vérité est triste, nous aurons du moins la consolation de l'avoir trouvée selon les règles ; on pourra dire que nous aurions mérité de la trouver plus consolante ; nous nous rendrons ce témoignage que nous aurons été avec nous-même d'une sincérité absolue.

À vrai dire, je ne puis m'arrêter sur de telles pensées. L'histoire démontre cette vérité qu'il y a dans la nature humaine un instinct transcendant qui la pousse vers un but supérieur. Le développement de l'humanité n'est pas explicable, dans l'hypothèse où l'homme ne serait qu'un être à destinée finie, la vertu qu'un raffinement d'égoïsme, la religion qu'une chimère. Travaillons donc, Messieurs. Quoi qu'en dise l'auteur de *l'Ecclésiaste*, à un de ses moments de découragement, la science n'est pas « la pire occupation que Dieu ait donnée aux fils des hommes ». C'est la meilleure. Si tout est vanité, celui qui aura consacré sa vie au vrai ne sera pas plus dupé que les autres. Si le vrai et le bien sont quelque chose, et nous en avons l'assurance, c'est sans contredit celui qui les aura cherchés et aimés qui aura été le mieux inspiré.

Nous ne nous retrouverons plus, Messieurs ; à partir de ma prochaine leçon, je vais m'enfoncer dans la philologie hébraïque, où la plupart d'entre vous ne me suivront pas. Mais que ceux qui sont jeunes et à qui je peux me permettre de donner un conseil veuillent bien m'écouter. Le mouvement qui est en vous, et qui s'est trahi plus d'une fois dans le cours de cette leçon d'une façon si honorable pour moi, est louable en son principe et de bon augure ; mais ne le laissez pas dégénérer en agitation frivole. Tournez-vous vers les solides études ; croyez que la chose libérale par excellence, c'est la culture de l'esprit, la noblesse du cœur, l'indépendance du jugement. Préparez à notre patrie des générations mûres pour tout ce qui fait la gloire et l'ornement de la vie. Gardez-vous des entraînements irréfléchis et souvenez-vous qu'on ne conquiert la liberté que par le sérieux, le respect de soi-même et des autres, le dévouement à la chose publique et à l'œuvre spéciale que chacun de nous est chargé dans ce monde de fonder ou de continuer.

LE JUDAÏSME COMME RACE ET COMME RELIGION

*Conférence faite au cercle Saint-Simon le 27 janvier 1883**

Messieurs,

Votre accueil bienveillant me touche plus que je ne saurais dire ; mais la solennité de cette tribune me trouble un peu. J'avais accepté de parler ce soir devant vous, à la condition que notre entretien ne serait qu'un simple échange de réflexions sans nul artifice oratoire. Cet appareil de sténographie m'intimide ; car, ce que je voulais, c'était simplement de penser en quelque sorte tout haut devant vous sur un des sujets vers lesquels mes recherches se portent le plus souvent depuis quelque temps. Je réclame votre indulgence pour un exposé qui ne devait être, dans ma pensée, qu'une simple conversation et que votre aimable empressement transforme en conférence. Le sujet parle de lui-même et me soutiendra.

Je voudrais échanger quelques idées avec vous sur la distinction que, selon moi, il importe de faire entre la question religieuse et la question ethnographique en ce qui concerne le judaïsme. Que le judaïsme soit une religion et une grande religion, cela est clair comme le jour. Mais on va d'ordinaire plus loin. On considère le judaïsme

* Calmann-Lévy, 1883, 29 p.

comme un fait de race, on dit « la race juive » ; on suppose, en un mot, que le peuple juif, qui, à l'origine, créa cette religion, l'a toujours gardée pour lui seul. On voit bien que le christianisme s'en est détaché à une certaine époque ; mais on se laisse aller volontiers à croire que ce petit peuple créateur est resté toujours identique à lui-même, si bien qu'un juif de religion serait toujours un juif de sang. Jusqu'à quel point cela est-il vrai ? Dans quelle mesure ne convient-il pas de modifier une telle conception ? Nous allons l'examiner. Mais auparavant permettez-moi de poser bien nettement la question au moyen d'une comparaison.

Il y a dans le monde, à Bombay, une petite religion qui est celle des parsis, l'ancienne religion de la Perse. Dans ce cas, la question est bien claire. Le parsisme est une religion qui a été nationale à l'origine et qui est aujourd'hui gardée par une race à peu près homogène ; je ne crois pas qu'il y ait jamais eu, en effet, beaucoup de conversions au parsisme. Voilà donc un fait religieux exactement connexe à un fait de race.

Prenons, au contraire, le protestantisme dans les pays où il est en minorité, comme en France. Ici la situation est inverse, il n'y a pas de fait ethnographique. Pourquoi un homme est-il protestant ? Parce que ses ancêtres l'ont été. Pourquoi ses ancêtres l'ont-ils été ? Parce qu'au XVIe siècle ils se sont trouvés dans une disposition intellectuelle et morale qui les a amenés à adopter la réforme du christianisme. L'ethnographie n'a que faire en pareil cas, et c'est vainement qu'on viendrait dire que ceux qui se sont faits protestants au XVIe siècle avaient bien pour cela quelque raison de race. Ce serait là une subtilité, ou du moins une considération d'un autre ordre que celles dont nous nous occupons en ce moment.

Dans le parsisme, au contraire, il y a certainement un fait ethnographique ; car, je le répète, il y a très peu d'esprit de prosélytisme dans cette petite société religieuse parquée à Bombay.

Eh bien, quelle est la situation du judaïsme ? Est-ce quelque chose d'analogue au protestantisme, ou bien est-ce une religion ethnographique comme le parsisme ? Voilà le point sur lequel je voudrais que nous réfléchissions aujourd'hui.

Il y a un principe fondamental qui ne m'arrêtera pas longtemps, Messieurs. Je parle devant des personnes au courant de la science, et le principe dont il s'agit est en quelque sorte l'*a b c* de la science des religions : c'est la distinction des religions nationales ou locales et des religions universelles.

De religions universelles, il n'y en a que trois. C'est d'abord le bouddhisme, ou, pour mieux dire, l'hindouisme ; car nous voyons très bien maintenant qu'avant la propagande bouddhiste il y eut une propagande hindoue. Les anciens monuments de l'Indochine ne sont pas bouddhistes, ils sont brahmanistes, et le bouddhisme n'est venu là que plus tard ; mais c'est surtout sous la forme boudhiste, nous le reconnaissons, que la religion hindoue a été conquérante. La seconde des religions universelles est le christianisme, et la troisième l'islamisme. Ce sont là trois grands faits qui n'ont rien d'ethnographique ; il y a des bouddhistes, des chrétiens et des musulmans de toutes les races. Nous savons au moins par à peu près la date de l'apparition dans le monde de ces trois religions. Le bouddhisme remonte à quatre ou cinq cents ans avant Jésus-Christ ; ses grandes conquêtes viennent plus tard. Quant au christianisme, à l'islamisme, nul doute sur l'époque de leur formation.

Mais, en dehors de ces religions universelles, il y a eu des milliers de religions locales et nationales. Athènes a eu sa religion, Sparte a eu sa religion, toutes les nations de l'antiquité avaient leur religion. Les lieux, dans le monde ancien, avaient aussi leur religion. C'est ici une des idées les plus enracinées de l'antiquité. Au IIe, au IIIe siècle de notre ère, l'éternel raisonnement de Celse et des adversaires du christianisme est que les pays ont des dieux qui les protègent, qui s'intéressent à leurs destinées.

Cette vieille idée est exprimée de la manière la plus naïve dans un récit du second *Livre des Rois*, relatif à la situation où se trouvèrent les Cuthéens qui avaient été amenés par les Assyriens en Samarie. Il leur arrive des mésaventures. Ils sont attaqués par des lions, qu'ils regardent comme des émissaires du dieu du pays, mécontent de n'être pas adoré à sa manière, et ils envoient au gouvernement assyrien une pétition se résumant à peu près en ceci : « Le dieu du pays nous en veut de ce qu'il n'est pas servi comme il voudrait l'être ; envoyez-nous des prêtres qui sachent comment nous pourrions le satisfaire. » Voilà donc une idée tout autre assurément que celle du christianisme et que celle du bouddhisme. Le dieu, en ce cas, est essentiellement local et provincial.

Toutes les religions locales ou nationales ont péri. L'humanité a voulu de plus en plus des religions universelles, expliquant à l'homme ses devoirs généraux et ayant la prétention d'apprendre à l'humanité le secret de ses destinées. Les religions nationales avaient un programme plus limité : c'était le patriotisme, doublé de cette idée que chaque pays a un génie qui veille sur lui et qui demande à être servi d'une certaine manière. Cette théologie étroite a complètement disparu. Elle a disparu devant l'idée chrétienne, l'idée bouddhique et l'idée musulmane. Cela a été un immense progrès. Je ne vois guère, dans l'histoire des nations civilisées, que deux exemples d'anciennes religions nationales qui aient survécu ; c'est d'abord le parsisme (et encore il faut dire que, pour ses sectateurs, le parsisme présente, à beaucoup d'égards, une physionomie universelle), — puis le judaïsme, qui, d'après une certaine conception, serait la religion d'un pays, le pays d'Israël ou le pays de Juda, conservée par les descendants des habitants de ce pays.

Eh bien, je le répète, cela demande à être examiné d'excessivement près. Que la religion israélite, que le judaïsme ait été à l'origine une religion nationale, cela est absolument hors de doute. C'est la religion des Beni-Israël, laquelle, pendant des siècles, n'a pas été essentiellement différente de celle des peuples voisins, des Moabites, par exemple. Iahvé, le dieu israélite, protège Israël, comme Camos, le dieu moabite, protège Moab. Nous savons maintenant fort bien quelle était la manière de sentir en religion d'un Moabite, depuis la découverte de cette inscription du roi Mésa qui est au Louvre, et dans laquelle ce roi du IXe siècle avant Jésus-Christ nous fait en quelque sorte ses confidences religieuses. Je crois bien que les idées de David étaient à peu près les mêmes que celles de Mésa. Il y a une association intime entre Mésa et son dieu Camos. Camos intervient dans toutes les circonstances de la vie du roi, lui donne des ordres, des conseils ; toutes les victoires, c'est Camos qui les remporte ; le roi lui fait de beaux sacrifices et traîne devant lui la vaisselle sacrée des dieux vaincus. Il rémunère le dieu en proportion de ce que le dieu lui a donné ; c'est la religion du prêté-rendu. La religion d'Israël, elle aussi, a sans doute été bien longtemps une religion égoïste, intéressée, la religion d'un dieu particulier, Iahvé.

Qu'est-ce qui a fait que ce culte de Iahvé est devenu la religion universelle du monde civilisé ? Ce sont les prophètes, vers le VIIIe siècle avant Jésus-Christ. Voilà la gloire propre d'Israël. Nous n'avons pas la preuve que, chez les peuples voisins et plus ou moins congénères des Israélites, chez les Phéniciens par exemple, il y ait eu des prophètes. Il y avait sans doute des nabis, que l'on consultait lorsqu'on avait perdu son âne ou que l'on voulait savoir un secret. C'étaient des sorciers. Mais les nabis d'Israël sont tout autre chose. Ils ont été les créateurs de la religion pure. Nous voyons, vers le VIIIe siècle avant Jésus-Christ, apparaître ces hommes, dont Isaïe est le plus illustre, qui ne sont pas du tout des prêtres et qui viennent dire : « Les sacrifices sont inutiles ; Dieu n'y prend aucun plaisir. Comment pouvez-vous avoir une idée assez basse de la Divinité pour ne pas comprendre que ces mauvaises odeurs de graisse brûlée lui font mal au cœur ? Soyez justes ; adorez Dieu avec des mains pures ; voilà le culte qu'il réclame de vous. » Je ne crois pas que, du temps du roi Mésa ou du roi David, on ait beaucoup fait ce raisonnement. Dans ce temps-là, la religion n'est qu'un échange de bons services et d'hommages entre le dieu et son serviteur ; au contraire, les prophètes du VIIIe siècle proclament que le vrai serviteur de Iahvé, c'est celui qui fait le bien.

La religion devient de la sorte quelque chose de moral, d'universel ; elle se pénètre de l'idée de justice, et c'est pour cela que ces prophètes d'Israël sont les tribuns les plus exaltés qu'il y ait jamais eu, tribuns d'autant plus âpres qu'ils n'ont pas la conception d'une vie future pour se consoler, et que c'est ici-bas, d'après eux, que la justice doit régner.

Voilà une apparition unique dans le monde, celle de la religion pure. Vous voyez, en effet, qu'une pareille religion n'a rien de national. Quand on adore un Dieu qui a fait le ciel et la terre, qui aime le bien et punit le mal (ceci était assez difficile à prouver sans les idées d'outre-tombe ; mais enfin on s'en tirait comme on pouvait) ; quand on proclame une telle religion, on n'est plus dans les limites d'une nationalité, on est en pleine conscience humaine, au sens le plus large. Aussi ces grands créateurs tirent-ils parfaitement les conséquences de leur doctrine, conséquences dont la dernière aurait été certainement de supprimer les sacrifices et le temple. Ils y seraient arrivés ; que dis-je ! ils y sont arrivés ; les fondateurs du christianisme sont les derniers représentants de l'esprit prophétique ; or le christianisme proclame que les sacrifices sont un fait absolument archaïque et qui ne doit plus exister dans la religion selon l'esprit.

Quand au temple, on accusa le fondateur du christianisme d'avoir parlé contre lui ; l'a-t-il fait réellement ? Nous ne le saurons jamais. Mais, en tout cas, un événement est survenu qui a tranché la question : c'est la destruction du temple par les Romains. Cette destruction a été un immense bonheur, parce qu'il est douteux que le christianisme eût réussi à se détacher complètement du temple, si le temple eût subsisté.

Je le répète, le premier fondateur du christianisme, c'est Isaïe, vers l'an 725 avant Jésus-Christ. En introduisant dans le monde israélite l'idée d'une religion morale, de la justice et de la valeur secondaire des sacrifices, Isaïe a précédé Jésus de sept siècles. À l'idée de la religion pure se joint, chez les prophètes du même temps, la conception d'une espèce d'âge d'or, qui apparaît déjà dans l'avenir.

Le trait caractéristique d'Israël, c'est l'annonce obstinée d'un avenir brillant pour l'humanité, d'un état où la justice régnera sur la terre, où les cultes inférieurs, grossiers, idolâtriques, disparaîtront. Cela se trouve dans les parties authentiques d'Isaïe. Vous savez qu'il y a une analyse délicate à faire dans les œuvres de ce prophète. La dernière partie du livre qu'on lui attribue est postérieure à la captivité ; mais les chapitres que j'ai en vue, les chapitres XI, XIX, XXII, XXXIII, par exemple, sont indubitablement d'Isaïe lui-même ; or c'est là qu'on insiste le plus sur la conversion des païens de l'Égypte, de Tyr, de l'Assyrie.

Ainsi l'idolâtrie disparaîtra du monde, elle disparaîtra par le fait du peupe juif ; le peuple juif sera alors comme « une bannière » que les peuples verront à l'horizon et autour de laquelle ils viendront se rallier. L'idéal messianique ou sibyllin est donc arrêté dans ses lignes essentielles bien avant la captivité de Babylone. Israël rêve un avenir de bonheur pour l'humanité, un royaume parfait, dont la capitale sera Jérusalem, où tous les peuples viendront rendre hommage à l'Éternel. Il est clair qu'une pareille religion n'est pas nationale. Il y a au fond de tout cela une part d'orgueil national, sans contredit : quelle est l'œuvre historique où un tel fond ne se retrouve pas ? Mais l'idée, vous le voyez, est universelle au premier chef, et, de là à la propagande, à la prédication, il n'y avait qu'un pas. Le monde, à cette époque, ne se prêtait pas à une grande propagande comme fut plus tard l'apostolat chrétien. Les missions de saint Paul, les relations des Églises entre elles n'étaient possibles qu'avec l'Empire romain. Mais la conception d'une religion universelle n'en est pas moins née dans le sein du vieil Israël. Elle se manifeste bien plus énergiquement encore dans les écrits de la captivité. Le siècle qui suivit la destruction de Jérusalem fut pour le génie juif une époque de merveilleux épanouissement. Rappelez-vous les beaux chapitres qu'on a mis à la suite du livre d'Isaïe : « Lève-toi, resplendis, Jérusalem ; car la lumière de l'Éternel va se lever sur toi ! » Rappelez-vous encore l'image de Zacharie : « Il arrivera un jour où dix hommes de toutes les langues s'attacheront aux pans de la robe d'un juif et lui diront : « Mène-nous à Jérusalem ; c'est là qu'on fait les vrais sacrifices, les seuls qu'agrée l'Éternel. » La lumière émanera donc du peuple juif, et cette lumière remplira le monde entier. Une telle idée n'a rien d'ethnographique ; elle est universelle au plus haut degré, et le peuple qui la proclame est évidemment appelé à une destinée qui dépassera de beaucoup les bornes d'un rôle national déterminé.

Qu'arriva-t-il, au point de vue de la race, pendant la captivité et surtout pendant cette longue période de la domination perse, depuis l'an 530 environ avant Jésus-Christ jusqu'à Alexandre ? Nous ne le savons pas. Y eut-il, à cette époque, en Israël, beaucoup de mélanges ethniques ? Il serait téméraire de l'affirmer ; mais, d'un autre côté, on ne peut s'empêcher d'en reconnaître la possibilité. La haie qui entourait Israël dut, pendant ce temps de désorganisation, subir plus d'une brèche. Je ne vois guère qu'un fait qu'on puisse rattacher au sujet qui nous occupe : c'est la profonde aversion que les réformateurs Néhémie et Esdras manifestent pour les mariages mixtes. C'est chez eux une idée fixe. Il est probable que, dans les bandes de juifs qui revenaient de l'Orient, il y avait plus d'hommes que de femmes ; ce qui obligea les émigrants à prendre les femmes dans les tribus voisines. Ces unions sont prohibées au point de vue religieux ; mais c'est précisément parce qu'elles sont sévèrement interdites qu'il est probable qu'elles avaient lieu sur une très grande échelle.

Un fait qui a aussi son importance est ce que l'on raconte du royaume de Samarie, lequel, depuis sa destruction par les Assyriens, aurait été, nous dit-on, peuplé par des étrangers. Il y a là probablement quelque exagération. Le pays, d'après les récits des livres des *Rois*, aurait été un désert, ce qui n'est pas probable. Il n'est guère douteux cependant que les colons amenés par les Assyriens n'aient introduit dans la masse israélite beaucoup d'éléments qui n'avaient rien de commun avec elle.

Arrivons à l'époque grecque et romaine. C'est le moment où le prosélytisme juif arrive à la plus complète expansion ; c'est le moment aussi où l'ethnographie du peuple juif, jusque-là renfermée dans des limites assez resserrées, s'élargit tout à fait et admet une foule d'éléments étrangers. Je parle à des personnes trop instruites pour qu'il me soit nécessaire d'insister sur les détails. Tout le monde sait combien fut active cette propagande juive, durant l'époque grecque, à Antioche et à Alexandrie.

En ce qui concerne Antioche, je voudrais appeler votre attention sur un passage de Josèphe qui m'a toujours paru fort curieux. C'est dans la *Guerre des Juifs*, livre VII, chapitre III, paragraphe 3. Josèphe parle de la prospérité extraordinaire de la juiverie d'Antioche, et il dit (je vous traduis littéralement ses paroles) :

« Ayant amené à leur culte un grand nombre d'Hellènes, ils en firent une partie de leur communauté. »

Il ne s'agit donc pas ici seulement d'hommes menant la vie juive, comme cela eut lieu à Rome plus tard, de prosélytes incirconcis ; non, ce sont des Hellènes en grand nombre (πολὺ πλῆθος), qui se convertissent au judaïsme et qui font partie de la synagogue. Ce ne sont pas ici des demi-juifs, comme seront les judaïsants de la maison des Flavius ; ce sont des gens qui se font juifs et qui acceptent l'acte capital de l'initiation au judaïsme, la circoncision.

À Alexandrie, ce fut bien autre chose. Certainement l'Église juive d'Alexandrie était recrutée en très grande partie dans la population égypto-hellénique ; l'hébreu y fut vite oublié. C'est là qu'eut lieu cette production énorme de livres de propagande qui a devancé le christianisme ; c'est là que virent le jour ces livres sibyllins, ces faux auteurs classiques destinés à prêcher le monothéisme. On voulait à tout prix convertir les païens ; les propagandistes, dans leur zèle, ne trouvaient rien de mieux que de prêter à des écrivains anciens, ayant de l'autorité, des ouvrages où les bonnes doctrines étaient enseignées. C'est ainsi qu'ont été fabriqués le *Pseudo-Phocylide*, le *Pseudo-Héraclite*, destinés à prêcher un judaïsme mitigé, réduit à une sorte de religion naturelle.

Le fait de cette propagande extraordinaire du judaïsme, de 150 ans environ avant Jésus-Christ jusqu'à 200 ans environ après notre ère, est incontestable. Mais, me direz-vous, qui prouve trop ne prouve rien. Le résultat de ce prosélytisme a été, pour le judaïsme, religieux bien plus qu'ethnographique. Les gens convertis de la sorte se faisaient très rarement circoncire. Ce qu'on appelait à Rome *vitam judaicam agere*, c'était simplement pratiquer le sabbat et la morale juive. Les gens « craignant Dieu », les *metuentes*, les *σεβόμενοι*, *judaei improfessi*, ne sont pas restés juifs ; ils n'ont fait que traverser le judaïsme pour devenir chrétiens.

Sans doute, la plus grande partie de ces Hellènes qui avaient adopté la vie juive sans la circoncision sont devenus ensuite chrétiens. C'est chez eux que le christianisme a trouvé son terrain primitif. Mais il est certain également qu'un très grand nombre d'entre eux devenaient de véritables juifs.

Vous venez d'en avoir la preuve par le passage de Josèphe que je vous lisais tout à l'heure. Je pourrais vous citer bien d'autres faits ; ce fait, par exemple, des femmes de Damas qui, selon Josèphe, à un moment se trouvèrent toutes juives. La Syrie était le théâtre d'une propagande immense. Mon savant confrère M. Joseph Derenbourg l'a parfaitement établi. Nous en avons la preuve directe pour Palmyre, pour l'Iturée, pour le Hauran. Rien de plus connu que l'histoire d'Hélène, reine de l'Adiabène, qui se fit juive avec toute sa famille ; et il est bien probable qu'une grande partie de la population suivit l'exemple de la dynastie. Dans tous ces cas, il ne s'agit point de simples *θεοσεβεῖς*, de gens « aimant les juifs » ; il s'agit de juifs parfaits, de juifs circoncis.

Quand on nierait l'importance des conversions au judaïsme pour les pays grecs et latins, on ne saurait la nier pour l'Orient, pour la Syrie surtout. À Palmyre, par exemple, les inscriptions ont un caractère juif très prononcé.

La dynastie des Asmonéens et celle des Hérodes contribuèrent beaucoup à ce grand courant religieux, qui entraîna dans le judaïsme une masse d'éléments syriens. Les Asmonéens furent conquérants ; ils reconstituèrent à peu près l'ancien domaine d'Israël par la force. Il y avait là des populations qui n'étaient plus juives ; il y en avait beaucoup de païennes. Elles furent conquises par Jean Hyrcan, par Alexandre Jannée, et forcées d'accepter la circoncision. Le *compelle intrare* fut assez violent. Sous les Hérodes, l'entraînement se fit par d'autres motifs. Les Hérodes étaient une famille extrêmement riche, et l'appât de beaux mariages amena beaucoup de petits princes de l'Orient, d'Émèse, de Cilicie, de Comagène, à se faire juifs. Il y eut ainsi un nombre considérable de conversions ; si bien qu'on ne saurait exagérer le degré auquel la Syrie a été réellement judaïsée.

Permettez-moi de vous lire à ce propos un passage de Josèphe, dans son traité *Contre Apion*, II, 39.

« De là le désir qui s'empara de grandes multitudes d'adopter notre culte, si bien qu'il n'y a pas une ville grecque ou barbare, qu'il n'y a pas une nation où ne se pratique l'usage du sabbat, des jeûnes, des lampes, des distinctions de nourritures que nous observons. Ils cherchent aussi à imiter notre concorde, nos aumônes, notre goût pour le travail (*τὸ φιλεργὸν ἐν ταῖς τέχναις*), notre courage à tout souffrir pour la Loi. Car, ce qu'il y a de plus surprenant, c'est que, sans aucun attrait de volupté, la Loi par elle-même a fait ces miracles, et, de même que Dieu pénètre l'univers, ainsi la Loi s'est infiltrée parmi tous les hommes. Si quelqu'un doute de ma parole, je l'engage à jeter les yeux sur sa patrie, sur sa famille. »

Remarquez ce *φιλεργὸν ἐν ταῖς τέχναις*, « le goût que nous portons dans nos métiers ». En effet, les juifs et les chrétiens pratiquaient en général de petits métiers. C'étaient de bons ouvriers. Là est un des secrets de la grande révolution sociale du christianisme. Ce fut la réhabilitation du travail libre.

Il y a dans le passage de Josèphe un peu d'exagération ; Josèphe est très porté à ce défaut ; mais le fait général qu'il signale a certainement son côté de vérité.

Voici maintenant un passage de Dion Cassius, qui écrivait vers l'an 225. C'était un homme d'État, un sénateur, qui connaissait son temps. Il va parler d'une des guerres de Judée :

« ... Ce pays, dit-il (livre XXXVII, chapitre XVII), se nomme Judée, et les habitants s'appellent Juifs. Je ne connais pas l'origine de ce second nom ; mais il s'applique à d'autres hommes qui ont adopté les institutions de ce peuple, quoique étant d'une autre race (καίπερ ἀλλοεθνεῖς ὄντες). Et il y a parmi les Romains beaucoup de gens de cette sorte, et ce qu'on a fait pour les arrêter n'a fait que les multiplier ; si bien qu'il a fallu leur accorder la liberté de vivre selon leurs lois. »

Ce passage est clair : Dion Cassius sait qu'il y a des juifs de race, continuateurs de l'ancienne tradition, mais qu'à côté d'eux, il y a des juifs qui ne sont pas juifs de sang, qui néanmoins sont absolument semblables aux juifs pour les observances religieuses.

Incontestablement, beaucoup de gens attirés vers le monothéisme restaient dans cette espèce de déisme dont nous trouvons la parfaite expression dans les livres sibyllins ou dans le *Pseudo-Phocylide*, curieux petit livre, sorte de traité de morale fait pour les païens, dont nous avons, du reste, comme une édition chrétienne dans les prescriptions de ce qu'on appelle le concile de Jérusalem. Ce judaïsme mitigé, fait à l'usage des gentils, supprimait le grand obstacle aux conversions, la circonsision. Il fit, grâce à la prédication chrétienne, une fortune extraordinaire. Mais ce qu'il faut absolument maintenir, c'est que, d'un autre côté, un grand nombre de convertis se faisaient circoncire et devenaient des juifs selon toutes les conditions imposées aux descendants supposés d'Abraham.

Laissez-moi vous lire un passage de Juvénal (*Sat.* XIV, vers 95 et suivants) qui mérite qu'on en pèse tous les mots :

Quidam sortiti metuentem sabbata patrem
Nil praeter nubes et caeli numen adorant,
Nec distare putant humana carne suillam,
Qua pater abstinuit, mox et praeputia ponunt ;
Romanas autem soliti contemnere leges,
Judaïcum ediscunt et servant ac metuunt jus,

Tradidit arcano quodcumque volumine Moses,
Non monstrare vias cadem nisi sacra colenti,
Quaesitum ad fontem solos deducere verpos.
Sed pater in causa est cui septima quaeque fuit lux
Ignava et partem vitae non attigit ullam.

Ainsi cela commence par un père qui est un simple « craignant Dieu » et se borne à pratiquer le sabbat ; mais le fils de ce *metuens* devient un juif selon toute la force du terme et même un juif fanatique, un contempteur des choses romaines.

Ce qu'ajoute Juvénal est probablement une calomnie. Je ne crois pas que beaucoup de juifs, à cette époque, aient porté le fanatisme jusqu'à ne pas montrer le chemin à ceux qui n'étaient pas de leur religion. Qu'importe, du reste ? Il n'y a pas d'histoire immaculée. L'histoire du peuple juif est une des plus belles qu'il y ait, et je ne regrette pas d'y avoir consacré ma vie. Mais que ce soit une histoire absolument sans tache, je suis loin de le prétendre ; ce serait alors une histoire en dehors de l'humanité. Si je pouvais mener une seconde vie, certainement je la consacrerais à l'histoire grecque, qui est encore plus belle, à certains égards, que l'histoire juive. Ce sont là, en quelque sorte, les deux histoires maîtresses du monde. Or, si j'écrivais l'histoire des peuples grecs, cette histoire la plus merveilleuse de toutes, je ne me refuserais pas à y signaler de fâcheuses parties. On peut admirer la Grèce sans se croire obligé d'admirer Cléon et les mauvaises pages des annales de la démagogie athénienne. De même, parce qu'on trouve que le peuple juif a été l'apparition peut-être la plus extraordinaire de l'histoire, on n'est pas obligé pour cela de nier qu'il ne se trouve dans sa longue vie de peuple des faits regrettables.

Prenons donc les allégations de Juvénal pour ce qu'elles valent, mais suivons son raisonnement. Le mal, selon lui, est l'entraînement de la société romaine vers le judaïsme. Pourquoi y a-t-il tant de gens qui renoncent à la tradition romaine pour adopter la tradition des juifs ? C'est la faute de ceux qui ont d'abord embrassé les pratiques juives, sans s'astreindre à la circoncision. Les pères se sont mis à observer le sabbat ; ils ont été tout simplement des *metuentes*, des hommes craignant Dieu ; les fils se font circoncire et deviennent des juifs ardents.

Vous voyez que la grande propagande qui s'exerce depuis Alexandre jusque vers le IIIe siècle de notre ère s'est faite surtout (ceci est hors de doute) au profit du christianisme, mais s'est faite aussi au profit du judaïsme étroit, impliquant les pratiques rigoureuses de la vieille religion d'Israël. Oui, le monde, à une certaine époque, dégoûté des anciennes religions nationales, s'est converti du paganisme au monothéisme. Je vous ai cité quelques textes ; je pourrais vous en citer d'autres. *Transgressi in morem eorum*, dit Tacite, *idem usurpant* (*Histoires* V, 5). Il s'agit là de la circoncision. Selon Tacite, ceux qui passaient au judaïsme se faisaient circoncire. Il y avait donc, parmi les convertis, des gens qui menaient la vie juive sans être circoncis, et d'autres qui étaient de véritables juifs.

Une distinction profondément significative est celle qui est établie par une loi d'Antonin le Pieux, commentée par Modestin. Antonin permet aux juifs de circoncire leurs fils, *mais leurs fils seulement*. Je le répète, quand l'autorité est amenée à défendre une pratique, c'est que cette pratique est répandue et a pris une extension considérable.

Je crois, Messieurs, que ces faits suffisent pour établir qu'à l'époque grecque et à l'époque romaine il y eut une foule de conversions directes au judaïsme. Il en résulte qu'à partir de cette époque le mot judaïsme n'a plus guère de signification ethnographique. Conformément à la prédiction des prophètes, le judaïsme était devenu quelque chose d'universel. Tout le monde y entrait. Le mouvement qui éloigna du paganisme, aux premiers siècles de notre ère, les personnes animées de sentiments religieux délicats, amena une foule de conversions. Le plus grand nombre de ces conversions se fit certainement au christianisme, mais un très grand nombre aussi se fit au judaïsme. La plupart des juifs de Gaule et d'Italie, par exemple, durent provenir de telles conversions, et la synagogue resta à côté de l'Église, comme une minorité dissidente.

Il est vrai qu'après cela se produit la grande réaction talmudique, à la suite de la guerre de Bar-Coziba. Il en est presque toujours ainsi dans l'histoire : quand un grand et large courant d'idées se produit dans le monde, ceux qui ont été les premiers à le provoquer en sont les premières victimes : alors ils se repentent presque de ce qu'ils ont fait, et, d'excessivement libéraux qu'ils étaient, ils deviennent étonnamment réactionnaires. Le *Talmud*, c'est la réaction. Le judaïsme sent qu'il a été trop loin, qu'il va se fondre, se dissoudre dans le christianisme. Alors il se resserre. À partir de ce moment-là, le prosélytisme disparaît ; les prosélytes sont traités de fléau, de « lépre d'Israël ». Mais, avant cela, je le répète, les portes avaient été largement ouvertes.

Le talmudisme même les a-t-il complètement fermées ? Non, certes ; le prosélytisme, condamné par les docteurs, n'en continua pas moins d'être pratiqué par des laïques pieux, plus fidèles à l'ancien esprit que les puritains de la *Thora*. Seulement, désormais, il faut faire une distinction. Les juifs orthodoxes, observateurs rigoureux de la Loi, se serrent les uns contre les autres, et, comme la Loi ne se peut très bien observer que dans une société religieuse étroitement fermée, ils se séquestrent systématiquement du reste du monde pendant des siècles. Mais, en dehors des talmudistes scrupuleux, il y a des juifs à idées relativement larges.

Je ne connais rien de plus curieux à cct égard que les sermons de saint Jean Chrysostome contre les juifs. Le fond de la discussion, dans ces sermons, n'a pas un grand intérêt ; mais l'orateur, alors prêtre d'Antioche, se montre constamment obsédé d'une idée fixe : c'est d'empêcher ses fidèles d'aller à la synagogue pour y prêter serment, pour y célébrer la fête de Pâques. Il est évident que la distinction des deux sectes, dans cette grande ville d'Antioche, était, à cette époque, encore à peine faite.

Grégoire de Tours nous a conservé, sur le judaïsme dans les Gaules, des renseignements inappréciables. Il y avait beaucoup de juifs à Paris, à Orléans, à Clermont. Grégoire de Tours les combat comme des hérétiques. Il ne se doute pas que c'étaient des gens d'une autre race. Vous me direz que l'ethnographie n'était pas très familière à un esprit aussi simple. Cela est vrai ; mais d'où venaient ces juifs d'Orléans et de Paris ? Pouvons-nous supposer que tous fussent les descendants d'Orientaux venus de Palestine à une certaine époque, et qui auraient fondé des espèces de colonies dans certaines villes ? Je ne le crois pas. Il y eut sans doute, en Gaule, des émigrés juifs, qui remontèrent le Rhône et la Saône, et servirent en quelque sorte de levain ; mais il y eut aussi une foule de gens qui se rattachèrent au judaïsme par conversion et qui n'avaient pas un seul ancêtre en Palestine. Et quand on pense que les juiveries d'Allemagne et d'Angleterre sont venues de France, on se prend à regretter de n'avoir pas plus de données sur les origines du judaïsme dans notre pays. On verrait probablement que le juif des Gaules du temps de Gontran et de Chilpéric n'était, le plus souvent, qu'un Gaulois professant la religion israélite.

Laissons de côté ces faits obscurs ; il y en a beaucoup de parfaitement clairs : d'abord la conversion de l'Arabie et de l'Abyssinie, qui n'est niée par personne. Le judaïsme avait accompli en Arabie, avant Mahomet, d'immenses conquêtes ; une foule d'Arabes s'y étaient rattachés. Il n'a tenu qu'à un fil que l'Arabie ne soit devenue juive. Mahomet a été juif à une certaine époque de sa vie, et on peut dire, jusqu'à un certain point, qu'il l'est resté toujours. Les Falaschas, ou juifs d'Abyssinie, sont des Africains, parlant une langue africaine et lisant la Bible traduite en cet idiome africain.

Mais il y a un événement historique plus important, plus rapproché de nous, et qui semble avoir eu des suites très graves : c'est la conversion des Khozars, sur laquelle nous avons des renseignements précis. Ce royaume des Khozars, qui occupait presque toute la Russie méridionale, adopta le judaïsme vers le temps de Charlemagne. À ce fait historique, se rattachent les karaïtes de la Russie méridionale et ces inscriptions hébraïques de la Crimée où, dès le VIIIe siècle, on trouve des noms tatars et turcs, tels que Toktamisch. Est-ce qu'un juif d'origine palestinienne se serait jamais appelé Toktamisch, au lieu de s'appeler Abraham, Lévy ou Jacob ? Évidemment non ; ce Toktamisch était un Tatar, un Nogaï converti ou fils de converti.

Cette conversion du royaume des Khozars a une importance considérable dans la question de l'origine des juifs qui habitent les pays danubiens et le midi de la Russie. Ces régions renferment de grandes masses de populations juives qui n'ont probablement rien ou presque rien d'ethnographiquement juif. Une circonstance particulière a dû amener dans le sein du judaïsme beaucoup de gens non juifs de race. C'est l'esclavage ou la domesticité. Nous voyons que, dans tous les pays chrétiens, surtout dans les pays slaves, la grande préoccupation des évêques, des conciles, est de défendre aux juifs d'avoir des serviteurs chrétiens. La domesticité favorisait le prosélytisme, et les esclaves des juifs étaient entraînés plus ou moins à la profession du judaïsme.

Il est donc hors de doute que le judaïsme représenta d'abord la tradition d'une race particulière. Il est hors de doute aussi qu'il y a eu dans le phénomène de la formation de la race israélite actuelle un apport de sang palestinien primitif ; mais, en même temps, j'ai la conviction qu'il y a dans l'ensemble de la population juive, telle qu'elle existe de nos jours, une part considérable de sang non sémitique ; si bien que cette race, que l'on considère comme l'idéal de l'*ethnos* pur, se conservant à travers les siècles par l'interdiction des mariages mixtes, a été fortement pénétrée d'infusions étrangères, un peu comme cela a lieu pour toutes les autres races. En d'autres termes, le judaïsme à l'origine fut une religion fermée ; mais, dans l'intervalle, pendant de longs siècles, le judaïsme a été ouvert ; des masses très considérables de populations non israélites de sang ont embrassé le judaïsme ; en sorte que la signification de ce mot, au point de vue de l'ethnographie, est devenue fort douteuse.

On m'objectera ce qu'on appelle le type juif. Il y en aurait long à dire sur ce point. Mon opinion est qu'il n'y a pas un type juif, mais qu'il y a des types juifs. J'ai acquis à cet égard une assez grande expérience, ayant été pendant dix ans, à la Bibliothèque nationale, attaché à la collection des manuscrits hébreux, en sorte que les savants israélites du monde entier s'adressaient à moi pour consulter notre précieuse collection. Je reconnaissais très vite mes clients, et, d'un bout à l'autre de la salle, je devinais ceux qui allaient venir à mon bureau. Eh bien, le résultat de mon expérience est qu'il n'y a pas un type juif unique, mais qu'il y en a plusieurs, lesquels sont absolument irréductibles les uns aux autres. Comment la race s'est-elle ainsi cantonnée en quelque sorte dans un certain nombre de types ? Par suite de ce que nous disions tout à l'heure, par la séquestration, le ghetto, par l'interdiction des mariages mixtes.

L'ethnographie est une science fort obscure ; car on ne peut pas y faire d'expérience, et il n'y a de certain que ce qu'on peut expérimenter. Ce que je vais dire n'est pas pour prouver, c'est seulement pour expliquer ma pensée. Je crois que, si l'on prenait au hasard des milliers de personnes, celles, par exemple, qui se promènent en ce moment d'un bout à l'autre du boulevard Saint-Germain, qu'on les suppose déportées dans une île déserte et libres de s'y multiplier ; je crois, dis-je, qu'au bout d'un temps donné les types seraient réduits, massés en quelque sorte, concentrés en un certain nombre de types vainqueurs des autres, qui auraient persisté et qui se seraient constitués d'une façon irréductible. La concentration des types résulte du fait des mariages s'effectuant, pendant des siècles, dans un cercle resserré.

On allègue aussi en faveur de l'unité ethnique des juifs la similitude des mœurs, des habitudes. Toutes les fois que vous mettrez ensemble des personnes de n'importe quelle race et que vous les astreindrez à une vie de ghetto, vous aurez les mêmes résultats. Il y a, si l'on peut s'exprimer ainsi, une psychologie des minorités religieuses, et cette psychologie est indépendante de la race. La position des protestants, dans un pays où, comme en France, le protestantisme est en minorité, a beaucoup d'analogie avec celle des juifs, parce que les protestants, pendant fort longtemps, ont été obligés de vivre entre eux et qu'une foule de choses leur ont été interdites, comme aux juifs. Il se crée ainsi des similitudes qui ne viennent pas de la race, mais qui sont le résultat de certaines analogies de situation. Les habitudes d'une vie concentrée, gênée, pleine d'interdictions, séquestrée en quelque sorte, se retrouvent partout les mêmes, quelle que soit la race. Les calomnies répandues dans les parties peu éclairées de la population contre les protestants et contre les juifs sont les mêmes. Les professions vers lesquelles une secte exclue de la vie commune est obligée de se porter sont les les mêmes. Comme les juifs, les protestants n'ont ni peuple ni paysans ; on les a empêchés d'en avoir*. — Quant à la similitude d'esprit dans le sein d'une même secte, elle s'explique suffisamment par la similitude d'éducation, de lectures, de pratiques religieuses.

On observe en Syrie un fait qui vient à l'appui de ma thèse. Il existe, à une douzaine de lieues au nord de Damas, des villages où l'on parle encore le syriaque, qui a presque disparu partout ailleurs, et qu'on ne retrouve plus que là et à une grande distance au nord, du côté de Van et d'Ourmia. Les gens de ces villages sont musulmans et ressemblent à tous les musulmans de Syrie sous le rapport des mœurs. Rien de plus dissemblable, à première vue, que le chrétien et le musulman en Syrie : le chrétien, qui est la créature la plus timide du monde ; le musulman, qui a l'habitude de porter les armes et de dominer. On dirait, au premier coup d'œil, qu'il y a là une différence ethnographique bien caractérisée. À propos de l'émotion qui eut lieu à Beyrouth il y a quelques mois, mon excellent ami, le docteur S..., m'écrivait que son domestique rentra en lui disant : « S'il y avait eu là un enfant musulman avec un sabre, il aurait pu tuer mille chrétiens. » Eh bien, c'est ici que le fait des villages aux environs de Damas prend un vif intérêt. S'il y a au monde des Syriens authen-

* Le travail sur les juifs de France dans la première moitié du moyen âge, inséré dans le tome XXVII de l'*Histoire littéraire de la France*, montre que, jusqu'aux ordonnances de Philippe le Bel, les juifs de France exerçaient les mêmes métiers et professions que les autres Français.

thiques, ce sont ces gens-là, puisqu'ils parlent encore leur vieille langue ; et pourtant ils sont musulmans et ressemblent pour les habitudes et les mœurs à tous les autres musulmans. La différence qui existe entre eux et les Syriens chrétiens résulte donc de la différence du genre de vie et d'une situation sociale prolongée durant des siècles ; elle n'a absolument rien d'ethnographique.

De même, chez les juifs, la physionomie particulière et les habitudes de vie sont bien plus le résultat de nécessités sociales qui ont pesé sur eux pendant des siècles, qu'elles ne sont un phénomène de race.

Réjouissons-nous, Messieurs, que ces questions, si intéressantes pour l'histoire et l'ethnographie, n'aient en France aucune importance pratique. Nous avons, en effet, résolu la difficulté politique qui s'y rattache de la bonne manière. Quand il s'agit de nationalité, nous faisons de la question de race une question tout à fait secondaire, et nous avons raison. Le fait ethnographique, capital aux origines de l'histoire, va toujours perdant de son importance à mesure qu'on avance en civilisation. Quand l'Assemblée nationale, en 1791, décréta l'émancipation des juifs, elle s'occupa extrêmement peu de la race. Elle estima que les hommes devaient être jugés non par le sang qui coule dans leurs veines, mais par leur valeur morale et intellectuelle. C'est la gloire de la France de prendre ces questions par le côté humain. L'œuvre du XIXe siècle est d'abattre tous les ghettos, et je ne fais pas mon compliment à ceux qui ailleurs cherchent à les relever. La race israélite a rendu au monde les plus grands services. Assimilée aux différentes nations, en harmonie avec les diverses unités nationales, elle continuera à faire dans l'avenir ce qu'elle a fait dans le passé. Par sa collaboration avec toutes les forces libérales de l'Europe, elle contribuera éminemment au progrès social de l'humanité.

CORRESPONDANCE

À Arthur de Gobineau

Paris, 26 juin 1856

Monsieur et ami,

Je suis fort en retard avec vous. J'avais l'intention de vous envoyer mon essai sur l'*Histoire générale des langues sémitiques* aussitôt son apparition : mais j'ignorais les moyens de vous le faire parvenir. M. d'Avril, que j'ai vu il y a quelques semaines, m'a donné à cet égard toutes les informations nécessaires, et depuis, une foule de préoccupations tristes ou fastidieuses, la mort de ce pauvre Augustin Thierry, l'un de mes meilleurs amis, les ennuis d'une candidature, etc., m'ont empêché de payer ma dette. Comment m'excuserai-je aussi de ne pas vous avoir encore fait l'article que je vous dois ? Vous savez mieux que personne combien on s'appartient peu à Paris quand on y mène une vie quelque peu laborieuse. Encore un peu de temps ; je tiendrai ma promesse, je vous assure. J'ai lu vos tomes III-IV avec le même intérêt que les premiers*. Vous avez fait là un livre des plus remarquables, plein de vigueur et d'originalité d'esprit, seulement bien peu fait pour être compris en France ou plutôt fait pour y être mal compris. L'esprit français se prête peu aux considérations

* Les tomes III et IV de l'*Essai sur l'inégalité des races humaines* parurent en 1855. Les tomes I et II avaient paru en 1853. Les éditions ultérieures de l'ouvrage ne comportèrent que 2 volumes.

ethnographiques : la France croit très peu à la race, précisément parce que le fait de la race s'est presque effacé dans son sein. Je rencontre pour ma part la même difficulté en linguistique : la langue française, n'étant qu'un détritus de quatrième ou cinquième formation, est certainement une des causes qui font que l'esprit français n'a pas du tout été amené et se prête très difficilement aux vrais principes de la philologie comparée. Tout cela ne pouvait naître que chez un peuple comme le peuple allemand, qui tient encore à ses racines primordiales et parle une langue qui a ses causes en elle-même. Je ne m'étonne donc pas que votre livre n'ait pas eu chez nous le succès qu'il mérite. Vous en êtes vengé par votre succès en Amérique, où vous êtes traduit, et en Allemagne, où vous avez eu l'honneur d'inspirer des ouvrages parallèles au vôtre.

L'ouvrage de Pott vous est sans doute déjà parvenu ; je n'ai pu encore que le parcourir ; mais il me semble que, malgré les dissentiments qui y sont exprimés, vous devez vous en tenir pour fort honoré. Je ne puis vous dire que je sois, moi aussi, de votre avis sur tous les points. Le fait de la race est immense à l'origine ; mais il va toujours perdant de son importance, et quelquefois, comme en France, il arrive à s'effacer complètement. Est-ce là absolument parlant une décadence ? Oui, certes, au point de vue de la stabilité des institutions, de l'originalité des caractères, d'une certaine noblesse dont je tiens pour ma part le plus grand compte dans l'ensemble des choses humaines. Mais aussi que de compensations ! Sans doute, si les éléments nobles mêlés au sang d'un peuple arrivaient à s'effacer complètement, alors ce serait une avilissante égalité, analogue à celle de certains États de l'Orient et, à quelques égards, de la Chine. Mais c'est qu'en réalité une très petite quantité de sang noble mise dans la circulation d'un peuple suffit pour l'ennoblir, au moins quant aux effets historiques ; c'est ainsi que la France, nation si complètement tombée en roture, joue en réalité dans le monde le rôle d'un gentilhomme. En mettant à part les races tout à fait inférieures dont l'immixtion aux grandes races ne ferait qu'empoisonner l'espèce humaine, je conçois pour l'avenir une humanité homogène, où tous les ruisseaux originaires se fondront en un grand fleuve, et où tout souvenir des provenances diverses sera perdu. La civilisation qui correspondra à un tel état de l'humanité sera inférieure sans doute en noblesse et en distinction à celle des âges aristocratiques ; mais sera-t-elle inférieure d'une manière absolue ? c'est sur quoi j'hésite à me prononcer. Mais quel service vous avez rendu en exprimant votre point de vue avec une force, une hauteur, une logique, que je n'hésite pas à qualifier d'admirables ! Vos dernières pages sont vraiment étonnantes de vigueur et d'entrain : je les citerai.

Je compte beaucoup sur tout ce que vous nous rapporterez de la Perse* en fait d'idées et de renseignements de toute sorte. Devons-nous espérer bientôt votre retour ? Nous aurions grand besoin de vous : car notre état intellectuel est fort abaissé, et il nous faudrait pour le relever des hommes comme vous. Vous êtes certainement destiné à figurer parmi les esprits les plus originaux de notre temps : c'est l'opinion que je ne cesse d'exprimer et que ne troubleront pas quelques dissentiments de détail.

Croyez, Monsieur, à ma haute estime et à mon parfait attachement.

E. RENAN
rue des Saints-Pères, 3

À Charles Ritter

Paris, 28 août 1870

Cher Monsieur,

J'ai enfin pu me procurer l'article de M. Strauss, dont vous m'aviez annoncé la publication. Par un singulier hasard, j'étais en train d'écrire, pour la *Revue des Deux*

* A. de Gobineau était ministre à Téhéran.

Mondes, un article qui paraîtra Dieu sait quand, où j'exprimais, sur la formation de l'unité allemande, des vues absolument identiques à celles de notre savant maître. L'ensemble de l'article de M. Strauss est très beau, et certes bien propre à placer toutes les âmes élevées des deux nations au vrai point de vue philosophique qui convient dans les cruelles circonstances où nous sommes. Cet article, d'ailleurs, n'étant pas de moi, et n'ayant même pas pu m'être communiqué avant son insertion dans la *Gazette d'Augsbourg*, je n'ai aucun droit à en régler la publication. Cependant, puisque vous m'avez consulté à cet égard, voici, je crois, ce qui serait le meilleur parti.

M. Strauss m'invitant à lui répondre, il est naturel que je fasse cette réponse dans un journal français, sauf à la reproduire, traduite, dans la *Gazette d'Augsbourg*. Le *Journal des Débats* m'est naturellement désigné pour cela. Nous commencerions par y mettre la traduction de la lettre de M. Strauss, faite par vous ; dans le numéro suivant, je mettrais ma réponse. M. Édouard Bertin, à qui j'en ai parlé aujourd'hui, consent à cet arrangement, sans s'engager toutefois ; car, dans les circonstances actuelles, on ne peut prendre d'avance aucun engagement. Faites donc, cher Monsieur, la traduction dont vous me parlez ; et dès que vous l'aurez faite, adressez-la à M. Édouard Bertin, directeur du *Journal des Débats*, rue des Prêtres Saint-Germain l'Auxerrois, 17. Il se peut que nous n'insérions pas immédiatement votre traduction, ni ma réponse. L'heure actuelle est trop critique ; on ne lit que les nouvelles du jour ; il faut attendre une petite accalmie. Le moment où les esprits inclineront à la paix sera le meilleur pour une telle publication. Mais envoyez-nous votre traduction le plus tôt que vous pourrez ; le chemin de fer pourrait être coupé ; en outre, il est bon que nous ayons le morceau, pour l'insérer au moment que nous jugerons favorable.

Il n'est pas nécessaire de m'expédier le numéro de la *Gazette d'Augsbourg*. Il pourrait ne pas m'arriver. Gardez-le pour moi ; nous le retrouverons plus tard.

Écrivez, s'il vous plaît, de ma part, à M. Strauss, combien j'ai été touché de son procédé. Ces paroles de sagesse et de philosophie, passant par-dessus ce déchaînement de l'enfer, m'ont été au cœur. Quand la pauvre humanité arrivera-t-elle à une conscience assez éclairée pour que de si effroyables malentendus deviennent impossibles ?

Si vous voulez être mon traducteur pour la *Gazette d'Augsbourg*, j'en serai enchanté. Vous écrivez sans doute l'allemand comme vous le traduisez, c'est-à-dire à merveille. Croyez en tout cas à ma parfaite amitié.

E. RENAN

À Charles Ritter

Paris, 15 septembre 1870

Cher Monsieur,

La lettre de M. Strauss a paru ce matin dans le *Journal des Débats* ; ma réponse paraîtra demain. J'ai donné ordre qu'on vous fît parvenir deux exemplaires des deux numéros. Ayez la bonté d'en faire parvenir un à M. Strauss. Je vous charge de vous entendre avec M. Strauss pour que ma réponse soit insérée dans la *Gazette d'Augsbourg* ; peut-être ne serait-il pas trop contraire aux habitudes de ce journal d'insérer ma lettre en original.

Je ne quitterai point Paris un moment. J'ai envoyé mes enfants en Bretagne ; mais ma femme et moi, nous resterons, quoi qu'il arrive. Je crois que c'est un devoir, en de pareilles circonstances, de payer de sa présence ; et, tout impuissant que l'on est, de maintenir le peu de force dont on dispose, au service de la raison et de la patrie.

La lettre de M. Strauss obtient déjà un légitime succès. Toutes les personnes que j'ai vues aujourd'hui en ont admiré la modération et l'élévation. L'article que je préparais pour la *Revue des Deux Mondes*, quand j'ai reçu la lettre de M. Strauss, a paru aujourd'hui. On fait ce qu'on peut pour faire entendre un peu de raison ; quoiqu'on sache fort bien que, dans ce fracas de passions déchaînées, elle ne peut guère être écoutée. L'ordre, jusqu'ici, est parfait à Paris, et le spectacle de la ville, toute vie de politique générale mise à part, admirable et touchant.

Plaignez-nous et croyez à ma vive amitié.

E. RENAN

*À Théodore Mommsen**

17 mars 1871

Monsieur et savant confrère,

Je m'empresse de répondre à votre lettre du 13 mars. En ce qui me concerne personnellement, la situation est fort simple. Nombre de fois, avant les derniers événements, j'ai proclamé que je mettais au-dessus de la patrie les intérêts de la civilisation, de la science, de l'esprit humain. Toutes les fois qu'on me fera appel au nom de ces intérêts, on obtiendra de moi tout ce qu'on voudra. Usez donc de moi dès à présent pour tous les services scientifiques et littéraires que vous jugerez utiles. Le blâme que je prononce contre certains actes de votre gouvernement et de vos compatriotes dans la guerre qui vient de se terminer n'a rien à faire ici. Je suis comme le prêtre à qui l'envahisseur de sa patrie vient demander la communion, il ne peut la refuser.

Quant à mes confrères, ce n'est pas à moi de répondre pour eux, et chacun se fait des règles selon sa conscience. Beaucoup de nos confrères, absents de Paris, ont cruellement souffert des violences et des avanies indignes d'un

* Sur la minute conservée (B. N.), on lit ces mots, barrés : « Lettre à un savant allemand qui m'avait écrit pour me demander si les communications pouvaient se rouvrir entre l'Allemagne et la France. »

peuple civilisé que les armées allemandes ont exercées. Ils font remarquer que l'intérêt de la science que vous réclamez a été tristement violé par les destructions des collections scientifiques, archéologiques et bibliographiques qui ont été accomplies, surtout dans les environs de Paris, destructions qui ont fait un tort considérable aux études savantes et anéanti le fruit de longues recherches. Ils ajoutent (je ne sais pas si le fait est exact) que vous avez été le premier signataire de l'adresse des Berlinois réclamant le bombardement de Paris, mesure fort inefficace au point de vue militaire et dont l'effet pouvait être de détruire les collections et les établissements scientifiques dont vous avez profité et dont vous désirez profiter encore. Enfin, ils croient que les faveurs spéciales et personnelles que vous avez reçues du pays et du souverain vous interdisaient l'outrage et l'injure. Je vous transmets ces observations, cher confrère, uniquement pour vous faire comprendre que vous devez de l'indulgence à ceux qui ne portent pas dans ces questions la même froideur et le même désintéressement que moi.

Quant à l'Académie *en corps*, je ne vois pas qu'il y ait lieu de la mêler à tout ceci. Vous me demandez s'il est probable qu'elle voudra continuer ses rapports avec la vôtre. Sans contredit, mais vous savez que ces rapports se sont bornés jusqu'ici à l'échange de publications. Je ne sais pas bien ce que vous entendez par « remplacer à cet égard l'Empereur » ? Si vous avez à cet égard quelque idée précise, je vous dirai quelle chance elle a de réussir. L'Académie est en effet intervenue pour faire continuer à ses frais la publication des œuvres de Borghesi qui, sans cela, eût été interrompue.

En tout cas, attendre est, comme vous le dites fort bien, un conseil fort sage. La figure de ce monde change vite : *nunquam in eodem statu permanet*, dit cet aimable sceptique, le Cohéleth, selon moi le plus inspiré de tous les auteurs sacrés. Attendre est une profonde philosophie.

J'ai reçu votre brochure italienne. Laissons de côté la politique, dans quelques années nous reprendrons la question et peut-être ne serons-nous pas aussi loin qu'aujourd'hui de nous entendre. Mais laissez-moi vous dire en quoi vous êtes injuste envers la France contemporaine. Vous tenez trop compte de la basse presse, de la niaise petite littérature des théâtres bouffons dont le sot esprit, nullement français, est le fait des étrangers et en particulier des juifs allemands. Cela n'existe pas et nous ne connaissons pas cela. Si l'on jugeait de l'Allemagne sur les ragots de vos journaux de bas étage, on la jugerait fort mal. De même, il y a de l'injustice à mettre sur le premier plan des œuvres méprisables et à présenter simplement comme honteux l'état intellectuel d'un pays qui possède George Sand, Taine, Michelet, Claude Bernard, Berthelot, etc., sans parler de Sainte-Beuve, Mérimée, morts d'hier. Vous connaissez mal la France distinguée de nos jours, ce n'est pas le monde que vous avez vu aux Tuileries qui a pu vous en donner une idée.

Que votre Goethe avait raison de dire que le patriotisme exclusif est une cause d'erreurs et d'étroites pensées. Si le temps de la haine est venu, je n'en suis pas, car la haine rend laid, elle fait grimacer. Pour moi, je trouve la vie trop courte et le nombre des gens d'esprit trop peu considérable pour perdre mon temps et user ma force à détester autre chose que les hypocrites et les sots. Tenez donc pour certain, mon cher ennemi, que, quoi que vous disiez ou fassiez, vous aurez toujours en moi un admirateur et un ami.

E. RENAN

À Charles Ritter

Sèvres, 29 avril 1871

Cher Monsieur,

Je profite du premier moment de paix relative que nous avons, pour vous répondre. Effroyables sont nos angoisses ; il est douteux que ce pauvre pays réussisse à se reconstituer et à refaire son unité. Je n'ai quitté Paris qu'avant-hier. Je hais l'émigration ; je n'ai pas cru cependant qu'il me fût permis d'exposer ma famille aux scènes qui peuvent terminer cette crise lamentable. Qu'on est heureux dans ces cas d'avoir une philosophie qui permette quelque tranquillité d'âme au milieu de tant d'horreurs !

J'ai reçu en même temps que votre lettre la brochure de M. Strauss. Je regrette un peu qu'après le refus de la *Gazette d'Augsbourg* d'insérer la traduction de ma lettre (lettre que je n'avais écrite que sur une invitation venue de cette *Gazette* elle-même), M. Strauss ait inséré dans ce journal des observations sur un texte dont on refusait l'insertion. M. Strauss n'avait aucun moyen de forcer la *Gazette* à publier ma réponse ; mais à sa place, j'aurais regardé comme un devoir de lui en exprimer mon blâme, et surtout de ne pas continuer un débat où la parole était refusée à mon adversaire, quand le débat avait été provoqué par moi.

Je n'insisterais pas sur ce défaut de forme, s'il n'avait amené d'assez graves malentendus. Un journal est toujours plus lu qu'une brochure. Beaucoup de journaux et de lettres d'Allemagne, qui m'arrivent, me prouvent qu'une foule de personnes qui ont lu la *Gazette*, et non la brochure, me prêtent les opinions les plus singulières, en particulier des prétentions qui n'ont jamais été dans ma pensée, et qui, à l'heure où j'écrivais, eussent été de vraies folies, comme d'avoir demandé qu'on revînt sur les cessions de territoire de 1815, d'avoir conseillé l'annexion du Luxembourg à la France sans consulter les habitants. Or, s'il y a une pensée qui soit constante et évidente dans tout ce que j'ai écrit sur cette question, c'est que toute annexion de province faite contre le vœu des habitants est, dans l'état actuel des mœurs, un crime et une faute ; c'est, de plus, que dans nos régions de l'Europe occidentale, ce qu'il y a de beaucoup meilleur est de s'en tenir aux limites établies par l'histoire. Je suis fâché que l'opinion d'un pays au jugement duquel j'attache beaucoup de prix ait été ainsi faussée en ce qui me concerne, par l'homme du monde de qui je devais le moins attendre cette représentation inexacte de mes sentiments. C'est une des faiblesses qui nous font le plus de tort, à nous autres Français de la vieille école, de faire passer avant tout les délicatesses du galant homme, avant tout devoir, avant toute passion, avant toute croyance, avant la religion, avant la patrie. Cela nous fait du tort, dis-je, car on ne nous rend pas la pareille, et notre politesse, notre courtoisie, n'étant pas payées de retour par des adversaires moins généreux, deviennent duperie.

Il est vrai que je plaide là pour un esprit qui bientôt ne sera plus. La force, la brutalité envahissent le monde. Notre idéal était trop fin, trop conçu en vue de gentilshommes désabusés de tout préjugé, de tout intérêt et de toute passion. On l'appréciera quand il ne sera plus.

Croyez à ma rare estime et à mon affection la plus dévouée.

E. RENAN

*À Moriz Carrière**

28 mars 1888

Cher Monsieur,

Votre belle lettre, insérée dans la *Deutsche Revue*, m'a vivement touché. Il y a si longtemps que nous n'avions reçu d'Allemagne des paroles de paix et de sympathie ! Quelques appels que j'avais adressés dans ce sens, il y a quelques années, ne m'avaient valu que des réponses ironiques. Il est dans la nature du victorieux de croire la victoire éternelle et de rejeter sans les lire les observations du vaincu. Cela nous rend d'autant plus précieuses, cher Monsieur, les bonnes paroles que vous nous adressez. J'ai

* Cette lettre à Moriz Carrière, esthéticien allemand, est une réponse à une lettre de Moriz Carrière à Renan parue dans la *Deutsche Revue* (avril 1888) sous le titre : *Devoirs civilisateurs de la France et de l'Allemagne. Une lettre de paix à Ernest Renan*. La réponse de Renan ne fut pas insérée. La date de cette réponse prouve que Moriz Carrière avait communiqué sa lettre à Renan avant qu'elle fût publiée.

vingt fois dit ce que je dois à l'Allemagne. Avant comme après 70, l'alliance de la France et de l'Allemagne a toujours été notre rêve. L'action commune des deux nations les plus éclairées du monde me paraît nécessaire à l'œuvre générale de l'humanité, et les forces réunies de ces deux grandes masses civilisées ne me semblent pas de trop pour résister à la haine des lumières qui a encore des foyers redoutables en certaines parties de l'Europe et repousser une jeune barbarie venue de l'Est, laquelle ne sera sans danger que si elle trouve toujours devant elle une Europe unie et ferme en ses principes libéraux. La grande culture dont l'Allemagne rationnelle a élevé le drapeau depuis 125 ans ne se suffit pas à elle-même ; il y faut, j'en suis sûr, la collaboration de la France. L'état intellectuel et moral du monde n'a été si médiocre depuis 18 ou 20 ans que parce que l'accord de nos deux races qui est la condition du progrès humain a été profondément troublé. Bénie sera l'heure où cette grande rupture d'harmonie cessera. Vous semblez croire que cette heure est proche... puissiez-vous avoir raison ! Voici pourtant quelques motifs pour lesquels nous hésitons à laisser un libre cours à notre joie.

Ce que nous croyons savoir de l'esprit libéral du nouvel empereur d'Allemagne et des hautes aspirations éclairées de la personne admirable qu'un sort privilégié lui a donné pour compagne serait bien de nature en effet à encourager les prévisions les plus optimistes. Si l'accession au trône de l'empereur Frédéric III se faisait dans les conditions ordinaires, si l'on pouvait croire que nous sommes à l'aurore d'un règne durable, croyez bien que nous n'attacherions pas d'importance à quelques paroles écrites d'avance, qui ne pourraient manquer dans les déclarations officielles. Ce n'est point par des transformations subites, c'est par une marche lente, opérant sous la pression des nécessités du temps, que nous aurions espéré voir s'accomplir le programme de nos rêves. Huit, dix ans peut-être et de graves événements eussent été sans doute nécessaires pour convaincre l'Allemagne qu'elle n'a aucun intérêt à détenir un grand pays malgré lui. Dix ans sont bien peu de chose et toujours nous aurions compté sur l'action d'une pensée bienveillante, pacifique et compatissante, au cœur même de cette grande conscience allemande qui gouverne à l'heure qu'il est les intérêts les plus précieux de l'humanité.

Mais vous savez, cher Monsieur, bâtir sur le terrain de telles illusions serait bâtir sur le sable. Le règne qui pour l'accomplissement de nos pieuses chimères devrait être au moins d'un quart de siècle sera peut-être de quelques semaines. Le règne d'un moment aura-t-il une influence durable sur le règne qui suivra ? rien n'autorise à le croire. Nous craignons donc qu'il ne faille voir qu'un épisode douloureux dans le touchant spectacle qui tient l'Europe attentive. Nous nous bornons à dire : « *Sunt lacrimae rerum et mentem mortalia tangunt.* »

Quel serait, cher Monsieur, l'ordre d'idées où il conviendrait d'entrer, si vraiment des changements dans la situation réciproque de l'Allemagne et de la France se laissaient entrevoir ? Pour ceux qui, comme moi, jugent la question d'après un sentiment d'amour et de pitié pour les hommes bien plus que par les prétendues règles des diplomates, le problème est d'une extrême simplicité. Les motifs d'amour-propre et de vanité blessée sont dénués de sens pour une âme élevée ; une seule voix reste perçante, dominante, supérieure aux mille considérations en sens contraire de la politique et de l'intérêt : c'est la voix de l'Alsace et de Metz, nous répétant à diverses reprises et d'une manière claire que c'est malgré elles qu'elles subissent le régime qui leur a été imposé par le traité de Francfort. La France a dépensé des flots de sang pour secourir des peuples envers lesquels elle n'avait nulle obligation, mais qu'elle envisageait comme injustement soumis à une domination contre laquelle ils protestaient. Comment voulez-vous qu'elle soit insensible quand de pareils cris de détresse lui sont adressés par des provinces sœurs qui, il y a quelques années, faisaient corps avec elle, et qui, maintenant, tendent les mains vers elle ?

Remarquez bien que nous ne disons pas, comme beaucoup de patriotes peu philosophes : « L'Alsace appartient à la France, donc la France doit songer avant tout à la reprendre. » Non, l'Alsace n'appartient pas à la France, mais elle n'appartient pas non plus à l'Allemagne. L'Alsace appartient à elle-même. Notre devoir à nous autres Français est de lui rendre la disposition d'elle-même. Pour cela, une neutralisation provisoire est nécessaire. Si, au bout d'une telle épreuve, l'Alsace déclare qu'elle veut être française, elle sera sûrement la bienvenue ; si elle déclare qu'elle veut être allemande, rien de mieux ; si elle veut rester autonome ou s'adjoindre à la confédération helvétique, rien de mieux encore. Nous ne sommes obligés qu'à une seule chose, c'est que la violence qui a été infligée à une portion de nous-mêmes soit réparée, c'est que l'acte d'abandon que nous avons été obligés de faire dans un moment de nécessité abolue ne pèse pas sur nous comme un reproche sanglant. Des naufragés qui n'avaient plus qu'un radeau pour se sauver ont été obligés de laisser une partie de leurs compagnons sur un îlot désert ; leur premier devoir n'est-il pas de songer avant tout aux camarades qu'ils ont été obligés d'abandonner ?

Ce qui fait la nationalité moderne, ce n'est ni la langue, ni la race, ni la religion, c'est la volonté de vivre ensemble, prouvée par des actes suivis. Nous croyons le développement de la civilisation compromis si les nationalités s'arrogent le privilège des dynasties, si les nations peuvent, comme autrefois les dynasties, s'adjuger, sans les consulter, [les peuples] sur lesquels elles croient avoir des droits. Il est aussi mal de persécuter un pays dans sa langue et dans ses sympathies nationales que dans sa religion. La méconnaissance de ce principe entraînera, nous le croyons, des malheurs incalculables.

La figure du monde passe si vite que ce qui paraissait à un certain jour impossible peut bien vite après devenir un principe secourable et accepté de tous. Votre lettre d'un caractère si élevé prouve que la grande conscience allemande du temps de Herder et de Goethe vit encore. Vous avez raison de croire que beaucoup d'âmes dans le monde, désabusées sur bien des choses, n'ont plus qu'un désir, celui de voir consolidée après elles cette œuvre de la raison humaine, fruit de tant de larmes, et que tant de passions aveugles menacent en sens opposés. Les vrais croyants de notre siècle entrevoyaient comme une chance hautement favorable à leurs vœux que, pendant des années, deux créatures excellentes, assujetties autant que l'on voudra aux exigences nationales, mais en communion générale avec le bien général de l'humanité, eussent présidé aux destinées du premier empire du monde. *Dis aliter visum*. Vous nous assurez que, malgré tout, il faut espérer en l'avenir. Puissiez-vous avoir raison ! Croyez, en tout cas, que nous avons été profondément émus de vos bonnes paroles. Ce brin d'olivier nous arrivant par-dessus les eaux du déluge nous a fort réjouis dans notre arche, d'où, je vous assure, il nous tarde bien de sortir. Croyez à mes sentiments les plus distingués et les plus dévoués.

E. RENAN

DOSSIER

JOHANN GOTTLIEB FICHTE

DISCOURS À LA NATION ALLEMANDE
(*Extraits*)

Quand Fichte écrit ces célèbres Discours, l'Allemagne est occupée par la France impériale. Il est alors recteur de l'université de Berlin, récemment fondée. J'ai évoqué les Discours *dans la préface de ce recueil. Rappelons simplement ici quel fut face à ce texte le dilemme des républicains. Associant Fichte à Kant, ils voient en lui le promoteur d'un universalisme idéaliste propre à nourrir leur vision politique. Leur Fichte est celui des* Considérations sur la révolution française, *que traduit Jules Barni (réédition avec une préface de Marc Richir, Payot, collection « Critique de la politique », 1974). Après la défaite, toutefois, les* Discours *vont être érigés en modèle pédagogique pour le relèvement de la France : « Le XI*e *Discours *fut traduit par M. Charles Robert (sous le titre* Le salut par l'éducation, *en 1871) pour servir à l'éducation ou à la rééducation patriotique de notre pays. L'idée fut reprise par M. Léon Philippe, qui donna en 1892 une traduction complète. Quelques années plus tard, par une mesure officielle, le ministère de l'Instruction publique proposa ces textes à la méditation des futurs inspecteurs primaires. Idée juste, car ces* Discours *devaient déjà rendre le plus grand service aux maîtres de notre enseignement national en les informant de l'idéal proposé par Fichte à la nation allemande, et en leur rappelant en des formules vigoureuses cette affirmation que la patrie est avant tout spirituelle, que "le premier devoir de l'État est d'assurer par un moyen ou par un autre l'éducation", écrit ainsi Charles Chabot, préfaçant la traduction de J. Molitor, en 1923* (publiée chez Alfred Costes). Il est vrai qu'en 1923, la lecture des Discours n'est plus la même. Si Chabot reconnaît que Xavier Léon et Victor Basch ont proposé des lectures qui les tirent du côté de l'universalisme de Fichte, il leur rétorque : « On ne saurait tout de même oublier les textes des Discours où l'Allemand est qualifié comme seul digne et capable de libérer l'Esprit dans l'Humanité, l'Allemagne comme vraie patrie de l'Esprit, donc seule patrie légitime du bon Européen et du citoyen du monde. » Quant au bandeau qui couvre le volume, il ne s'embarrasse pas de telles fioritures et proclame : « Ces 14 discours, que Fichte adressa à l'Allemagne vaincue, contiennent toute la théorie du pangermanisme et ont pénétré dans les fibres les plus intimes de l'âme allemande. »

On a vu que je me rangeais volontiers, pour ma part, à l'avis d'Alain Renaut (« Logiques de la nation », in Théories du nationalisme, sous la direction de Gil Delannoi et Pierre-André Taguieff, éditions Kimé, 1991, et « L'idée fichtéenne de nation » in Cahiers de philosophie politique et juridique, n° 14, Caen, 1988), que je remercie en outre ici chaleureusement de m'avoir autorisé à reprendre sa traduction des Discours. Le lecteur pourra se reporter à l'intrégralité du livre (Imprimerie nationale, 1992).

Septième Discours

DÉFINITION APPROFONDIE DU CARACTÈRE ORIGINEL ET ALLEMAND D'UN PEUPLE

On a indiqué dans les précédents discours et démontré historiquement ce que sont les traits caractéristiques des Allemands en tant que peuple originel, et en tant que peuple qui a le droit de se désigner purement et simplement comme le peuple, par opposition aux autres lignées qui se sont détachées de lui : c'est là au demeurant ce que désigne le terme même de *Deutsch*, pris dans sa signification littérale. Il est utile que nous consacrions encore une heure à cette question, et que nous nous confrontions à cette objection possible : si c'est là ce qui fait l'originalité allemande, ne faudrait-il pas convenir qu'aujourd'hui, il subsiste bien peu d'allemanité chez les Allemands eux-mêmes ? Puisque nous-mêmes ne pouvons nullement nier ce phénomène et que, le reconnaissant, nous nous proposons de l'examiner en détail, commençons par l'expliquer.

La relation entre le peuple primitif, dans le monde moderne, et le procès de culture connu par ce monde consista globalement en ce que le peuple primitif fut incité par les tentatives inaccomplies et superficielles de l'étranger à développer de son propre sein des créations plus profondes. Puisque, de l'incitation à la création, il faut sans doute un certain temps, il est clair qu'une telle relation occasionnera des périodes où, nécessairement, le peuple primitif se dissoudra presque totalement dans l'étranger et paraîtra s'identifier à lui, parce que, précisément, il est dans la situation où il vient de recevoir l'impulsion et que la création qu'il projette n'en est pas encore venue au point où elle va s'accomplir. C'est dans une période de ce genre que se trouve justement, aujourd'hui, l'Allemagne en ce qui concerne la grande majorité de ses habitants cultivés, et c'est de là que procèdent les phénomènes xénomaniaques qui se sont répandus dans l'être le plus intime et dans la vie de cette grande majorité. Que la philosophie, en tant que pensée libre, débarrassée de toutes les chaînes inhérentes à la croyance en une autorité extérieure, constitue ce par quoi, aujourd'hui, l'étranger donne à sa mère-patrie une impulsion, nous l'avons aperçu dans le précédent discours.

Là où cette impulsion n'a pas donné naissance à une création nouvelle (ce qui est un cas extrêmement rare, la vérité étant que cette création nouvelle reste inaperçue du plus grand nombre), tantôt cette philosophie étrangère que nous avons déjà caractérisée se donne des formes toujours renouvelées, tantôt son esprit s'empare des autres sciences, situées à la limite de la philosophie, et les envisage de son propre point de vue ; enfin, dans la mesure où l'Allemand ne peut se défaire de son sérieux et de son souci d'intervenir directement dans la vie, cette philosophie influe sur les modalités de la vie publique, ainsi que sur ses principes et ses règles. C'est là un processus que nous allons dévoiler point par point.

Tout d'abord et avant tout : ce n'est pas librement et de manière arbitraire que l'homme forge sa vision scientifique, de telle ou telle manière, mais c'est sa vie qui la forge en lui et elle correspond en fait à sa vie intérieure elle-même, dans ses racines, telle qu'au reste il ne la connaît pas, et qui devient manifeste. Ce que vous êtes véritablement à l'intérieur de vous-mêmes surgit devant votre regard extérieur, et vous seriez incapables de jamais voir autre chose. Pour avoir une autre vision, il faudrait d'abord devenir autre. Or, l'être intime de l'étranger, de ce qui, en d'autres termes, n'est pas originel, se définit par la croyance en quelque chose d'ultime, de fixe, d'immuable, en une limite en deçà de laquelle la vie joue librement, mais qu'elle ne pourrait jamais transgresser, ni assouplir de manière à s'y écouler. Aussi cette infranchissable limite surgit-elle nécessairement, quelque part, devant ses yeux, et il ne peut ni penser ni croire sans présupposer une telle limite, sauf à ce que tout son être soit transformé et que son cœur soit arraché de sa poitrine. Il croit avec nécessité que la mort est l'élément premier et ultime, la source originelle de toutes choses, et notamment de la vie.

Il nous faut d'abord simplement montrer ici comment cette croyance fondamentale de l'étranger s'exprime aujourd'hui chez les Allemands.

Elle s'exprime en premier lieu dans la philosophie proprement dite. La philosophie allemande actuelle, pour autant qu'elle mérite d'être mentionnée ici, veut la radicalité et la forme scientifique, bien qu'elle ne soit pas capable d'y parvenir, elle veut l'unité, là aussi en suivant le précédent de l'étranger, elle veut la réalité et l'être, — non pas simplement le phénomène, mais un fondement de ce phénomène, par lui phénoménalisé. Sur tous ces points, elle a raison, et elle est très largement supérieure aux philosophies qui dominent aujourd'hui à l'étranger, car, dans son imitation de l'étranger, elle est plus radicale et plus conséquente que lui. Ce fondement qu'il faut supposer sous le simple phénomène, bien que les Allemands puissent sans doute, en le déterminant davantage, le concevoir de manière encore plus erronée, ils se le représentent toujours comme un être fixe, qui est ce qu'il est, et rien de plus, enchaîné à lui-même et rivé à sa propre essence ; et c'est ainsi que, de fait, la mort et l'aliénation vis-à-vis de l'état originel qui sont inscrites en eux-mêmes surgissent aussi devant leurs yeux. Parce qu'eux-mêmes ne sont absolument pas capables, par leur propre force, de s'élever jusqu'à la vie, parce qu'il leur faut sans cesse un support et un soutien pour prendre leur libre essor, ils ne parviennent pas non plus par leur pensée, qui est le reflet de leur vie, à dépasser l'idée d'un tel substrat : ce qui n'est pas quelque chose n'est pour eux, nécessairement, rien, parce qu'entre cet être clos sur soi et le néant, leur regard n'aperçoit rien d'autre, et cela en tant que leur vie même n'y trouve rien d'autre. Leur sentiment, auquel seulement il peuvent faire appel, leur semble infaillible ; et si quelqu'un n'admet pas ce substrat, ils sont très éloignés de supposer que celui-ci se contente simplement de la vie, et ils croient bien plutôt que celui-ci n'a pas l'esprit assez aiguisé pour remarquer le substrat sur lequel, sans doute, il s'appuie lui aussi, et que la capacité lui fait défaut de s'élever à la hauteur de leurs conceptions. C'est pourquoi il est vain et impossible de leur faire comprendre ce qui est en jeu : il faudrait les façonner et, si on le pouvait, les façonner autrement. Pour cette part d'elle-même, la philosophie allemande d'aujourd'hui n'est donc pas allemande : elle est une copie de l'étranger.

La vraie philosophie, celle qui, en elle-même, a trouvé son achèvement et qui, dépassant le phénomène, a pénétré véritablement jusqu'à son noyau, part au contraire de la vie divine dans son unité et dans sa pureté — en tant que Vie au sens absolu du terme, demeurant telle pour toute l'éternité, à jamais identique à soi —, et non pas d'une quelconque vie particulière ; et elle perçoit comment c'est exclusivement dans le phénomène que cette vie ne cesse de se clore et d'à nouveau s'épanouir, et que c'est uniquement en suivant cette loi qu'elle accède à un Être et devient quelque chose. C'est pour elle que surgit l'Être que le premier type de philosophie se fait donner comme un *a priori*. Et, en ce sens, cette philosophie n'est donc essentiellement qu'allemande, c'est-à-dire originaire ; et inversement, pour peu que quelqu'un devienne un véritable Allemand, il ne peut plus philosopher autrement.

Ce système de pensée qui, bien que dominant chez la plupart de ceux qui philosophent à l'allemande, n'est pourtant pas proprement allemand, peu importe que ce soit en toute connaissance de cause qu'on l'ait érigé en une authentique construction philosophique doctrinale, ou que ce soit seulement inconsciemment que nous l'ayons mis à la base de tout ce que nous pensons par ailleurs : il intervient, je le répète, dans toutes les autres conceptions scientifiques de notre temps ; de même est-ce une tendance capitale de notre époque, telle qu'elle reçoit son impulsion de l'étranger, que de ne plus seulement garder en mémoire la matière scientifique, comme le faisaient sans doute nos ancêtres, mais en outre de l'élaborer réflexivement et philosophiquement. Du point de vue de la tendance globale, l'époque a raison ; mais si, comme on peut s'y attendre, dans la mise en œuvre de cette façon de philosopher, elle prend comme point de départ la philosophie étrangère, avec son culte de ce qui est mort, elle aura tort. Nous nous bornerons ici à jeter un regard sur les sciences qui sont les plus proches de notre projet d'ensemble, et à rechercher les concepts et les idées d'origine étrangère qui s'y sont répandus.

Pour ce qui est de considérer l'institution et le gouvernement des États comme un art libéral, possédant des règles fixes, l'étranger nous a incontestablement servi de précurseur, en prenant lui-même comme modèle l'Antiquité. Mais en quoi, suivi en cela par tous ses imitateurs, l'étranger, qui, ne serait-ce que dans sa pensée et sa volonté, dans sa langue, s'appuie sur un élément figé, clos sur soi et mort, va-t-il concevoir cet art politique ? Sans doute le situera-t-il dans l'art de trouver un ordre des choses pareillement figé et mort, dont la mort engendre la dynamique vivante de la société, et cela conformément à ses desseins : un art de combiner toute la vie de la société en un mécanisme vaste et ingénieux dont chaque élément soit sans cesse forcé par l'ensemble de l'aider à fonctionner ; un art de résoudre un problème de calcul en transformant des grandeurs finies et connues en une somme déterminable, avec pour hypothèse que chacun poursuit son bien propre, et pour objectif de contraindre chacun, contre son gré et quelle que soit sa volonté, à favoriser le bien commun. [...]

On a senti cette difficulté, et dans cette construction doctrinale qui, comptant sur la contrainte, peut ne pas s'inquiéter des autres citoyens, du moins a-t-on voulu éduquer le prince, de qui procède toute la dynamique sociale, à l'aide de toutes sortes d'enseignements et d'instructions de bon aloi. Mais comment donc va-t-on s'assurer que l'on a affaire à une nature susceptible de recevoir l'éducation qui convient à un prince ? Ou encore, dans le cas où l'on aurait cette chance, comment être certain que cet individu, sur lequel nul homme ne peut exercer une contrainte, va être tout disposé et enclin à se laisser éduquer ?

Une telle conception de l'art politique, qu'elle se rencontre à l'étranger ou sur le sol allemand, porte toujours une empreinte étrangère. Il faut pourtant, à cet égard, noter, à l'honneur du sang et de l'esprit allemand, que, si habiles que nous puissions être pour calculer, au plan de la théorie, ces mécanismes de contrainte, nous avons pourtant été fort gênés, quand venait le temps de la mise en œuvre, par le sentiment obscur qu'il ne devait pas en être ainsi, et nous sommes à cet égard restés très en retrait par rapport à l'étranger. En ce sens, si nous devions être forcés d'accepter les bienfaits qu'on nous réserve en nous soumettant à des formules et à des lois étrangères, nous voulons du moins ne pas en rougir à l'excès, comme si notre intelligence n'avait pas eu la vivacité de s'élever elle aussi à ces sommets de la législation. Dans la mesure où, plume en main, nous n'avons ici rien à envier à aucune nation, nous serions parfaitement capables, en ce qui concerne la vie, d'avoir senti que même ce qu'on nous préconisait n'était pas encore ce qui nous convenait, et ainsi d'avoir préféré laisser en place les anciennes formes, jusqu'à ce que nous puissions parvenir à la perfection, plutôt que d'échanger simplement la mode ancienne contre une nouvelle, aussi passagère qu'elle.

Tout autre est la politique authentiquement allemande. Elle aussi veut la stabilité, la sécurité et l'indépendance vis-à-vis de la nature aveugle et changeante, et à cet égard elle est entièrement d'accord avec l'étranger. Seulement, elle ne veut pas, comme lui, trouver une instance fixe et bien déterminée qui serait le premier principe duquel l'esprit, en tant que deuxième terme, tirerait sa propre détermination : au contraire exige-t-elle d'emblée un esprit solide et ferme qui serait le premier et unique terme. Cet esprit constitue pour elle le ressort qui, tirant de lui-même sa propre vie, éternellement en mouvement, ordonnera et dynamisera la vie de la société. Elle comprend qu'elle pourrait produire cet esprit, non pas en réprimandant les adultes, qu'on avait jusqu'alors abandonnés à leur triste sort, mais uniquement en éduquant la jeunesse encore préservée de toute corruption ; et une telle éducation, elle n'entend certes pas, comme le fait l'étranger, la donner uniquement à ce qui constitue le sommet ultime de la société, à savoir le prince, mais elle veut en faire bénéficier également les larges masses, c'est-à-dire la nation, étant entendu, cela va de soi, que le prince lui aussi en fera partie. Dès lors que l'État, dans la personne de ses citoyens adultes, n'est que l'éducation continuée du genre humain, il faut, selon cet art politique, que le futur citoyen soit lui-même tout d'abord éduqué à recevoir cette éducation supérieure. Ainsi cet art politique allemand le plus moderne retrouve-t-il le plus ancien ; car, chez les Grecs aussi, l'art politique faisait reposer la citoyenneté sur l'éducation, et il a formé ainsi des citoyens tels que les époques ultérieures n'en ont plus jamais connus. Formellement, c'est le même programme que poursuivra l'Allemand, mais, quant au contenu, dans un esprit qui ne sera plus étroit et exclusif, mais se voudra universel et fera preuve de cosmopolitisme.

[...] Et c'est ainsi que doit enfin ressortir dans sa parfaite clarté ce que nous avons voulu dire en parlant des Allemands dans la description que nous avons proposée jusqu'ici. Voici le véritable principe de distinction : croit-on à l'existence, en l'homme lui-même, de quelque chose d'absolument premier et d'originel, à la liberté, à la possibilité d'un amendement infini, à un progrès éternel de l'espèce ? Ou bien n'y croit-on pas, et même se figure-t-on apercevoir et concevoir en toute clarté que c'est très exactement le contraire qui se produit ? Tous ceux qui vivent eux-mêmes une existence créatrice et productrice de nouveauté, ou bien qui, si cela leur a été refusé, du moins ont résolu de se désintéresser de ce qui est futile et restent dans l'attente du jour où, peut-être, le courant de la vie originelle viendra les saisir, ou encore ceux qui, sans être allés aussi loin, ont en tout cas un pressentiment de la liberté et ne la haïssent pas, ni ne s'effraient devant elle, mais au contraire l'aiment, — tous ceux-là sont des hommes originels, ils constituent, quand on les considère collectivement, un peuple originel, le peuple entendu absolument, bref des Allemands. Tous ceux qui acceptent d'être de second ordre, de n'avoir qu'une nature dérivée, qui se reconnaissent et se conçoivent explicitement comme tels, le sont en effet, et ils le deviennent toujours davantage à la faveur de cette croyance. Ils constituent un appendice à la vie, laquelle s'est déployée devant eux, ou à côté d'eux, selon sa dynamique propre : ils sont l'écho d'une voix déjà éteinte, que répercute la roche ; collectivement, ils sont exclus du peuple originel, et ils sont pour lui des étrangers. Dans la nation qui, jusqu'à aujourd'hui, se nomme le peuple par excellence, autrement dit le peuple allemand, quelque chose d'originel s'est manifesté à l'époque moderne, du moins jusqu'à maintenant, une force productrice du nouveau s'y est affirmée ; désormais, grâce à une philosophie devenue transparente à elle-même, cette nation disposera enfin du miroir dans lequel elle se forgera une conception claire de ce qu'elle fut jusqu'ici par nature, sans en avoir véritablement conscience, et à quoi elle était destinée par cette nature ; et invitation lui est faite de se rendre elle-même entièrement, grâce à cette conception claire et avec un art réfléchi autant que libre, telle qu'elle doit être, de renouveler le pacte et de boucler son propre cercle. On lui expose le principe d'après lequel elle a à boucler un tel cercle : quiconque croit à la spiritualité et à la liberté de cette spiritualité, et veut poursuivre par la liberté le développement éternel de cette spiritualité, — celui-là, où qu'il soit né et quelle que soit sa langue, est de notre espèce, il nous appartient et fera cause commune avec nous. Quiconque croit à l'immobilité, à la régression et à l'éternel retour, ou installe une nature sans vie à la direction du gouvernement du monde, — celui-là, où qu'il soit né et quelle que soit sa langue, n'est pas allemand et est un étranger pour nous, et il faut souhaiter qu'au plus tôt il se sépare de nous totalement.

[...]

Neuvième Discours

À QUEL ASPECT DE LA RÉALITÉ EXISTANTE FAUT-IL RATTACHER LA NOUVELLE ÉDUCATION NATIONALE DES ALLEMANDS ?

Au fil de notre dernier discours, plusieurs moments de la démonstration que j'avais déjà promise dans le premier ont été établis et menés à bien. Il ne saurait être question aujourd'hui, disions-nous, que d'une seule tâche, et c'est celle-là qu'il faut accomplir d'abord : sauver pleinement l'existence et la pérennité de ce qui est allemand ; toutes les autres distinctions ont disparu devant cette perspective supérieure, ce qui, toutefois, ne porte aucun préjudice aux obligations particulières que chacun croit avoir. Pourvu simplement que nous conservions présente à l'esprit la différence mise en place entre État et Nation, il est clair que, même déjà dans le passé, les intérêts de ces deux instances ne pouvaient jamais entrer en conflit. C'est le patriotisme supérieur, celui qui concerne le peuple commun de la nation allemande qui seul pouvait et devait, de fait, présider aux destinées de chaque État particulier de l'Allemagne ; aucun de ces États ne pouvait se permettre de perdre de vue cet intérêt plus élevé sans détourner de lui toute noblesse et générosité, et sans entraîner sa propre perte : par conséquent, plus un individu était captivé et stimulé par cet intérêt supérieur, plus il devenait aussi un bon citoyen vis-à-vis de l'État allemand particulier auquel appartenait sa sphère immédiate d'activité. Des États allemands pouvaient s'opposer à d'autres États allemands au sujet de certains droits traditionnels. Quiconque voulait la pérennité de la situation établie (et tout homme intelligent devait indubitablement la souhaiter, à considérer les conséquences ultérieures) était contraint de vouloir que triomphe la cause juste, de quelque côté qu'elle pût se trouver. Tout au plus un État allemand particulier aurait-il pu tenter d'unifier sous sa direction toute la nation allemande et de substituer une monarchie à la traditionnelle république des peuples. S'il est vrai, comme par exemple je suis enclin à le considérer, que c'est justement cette constitution républicaine qui a été jusqu'ici la source la plus remarquable de la culture allemande et la première garantie de son originalité ; si le cas se présentait où l'unité supposée du gouvernement prendrait une forme elle-même, non pas républicaine, mais monarchique, avec en tout cas la possibilité, pour le détenteur du pouvoir, de faire disparaître de tout le sol allemand, durant toute sa vie, un quelconque germe de culture originelle : il résulterait de la réussite éventuelle d'un tel projet un grand désastre pour les intérêts du patriotisme allemand, et tout homme possédant quelque noblesse de caractère, à travers toute la superficie du territoire commun, devrait se dresser pour le contrecarrer. Cela dit, même dans ce cas qui est le plus défavorable, c'eût été toujours des Allemands qui eussent gouverné des Allemands et régi prioritairement leurs intérêts ; et quand bien même, provisoirement, l'authentique esprit allemand aurait disparu, l'espoir eût pourtant demeuré qu'il se réveillât un jour, et chaque âme tant soit peu énergique, sur toute l'étendue du territoire, eût pu se promettre de trouver quelque audience et de se faire comprendre ; bref, en tout cas, une nation allemande eût continué d'exister, elle se serait gouvernée elle-même, et elle n'aurait pas disparu, engloutie dans une autre de rang inférieur. Ce qui, ici, reste toujours, dans notre supputation, l'essentiel, c'est que le patriotisme allemand demeure lui-même au gouvernail de notre État, ou du moins qu'il puisse y parvenir à travers son influence. Mais si, conformément à notre première hypothèse, cet État allemand — peu importe que ce soit comme État unique ou sous la forme d'une pluralité d'États, puisqu'en fait, de toute façon, l'unité existe — passait absolument d'une direction allemande à une mainmise étrangère, il est certain (et le contraire serait contre nature et parfaitement impossible) que, dès lors, les décisions exprimeraient des intérêts, non plus allemands, mais étrangers. Alors que, jusqu'ici, les intérêts nationaux communs aux Allemands avaient leur place et étaient présents au gouvernail de l'État, ils seraient alors proscrits. Si ces intérêts ne doivent pas ainsi être totalement extirpés de la terre, il faut leur ménager un autre refuge, et en vérité on ne peut le trouver que dans le seul élément qui subsiste : du côté des sujets, chez les citoyens. Mais si les intérêts nationaux avaient déjà été pris en charge par la majorité de ceux-ci, nous n'en serions nullement venus à la situation dont nous débattons aujourd'hui ; par conséquent, le refuge recherché n'est pas disponible chez eux, et il faut d'abord l'y aménager. Autrement dit, il faut éduquer à ce sens de la patrie la plus grande part des citoyens, et, pour être sûr de la majorité, il faut essayer cette éducation sur la totalité. Et c'est ainsi, en même temps, que sera fournie la preuve indiscutable et claire, également promise, que c'est l'éducation et elle seule, et nul autre moyen envisageable, qui peut sauver l'indépendance allemande ; et sans doute ne serait-ce pas notre faute si, jusqu'ici, l'on n'était pas encore par soi-même capable de comprendre le contenu et l'intention véritables de nos discours, et le sens dans lequel il faut entendre tout ce que nous disons.

Pour dire les choses encore plus brièvement : toujours dans le cadre de l'hypothèse formulée ci-dessus, lorsque les mineurs se trouvent privés des tuteurs constitués par leurs parents et leurs proches, lorsque ceux-ci sont remplacés par des maîtres, pour éviter que ces mineurs ne deviennent des esclaves, il faut les affranchir de cette tutelle et, pour que ce soit possible, il faut avant tout les éduquer à être adultes. Le patriotisme allemand a perdu son siège ; il doit en obtenir un autre, plus large et plus profond, où il puisse, dans l'ombre, tranquillement s'établir et se fortifier, pour apparaître, le moment venu, dans toute la vigueur de sa jeunesse et redonner à l'État l'indépendance perdue. De cette dernière perspective, aussi bien les étrangers que ceux qui, parmi les nôtres, cultivent les tristesses mesquines et étroites, n'ont rien à redouter ; pour les tranquilliser complètement, on peut leur garantir qu'aucun d'eux ne vivra cette transformation, et que l'époque qui la vivra, pensera tout autrement qu'eux.

Onzième Discours

À QUI CONFIER LA RÉALISATION DE CE PLAN D'ÉDUCATION ?

Pour l'objectif qui est le nôtre, le plan de la nouvelle éducation nationale allemande a été exposé suffisamment. La question qui se pose maintenant est la suivante : qui doit diriger la réalisation de ce plan ? Sur qui faut-il compter ? Et sur qui avons-nous compté ?

Nous avons établi que cette éducation correspond à l'intérêt le plus élevé du patriotisme allemand, à celui qui seul s'impose aujourd'hui, et nous entendons par ce biais introduire avant tout dans le monde l'amélioration et la transformation de toute l'espèce humaine. Mais ce patriotisme doit en premier lieu inspirer l'État allemand partout où l'on gouverne des Allemands, il doit avoir la préséance et constituer la force déterminante dans toutes ses décisions. Ainsi serait-ce vers l'État que nous devrions tout d'abord diriger avec espoir nos regards.

Celui-ci réalisera-t-il nos espérances ? Que pouvons-nous attendre, d'après ce qui s'est passé jusqu'ici, non pas, bien sûr, d'un État particulier, mais de l'Allemagne tout entière ?

Dans l'Europe moderne, l'éducation n'est pas née véritablement de l'État, mais elle est issue de la puissance d'où les États, dans la plupart des cas, tiraient leur propre pouvoir, à savoir du royaume céleste et spirituel de l'Église. Celle-ci ne se considérait pas comme un élément de la communauté terrestre, mais bien plutôt comme une colonie d'origine céleste, totalement étrangère à la terre, et envoyée ici-bas pour recruter, partout où elle pourrait s'enraciner, des citoyens susceptibles d'appartenir à cet État étranger ; l'éducation qu'elle dispensait ne visait qu'à épargner aux hommes toute damnation dans l'autre monde, et à assurer leur salut. À travers la Réforme, cette puissance cléricale, qui au demeurant ne modifia pas l'image qu'elle avait d'elle-même, fut simplement réunie au pouvoir temporel avec lequel elle avait pourtant jusqu'ici été si souvent en conflit ; ce fut là toute la différence, qui, de ce point de vue, résulta de cet événement. En conséquence, la vieille conception de l'éducation demeura en place. Même à l'époque la plus récente, et jusqu'à ce jour, la formation des couches les plus aisées a été considérée comme une affaire privée relevant des parents, qui pouvaient bien l'organiser selon leur bon plaisir, et, en règle générale, on n'instruisait les enfants qu'à se soucier de leurs propres intérêts. La seule éducation publique, celle du peuple, n'apprenait pour sa part qu'à se ménager la béatitude céleste ; pour l'essentiel, elle se réduisait à un peu de christianisme, à la lecture et, si possible, à l'écriture, le tout pour l'amour du christianisme. Tous les autres développements de l'être humain étaient abandonnés à l'influence hasardeuse et aveugle de la société où ils grandissaient et à la vie réelle elle-même. Même les établissements destinés à l'éducation savante étaient prioritairement consacrés à la formation des ecclésiastiques. C'était là la Faculté principale, dont toutes les autres n'étaient que des annexes et, dans la plupart des cas, n'étaient fréquentées que par ceux qui avaient quitté cette Faculté. Tant que ceux qui étaient à la tête du gouvernement n'en voyaient pas clairement la véritable finalité et étaient eux-mêmes, personnellement, préoccupés par ce souci consciencieux de leur propre salut et celui d'autrui, on pouvait compter avec confiance sur leur empressement à l'égard de ce type d'éducation publique et sur les efforts qu'ils dispensaient avec sérieux en sa faveur. Mais dès qu'ils furent au clair sur la fonction de l'État et comprirent que la sphère de l'action politique s'inscrivait à l'intérieur du monde visible, il dut nécessairement leur apparaître que ce souci du salut éternel de leurs sujets ne pouvait leur incomber, et que c'était à chacun, s'il voulait faire son salut, de voir lui-même comment y parvenir. Ils crurent dès lors en avoir fait assez si simplement ils abandonnaient à leur destination première les fondations et les établissements issus d'époques plus pieuses ; même si ces établissements pouvaient être mal adaptés et ne pas suffire pour des époques totalement différentes, ils ne se tinrent pas pour obligés de pourvoir davantage à leurs ressources en faisant des économies sur certains de leurs autres objectifs, ni pour autorisés à intervenir activement et à remplacer ce qui était suranné et inutilisable par des créations appropriées ; en fait, à toutes les propositions de ce type, la réponse était toujours : l'État n'a pas d'argent pour cela. Si jamais l'on faisait exception à cette règle, c'était à l'avantage des établissements d'enseignement supérieur qui étendaient au loin leur rayonnement et qui assuraient la gloire de leurs protecteurs ; en revanche, la formation de la classe qui constitue le véritable soubassement de l'espèce humaine, où l'enseignement supérieur trouve toujours ceux qui viendront compléter son public, et sur laquelle cet enseignement exerce en retour une action continuelle, bref le peuple, ne bénéficiait d'aucune attention particulière — raison pour laquelle, de la Réforme à aujourd'hui, son instruction n'a cessé de décliner.

S'il nous faut pour l'avenir, et dès maintenant, pouvoir espérer davantage de l'État en ce domaine, il est nécessaire que celui-ci substitue à la conception qui fut la sienne jusqu'ici une tout autre manière de se représenter le but de l'éducation ; qu'il aperçoive qu'il a eu parfaitement raison de refuser jusqu'à maintenant de se soucier du salut éternel de ses concitoyens : pour ce dernier, il n'est nullement besoin d'une formation particulière, et cette pépinière du ciel qu'est l'Église, dont la puissance lui a finalement été transférée, n'a aucunement lieu d'être, fait simplement obstacle à toute formation sérieuse et doit être déchargée de toute fonction. L'État doit savoir qu'en revanche l'éducation à la vie terrestre est indispensable et que si l'éducation qui prépare à celle-ci est approfondie, celle qui prépare au ciel s'y ajoute d'elle-même, aisément, en prime. Jusqu'à aujourd'hui, plus l'État pensait être éclairé, plus il semble avoir cru fermement qu'il pouvait atteindre son but véritable, même sans aucune religion et sans aucune moralité de ses citoyens, par un simple dispositif contraignant, et que, dans ces domaines, les citoyens pouvaient agir comme ils leur semblait bon. Puissent du moins les expériences récentes lui avoir appris qu'il ne peut agir ainsi, et que c'est justement en raison du manque de religion et de moralité qu'il en est venu à sa situation actuelle.

[...] Si l'État prend à son compte la tâche que nous lui indiquons, il rendra cette éducation universellement accessible sur toute l'étendue de son territoire, pour chacun de ses futurs citoyens, sans aucune exception ; et c'est uniquement du point de vue de cette diffusion universelle que nous avons besoin de l'État, alors que, pour des initiatives et des tentatives ponctuelles, ici et là, les ressources émanant de personnes privées bien disposées suffiraient sans doute. Au reste, il ne faut pas s'attendre à ce que les parents soient en général tout prêts à se séparer de leurs enfants et à les confier à cette nouvelle éducation dont il serait difficile de leur donner une idée ; au contraire, d'après l'expérience passée, il faut imaginer que quiconque croit avoir encore les ressources suffisantes pour nourrir ses enfants chez lui, va s'élever contre l'éducation publique, et notamment contre une éducation publique qui sépare si radicalement, et pour si longtemps, les enfants de leurs parents. Dans de tels cas, face à une résistance probable, on a pris l'habitude antérieurement de voir les hommes d'État rejeter le projet concerné en répondant que l'État n'a pas le droit d'employer la contrainte pour un tel objectif. En voulant attendre que les hommes disposent tous d'une bonne volonté, alors que, sans éducation, la bonne volonté ne peut jamais surgir en général, les dirigeants se dispensent de rechercher la moindre amélioration et peuvent espérer que tout restera comme autrefois jusqu'à la fin des temps. Parmi eux, il en est qui considèrent globalement l'éducation comme un luxe dont on peut se dispenser, à l'égard duquel on devrait se montrer aussi économe que possible ; il en est aussi qui, dans notre projet, voient seulement une nouvelle expérience, hasardeuse, tentée sur l'humanité, susceptible de réussir ou d'échouer. On ne peut que louer leurs scrupules. Quant à ceux qui sont remplis d'admiration pour l'état antérieur de l'instruction publique, et s'enthousiasment pour la perfection qu'elle a atteinte sous leur direction, on ne peut nullement imaginer qu'ils puissent un jour se rallier à quelque chose dont, d'ores et déjà, ils ignorent tout. De tous ces gens, nous ne pouvons rien faire pour la réalisation de notre projet, et il faudrait même déplorer que la décision sur ces affaires puisse leur incomber. En revanche, il faudrait que l'on pût trouver des hommes d'État susceptibles de fournir ici des conseils, et qui, surtout, aient eux-mêmes parachevé leur éducation grâce à une étude approfondie de la philosophie et de la science en général, qui accordent un réel sérieux à leur activité, qui possèdent une notion consistante de l'homme et de sa destination, qui soient capables de comprendre le présent et de saisir quels sont proprement, aujourd'hui, les besoins indispensables de l'humanité. Si de tels hommes d'État, à partir des notions préliminaires que nous avons développées, avaient aperçu que seule l'éducation peut nous sauver de la barbarie et du retour à l'état sauvage qui pèse irrésistiblement sur nous, s'ils s'étaient forgé une image de l'humanité nouvelle qui devrait naître grâce à cette éducation, s'ils étaient eux-mêmes intimement persuadés que les moyens proposés sont infaillibles et sûrs, on pourrait attendre d'eux qu'ils comprennent aussi comment l'État, suprême administrateur des affaires humaines, responsable uniquement devant Dieu et sa propre conscience des enfants mineurs dont il est le tuteur, possède le droit souverain d'user de contrainte à l'égard de ces derniers, et cela pour leur bien. Y a-t-il aujourd'hui quelque part un État qui doute d'avoir, entre autres, le droit de contraindre ses sujets au service militaire, et de retirer pour cela les enfants à leurs parents, avec ou sans l'accord des uns et des autres ? Et pourtant cette contrainte qui impose aux jeunes gens, contre leur gré, d'adopter, pendant une période durable, une forme particulière d'existence est beaucoup plus grave et a fréquemment des conséquences plus dommageables pour la moralité, la santé et la vie de ceux sur lesquels elle s'exerce. En revanche, la contrainte dont nous parlons, une fois l'éducation terminée, restitue à la personne toute sa liberté, et elle ne peut avoir que les conséquences les plus salutaires. Sans doute a-t-on, autrefois, laissé à la libre volonté de chacun le choix d'effectuer son service militaire ; mais une fois devenu évident que la bonne volonté ne suffisait pas pour réaliser les objectifs qu'on se proposait, on n'a eu aucun scrupule à y pourvoir par contrainte, — cela dans la mesure où l'affaire était assez importante pour nous et que la nécessité faisait loi. Si simplement, dans le domaine qui nous préoccupe aussi, nos yeux s'ouvraient sur la nécessité où nous sommes plongés, et si l'objectif qui est en jeu nous apparaissait tout aussi important, ces scrupules disparaîtraient d'eux-mêmes. De fait, le besoin de recourir à la contrainte ne concerne que la première génération et celle-ci est abolie pour les suivantes que formera cette éducation ; même la contrainte intérieure, qui concernait le service militaire, ne sera plus nécessaire, puisque les citoyens ainsi éduqués vont tous être également disposés à porter les armes pour la patrie. Si l'on veut, pour ne pas avoir au début trop de récriminations, limiter cette contrainte à l'éducation nationale publique, comme l'obligation du service militaire avait été limitée jusqu'ici, et si l'on veut dispenser aussi de cette obligation les couches sociales exemptées du service militaire, c'est là une disposition qui aura peu de conséquences négatives. Parmi ceux qui seront dispensés, les parents intelligents confieront de leur plein gré leurs enfants à cette éducation ; comparativement, les enfants, en nombre peu significatif, dont les parents, ici, seront déraisonnables, peuvent toujours grandir à la manière d'autrefois et trouver une place dans cette époque meilleure que nous avons à créer, où cette minorité aura simplement l'utilité de fournir un étonnant témoignage du temps passé et de stimuler le temps nouveau à reconnaître pleinement la supériorité de son bonheur.

Si cette éducation doit devenir l'éducation nationale des Allemands comme tels et si c'est la grande majorité de tous ceux qui parlent allemand, et non pas uniquement la bourgeoisie de tel ou tel État allemand particulier, qui doit constituer comme une nouvelle humanité, alors il faut que tous les États allemands, chacun pour soi et indépendamment de tous les autres, se saisissent de cette tâche. La langue dans laquelle fut prise la première initiative de cette affaire, dans laquelle aussi ont été rédigées et le seront à l'avenir les dispositions nécessaires, dans laquelle enfin les maîtres s'exercent à leur métier, cette langue qui, à travers tous ces usages, correspond à un processus unique de symbolisation, est commune à tous les Allemands. J'ai beaucoup de peine à m'imaginer comment et avec quelles modifications tous ces instruments de la formation, particulièrement avec l'extension que nous avons donnée au projet, pourraient être transposés dans une quelconque langue étrangère sans se dévoiler comme des produits d'importation et en ayant l'air d'être issus du pays et de la vie même de sa langue. Pour tous les Allemands, cette difficulté est résolue de manière identique ; pour eux, la chose est toute prête, et ils n'ont qu'à s'en servir.

C'est une chance pour nous, à cet égard, qu'il y ait encore des États allemands différents et séparés les uns des autres ! Ce qui si souvent a agi à notre désavantage pourrait bien dans cette importante affaire nationale nous être utile. Peut-être la rivalité entre les différents États et le désir de se dépasser mutuellement produiront-ils ce que la béate suffisance de chacun n'aurait pu faire. Car il est clair que celui de tous les États allemands qui prendra l'initiative dans ce domaine obtiendra le premier rang quant à l'estime, à l'amour, à la reconnaissance de la collectivité à son égard, et il sera considéré comme le suprême bienfaiteur et comme le véritable fondateur de la nation. Il donnera du courage aux autres, leur fournira un exemple instructif et deviendra leur modèle ; il écartera les scrupules dont les autres restent prisonniers ; de son sein sortiront les manuels et les premiers maîtres que les autres viendront lui emprunter ; et celui qui, juste après lui, occupera le deuxième rang, recevra aussi la deuxième place d'honneur. [...]

Fichte, *Discours à la nation allemande,*
Trad. A. Renaut, Imprimerie nationale, 1992.

FUSTEL DE COULANGES

L'ALSACE EST-ELLE ALLEMANDE OU FRANÇAISE ?

Réponse à M. Mommsen

La célébrité qui s'attache à la conférence de Renan n'est pas injustifiée ; mais elle ne saurait faire oublier d'autres textes analogues, comme la réponse de Fustel de Coulanges à Mommsen qui, étrangement similaire à la réponse de Renan à Strauss, formule dès 1870 la même conception de la nation, en des termes parfois quasi identiques.

En août 1870, le grand historien allemand avait publié dans un journal italien, La Perseveranza, *trois lettres-manifestes où il fustigeait le chauvinisme français et justifiait les revendications allemandes sur l'Alsace-Lorraine. Fustel lui répond dans un article paru dans* La revue des deux mondes, *le 27 octobre 1870 (ce texte sera immédiatement publié en fascicule par E. Dentu, puis repris dans le recueil posthume* Questions historiques, *édité par Hachette en 1893 ; François Hartog l'a repris, avec d'autres textes dont des inédits, dans son livre* Le XIXe siècle et l'histoire. Le cas Fustel de Coulanges, *PUF, 1988, qui est une pénétrante étude sur l'ensemble de l'œuvre historique de Fustel et sur la signification politique de ses engagements).*

Longtemps professeur à Strasbourg (quand la guerre se déclare il vient d'être nommé à l'École normale supérieure à Paris), Fustel de Coulanges est profondément attaché à l'Alsace. Soucieux de fonder l'histoire comme une discipline scientifique, il se refuse cependant à admirer l'érudition allemande, au rebours de la plupart de ses contemporains, Renan en tête. La cité antique *fait* *mine d'ignorer les historiens allemands. Cet antigermanisme se radicalise après la guerre, comme l'ont noté successivement Claude Digeon puis François Hartog. Fustel se tourne en effet vers l'étude des origines de la France (*Histoire des institutions politiques de l'ancienne France, *1874 ;* La monarchie franque, *1888), où il renoue, contre l'école libérale, avec la vieille doctrine « romaniste », qui minimise l'apport franc au profit de l'influence romaine. Il deviendra ainsi le maître à penser dans lequel se reconnaîtra le nationalisme antiallemand de l'Action française (sur l'usage qui sera fait de Fustel, cf. le livre cité de François Hartog). Fustel de Coulanges meurt à Paris le 12 septembre 1889.*

L'ALSACE EST-ELLE ALLEMANDE OU FRANÇAISE[1] ?

Réponse à M. Mommsen (professeur à Berlin)

Paris, 27 octobre 1870.

Monsieur,

Vous avez adressé dernièrement trois lettres au peuple italien. Ces lettres, qui ont paru d'abord dans les journaux de Milan et qui ont été ensuite réunies en brochure, sont un véritable manifeste contre notre nation. Vous avez quitté vos études historiques pour attaquer la France ; je quitte les miennes pour vous répondre.

Dans vos deux premières lettres, qui ont été écrites à la fin du mois de juillet, vous vous êtes surtout efforcé de montrer que la Prusse, malencontreusement attaquée, ne faisait que se défendre. Il est vrai qu'à cette époque nous paraissions les agresseurs et qu'il était permis de s'y tromper. Vous n'auriez pas commis la même méprise deux mois plus tard, et surtout vous n'auriez pas pu répéter que « la Prusse n'avait jamais fait et ne ferait jamais que des guerres défensives ». Car les rôles ont été si bien intervertis dans l'entrevue de Ferrières que c'est manifestement la Prusse qui est devenue l'agresseur et que son ambition n'a même plus pris la peine de se dissimuler. Du reste, Monsieur, j'admire les nobles sentiments que vous professiez en faveur de la paix et du bon droit... au mois de juillet.

Votre troisième lettre, écrite à la fin du mois d'août, c'est-à-dire au milieu des victoires prussiennes, diffère sensiblement des deux premières. Vous ne vous occupez plus de la défense de votre patrie soi-disant attaquée, mais de son agrandissement. Il ne s'agit plus pour vous de salut, mais de conquête. Sans le moindre détour, vous écrivez que la Prusse doit s'emparer de l'Alsace et la garder.

Ainsi, dès le mois d'août, vous indiquiez avec une perspicacité parfaite le vrai point qui était en litige entre la France et la Prusse. M. de Bismarck ne s'était pas encore prononcé. Il n'avait pas encore dit tout haut qu'il nous faisait la guerre pour mettre

1. Lettre, Paris, E. Dentu, 1870.

la main sur l'Alsace et la Lorraine. Mais déjà, Monsieur, vous étiez bon prophète et vous annonciez les prétentions et le but de la Prusse. Vous déterminiez nettement quel serait l'objet de cette nouvelle guerre qu'elle allait entreprendre à son tour contre notre nation. Nul ne peut plus l'ignorer aujourd'hui : ce qui met aux prises toute la population militaire de l'Allemagne et toute la population virile de la France, c'est cette question franchement posée : l'Alsace sera-t-elle à la France ou à l'Allemagne ?

La Prusse compte bien résoudre cette question par la force ; mais la force ne lui suffit pas : elle voudrait bien y joindre le Droit. Aussi, pendant que ses armées envahissaient l'Alsace et bombardaient Strasbourg, vous vous efforciez de prouver qu'elle était dans son droit et que l'Alsace et Strasbourg lui appartenaient légitimement. L'Alsace, à vous en croire, est un pays allemand ; donc elle doit appartenir à l'Allemagne. Elle en faisait partie autrefois ; vous concluez de là qu'elle doit lui être rendue. Elle parle allemand, et vous en tirez cette conséquence que la Prusse peut s'emparer d'elle. En vertu de ces raisons vous la « revendiquez » ; vous voulez qu'elle vous soit « restituée ». Elle est vôtre, dites-vous, et vous ajoutez : « Nous voulons prendre tout ce qui est nôtre, rien de plus, rien de moins. » Vous appelez cela le principe de nationalité.

C'est sur ce point que je tiens à vous répondre. Car il faut que l'on sache bien s'il est vrai que, dans cet horrible duel, le Droit se trouve du même côté que la force. Il faut aussi que l'on sache s'il est vrai que l'Alsace ait eu tort en se défendant et que la Prusse ait eu raison en bombardant Strasbourg.

Vous invoquez le principe de nationalité, mais vous le comprenez autrement que toute l'Europe. Suivant vous, ce principe autoriserait un État puissant à s'emparer d'une province par la force, à la seule condition d'affirmer que cette province est occupée par la même race que cet État. Suivant l'Europe et le bon sens, il autorise simplement une province ou une population à ne pas obéir malgré elle à un maître étranger. Je m'explique par un exemple : le principe de nationalité ne permettait pas au Piémont de conquérir par la force Milan et Venise ; mais il permettait à Milan et à Venise de s'affranchir de l'Autriche et de se joindre volontairement au Piémont. Vous voyez la différence. Ce principe peut bien donner à l'Alsace un droit, mais il ne vous en donne aucun sur elle.

Songez où nous arriverions si le principe de nationalité était entendu comme l'entend la Prusse, et si elle réussissait à en faire la règle de la politique européenne. Elle aurait désormais le droit de s'emparer de la Hollande. Elle dépouillerait ensuite l'Autriche sur cette seule affirmation que l'Autriche serait une étrangère à l'égard de ses provinces allemandes. Puis elle réclamerait à la Suisse tous les cantons qui parlent allemand. Enfin s'adressant à la Russie, elle revendiquerait la province de Livonie et la ville de Riga, qui sont habitées par la race allemande ; c'est vous qui le dites page 16 de votre brochure. Nous n'en finirions pas. L'Europe serait périodiquement embrasée par les « revendications » de la Prusse. Mais il ne peut en être ainsi. Ce principe, qu'elle a allégué pour le Slesvig, qu'elle allègue pour l'Alsace, qu'elle alléguera pour la Hollande, pour l'Autriche, pour la Suisse allemande, pour la Livonie, elle le prend à contresens. Il n'est pas ce qu'elle croit. Il constitue un droit pour les faibles ; il n'est pas un prétexte pour les ambitieux. Le principe de nationalité n'est pas, sous un nom nouveau, le vieux droit du plus fort.

Comprenons-le tel qu'il est compris par le bon sens de l'Europe. Que dit-il relativement à l'Alsace ? Une seule chose : c'est que l'Alsace ne doit pas être contrainte d'obéir à l'étranger. Voulez-vous maintenant que nous cherchions quel est l'étranger pour l'Alsace ? Est-ce la France, ou est-ce l'Allemagne ? Quelle est la nationalité des Alsaciens, quelle est leur vraie patrie ? Vous affirmez, Monsieur, que l'alsace est de nationalité allemande. En êtes-vous bien sûr ? Ne serait-ce pas là une de ces assertions qui reposent sur des mots et sur des apparences plutôt que sur la réalité ? Je vous prie d'examiner cette question posément, loyalement : à quoi distinguez-vous la nationalité ? à quoi reconnaissez-vous la patrie ?

Vous croyez avoir prouvé que l'Alsace est de nationalité allemande parce que sa population est de race germanique et parce que son langage est l'allemand. Mais je m'étonne qu'un historien comme vous affecte d'ignorer que ce n'est ni la race ni la langue qui fait la nationalité.

Ce n'est pas la race : jetez en effet les yeux sur l'Europe et vous verrez bien que les peuples ne sont presque jamais constitués d'après leur origine primitive. Les convenances géographiques, les intérêts politiques ou commerciaux sont ce qui a groupé les populations et fondé les États. Chaque nation s'est ainsi peu à peu formée, chaque patrie s'est dessinée sans qu'on se soit préoccupé de ces raisons ethnographiques que vous voudriez mettre à la mode. Si les nations correspondaient aux races, la Belgique serait à la France, le Portugal à l'Espagne, la Hollande à la

Prusse ; en revanche, l'Écosse se détacherait de l'Angleterre, à laquelle elle est si étroitement liée depuis un siècle et demi, la Russie et l'Autriche se diviseraient chacune en trois ou quatre tronçons, la Suisse se partagerait en deux, et assurément Posen se séparerait de Berlin. Votre théorie des races est contraire à tout l'état actuel de l'Europe. Si elle venait à prévaloir, le monde entier serait à refaire.

La langue n'est pas non plus le signe caractéristique de la nationalité. On parle cinq langues en France, et pourtant personne ne s'avise de douter de notre unité nationale. On parle trois langues en Suisse ; la Suisse en est-elle moins une seule nation, et direz-vous qu'elle manque de patriotisme ? D'autre part, on parle anglais aux États-Unis ; voyez-vous que les États-Unis songent à rétablir le lien national qui les unissait autrefois à l'Angleterre ? Vous vous targuez de ce qu'on parle allemand à Strasbourg ; en est-il moins vrai que c'est à Strasbourg que l'on a chanté pour la première fois notre *Marseillaise* ?

Ce qui distingue les nations, ce n'est ni la race, ni la langue. Les hommes sentent dans leur cœur qu'ils sont un même peuple lorsqu'ils ont une communauté d'idées, d'intérêts, d'affections, de souvenirs et d'espérances. Voilà ce qui fait la patrie*. Voilà pourquoi les hommes veulent marcher ensemble, ensemble travailler, ensemble combattre, vivre et mourir les uns pour les autres. La patrie, c'est ce qu'on aime. Il se peut que l'Alsace soit allemande par la race et par le langage ; mais par la nationalité et le sentiment de la patrie elle est française. Et savez-vous ce qui l'a rendue française ? Ce n'est pas Louis XIV, c'est notre Révolution de 1789. Depuis ce moment, l'Alsace a suivi toutes nos destinées ; elle a vécu de notre vie. Tout ce que nous pensions, elle le pensait ; tout ce que nous sentions, elle le sentait. Elle a partagé nos victoires et nos revers, notre gloire et nos fautes, toutes nos joies et toutes nos douleurs. Elle n'a rien eu de commun avec vous. La patrie, pour elle, c'est la France. L'étranger, pour elle, c'est l'Allemagne.

Tous les raisonnements du monde n'y changeront rien. Vous avez beau invoquer l'ethnographie et la philologie. Nous ne sommes pas ici dans un cours d'université. Nous sommes au milieu des faits et en plein cœur humain. Si vos raisonnements vous disent que l'Alsace doit avoir le cœur allemand, mes yeux et mes oreilles m'assurent qu'elle a le cœur français. Vous

1. Cf. plus haut, p. 130.

affirmez, de loin, « qu'elle garde un esprit d'opposition provinciale contre la France » ; je l'ai vue de près ; j'ai connu des hommes de toutes les classes, de tous les cultes, de tous les partis politiques, et je n'ai trouvé cet esprit d'opposition contre la France nulle part. Vous insinuez qu'elle a une antipathie contre les hommes de Paris ; je me vante de savoir avec quelle sympathie elle les accueille. Par le cœur et par l'esprit, l'Alsace est une de nos provinces les plus françaises. Le Strasbourgeois a, comme chacun de nous, deux patries : sa ville natale d'abord, puis, au-dessus, la France. Quant à l'Allemagne, il n'a pas même la pensée qu'elle puisse être en aucune façon sa patrie.

Vous l'avez bien vu depuis deux mois. Le 6 août, la France était vaincue ; l'Alsace, dégarnie de troupes, était ouverte aux Allemands. Comment les a-t-elle accueillis ? Les paysans alsaciens ont pris leurs vieux fusils à pierre et leurs pioches pour combattre l'étranger. Beaucoup d'entre eux, ne pouvant souffrir la présence de l'ennemi dans leurs villages, se sont réfugiés dans les montagnes, et à l'heure qu'il est ils défendent encore pied à pied chaque défilé et chaque ravin. On a sommé Strasbourg de se rendre, et vous savez comment il a répondu. Or notez ce point : Strasbourg n'avait pour garnison que 2 500 soldats français et le 6e régiment d'artillerie qui est composé d'Alsaciens. C'est la population strasbourgeoise qui a résisté aux Allemands. C'est un général alsacien qui commandait la ville. L'évêque, que l'on a si durement repoussé du camp allemand, était un Alsacien. Ceux qui ont si vaillamment combattu, ceux qui ont frappé l'ennemi par de si rudes sorties, étaient des Alsaciens. Tous ces hommes-là sans doute parlaient votre langue ; mais ils ne se sentaient certainement pas vos compatriotes. Et ces soldats allemands qui lançaient des bombes contre Strasbourg, qui visaient la cathédrale, qui brûlaient le Temple-Neuf, la bibliothèque, les maisons, l'hôpital, qui, respectant les remparts et ménageant la garnison, n'étaient impitoyables que pour les habitants, dites franchement, la main sur le cœur, se sentaient-ils leurs compatriotes ! Ne parlez donc plus de nationalité, et surtout gardez-vous bien de dire aux Italiens : Strasbourg est à nous du même droit que Milan et Venise sont à vous ; car les Italiens vous répondraient qu'ils n'ont bombardé ni Milan ni Venise. Si l'on avait pu avoir quelque doute sur la vraie nationalité de Strasbourg et de l'Alsace, le doute ne serait plus possible aujourd'hui. La cruauté de l'attaque et l'énergie de la défense ont fait éclater la vérité à tous les yeux. Quelle preuve plus forte voudriez-vous ?

Comme les premiers chrétiens confessaient leur foi, Strasbourg, par le martyre, a confessé qu'il est français.

Vous êtes, Monsieur, un historien éminent. Mais, quand nous partons du présent, ne fixons pas trop les yeux sur l'histoire. La race, c'est de l'histoire, c'est du passé. La langue, c'est encore de l'histoire, c'est le reste et le signe d'un passé lointain. Ce qui est actuel et vivant, ce sont les volontés, les idées, les intérêts, les affections. L'histoire vous dit peut-être que l'Alsace est un pays allemand ; mais le présent vous prouve qu'elle est un pays français. Il serait puéril de soutenir qu'elle doit retourner à l'Allemagne parce qu'elle en faisait partie il y a quelques siècles. Allons-nous rétablir tout ce qui était autrefois ? Et alors, je vous prie, quelle Europe referons-nous ? celle du XVIIe siècle, ou celle du XVe, ou bien celle où la vieille Gaule possédait le Rhin tout entier, et où Strasbourg, Saverne et Colmar étaient des villes romaines ?

Soyons plutôt de notre temps. Nous avons aujourd'hui quelque chose de mieux que l'histoire pour nous guider. Nous possédons au XIXe siècle un principe de droit public qui est infiniment plus clair et plus indiscutable que votre prétendu principe de nationalité. Notre principe à nous est qu'une population ne peut être gouvernée que par les institutions qu'elle accepte librement, et qu'elle ne doit aussi faire partie d'un État que par sa volonté et son consentement libre. Voilà le principe moderne. Il est aujourd'hui l'unique fondement de l'ordre, et c'est à lui que doit se rallier quiconque est à la fois ami de la paix et partisan du progrès de l'humanité. Que la Prusse le veuille ou non, c'est ce principe-là qui finira par triompher. Si l'Alsace est et reste française, c'est uniquement parce qu'elle veut l'être. Vous ne la ferez allemande que si elle avait un jour quelques raisons pour vouloir être allemande.

Son sort doit dépendre d'elle. En ce moment la France et la Prusse se la disputent ; mais c'est l'Alsace seule qui doit prononcer. Vous dites que vous *revendiquez* Strasbourg et qu'il doit vous être *restitué*. Que parlez-vous de revendication ? Strasbourg n'appartient à personne. Strasbourg n'est pas un objet de possession que nous ayons à restituer. Strasbourg n'est pas à nous, il est avec nous. Nous souhaitons que l'Alsace reste parmi les provinces françaises, mais sachez bien quel motif nous alléguons pour cela. Disons-nous que c'est parce que Louis XIV l'a conquise ? Nullement. Disons-nous que c'est parce qu'elle est utile à notre défense ? Non. Ni les raisons tirées de la force, ni les intérêts de la stratégie n'ont de valeur en cette affaire. Il ne s'agit que d'une question de droit public, et nous devons résoudre cette question d'après les principes modernes. La France n'a qu'un seul motif pour vouloir conserver l'Alsace, c'est que l'Alsace a vaillamment montré qu'elle voulait rester avec la France. Voilà pourquoi nous soutenons la guerre contre la Prusse. Bretons et Bourguignons, Parisiens et Marseillais, nous combattons contre vous au sujet de l'Alsace ; mais, que nul ne s'y trompe ; nous ne combattons pas pour la contraindre, nous combattons pour vous empêcher de la contraindre.

ANDRÉ SUARÈS
« CAS DE M. RENAN »

Publié tout d'abord dans L'opinion *du 1er avril 1916, ce texte a été repris dans* La nation contre la race, *tome 2, « République et barbares », chap. XXI, Émile-Paul, 1917, pp. 45-77.*

Sous les titres suivants : « La guerre des boches », « Nous et eux », « Occident », « C'est la guerre », et enfin « La nation contre la race », Suarès publie durant toute la guerre une série de pamphlets extrêmement violents contre l'Allemagne, où il développe sans relâche le thème de la guerre du droit, mettant ainsi à mal son amitié avec Romain Rolland. Ce retournement contre Renan lui-même de ce qui pouvait sembler une argumentation renanienne n'est pas seulement dû à l'emportement de Suarès. Il sait aussi admirer, et signera un Goethe, le grand Européen *(Paris, Émile-Paul, 1932, réédition Méridiens-Klincksieck, 1990). En fait, il ne reproche pas seulement à Renan ses compromissions face à l'Allemagne, mais l'influence qu'exerça sur lui l'historicisme allemand. On lit dans ces pages comme un écho des critiques adressées à Renan par Péguy, l'ami de Suarès.*

Longtemps oubliée, l'œuvre de Suarès semble aujourd'hui sortir du purgatoire, comme l'attestent plusieurs rééditions, dont Le voyage du Condottiere *(Paris, Granit, 1984), le* Goethe (op. cit.), Shakespeare ou le portrait de Prospero *(François Bourin, 1990),* Ce monde doux amer *(Le Temps singulier, 1980),* Poétique, Vita nova *et d'autres textes chez Rougerie,* La correspondance avec Jean Paulhan *(Gallimard, 1988) et les deux volumes d'études littéraires rassemblés par Michel Drouin,* Âmes et visages *et* Portraits et préférences *(Gallimard, 1990 et 1991). On y ajoutera les visionnaires* Vues sur l'Europe, *où Suarès retrouve un ton d'imprécateur pour fustiger le nazisme : imprimé en 1936, le livre ne fut distribué qu'en 1939 ! Il a été réédité chez Grasset en 1990, dans la collection « Cahiers rouges ». On doit enfin à Robert Parienté une belle biographie,* André Suarès, l'insurgé, *François Bourin, 1990.*

CAS DE M. RENAN

Vais-je faire un crime à M. Renan d'avoir été vrai, et d'oser dire sa pensée ? En rien. Il n'y a que l'ignorance ou la calomnie pour refuser à Renan sa plus belle vertu : il est le plus vrai des hommes. Il l'est avec tant de nuances et de scrupules que les esprits grossiers doutent qu'il l'ait été. Pourquoi faut-il si souvent qu'un peu de grossièreté se mêle à toute certitude ? Je cherche à comprendre M. Renan qui en vaut assurément la peine. En lui, il ne s'agit pas de moi et de ce que je pense, mais de ce qu'il a pensé et de lui. Je ne suis pas un bourreau pour le rouer vif sur des dogmes tranchants. Mais je ne veux pas être davantage un disciple, ni le mettre sur l'autel pour adorer une idole.

Pour moi, qui ne ferai à personne l'honneur de mentir, je tiens que la vérité de M. Renan vient aussi de son caractère. Son exquise politesse faisait son air de modestie : il semblait céder sur tout, qui est le bon moyen de se réserver. Il était sans ombre de superbe ; mais il avait le grand orgueil de l'esprit, qui n'est peut-être jamais si fort que s'il reste caché. D'ailleurs, la politesse est le plus sûr des ponts-levis : elle sépare bien plus qu'elle ne lie ; elle maintient les distances, même quand elle s'abaisse.

Dans sa querelle avec Strauss, Renan est plus occupé de persuader les Allemands, que de se battre pour la France. Il la défend mollement. Le ton est sans grandeur, sans le moindre effort de vertu héroïque. C'est l'accent d'un vaincu, et qu'on soupçonne avec ennui d'admirer le vainqueur. Renan ne peut renoncer à son Allemagne ; il ne peut renoncer à Tubingue. Vieilles amours ! Il ne veut pas s'en donner le démenti. Rien n'eût été fort et généreux que de le faire.

Renan est enchaîné à l'Allemagne par l'érudition. Entre toutes les couronnes de ce monde, il en briguait une seule : celle que les érudits allemands lui ont toujours refusée ; d'ailleurs, avec injustice ; mais ils ne peuvent rien juger justement. Les études de critique religieuse semblaient à Renan le centre de l'histoire, et l'histoire, le centre des sciences humaines. Renan s'était instruit chez les Allemands : il les appelait ses maîtres ; il ne rêvait que d'être un maître pour eux.

Enfin, il avait trouvé en Allemagne la théorie des races, qui est la racine de toutes leurs idées, et qui l'a été des siennes. Cette fiction de la race le flattait. Faisant allusion aux races du Nord, il ne cesse de les confondre toutes, avec une fausse humilité : en dépit du mépris que les Allemands réservent aux Celtes, Renan veut toujours que le Celte soit le digne cadet du Teuton. Jusque sur l'Acropole, il se donne ainsi du Barbare, non sans plaisir. Races sérieuses, races morales, refrain de toutes ses méditations. Demi-gascon, il est toujours Breton accompli, quand il s'agit de passer pour le petit frère des Allemands.

Maudite racine du sens propre : elle est dans Renan comme dans la plupart des hommes : tous leurs systèmes, toutes leurs spéculations, et les plus libres même, reposent sur un amour de soi qui est l'ovule de toute erreur et de toute vanité. On n'est jamais absent de ce qu'on pense. On veut se faire valoir en tout ce qu'on dit, comme en tout ce qu'on feint de ne pas dire.

Être libre de soi ! ne point faire système de soi ! Surtout, ne pas croire à la race, quand on doute de tout. Cette racine noire et mauvaise porte la vie rampante. Les plus grands seuls l'ont tranchée d'une main hardie : en quoi ils ont montré la vraie grandeur et la puissance : le don souverain d'être libre.

Renan peut bien douter de tout, plus que de sa propre science. Y a-t-il une source plus pure d'ironie ? Une douzaine de docteurs, en Bavière et en Hollande, disputent gravement sur un texte. Ils finissent par conclure avec certitude qu'il ne compte pas. En vain a-t-il fait vivre dix milliards d'hommes, nourri dix mille poètes et dix mille artistes : il n'est pas sûr que le texte soit authentique ; et peu s'en faut, personne ne l'a écrit.

Le poison d'Allemagne n'est pas la critique, loin de là : mais l'usage doctoral de la critique contre la vie. Que la science doute : elle a tous les droits. Elle les perd tous si elle affirme. La guerre des Allemands selon Clausewitz et Bernhardi est la guerre selon la science qui affirme. La logique est avec eux : ils ne comprennent même pas qu'on le leur conteste ; et ils ont raison.

M. Renan n'a de certitude en rien, mais il a celle-là : il est prêtre de la critique, et la critique est une mission. Il prend son métier pour un sacerdoce. Plaisant retour, *sacerdos in æternum*. Les savants du peuple élu sont tous ainsi : non seulement ils ont la certitude, ils ont le devoir d'y courber le monde. Ils ne parlent que mission et devoir : c'est par devoir qu'ils mettent le feu à un texte ou à une cathédrale. Mais en quoi diffèrent-ils des théologiens ?

Si français pourtant, que de satisfactions il donne, ce Renan, plein d'esprit et de finesse, à ceux d'Iéna et de Tubingue ! Il m'irrite un peu, quand il admire l'ordre et la discipline des Allemands. Il doit tout, lui-même, à sa force contre la discipline, à son audace contre l'ordre. Et enfin, je ne puis souffrir qu'un homme me vante l'ordre, qu'il est rebelle à faire en lui. Renan n'ose pas confesser son anarchie profonde : le plus anarchiste des hommes est l'aristocrate qui exige, sans conditions, la liberté totale de l'esprit. M. Renan manque ici de mesure ; il n'est pas juste. Il est mort et il a vécu le pape intellectuel de la République. Il semblait n'en savoir aucun gré à son peuple et à son pays. Pourtant, nulle part au monde ni en aucun autre temps, il n'aurait eu la liberté et les honneurs que lui décerna la France déréglée, selon lui, et pour jamais vaincue.

« Un ordre est une humiliation ; qui a obéi est un *capitis minor*, souillé dans le germe même de la vie noble. Je n'aurais pu être soldat ; j'aurais déserté ou je me serais suicidé. Je crains que les nouvelles institutions militaires, n'admettant ni exception, ni équivalent, n'amènent un affreux abaissement. Forcer tous à subir l'obéissance, c'est tuer le génie et le talent*. »

Je ne blâme rien dans M. Renan, que son erreur sur la France. Il s'est trompé. Il avait le sens noble, mais ne l'avait pas encore assez. Un fond de timidité, un regret des siècles morts, il ne savait pas quitter le passé. Il n'a eu que des vues médiocres et toutes fausses sur le monde de son temps. Il l'a trouvé déchu en tout, quand il est d'une grandeur qui étonne : on la mesure aujourd'hui. Mais lui-même avait le goût faible et petit. Libre en morale, il ne savait pas l'être avec les pouvoirs de l'État. Il étend sa médiocrité politique à tout ce qui l'entoure. C'est un trait de M. Renan, et peut-être le plus curieux de son caractère, qu'il se soit beaucoup plu dans la République et dans un siècle qu'il comprenait si peu et qu'il condamnait de toutes les manières. Patricien d'esprit, il restait petit bourgeois devant les puissances. Fors les saints, les prêtres pensent presque toujours en petits bourgeois.

De longtemps, M. Renan n'aura pas la paix. Les partis continuent de s'en faire une masse d'armes.

Ils traitent de renégat tout homme qui se rend libre. Mais se rendre libre est le plus haut devoir de la conscience, et la plus belle action.

Renégat, disent-ils. C'est la constante injure des âmes basses

* Voir la Note, à la fin du texte.

ou des fanatiques. Traître qui ne sert pas les mêmes intérêts qu'eux : combien d'intérêts, pourtant, chacun ne confie-t-il pas à ses dieux ? Renégat, qui sacrifie tout au service de son véritable honneur et de sa propre vérité. Il n'est pas d'honneur plus direct ni qui oblige plus que celui de l'esprit.

Sans doute, saint Paul est le renégat des Pharisiens, et tous les Juifs le haïssent. Spinoza est traître à la synagogue, et elle le fait justement assassiner un soir, au coin d'une rue, dans la juiverie d'Amsterdam.

Laissons les âmes basses à leurs calomnies et à la haine. Elles n'ont pas d'autre terroir ; et, dans le fond, une patrie qui aime, une religion qui accueille leur sont un lieu de rage et un objet de scandale. Mais les fanatiques sans venin, s'il en est, et les hommes de foi, pourquoi ne se demandent-ils jamais si les esprits libres n'ont pas bien le droit aussi de tenir pour suspects ceux qui se convertissent, jusques à les traiter de traîtres et renégats ? Les saints ne sont-ils pas des traîtres au siècle, qui renient leur famille et leurs amis* ? Il ne vient pas à l'idée d'un homme noble et libre d'insulter ainsi un ami qui le quitte. Il le plaint tout au plus, s'il a l'orgueil de la pensée. Sans compter les saints, ces sommets de la vie, j'aime Verlaine deux fois d'être si tendrement catholique. Et si je l'envie, je vais me faire traiter de renégat par le basset qui me guette derrière la porte. Dans Huysmans, païen, je vois un homme mauvais que la conversion élève infiniment au-dessus de lui-même, et une vie assez sale que la foi purifie. Je déplore la religion de Racine, qui le ravit à son art dans la force de ses quarante ans ; mais j'admire le chrétien capable d'un si étonnant sacrifice.

Que n'en font-ils autant, ces fanatiques ? Et puisqu'ils ont la vérité éternelle, que ne montrent-ils au moins un peu de notre propre charité en esprit ? S'ils ne le peuvent, qu'ils prient pour nous. Ce n'est pas prier pour le prochain, que de l'avilir et le charger d'opprobres. Là est le point : ils n'aiment pas un ennemi qui échappe à leur mépris ; ils ne veulent pas qu'il ait de l'honneur ni de la beauté : ils l'espèrent honteux, ils le souhaitent humilié ; et pour être plus sûrs qu'il est bien vil en effet, ils ne le lâchent qu'après l'avoir avili. Ils n'ont donc pas épargné Renan : trois quarts de siècle après son crime, ils ne l'épargnent pas encore.

* *Quæ est mater mea, et qui sunt fratres mei ?*, MATTH., XII, 48.

Sans de tels renégats, les hommes mangeraient encore des glands sous les chênes de la tradition et de l'obéissance. Le genre humain est le renégat du singe et de la bête. Le Nouveau Testament est le renégat de l'Ancien. Tous les divins poètes du cœur et de la conscience, les saints et les artistes, les grands passionnés de l'amour, tous les dieux sont les renégats de la brute. Et sans les renégats comme Isaïe, les prêtres de toutes les religions présideraient toujours aux sacrifices humains : pas une religion qui ne soit fondée sur ce rite : c'est celui de la race. Pas une race qui ne le pratique. La science est un fard qui ne trompe que les pauvres gens du parterre ; sous nos yeux, les Allemands nous montrent quel est le rite sacré de la race, et qu'il est à jamais le sacrifice humain, paré ou non de mécanique et de chimie.

Traiter un homme de renégat, c'est au premier chef penser selon la race. On trouve toujours des argousins pour faire aux esclaves un devoir d'obéir, avec respect, à toutes les lois de l'esclavage : s'ils osaient, les sergents des galères diraient bien que le forçat doit aimer ses chaînes, par amour de l'ordre, et donner son cœur à la chiourme. La rébellion est du désordre, en effet.

Cependant, la plupart de ceux qu'on accuse d'avoir renié leur origine, sont à juste titre les forts enfants de l'humanité : ils ont voulu sortir de la race : ils en sont sortis ; et pour leur rare courage, les hommes apprendront un jour à les vénérer, s'il y a jamais un genre humain.

Renan crut trop à la race : elle se retourne contre lui. C'est elle qui l'outrage, et qui lui fait le reproche du reniement. D'ailleurs, elle ne dit pas lequel des deux Renans a renié et trahi l'autre : est-ce le Gascon qui fait la honte du Celte ? ou le Breton qui eût été la risée du Gascon, si Renan avait fini cardinal et archevêque ? Voilà les difficultés où ces misérables théories de la race et du sang acculent toute vie spirituelle. Pas un homme n'y saurait échapper, si chacun pouvait remonter assez loin dans le torrent où se confondent ses sources. Au-delà de mille ans, qui sont un jour dans la vie du passé, il n'est plus de certitude. Que penser des menteurs qui tirent parti d'une si fatale obscurité ? En moins de mille ans, et non pas en dix mille, d'un Arabe vivant en Irlande, tantôt paysan, tantôt marin, on ferait un bon Patric, fils du trèfle et de la vierge Marie. Et d'un Breton, le soleil et la terre feraient un Maure, en le fixant pour dix ou onze générations dans une ville d'Afrique.

Renan est une victime de l'Allemagne. Il a été corrompu par l'esprit allemand. Il n'a jamais rien vu au-delà de Goethe, de Hegel et de la vérité révélée à Tubingue. Il est entré en science comme on entre en religion. Son culte même des Grecs est un culte allemand. Au milieu du dernier siècle, l'Allemagne s'est donnée pour la véritable et seule héritière du génie attique. Les érudits nous feront toujours rire. En ce temps-là, le Bavarois ne distinguait plus les Propylées de Munich et les Propylées d'Athènes. Le Saxon qui déterrait une statue se prenait pour le statuaire. Goethe, qui n'a presque rien d'hellénique, était persuadé, avec toute l'Allemagne, que son Iphigénie est beaucoup plus fille d'Argos que celle de Racine. Goethe est tout romain : si l'on voulait y penser, et qu'il figure le grand poète de Rome chez les Barbares, on s'épargnerait bien des erreurs.

Disciple sans réserve des Allemands, Renan devait entrer dans les idées de la race, corps et âme. Il y a été pris, et ne s'en est un peu dépêtré qu'après la guerre. Mais quoi, même alors, homme achevé, au seuil de la vieillesse, il en veut bien plus à la France de faire la Commune de Paris, qu'à l'Allemagne de vaincre. Il est presque d'avis que la victoire des Allemands est un jugement de Dieu. Tubingue lui dérobe Potsdam. Goethe à Weimar et les saints temples du *Corpus Inscriptionum* lui font oublier Paris et Versailles.

Jusqu'à la fin de sa vie, il est timide avec les Allemands. S'ils ne sont pas la race des maîtres, et qui doivent l'être du monde, comme ils l'osent prétendre, les Allemands demeurent toujours la race de ses maîtres, à lui. Le moindre petit pédant en exégèse fait trembler ce grand évêque de la science. Car il reste évêque et d'Église par là : il craint toute bataille ; il préfère saluer les violents à se commettre avec eux. Il n'a jamais aimé la lutte, et il fuit le combat.

C'est pourquoi il n'est vraiment devenu supérieur à lui-même que sur le tard, quand il a laissé la mollesse de son caractère et la facilité de ses mœurs prendre le pas sur la roideur de sa foi secrète. Au fond, il a toujours cru dans la science aussi solidement que les curés de village croient au catéchisme du diocèse. Mais son tempérament était infiniment plus souple que sa logique, et sa nature bien plus ondoyante que sa raison. C'est la raison qui est non pas dupe de la nature, à la fin, mais qui se plie au plaisir de feindre et d'être dupée en apparence. Le charme de M. Renan vient de cet amusement. On y est plus ou moins sensible, selon qu'on se plaît davantage à cette contrariété de l'homme et de son intelligence, ou qu'on s'en irrite.

Au soir de ses jours, M. Renan est un étrange composé, un ambigu de grand pontife et de Silène à jeun, de vieil augure et de Ninon à cheveux blancs ; tout à la fois, la Sibylle devenue abbesse de Thélème, et un demi-Platon. Mais, grâce au ciel, la raison peut s'étonner de lui, comme Socrate s'étonnait de Platon même : Que ne me fait donc pas dire ce jeune homme !

Pape de la raison, il a trouvé moyen d'être sceptique. Il y fallait beaucoup d'esprit. L'ironie l'a rendu à la France. Mais en vérité, dans tout son âge mûr, quand il mettait la science de Tubingue en longs récits, dont l'histoire et le roman font l'égal mérite, il ne fut guère qu'un Fénelon allemand. De là, ce style si complaisant et si fade, si aimable et si pauvre, pur sans innocence, élégant sans invention ; cette vaine transparence qui lasse de la clarté, ce miel continu qui dégoûte de la douceur.

Et ces constantes grâces de professeur, hélas trop fidèles : dans la prière sur l'Acropole, elles n'en finissent plus avec Minerve. Professeur de grec, qui pis est : *Ah ! pour l'amour du grec*. La prière sur l'Acropole est au grand style, et peut être même à Chateaubriand, ce que l'Iphigénie de Goethe est à Sophocle : un devoir d'Oxford, un exercice de docteur. Non, Œcolampade a beau faire : il n'est jamais que Hans Hausschein, de Weinsberg.

Les crimes des Allemands en 1870, leur guerre déjà féroce, leur rage, leurs cris de haine et de mépris jusque dans le triomphe, — haïr dans la victoire, quelle bassesse ! — ont réveillé M. Renan, mais seulement à demi. Il a fort bien vu que l'Allemagne était une race ; et il n'a pas cessé de la croire supérieure. Toute sa politique portait sur cette idée ; elle est le secret de sa critique et de ses conclusions en histoire. Il n'a pas discerné que la France est une nation. Tout ce qui fait la grandeur, la beauté et le droit d'une nation en fait aussi l'infirmité en tant que race. M. Renan ne voyait que la race : on ne tient qu'à ce qu'on voit, et réciproquement. La race allemande lui paraît toujours exemplaire, en dépit de ses crimes : il en souffre, il s'en étonne ; il ne lui en reproche que l'excès. Au bout du compte, il juge la France une race moins morale, moins sérieuse, comme il dit, moins appliquée, moins sage, moins douée pour l'exégèse enfin que la race des Allemands : bref, moins digne de vaincre et de régir l'Europe. Il ne l'avoue pas ; et pourtant, il n'est rien dans ses écrits qu'on leur fît mieux avouer. Parce que dix mille Allemands ont pour métier de critiquer les textes, M. Renan estime que l'Allemagne est la terre sainte de la critique. Comme si un seul Montesquieu, un seul Montaigne, un Stendhal, un Sainte-Beuve, ou Renan lui-même n'avait pas le génie critique cent fois plus que tous les docteurs de la critique allemande. M. Renan qui a tant de liberté, qui en a tant besoin, et qui en a tant profité, ne semble pas souvent penser au divin privilège de la France d'être toujours libre. Même quand Bossuet gronde, Richard Simon médite, pèse ses doutes et les publie. M. Renan n'a point varié sur deux principes : la divinité de la science, et la décadence de la France : pour lui, elle est condamnée : on peut en retarder l'agonie, rien de plus. Mais la sauver ? Il ne croit pas lui-même aux remèdes qu'il offre : il fait bien ; car ils sont absurdes, comme tout ce qui ne tient pas compte du fait. Qu'est-ce qu'une politique sans réalité ? Les regrets sont la pire des rêveries. Celle de Renan consiste à ressusciter le dix-septième siècle, deux cents ans après qu'il a disparu dans les oubliettes du temps. Qu'il y consente ou non, Renan accorde aux Allemands tout ce qu'ils veulent : la force supérieure. Renan l'appelle ordre, morale, science, discipline et tout ce qui s'en suit. S'il le faut, les Allemands donnent tous ces beaux noms aux canons et aux bombes. Et de rire.

La race n'est presque rien, supposé qu'elle soit réelle. L'histoire est tout. Or, l'histoire est le produit du climat par la volonté de l'homme. La nation est fonction de la terre et de l'esprit. Les mœurs et l'esprit sont les fruits de la terre au même titre que le raisin et le blé. Le vin et le pain diffèrent étrangement de pays à pays. Où est la race ? dans le blé et dans la vigne. Le plant d'Amérique n'est pas de la Côte ; mais bien cépé entre Pommard et Chambertin, sagement cultivé, taillé avec soin, en peu d'années il est tout de Bourgogne.

Il y a longtemps, je remarquai que le climat fait les accents. Et l'accent est l'ouvrier des langues. Le latin parlé à Rome est l'italien ; c'est le provençal, en Avignon ; parlé à Paris, c'est le français. Entre padre, païré, père et patrem, seul l'accent diffère. Et qui fait l'accent, sinon le climat ? Au Midi, dans le soleil, l'homme parle en ouvrant largement la bouche, avec toute sa voix : là dominent les voyelles. À mesure qu'on va vers le nord, le froid ferme les lèvres, et les consonnes l'emportent. Vers l'ouest, l'équilibre se fait entre les consonnes et les voyelles, comme entre le chaud et le froid. La douce vapeur de l'Océan enveloppe tout : tel est l'accent de France, et la voix française, la plus douce et la plus précise entre les voix. En France, et plus près on est de l'Océan, plus la nécessité est présente, il faut prononcer avec une extrême précision. Le chant s'atténue dans la parole. L'accent musical disparaît. Tout est sur le même plan. La langue est sans doute la révélation même de l'esprit ; mais l'esprit est toujours forcé de se plier au climat. On ne peut comprendre la Provence, langue et peuple, si l'on ne pense au grand vent du Rhône, qui règne sur la mer et sur la vallée. Sans la brume de l'Atlantique, sans les rocs et la marée, on ne saisit pas la nature du Breton.

Hippocrate pressent une vérité que la science allemande ne connaît pas. La race n'a toute vertu et toute réalité qu'à l'étage le plus bas de la cité humaine. Quand elle s'élève à la nation, la cité pense avec sa tête et non plus avec le ventre.

Point d'ardeur en M. Renan, si ce n'est pour la science. Cette froide passion fait la seule roideur d'un esprit si souple : elle lui tient lieu de religion. Il a eu pendant longtemps la même foi que Berthelot et la même certitude ; mais il y mettait plus de façons : elle ne semblait pas si grossière que dans M. Homais, l'illustre chimiste d'Yanville, ou dans les célèbres physiciens Bouvard et Pécuchet, qui ont fondé tout un Institut de recherches à leur seul usage. M. Renan va jusqu'à rêver d'un monde réglé par les savants, et gouverné par eux. Un César chimiste et un Tibère philosophe, tous les deux professeurs au Collège de France, règnent sur la planète par la terreur de leurs engins secrets et de leur mécanique, de leur sagesse aussi. Ce beau rêve est tout allemand : il réjouit le cœur et il contente l'esprit. Le savant pouvait tuer en M. Renan le railleur prompt à saisir tout ridicule.

D'ailleurs, il n'y a aucune différence entre la loi morale, telle que l'entend Renan, et la morale telle que Kant la prêche. C'est le même empire sans racines, la même vertu qui ne lie point pour nous trop engager, le même vide et la même vanité. Pécuchet a pour le moins un avantage sur Berthelot : il ne conclut pas de la science à la morale.

M. Renan tenait donc à l'Allemagne par toutes les habitudes et toutes les faiblesses du métier, de l'étude et de la doctrine. Grâce au ciel, il avait plus d'esprit que d'imagination, et plus de rire que de philosophie. Il s'est rendu libre de la science, de la morale, et de Tubingue même, ne fût-ce qu'en apparence et parfois en jouant : le Gascon s'est bien vengé d'Hegel, à la fin ; un peu tard, seulement.

NOTE

Souvenirs d'enfance[1], p. 189, édit. in-8°, 1883 :

Pour moi, je ne crois pas qu'à aucune époque de ma vie j'aie obéi ; oui, j'ai été docile, soumis, mais à un principe spirituel, jamais à une force matérielle procédant par la crainte du châtiment. Ma mère ne me commanda jamais rien. Entre moi et mes maîtres ecclésiastiques tout fut libre et spontané. Qui a connu ce *rationabile obsequium* n'en peut plus souffrir d'autre. Un ordre est une humiliation ; qui a obéi est un *capitis minor*, souillé dans le germe même de la vie noble. L'obéissance ecclésiastique n'abaisse pas ; car elle est volontaire, et on peut se séparer. Dans une des utopies de société aristocratique que je rêve, il n'y aurait qu'une seule peine, la peine de mort, ou plutôt l'unique sanction serait un blâme léger des autorités reconnues, auquel aucun homme d'honneur ne survivrait. Je n'aurais pu être soldat ; j'aurais déserté ou je me serais suicidé. Je crains que les nouvelles institutions militaires, n'admettant ni exception ni équivalent, n'amènent un affreux abaissement. Forcer tous à subir l'obéissance, c'est tuer le génie et le talent. Qui a passé des années au port d'armes à la façon allemande est mort pour les œuvres fines ; aussi l'Allemagne, depuis qu'elle s'est donnée tout entière à la vie militaire, n'aurait plus de talent, si elle n'avait les juifs, envers qui elle est si ingrate.

Lettre à M. l'abbé Cognat, 24 août 1845
(*Souvenirs*, pp. 384-385) :

J'ai étudié l'Allemagne et j'ai cru entrer dans un temple. Tout ce que j'y ai trouvé est pur, élevé, moral, beau et touchant. Ô mon âme, oui, c'est un trésor, c'est la continuation de Jésus-

1. Les *Souvenirs d'enfance et de jeunesse* sont réédités par Presses Pocket, n° 4037.

Christ. Leur morale me transporte. Ah ! qu'ils sont doux et forts. Je crois que le Christ nous viendra de là.

... La France me paraît de plus en plus un pays voué à la nullité pour le grand œuvre du renouvellement de la vie dans l'humanité.

La réforme intellectuelle et morale (1871) :

Ce que nous aimions dans l'Allemagne, sa largeur, sa haute conception de la raison et de l'humanité, n'existe plus. L'Allemagne n'est plus qu'une nation.

La France expie aujourd'hui la Révolution...

Moi surtout qui dois à l'Allemagne ce à quoi je tiens le plus, ma philosophie, je dirais presque ma religion.

J'étais à Tromsoë, où le plus splendide paysage de neige des mers polaires me faisait rêver aux îles des Morts de nos ancêtres celtes et germains.

Le parti républicain pourra-t-il cependant devenir un jour la majorité et faire prévaloir en France les institutions américaines ? Je ne le crois pas. L'essence de ce parti est d'être une minorité. S'il aboutissait à une révolution sociale, il pourrait créer de nouvelles classes, mais ces classes deviendraient monarchiques le lendemain de leur enrichissement. Les intérêts les plus pressants de la France, son esprit, ses qualités et ses défauts lui font de la royauté un besoin.

Etc., etc., etc. Renan a répété cent fois les mêmes idées.

FRIEDRICH SIEBURG
DIEU EST-IL FRANÇAIS ?

Publié une première fois en Allemagne en 1929, traduit en français et publié par Bernard Grasset en 1930, puis réédité en 1942 avec une nouvelle préface de Sieburg de 1940, Dieu est-il français ? *illustre à merveille le malentendu franco-allemand. Friedrich Sieburg s'y présente comme un francophile, un ami qui veut du bien à la France, et qui lui prodigue ses conseils, non sans quelque condescendance. Mais jusque dans ses critiques contre le caractère français, Sieburg sait reconnaître l'originalité de la France, comme en témoignent ces pages, qui constituent les chapitres dix et onze du livre, et qui donnent curieusement raison rétrospectivement à Renan. À l'universalisme de la pensée française, Sieburg oppose les limites de la France, son refus de la puissance, ses réticences devant le progrès, son caractère statique : le charme de la France, à ses yeux, en est la fragilité, qu'il fait mine de déplorer. Mais il lui oppose le dynamisme de l'Allemagne, et une logique qui est celle de la force. Curieusement, à ce réquisitoire en forme d'éloge, les Français répondent de manière timorée : comme si en effet le ressort de la conception française avait été brisé, comme si aucune confiance ne pouvait plus se fonder sur cet universalisme. Bernard Grasset minaude et plaide coupable, Jean Cassou, tout en récusant les « démons » allemands, fait le procès « d'une étroitesse jacobine et partisane qui s'accorde fort bien avec le dilettantisme le plus sautillant et qui n'a que répulsion pour l'abondance, la générosité, la puissance et la fantaisie » (*Revue d'Allemagne, *15 janvier 1941, p. 12). Préfaçant la réédition de ce texte en 1991 (Grasset, collection « Cahiers rouges »), Laurent Dispot émet le vœu* *qu'elle signe la disparition de la psychologie des peuples, « ce poison des esprits ». On ne peut qu'y souscrire. Mais il est une autre hypothèse de lecture : celle selon laquelle la psychologie des peuples n'aurait fait que transcrire, dans un vocabulaire en effet contestable, des configurations des cultures politiques nationales. Ce serait alors contre leur rémanence qu'il faudrait se prémunir.*

SANG ET ESPRIT [1]

La France est catholique en ceci qu'aujourd'hui encore elle ne distingue pas entre les races. On peut devenir Français comme on se fait baptiser. On entre dans la nation française comme dans une communauté religieuse constituée non par le sang, mais par l'esprit. La rapidité avec laquelle la France absorbe et assimile complètement les immigrés ne s'explique pas seulement par la nécessité où elle est de pratiquer une politique de repopulation. Chaque année des centaines de mille d'Italiens, d'Espagnols, de Polonais, de Juifs, de Kabyles, ouvriers et paysans, envahissent son territoire. Sans doute ces éléments suscitent-ils parfois des difficultés, en particulier à Paris, où la police ne les saisit que difficilement, surtout à cause de leurs querelles intérieures souvent mal comprises, mais en général on ne saurait dire que leur présence constitue une menace pour le noyau national. D'ailleurs les immigrants, dans le sud du pays surtout, forment des agglomérations fermées où ils s'efforcent de cultiver les particularités de leur pays d'origine. Ce n'est que depuis que l'Italie nouvelle a su elle-même inculquer à ses immigrants un besoin de communauté et de retour à l'*urbs*, que les agglomérations italiennes dans le midi de la France commencent à se faire sentir comme des enclaves étrangères. Mais ce fait récent compte peu en comparaison de la force avec laquelle la France absorbe et assimile l'immigration étrangère. Ce n'est pas le sang qui est le lien, c'est l'esprit. Ce n'est pas l'unité de la chair qui rapproche les citoyens, c'est l'unité de la foi, de la foi en la France. On ne peut changer de sang, mais on acquiert la foi.

Être Français, ce n'est pas appartenir à une race que distinguent une même couleur de cheveux, une même structure du crâne, les mêmes instincts ; c'est avoir en commun une certaine conception de l'esprit national, c'est se sentir l'héritier, l'administrateur, et le continuateur de Rome et du monde latin. Il est clair que l'on peut acquérir cette conception et la partager un jour ou l'autre avec la société au milieu de laquelle on vit. Si à cela s'ajoute l'amour qui vous gagne si vite pour ce pays vraiment débordant de lait et de miel, dont l'architecture est la

1. *Op. cit.*, chap. x.

mieux fondue dans le paysage, dont la nature est la plus humaine, dont les hommes sont les plus naturels du monde, — alors une seule génération suffit à faire d'un Juif oriental un Français « pur sang ». Il n'y a qu'en France qu'il est possible à un Roumain, à un Américain, à un Russe de devenir des écrivains français éminents. Tandis qu'il est d'usage en Allemagne de discréditer des adversaires politiques en les traitant de Juifs, en France on n'obtiendrait pas le moindre succès en reprochant à un concitoyen son origine étrangère. L'affaire Dreyfus, avec les bouleversements véritablement inouïs qu'elle causa à la vie publique, avait sans doute pour point de départ une action antisémite isolée (le livre de Drumont : *La France juive*), mais elle dégénéra rapidement en une lutte politique entre la République et ses adversaires. La victoire des Dreyfusards ne consista pas dans l'obtention par les Juifs d'une égalité de droits qui n'avait jamais été menacée ; elle fut plutôt le triomphe de la troisième République sur ses adversaires du clergé et de l'armée. Ce fut une lutte pour la forme de la France, lutte dont le point de départ seul fut antisémite. En Allemagne, c'est exactement le contraire qui se produit. Ce qui est arrivé en France par excès de nationalisme s'accomplit chez nous par indigence et pauvreté. Tandis que là-bas les liens spirituels ont failli éclater, chez nous ils n'existent même pas. La France eût été perdue si son idée nationale avait fait défaut, et si l'antisémitisme était devenu un mouvement général. L'Allemagne ne sera sauvée que lorsqu'elle n'aura plus d'antisémites, car ce n'est qu'à ce moment-là que l'aurore de la nation poindra à l'horizon.

Pour la même raison, une résistance instinctive aux races de couleur n'a pas davantage pu se développer en France. Les hommes de couleur y sont, et surtout à Paris, si intimement mêlés à la population, qu'on ne les considère presque plus comme des éléments exotiques. Il est vrai que le pays, malgré son contact intime et réel avec l'Afrique et avec l'Orient, n'a jamais reçu d'impulsion culturelle décisive de ces terres étrangères. Ni la pensée asiastique, ni le mouvement africain, dans le ton, le geste ou l'image, n'ont réussi à exercer sur la vie française une influence vraiment déterminante. En revanche, il y a aujourd'hui nombre de Nègres, d'Arabes, d'Indochinois et de Chinois qui sont des Français authentiques et qui se sentent cautions de l'idée française de civilisation. La France compte plus d'un idéologue pour qui les Allemands et les Russes, parce qu'opposés à l'idée française, sont des barbares bien plus loin d'eux que tel homme de couleur, assimilé et rallié à cette idée. Il faut avoir observé à la

Chambre la gaieté désarmée des journalistes américains lorsqu'un député noir du Sénégal exhortait le peuple français à l'union, ou se mêlait au débat sur l'Alsace-Lorraine en adressant des reproches aux autonomistes récalcitrants. Jamais un Américain ne pourra comprendre qu'un tel incident recèle une logique profonde, tout en comportant pour la France des avantages politiques et économiques également grands, en rattachant les colonies à la métropole par un lien particulier. Ce lien ne met pas l'indigène, dans la forêt vierge, à l'abri de l'exploitation de ses maîtres blancs. Il se peut qu'il ne soulage en rien le Noir qui, sous les ordres d'un contremaître blanc, vêtu de kaki, traîne des troncs d'arbres dans les marécages de l'Afrique équatoriale, pour construire des voies de chemins de fer, mais il élimine du moins les causes d'injustice qui dans le régime colonial pourraient découler de conceptions nationales ou de préjugés de races.

L'insensibilité du Français aux oppositions de races, sa tendance à n'apprécier les hommes que d'après la culture à laquelle ils se rattachent, la fierté qu'il éprouve à la pensée que son pays est capable de rassembler en une seule forme les éléments ethniques les plus variés, sont largement confirmées, sinon expliquées, par des nécessités extérieures. Les points de vue militaire et capitaliste contribuent à faciliter l'adoption de ces principes à l'égard des races de couleur. La France a besoin de leurs corps comme soldats, elle a besoin de leur fidélité comme ciment de son empire colonial. De même pour les immigrants étrangers : elle a besoin d'eux pour remplacer la population rurale qui ne se renouvelle plus assez et qui déserte les campagnes — dans le département du Lot de vastes étendues restent en friches — elle a besoin d'eux dans les centres industriels, comme armée de réserve dans la lutte pour la détermination des salaires, car l'étranger est toujours moins bien organisé que l'indigène sans travail. La France est sans doute un pays xénophobe, mais cette hostilité n'est dirigée que contre l'étranger qui apporte avec lui son pays, pour le réexporter ensuite, intact, et même enrichi. Quiconque veut se soumettre, renoncer à lui-même, est le bienvenu. En France il y a plus de joie pour un Autrichien qui fait pénitence que pour dix Américains qui n'en éprouvent pas le besoin. Rien n'est plus facile, on le sait, que de jouer au pénitent lorsqu'on n'a rien à perdre. Depuis la guerre surtout, grande est l'influence de ceux qui voudraient une fois de plus profiter de ce fait que Dieu s'est, de nouveau, prononcé en faveur de la France. Comme le pays de sainte Jeanne se laisse aisément duper ! Il suffit de crier une seule fois à pleins poumons : « vive la France ! » pour, d'un

« métèque » dédaigné, être promu au rang de frère latin. Il arrivera un jour où le Français constatera que la qualité de frère a fini par en souffrir.

JE VIS [1]

En France, nul n'est victime de sa race, et tout étranger est libre de se rallier à l'idée nationale française. Est-ce là une conception catholique ? Peut-on encore dire que la France soit restée un pays catholique ? Je crois que oui.

Je crois même que la France peut donner une idée vague de ce que l'Église aurait pu devenir sans la Réforme : union des consciences, union des volontés, dans le bien et le mal, le beau et l'utile. Le Français se méfie par principe des potentats politiques, il lutte avec ruse et entrain contre le gouvernement. Mais il a foi aveuglément en la Nation qui peut lui imposer tous les sacrifices. Il est individualiste jusqu'à l'anarchie, mais son cœur n'en bat pas moins à l'unisson de la collectivité. Il décline toute forme de collectivisme que le gouvernement réclame de lui — les institutions sociales aujourd'hui encore se heurtent aux résistances les plus tenaces — mais le patriotisme, sous les formes de la révolte ou de la défense, rassemble ce peuple en une armée compacte. Le Français n'a pas l'esprit protestant : ses rapports avec la vie sont individuels, ses rapports avec l'esprit sont organisés.

Maurice Barrès a eu cette formule vraiment nationale : « Je suis athée, mais naturellement je suis catholique. » Peut-on exprimer avec plus de force cette pensée que la France est une enfant fidèle de la grande Révolution, mais qu'elle ne cesse pas pour cela de vivre sur un mode catholique. Ce catholicisme, que le pape a voulu frapper lorsqu'il a condamné l'*Action française,* est l'héritier et l'administrateur du patrimoine romain. À l'homme d'action, au héros, se joint l'homme de douleur, le voyant, le saint, et, réunis, ils forment l'homme raisonnable. La force mystique, qui est aussi une force tragique, se mêle à la force créatrice qui est aussi une force destructive. L'une relève de l'autre et en libère une troisième, celle de la liberté qui fait dire à l'homme : « Qu'est-ce que je fais en ce monde ? Je vis ».

1. *Op. cit.,* chap. XI.

La France maintient l'équilibre des sens que l'Église voulait détruire, elle range les jouissances dans la hiérarchie des vertus pourvu que leur essence soit la mesure et l'ordre. Elle enlève aux passions leur feu destructif et n'en conserve que la lumière. Elle enlève à la plaisanterie sa grimace, et garde son sourire. Elle libère le travail de la contrainte, et ne le laisse subsister qu'en tant que prélude à une contemplation paisible ; elle détrône le devoir et sanctifie la raison ; elle remplace la destinée par la liberté, la grâce divine par le droit de l'homme.

C'est le pays de la conscience tranquille. Ce n'est pas Pascal qui est son héraut, mais Jeanne, la jeune paysanne de Domrémy.

Non, France, tes voix ne t'ont pas trompée ! Pas encore !

ERNST CURTIUS
L'IDÉE FRANÇAISE DE CIVILISATION

L'essai de Curtius est d'une autre trempe que celui de Sieburg. Le second est le livre d'un idéologue, le premier d'un savant. Éminent romaniste, Ernst-Robert Curtius a une connaissance approfondie de la France. Le chapitre inaugural de son Essai sur la France *(avant même qu'il aborde les données naturelles), consacré à « l'idée française de civilisation », le prouve. Nul mieux que lui n'a su rendre le complexe mélange de particularisme national et d'universalisme qui caractérise la conscience nationale française (à l'exception peut-être, près d'un demi-siècle plus tard, de cet autre observateur passionné de la France : Stanley Hoffmann ; cf. ses* Essais sur la France, *Le Seuil, 1965). S'il le fonde sur l'idée de civilisation, c'est que, montre-t-il avec raison, elle est commune aux deux France : la France républicaine et la France catholique. Comparant, quelques pages avant cet extrait, la France et l'Allemagne, il écrit : « Nous voyons qu'en Allemagne, l'idée de nationalité et l'idée d'universalité se sont constamment opposées l'une à l'autre tandis qu'en France elles se sont constamment unies. [...] On pourrait en déduire qu'en France, l'idée d'universalité a été complètement absorbée par la pensée nationale. Rien ne serait plus faux. La réalité si souvent incomprise, et en apparence paradoxale, est la suivante : par l'échange et la fusion de leurs forces respectives, les deux principes ont subi un accroissement de puissance. Toutes les prétentions de l'universalisme ont été transférées à l'idée nationale, et c'est en servant son idée nationale que la France prétend réaliser une valeur universelle » (pp. 26-27).*

Ainsi, mieux qu'il ne l'a fait lui-même, Curtius exprime la vérité de la définition de Renan. Ajoutons que, des quatre moda-

lités de l'universalisme de la civilisation qu'il décline, si les deux premiers sont les plus évidents (universalité de l'espèce humaine et destin civilisationnel commun des nations ; communauté des classes sociales), les deux derniers ne sont pas les moins importants. Norbert Élias a montré le parti que l'on pouvait tirer de l'idée d'un procès de civilisation qui s'accomplit par le goût et les « manières ». Quant au sentiment de la continuité, cet universalisme qui charrie avec lui tout le passé et qui ne conçoit la civilisation que comme sommatrice des expériences de l'humanité, peu de livres nous le font sentir autant que le grand ouvrage d'érudition de Curtius, La littérature européenne et le Moyen Âge latin *(trad. fr. ; PUF, 1956 ; réédition collection Agora, Presses Pocket). Si, pour répondre au vœu de Curtius, il est possible de s'affranchir désormais de la trop grande prégnance de notre modèle national, c'est vers cette Europe-là qu'il faudrait aller.*

ESSAI SUR LA FRANCE

L'IDÉE FRANÇAISE DE CIVILISATION

Depuis le XIe siècle, comme nous l'avons vu plus haut, la France a toujours ressenti le besoin d'imposer à son histoire nationale la forme et le contour d'une idée. Elle est en quête d'une image, d'une formule, d'un mot, qui la reflète. Cette volonté impérieuse de s'exprimer et de se connaître est un élément fondamental de l'esprit français. Aucune autre nation moderne ne la possède au même degré. L'Angleterre ne l'a jamais connue. Elle n'apparaît en Allemagne qu'au tournant du XIXe siècle ; et encore notre pays ne la ressent-elle que pour prendre conscience d'elle-même sous forme de problème, jamais pour s'affirmer sous forme de solution.

Ici encore, il nous faut remonter jusqu'au monde antique pour y découvrir des analogies avec ce trait spécifique de l'esprit français. La latinité a trouvé dans les poèmes de Virgile une magnifique image d'elle-même. Les *Géorgiques* chantent les louanges de la terre italienne, l'*Énéide* fait remonter la fondation de Rome à une décision des dieux, et déploie la mission de la Ville à travers l'espace et les temps. L'idée de Rome s'associe chez Virgile à l'idée du salut religieux qu'annonce et couronne, dans la quatrième Églogue, la naissance prophétique du Sauveur. Par là, elle rejoint la croyance d'Israël en sa vocation divine. On sait quelle synthèse grandiose le christianisme antique a su tirer du double messianisme romain et juif.

Lorsque la France des croisades se donne le rôle de peuple élu de Dieu, lorsqu'elle se déclare l'instrument de la volonté divine, force nous est bien de reconnaître qu'elle reprend par là, et adopte à son tour, ces antiques traditions populaires. Mais quand bien même on ne se croirait pas autorisé à émettre une telle affirmation, — car l'esprit d'un peuple reste en fin de compte un mystère insondable — il n'en est pas moins vrai que la France manifeste à travers les siècles le besoin constant de se donner à elle-même une image idéale de sa propre figure.

Certes, ces images ont pu changer au cours de l'histoire. Mais quelles que soient leurs dissemblances, ces diverses physionomies de la France trahissent entre elles une étrange parenté. Elles révèlent un schéma identique que nous devons considérer comme une des « constantes » du génie français. D'où se dégage cette conclusion : l'idée de civilisation est, pour la France, la formule suprême, — et définitive — par laquelle le génie national a cherché à s'exprimer. C'est ainsi qu'il faut la comprendre, et c'est seulement ainsi qu'on peut la juger avec équité.

Maintenant, quelle est la structure fondamentale de cette idée ? Une première constatation s'impose tout d'abord : en France l'idée de nation et l'idée de civilisation coïncident exactement. Impossible d'établir de distinction entre elles. L'État, la nation, la culture, ces trois termes sont inséparables dans la conscience française. Ils font partie intégrante d'une expérience unique. C'est pourquoi, en France, l'État n'est l'objet d'aucune idéalisation, encore bien moins d'un culte. Ce serait plutôt le contraire. Le Français ne ressent que de la méfiance envers l'État ; il est toujours prêt à se défendre contre ses empiétements. Ce seul mot d'« État » prend dans sa bouche une nuance péjorative. L'expression « l'État français » n'est employée que comme terme juridique. Quant à « république » et « républicain », ces mots sentent trop la rhétorique officielle et évoquent encore trop de conflits pour que tous les Français puissent communier en eux. C'est en tant que nation que la France se connaît et s'aime. Les divergences d'opinion s'effacent et s'inclinent devant ce mot. Chez nous autres, hélas, les mots « national » et « allemand » sont encore loin de faire vibrer la même corde au fond des cœurs. Un phénomène semblable est incompréhensible en France. « Français » et « national » sont deux termes équivalents, et c'est pourquoi le mot de « nationalisme » qui surgit tout naturellement à l'époque de l'affaire Dreyfus sonne, en français, d'une façon beaucoup plus convaincante qu'en allemand.

« La nation », — pour un Français, ce mot ne veut pas seulement dire une communauté formée, à travers les siècles, par l'action combinée de l'histoire, de la langue et de l'État ; il signifie encore les liens tissés par une civilisation unique. Il va sans dire que pour nous aussi, la « nation » représente une communauté de culture. Mais les limites de cette communauté spirituelle n'ont jamais coïncidé avec les frontières de notre État, et aujourd'hui moins que jamais. La culture allemande n'a jamais pris la forme d'un *corpus* national. Bien plus, la culture allemande est la culture *allemande* ; c'est ainsi qu'elle se définit elle-même. Cette définition suffit déjà à opposer l'idée de culture à l'idée de civilisation. Car lorsque nous parlons de « culture allemande » ces mots semblent, à l'oreille d'un Français, la négation même de l'idée de culture. Pour lui, la culture doit être, avant tout, une chose universelle, sa vertu primordiale réside dans son contenu humain.

Comment dès lors peut-on songer à proclamer et à propager une culture *nationale* ? Le Français ne peut s'empêcher d'y voir une contradiction, voire un défi. Lorsque la France s'identifie à son idée de civilisation elle ne parle jamais de « civilisation française », mais de civilisation tout court.

C'est ainsi que la conscience nationale française se hausse jusqu'à l'universalité. D'être une valeur générale à laquelle tous peuvent prendre part, voilà ce qui lui confère sa noblesse et son humanité. La France prend conscience d'elle-même en tant que nation ; et à travers la nation, elle se sent la gardienne d'une idée universelle. Cette liaison étroite du sentiment national et de l'idée de civilisation explique pourquoi la France s'est toujours sentie à la tête des peuples civilisés.

Remarquons cependant que les esprits cultivés, en France, ont abandonné aujourd'hui cette vieille conception d'une France éclairant la marche de l'humanité. Sans doute la trouve-t-on encore, très vulgarisée, dans l'opinion publique. Mais parmi l'élite intellectuelle, elle ne rencontre plus guère d'adhésion que dans les milieux d'extrême droite. Je pense en ce moment à Henri Massis, qui voit dans la France le bastion de l'esprit occidental opposé à l'Allemagne, à la Russie, et à l'Asie.

Pourtant, là même où l'on a renoncé à cette idée de primauté spirituelle, la conception française diffère singulièrement de la nôtre. L'esprit français tient essentiellement à cette idée : que la nature humaine est au fond partout et toujours identique. Il croit à l'existence de normes universelles ; et la civilisation, à ses yeux, est l'une d'entre elles. L'idée de civilisation n'a de sens que si tous les hommes peuvent y participer, si tous peuvent se faire d'elle une image identique. C'est cette conviction profonde qui donne à la conception française son pathétique, sa force et sa chaleur ; mais c'est elle aussi, qui en marque les limites.

Celles-ci sont particulièrement sensibles lorsqu'il s'agit de donner une définition de l'homme : pour un Français, l'homme est avant tout un être raisonnable. Le rationalisme d'origine cartésienne est, aujourd'hui encore, un des éléments les plus vivants de la conception française de civilisation. Lorsque nous lisons, chez un historien comme Gabriel Hanotaux, que la véritable culture est celle « qui s'abreuve aux pures sources de la raison » nous voyons bien que cette affirmation recouvre, pour un Français, une vérité évidente, capable de cimenter tous les hommes entre eux, alors qu'elle nous apparaît comme singulièrement étrangère à notre nature. Il n'y a pas longtemps encore, Léon Brunschvicg, — que l'on peut considérer à juste titre comme le représentant le plus autorisé de la philosophie française — expliquait que le thème conducteur de celle-ci était « l'idée tout à la fois positive et généreuse d'une raison qui a résolu fermement de n'être que raisonnable ». Et il ajoute que les philosophes qui ont succédé à Kant ont été tout aussi « déraisonnables » que les scolastiques qui ont précédé Descartes. Ce rationalisme naïf nous offre l'exemple frappant de la façon dont, en France, une idée en apparence tout à fait dégagée des contingences nationales peut y être ramenée et soumise à son insu. Mais le Français moyen ne s'en rend compte que difficilement. Et s'il nous est aisé pour notre part d'en faire la remarque, nous n'avons nullement le droit d'en conclure que la France ne croit pas avec une entière bonne foi à sa mission universelle. Chez nous, on entend souvent émettre cette opinion que le Français n'est pas sincère lorsqu'il prétend que son pays s'est mis au service de l'humanité. On croit deviner dans cette affirmation une sorte d'impérialisme déguisé. Celui qui juge ainsi ne comprend pas la France, et commet envers elle une grave injustice. Aujourd'hui encore la France vit en grande partie sur l'héritage que lui a légué la « philosophie des lumières » ; et si ces idées n'eurent jamais chez nous un retentissement profond, elles n'en conservent pas moins, dans le pays de la raison, tout leur pouvoir sur les esprits.

Et non seulement sur les esprits de l'élite, mais encore sur l'âme populaire. Nous touchons ici à un autre caractère de cette idée de civilisation : elle pénètre toutes les couches de la nation. Elle s'est démocratisée au cours du siècle dernier. Lorsque le petit bourgeois français lit dans son journal que l'on vient de faire une nouvelle découverte, et lorsqu'on lui assure que celle-ci marque un progrès pour la civilisation, il sait parfaitement ce qu'il faut entendre par là. Il sait aussi que le but de la société humaine est la création d'une civilisation toujours plus haute ; que cette grande tâche de l'humanité ce ne sont pas les hommes d'État et les généraux qui l'accomplissent, mais les savants, les écrivains et les artistes. Il sait enfin que cet effort vise à améliorer les conditions d'existence de l'humanité et que les bienfaits de la civilisation profitent à tous.

La presse et l'école font pénétrer ces idées dans le peuple. Les manuels d'histoire surtout s'y emploient de toutes leurs forces. Ils émanent souvent d'historiens éminents. Leur style attrayant et clair les rend aisément accessibles à l'intelligence des enfants. On n'y divinise pas l'État : on le juge, d'après des principes moraux. Après l'exposé du règne de Louis XIV, il n'est pas rare de trouver cette appréciation : « La France, pendant cette période, fait un mauvais usage de sa force. Elle menace le monde entier, et le monde entier s'allie contre elle. Il en est toujours ainsi lorsqu'un État veut imposer sa loi aux autres États. » C'est en termes semblables que sont condamnées les atrocités de la Terreur, ou le parti militaire en 1870.

L'enseignement de l'histoire, lui aussi, réserve une place considérable à la culture spiriduelle. L'enfant du peuple y apprend que Corneille et Racine ont écrit de belles tragédies, que Voltaire et Rousseau ont réclamé des réformes, que Pasteur a été un bienfaiteur de l'humanité, que la république enseigne dans ses universités tout ce que les hommes ont appris depuis le commencement du monde, et que les enfants pauvres peuvent y entrer s'ils sont studieux et doués, car un système de bourses leur permettra d'y poursuivre gratuitement leurs études. Un de ces manuels, écrit par Lavisse, se termine par ces lignes : « France et Humanité ne sont pas deux mots qui s'opposent l'un à l'autre. Ils sont conjoints et inséparables. Notre patrie est la plus humaine des patries ! » Ce petit volume est répandu à des millions d'exemplaires. Et il n'est qu'un des innombrables canaux par lesquels le peuple s'imprègne des idéologies de la civilisation. L'enseignement, tel que le comprend la troisième République, repose tout entier sur les lois scolaires de 1882. Il a façonné les âmes depuis bientôt cinquante ans, et représente une forme de propagande nationale telle qu'il n'en existe de semblable dans aucun autre pays. C'est lui qui a forgé l'unité spirituelle de la nation.

Il y a encore une autre raison plus profonde de la démocratisation de l'idée française de civilisation. Celle-ci n'est pas seulement universelle en ce sens qu'elle unit étroitement les conceptions de la nation et de l'humanité, et cimente à l'intérieur de la nation toutes les classes sociales qui la composent ; elle est encore universelle en ce sens qu'elle embrasse à la fois les formes les plus diverses de l'existence humaine. Elle continue en cela l'idéal de culture antique. Elle en a l'envergure, qui s'étend des normes matérielles aux normes spirituelles, de la technique à la morale. On peut dire qu'en France la civilisation commence avec l'art culinaire. La gastronomie en fait partie. La mode aussi. La politesse également. Bref, toutes les manifestations de la vie empruntent un rayon à son auréole. Et ces manifestations ne sont pas seulement le privilège des classes cultivées, elles sont accessibles à tous, chacun peut y prendre part, fût-ce de la façon la plus modeste. Le démocratisme intellectuel de ces idéologies trouve son appui le plus stable dans ce démocratisme des formes sociales. Lui aussi possède des normes et des conventions. Pour le constater d'une façon frappante, il suffit de s'arrêter un jour de marché, à midi, dans une petite ville de province de cinq mille habitants. Une foule de gens se pressent dans la petite salle à manger de l'hôtel. La plupart sont des paysans et des commerçants, mais on y reconnaît aussi quelques touristes venus en auto pour visiter la vieille cathédrale. On vous mène à la place qui vous a été réservée, et le repas commence. On sert à tous le même menu. Mais ce menu comprend six services. Il est composé suivant les préceptes classiques établis par la tradition. Ceux-ci sont aussi stricts et intangibles que les règles de la grammaire. Ils semblent aussi naturels au paysan, à l'ouvrier, et au marchand de bestiaux, qu'à l'élégante parisienne de la table voisine.

Mais les repas ne sont pas seuls à être l'objet d'une réglementation déterminée. Il en va de même des occupations de la journée, du style épistolaire, de la conversation, de la mondanité. Toutes les fonctions de la vie sociale sont assujetties à une ordonnance esthétique. Cette ordonnance porte un nom : on l'appelle « les manières ». Ces « manières », pour un Français, ne régissent pas seulement les manifestations extérieures de la vie, elles sont encore le signe d'une éducation plus profonde, à la fois éthique et esthétique. Suivant la conception classique, elles sont un attribut de la vie morale. Joubert, un moraliste français des plus fins, a dit de la politesse qu'elle était la fleur de l'humanité, et il ajoute : « Qui n'est pas assez poli n'est pas assez humain. » Ces règles ont joué en France un rôle capital dans la formation de l'idée de civilisation ; elles forment une partie si importante de son contenu, qu'on a tendance à les confondre avec la civilisation elle-même. Celle-ci finit alors par signifier un adoucissement de la nature brute, un affinement des mœurs, une humanisation de la barbarie ; elle est, en ce sens, un fait social. Elle représente un ensemble de tempéraments et d'usages, dont l'objet est de maintenir le niveau général atteint par toute une société.

On s'étonne de la facilité avec laquelle l'idée française de civilisation a pu assimiler le développement technique des temps modernes. C'est encore à son envergure qu'elle le doit. Les bouleversements profonds, apportés dans le monde par la vapeur et l'électricité, l'industrialisation et la mécanisation toujours plus grandes de notre vie, tous ces phénomènes ont su trouver leur place au sein de l'idéal traditionnel. Ils s'y sont incorporés sans heurt. Car la civilisation n'a pas seulement pour objet de polir la nature : elle tend aussi à améliorer des conditions humaines. Le malentendu qui oppose les conceptions françaises et allemandes vient, en grande partie, de ce qu'on considère la civilisation en Allemagne comme représentant avant tout, et presque exclusivement, l'ensemble des conquêtes mécaniques de notre époque. En restreignant ainsi sa portée on l'opposera fatalement à la culture. La civilisation semble n'être plus alors qu'une forme d'existence organisée pour satisfaire aux lois de la mécanique. Elle prend l'aspect d'une puissance hostile, même néfaste ; elle semble une menace dressée avec arrogance contre les royaumes de l'âme, de l'art, et de l'esprit. Il va sans dire qu'en France aussi, les dangers de la mécanisation ont été sentis et dénoncés ; ils l'ont même été bien plus tôt que chez nous. C'est pourquoi en France certains penseurs ont été jusqu'à s'attaquer à l'idée de civilisation elle-même. Mais leur protestation est restée sans écho. Car cette idée de civilisation est trop profondément enracinée dans la conscience française pour qu'elle puisse jamais en être extirpée.

N'est-elle pas, par définition, « l'idée universelle » ? Nous avons analysé les différentes dimensions de cette universalité : sa liaison avec la conscience nationale, et sa fusion avec un idéal humain ; nous avons vu qu'elle était en contact permanent avec l'ensemble de la nation, et s'associait sans effort à toutes les manifestations de l'existence. Mais cette universalité possède encore une autre dimension : dans le temps. *La conception française de civilisation est inséparable du sentiment de la continuité.*

Sans doute peut-on définir la civilisation : un état constant de progrès et de perfectionnement. Mais elle se présente aussi, à un degré plus élevé, comme la conservation et l'accroissement d'un héritage. Charles Maurras la définit comme l'état dans lequel l'individu qui vient au monde reçoit infiniment plus qu'il n'apporte. « La civilisation », dit-il, « est d'abord un capital. Elle est ensuite un capital transmis ». Pour nous, le symbole idéal de la culture, c'est l'activité créatrice de l'esprit. Pour le Français, c'est la préservation et la transmission d'un patrimoine. Pour nous, la culture opère suivant une loi de substitution : elle ressemble à une succession de constructions spirituelles dont chacune vient prendre la place de celle qui l'a précédée. Le Français, lui, se refuse à une telle conception de l'histoire, où il ne découvre que dispersion et discontinuité. Pour lui, le courant de la civilisation entraîne dans ses flots toutes les richesses accumulées du passé. Et de même que la Gaule a reçu de Rome, et a transmis au monde franc, tout le contenu de la culture qui lui était léguée par la basse Antiquité, ainsi la France porte, à travers les âges, le trésor éblouissant de sa civilisation.

COMMISSION DU CODE DE LA NATIONALITÉ

En 1986, à l'occasion de la campagne électorale pour les élections législatives, un débat s'est instauré en France sur la question de l'immigration et, partant, sur les conditions d'accès à la nationalité française (cf. sur ce débat et sur ses antécédents historiques le livre de Patrick Weil, La France et ses étrangers. L'aventure d'une politique de l'immigration, 1938-1991, *préface de Marceau Long, Paris, Calmann-Lévy, 1991). La coalition de droite, majoritaire à ces élections, dépose le 12 novembre 1986 un projet de loi destiné à réformer la législation en vigueur dans un sens restrictif. En proie à l'automne 1986 à une énergique contestation étudiante de sa politique universitaire, le gouvernement décide toutefois d'ajourner l'examen de ce texte et de confier à une commission indépendante, réunissant pour l'essentiel des hauts fonctionnaires et des universitaires, une mission de réflexion préparatoire à une éventuelle réforme. Composée de Mmes Hélène Carrère-d'Encausse, Dominique Schnapper et de MM. Léon Boutbien, Jean-Jacques de Bresson, Pierre Catala, Pierre Chaunu, Berthold Goldman, Salem Kacet, Pierre-Patrick Kaltenbach, Emmanuel Le Roy Ladurie, Yvon Loussouarn, Jean Rivero, Alain Touraine, Jean-Marc Varaut, Henri Verneuil, cette commission est présidée par M. Marceau Long. Installée par le Premier ministre, Jacques Chirac, le 22 juin 1987, elle va six mois durant entendre près d'une centaine de personnalités, responsables d'associations, élus, juristes, philosophes, etc. Les auditions publiques seront pour une part retransmises à la télévision, ce qui provoquera un vaste débat public : l'une des questions les plus controversées est celle de savoir s'il faut ou non, pour un jeune d'origine étrangère né en France, une procédure de déclaration volontaire de la nationalité française. Renan est alors mobilisé de part et d'autre de ce débat (cf. l'audition d'Alain Finkielkraut, rapport, tome 1, pp. 594-609). À l'occasion de ces auditions, on assiste parfois à de spectaculaires retournements, comme celui de Pierre Chaunu, professeur d'histoire, initialement favorable à une réforme restrictive, qui se déclarera « bouleversé » par l'audition de plusieurs responsables d'associations de jeunes issus de l'immigration, et se ralliera à une position plus « libérale ». Ainsi, à l'issue de ses travaux, la commission remettra un rapport qui propose plutôt des aménagements de la législation en vigueur que de profondes modifications, consacrant ainsi la prééminence dans la tradition française du « droit du sol » et communiant dans un consensus « renanien », quoique qualifié après coup par l'une de ses membres d'« utilisation quelque peu aventureuse du texte célèbre de Renan sur la nation » (cf. Dominique Schnapper,* La France de l'intégration. Sociologie de la nation en 1990, *Gallimard, Paris, 1991, p. 12. En fait, Dominique Schnapper, sensible à l'ambiguïté du texte de Renan, la transcrit en « décalage entre la pensée juridique, ferme et structurée, et les limites de la recherche sociologique sur l'immigration et la nation » (p. 13). Ce qui la conduit, quelques pages plus loin, à prendre quelque distance vis-à-vis d'un texte qualifié d'idéologique et de juridique, tout en continuant à l'assumer politiquement). La seconde partie du rapport final, intitulée « les principes d'une réforme : une nouvelle charte du droit de la nationalité », est en effet placée sous le patronage symbolique de Renan, dont la définition figure en exergue. C'est ce passage que nous reproduisons. Les travaux de la commission auront ainsi abouti à tempérer un débat qui suscitait des réactions politiques de plus en plus passionnées : désormais, en France, seule l'extrême droite persiste à vouloir contester cette conception de la nation, même si des divergences peuvent se faire jour sur les modalités de son application concrète.*

Le rapport de la Commission de la nationalité a été édité en deux volumes, sous le titre Être français aujourd'hui et demain, *Paris, La Documentation française et 10/18, 1988. Nous avons reproduit le préambule et le chapitre 1 de la deuxième partie du rapport final, soit les pages 81 à 90 du second volume.*

« L'existence d'une nation est un plébiscite de tous les jours. »

E. RENAN.

Une rénovation de notre système de nationalité doit porter, à tous les étages de la construction — obligations internationales, lois et règlements, pratique administrative —, l'empreinte d'une politique claire et mieux définie dans ses principes et d'une technique plus cohérente dans leur application :

— Une première série de principes touche aux fondements mêmes du droit de la nationalité : il s'agit de mieux préciser aujourd'hui les objectifs humains, politiques et sociaux assignés à notre système de nationalité.

— La seconde concerne les moyens : le droit de la nationalité est un instrument au service de ces objectifs ; il convient d'en définir les principales règles* et les principales fonctions conformément à une vision à long terme du devenir de la France.

1
LES FONDEMENTS : INTÉGRATION, IDENTITÉ NATIONALE ET NATION

En abordant les problèmes du Code de la nationalité, la Commission a entendu ne laisser dans l'ombre aucun de ses aspects, comme l'ont montré les auditions publiques. Une réforme de la nationalité ne saurait être élaborée indépendamment d'une connaissance et d'une discussion des enjeux plus larges que sont la politique de l'immigration ou l'évolution de l'identité culturelle.

* L'article 34 de la Constitution prévoit qu'il appartient au *législateur de fixer les règles* concernant la nationalité.

De ce point de vue, la réflexion de la Commission l'a conduite à définir trois orientations fondamentales :

1. La politique de nationalité peut et doit jouer un rôle positif dans le processus d'intégration. En revanche, elle ne peut suppléer à elle seule une absence d'intégration.

2. Identité nationale et intégration des étrangers ne sont pas antinomiques et doivent être étroitement corrélées. L'intégration sera d'autant plus aisée que la conscience d'une identité française sera plus forte.

3. Nation et droit de la nationalité sont deux notions distinctes, l'une fondamentale et politique, l'autre instrumentale et juridique. Il paraît essentiel d'établir aujourd'hui une plus grande cohérence entre l'idée politique qu'incarne la première et la technique juridique que propose le second.

I. *La nationalité ne suffit pas à assurer l'intégration*

Il est nécessaire, pour clarifier les débats actuels, de redéfinir plus nettement les relations entre *nationalité, immigration et intégration*. La politique de nationalité n'est pas la solution que l'on présente parfois de toute politique d'immigration. Elle ne représente pas davantage une panacée pour l'intégration, même si elle doit être conçue comme l'un de ses instruments.

1. Certes, nationalité et immigration ne sont pas indépendantes l'une de l'autre. Cela est particulièrement vrai depuis la mise en œuvre, au milieu des années 1970, d'une politique mettant un terme à l'immigration du travail : les immigrés demeurés en France sont eux-mêmes des candidats à la naturalisation ou les parents des Français de demain.

2. En revanche, *il serait illusoire et périlleux d'attendre du droit de la nationalité une forme de régulation de l'immigration*. Cette mission relève des lois sur la circulation, le séjour et le statut des étrangers en France. S'il paraît souhaitable de restaurer une certaine cohérence entre les deux domaines, cela se justifie surtout pour éviter les détournements de procédure souvent dénoncés*. Mais les objectifs et les principes, complémentaires, sont clairement distincts : une politique sévère et restrictive aux frontières doit s'accompagner d'une politique ouverte d'intégration des immigrés en situation régulière, dont le droit de la nationalité est l'un des moyens privilégiés.

* Cf. 1re partie, chap. 4.

3. Participant clairement d'une politique d'intégration des étrangers dans la communauté française, le droit de la nationalité a cependant *sa logique propre*.

Il traduit, d'une part, une certaine conception de la nation et relève, à ce titre, d'un projet plus large. Il n'est, d'autre part, qu'une technique permettant d'établir un lien juridique particulier entre des individus et un État.

Dans la tradition française, la politique de nationalité n'influence le phénomène d'intégration que de façon assez limitée. La nationalité d'origine, si elle repose sur les plus fortes présomptions d'intégration, ne suffit pas à la garantir. La nationalité par acquisition prend en compte un certain degré d'intégration, mais elle intervient souvent avant que l'intégration sociale soit achevée, non pour la consacrer*.

Il convient, dès lors, *d'éviter de conférer au droit de la nationalité une importance qu'il n'a pas et un rôle qu'il ne pourrait assurer : la nationalité n'est pas une garantie d'intégration pour l'étranger, l'intégration ne saurait se résoudre dans l'acquisition de la nationalité*.

Les exemples abondent pour illustrer un tel constat. Français par choix et par sacrifice, les Harkis continuent de faire l'expérience douloureuse de l'exclusion sociale et de l'abandon, y compris leurs enfants, qui, dès lors, se révoltent**. Française par le sol et la succession des générations, la jeunesse « beur » est en majorité au premier rang du combat pour l'intégration, l'égalité des droits civiques, économiques et sociaux.

A contrario, ville symbole des conflits engendrés par l'immigration et l'échec des politiques d'intégration, Marseille a pourtant vu sa population étrangère en résidence diminuer avec constance depuis plusieurs années*** : l'évolution des chiffres indique surtout que la solution du problème marseillais ne réside pas dans le caractère plus ou moins restrictif du Code de la nationalité, mais dans une politique permettant de favoriser la

* Cf. 1re partie, chap. 1, VI.

** M. Brahim Sadouni, 24 septembre 1987.

*** D'après les statistiques du ministère de l'Intérieur. La population étrangère résidant dans les Bouches-du-Rhône serait passée de 154 000 personnes en 1984 à 140 000 en 1986 (de 63 166 à 59 770 à Marseille même). Ces chiffres ne tiennent pas compte, bien entendu, de la population en simple transit dans cette ville portuaire, ni des clandestins. Cf. aussi le rapport « Moi et l'Autre. Études et réflexions à Marseille sur la nationalité et la citoyenneté », *Échanges Méditerranée*, 1987.

cohabitation entre populations également françaises, mais d'origines différentes et arrivées en France par vagues successives.

II. *L'intégration sans heurts des immigrés et de leurs enfants passe par un renforcement de la conscience d'identité de la nation française*

1. La plus grande partie de la population étrangère est installée en France depuis longtemps. Elle est destinée à y demeurer. Les études réalisées pour la loi du 17 juillet 1984 instituant la carte de résident et le titre unique de séjour et de travail ont estimé à 80% la proportion d'étrangers établis en France depuis au moins dix ans. La réflexion de la Commission s'inscrit dans le cadre d'une volonté d'intégration de cette population.

Qu'entend-on par intégration ? L'intégration implique toujours une action, une dynamique sociale, qui peut être doublement définie :

— de façon négative : l'intégration est le *refus de l'exclusion* ;

— et de façon positive : par intégration on entend alors une introduction des étrangers dans la société française qui résulte à la fois d'une *participation active des intéressés* et d'une *organisation en conséquence de la société d'accueil**.

Il est essentiel pour la société française de réussir au cours des vingt prochaines années l'intégration de la population étrangère régulièrement établie sur son sol. Un tel objectif s'impose. Il est conforme à une tradition politique et juridique plus que séculaire dans notre pays. Il fait progressivement l'objet d'un consensus plus large non seulement chez les responsables politiques mais aussi dans la population française et étrangère. Il répond également à un besoin démographique**.

2. La définition de l'intégration qui précède et la politique qu'elle implique demandent que soit tranché, notamment du point de vue du droit de la nationalité, un débat plus profond que celui qui oppose partisans et adversaires de l'intégration :

— Pour les uns, en effet, le transit d'un ensemble socio-culturel vers un autre devrait reposer sur un libre jeu de *forces spontanées* de la vie sociale : voisinage, école, milieu professionnel, mass-media. Et ce mouvement s'opérerait avec d'autant plus de facilité

* Cf. aussi le rapport de M. Michel Hannoun, député de l'Isère, à M. le secrétaire d'État chargé des droits de l'homme, novembre 1987.

** Cf. 1re partie, chap. 3, I.

que l'identité de l'ensemble français tendrait à s'affaiblir, au profit soit de particularismes locaux plus affirmés, soit surtout d'une culture économique et médiatique transnationale où se reconnaît aisément la jeunesse.

— Pour les autres, le passage d'une appartenance nationale à une autre doit être organisé *de manière consciente*, étant entendu, comme le souligne la définition ci-dessus, que l'intégration à la nation française ne signifie pas assimilation culturelle, du moins au sens où celle-ci impliquerait pour les étrangers un *renoncement* à toute valeur ou différence culturelle d'origine.

a) La Commission estime qu'*une confiance excessive dans les automatismes sociaux et culturels* précités *comporterait de graves dangers*. Tout d'abord, parce que, ainsi que cela fut souvent exposé devant elle, les agents traditionnels d'intégration sociale — le « creuset » constitué par l'école, l'Église, le service militaire, le syndicat, le militantisme politique, voire la famille — ont perdu de leur efficacité. Ces forces n'ont plus la même « prise » aujourd'hui qu'hier sur les populations immigrées, comme d'ailleurs sur la population française.

Ensuite, parce que la sociologie montre qu'une politique du « laissez-faire », heurtant des catégories sociales de Français d'autant plus attachées à leur identité nationale que leurs divers statuts sociaux sont menacés, serait inévitablement la source de graves conflits.

Dans un tel contexte, le pari sur l'intégration spontanée *accrédite* peu ou prou *l'idée que l'intégration se nourrit d'un affaiblissement de l'identité nationale*. Il est alors tentant d'expliquer ce sentiment d'une dissolution d'identité par l'intégration d'un nombre croissant d'immigrés : l'intégrité de la nation serait menacée par une quantité excessive d'altérité. Les sondages montrent que beaucoup de Français partagent aujourd'hui cette impression.

b) C'est pourquoi la Commission se montre favorable aux *solutions qui favorisent un passage conscient et organisé d'un ensemble national vers un autre*, plus large.

— Les immigrés et leurs familles envisagent de plus en plus leur situation et leur avenir en termes d'intégration. Celle-ci sera rendue *d'autant plus facile que sera plus forte la conscience d'identité de la nation française*. Il ne sera possible d'échapper aux débats stéréotypés de ces dernières années qu'en posant que l'affirmation de cette identité doit aller de pair avec le projet d'intégration, sous peine pour celui-ci d'être rejeté et d'échouer.

Dans le respect de ces principes, *le Code de la nationalité* est conçu à la fois comme *un instrument de cette intégration* que la Commission appelle de ses vœux et *un point de référence pour l'identité nationale*. Il doit organiser, ensemble, le droit à l'intégration des étrangers concernés, la prise en compte de leur choix individuel et une capacité à vérifier, le cas échéant, le degré de cette intégration.

L'identité nationale trouve en effet à s'exprimer à travers la nationalité. Celle-ci impose aux individus certaines obligations comme le service national ou le respect du droit en vigueur dans l'État d'accueil, en même temps qu'elle leur confère un statut, matérialisé par les droits politiques prévus par la Constitution, les droits professionnels et personnels, etc.

c) Dans cet esprit, on peut citer comme un test à venir pour l'affirmation d'une telle identité et pour la politique d'intégration la question islamique. L'intégration d'une référence islamique dans la communauté nationale française* implique une acceptation par l'Islam en France des règles et du droit d'un État républicain et, surtout, laïc. C'est pour l'Islam un réel bouleversement. L'État français, tout en respectant l'exercice de la religion et en favorisant l'avènement de structures représentatives et d'interlocuteurs français, ne saurait renier cette exigence.

d) Le droit de la nationalité ne peut être, à l'évidence, que l'un des éléments d'un projet plus global. Plusieurs composantes du « creuset » français doivent y retrouver un rôle, fût-il différent d'hier.

— C'est en particulier le cas de *l'école*, compte tenu de l'importance prééminente de la scolarisation dans les processus d'intégration. Il convient sans doute, à ce titre, de tirer les leçons de l'échec des tentatives, pourtant généreuses dans leur intention, datant de la fin des années 1970** et tendant à promouvoir, par exemple, une approche « *pluri-* » ou « *interculturelle* » de l'enseignement destiné aux élèves d'origine étrangère. Non seulement l'expérience montre qu'une telle orientation est génératrice de discrimination plus que d'intégration, qu'elle constitue plus un handicap qu'un atout, mais il apparaît qu'elle ne suscite guère

* Cf. 1re partie, chap. 3, I.

** Une directive CEE (n° 77/486 du 25 juillet 1977) prévoit par exemple la promotion de l'enseignement de la langue maternelle et de la culture d'origine des enfants de travailleurs migrants. Cité in J. VOISARD et Ch. DUCASTELLE, *La question immigrée en France en 1986*, Fondation Saint-Simon.

d'adhésion des intéressés : à Marseille, les enfants d'origine maghrébine désertent les classes d'arabe classique, pratiquent le slang marseillais et optent plus volontiers pour le latin ou l'allemand, afin d'aller dans les bons lycées*.

C'est également le cas de *l'armée*. Un plus grand respect des obligations du service national doit être favorisé ainsi qu'une valorisation, le cas échéant, de leur effet sur l'acquisition de la nationalité. On ne peut complètement exclure, au demeurant, que les perspectives démographiques obligent les armées à se montrer, à l'avenir, plus exigeantes pour leur recrutement.

e) Enfin, la Commission n'ignore pas que d'autres mécanismes, d'autres modes de régulation sociale, plus souples ou moins connus, sont aujourd'hui à l'œuvre, comme en témoignent le développement de la vie associative dans les quartiers, ou les phénomènes de « civisme collectif ». Dans des quartiers comme les Minguettes, on se mobilise autour d'un projet ou pour une cause**. Toute une jeunesse descend dans la rue, à tort ou à raison, mais mue par un idéal commun d'égalité et de respect des libertés publiques et individuelles. Comment ne pas penser que ces phénomènes et les cortèges de ce que l'on a appelé une « génération morale » révèlent qu'une certaine forme d'intégration est déjà « en marche » ?

Plus que jamais, semble-t-il, la formule de Renan prend tout son sens : « L'existence d'une nation est un plébiscite de tous les jours. »

III. *Privilégier une conception élective de la nation*

L'histoire du droit de la nationalité montre qu'il n'y a pas nécessairement continuité parfaite entre une conception de la nation, sur le plan philosophique et politique, et les règles posées par le législateur pour l'accès à la nationalité française. Cependant, l'intensité des débats récents, d'une part, le sentiment largement partagé d'un affaiblissement de l'identité nationale, d'autre part, incitent à rechercher la plus grande cohérence possible entre notre idée de la nation et le droit de la nationalité.

Plusieurs intervenants devant la Commission, en particulier Alain Finkielkraut***, ont montré combien les débats qui avaient suscité puis accompagné l'élaboration du projet de loi du gou-

* B. Étienne, audition du 18 septembre 1987.
** Association SOS Racisme, audition du 13 octobre 1987.
*** Audition publique du 16 octobre 1987.

vernement s'étaient déroulés comme à fronts renversés. Les partisans d'une conception déterministe ou organique de la nation — l'individu s'insère dans un ensemble formé sans lui, sur lequel il n'a pas de pouvoir et qui au contraire le façonne —, héritiers de Joseph de Maistre et d'une certaine philosophie allemande, souhaitaient que l'on mît fin à tout processus d'acquisition automatique de la nationalité et ont préconisé leur remplacement par un acte volontaire. Inversement, les tenants de ce que l'on appelle la théorie élective de la nation — selon laquelle une nation est constituée par la volonté et le consentement libres des individus —, héritiers de la philosophie des Lumières et de Renan, combattaient toute idée d'une expression de la volonté par les jeunes issus de l'immigration et paraient de toutes les vertus les mécanismes automatiques d'acquisition de la nationalité.

La Commission n'a pas à trancher le fond, philosophique, du débat sur l'essence de la nation. La nationalité peut apparaître, à certains égards, comme une donnée subie par les individus. Mais la caractéristique de la France est, pour reprendre l'expression d'Alain Finkielkraut, d'être *« un pays dont les plus hautes valeurs éthiques ou spirituelles sont proposées à l'adhésion consciente de ses membres »*. Plusieurs auditions ont d'ailleurs montré que l'attraction encore exercée par la France en tant que nation tenait à sa place dans l'histoire des droits et des libertés (1789 est un épisode de la vie nationale), à l'existence permanente d'un *projet* politique commun de portée universelle.

Fidèle à cette perspective, la Commission a, pour sa part, nettement situé ses travaux dans le cadre de la conception élective et à certains égards contractuelle de la nation.

Un tel choix commande que l'on reconnaisse des obligations aux individus d'une part, à l'État ou à la société d'accueil d'autre part.

— *Pour les individus*, cette conception implique une adhésion claire aux valeurs communes essentielles de la société française et aux règles de droit qu'elle s'est données.

La Commission a noté que, sur ce point, les associations représentatives, qui se sont exprimées devant elle, notamment celles des jeunes issus de l'immigration, ont manifesté leur accord avec netteté.

— *Pour la société d'accueil*, les obligations ne sont pas moins lourdes : prendre acte de la volonté exprimée ; développer pour rendre possible l'intégration une attitude de tolérance à l'égard des différences culturelles ; mener une politique active d'accompagnement et de soutien dans tous les domaines (éducation, logement, sécurité, travail).

À l'expression d'une volonté des individus doit répondre *une capacité nouvelle d'organisation de la société française.*

CHRONOLOGIE

1823 Naissance de Ernest Renan à Tréguier. Troisième enfant, il perd son père, marin, à l'âge de cinq ans. Sa sœur aînée Henriette sera son guide et sa confidente.

1838 Élève doué, il obtient une bourse pour le petit séminaire de Paris. Sur les conseils d'Henriette, il part pour Paris.

1838-1841 Études au petit séminaire de Saint-Nicolas-du-Chardonnet.

1841-1843 Renan est admis au grand séminaire d'Issy-les-Moulineaux.

1843-1845 Il poursuit à Paris, au séminaire de Saint-Sulpice.

1845 L'année de la rupture avec la carrière ecclésiastique et avec la foi catholique. Il s'engage dans des études de lettres. Se lie avec Marcelin Berthelot.

1847 Renan obtient un prix de l'Institut pour son mémoire « L'origine des langues sémitiques ».

1848 Reçu premier à l'agrégation de philosophie. Les journées de juin lui inspireront les pages de *L'avenir de la science*, qu'il ne publiera qu'en 1890. D'octobre 1848 à juin 1849, il séjourne en Italie.

1849 Il obtient un poste à la Bibliothèque nationale. S'installe à Paris avec sa sœur Henriette.

1851 Il entre à la *Revue des deux mondes*.

1852 Thèse de doctorat : « Averroès et l'averroïsme ».

1855 *Histoire générale des langues sémitiques.*

1856 Il épouse, le 11 septembre, Cornélie Scheffer, fille du peintre Ary Scheffer. Il est élu membre de l'Académie des inscriptions.

1857 *Études d'histoire religieuse.*

1858 Traduction du *Livre de Job.*

1859 *Essais de morale et de critique.*

1860 Traduction du *Cantique des cantiques.*

1860-1861 Voyage en Orient. Henriette, qui l'accompagne, meurt à Amschitt, en Syrie. Renan lui consacrera une plaquette, *Ma sœur Henriette*, en 1862.

1862 Nommé professeur au Collège de France, Renan est suspendu quatre jours après la leçon d'ouverture, par suite d'une cabale catholique. Il sera destitué en 1864 et ne recouvrera sa chaire qu'en 1870.

1863 *Vie de Jésus.*

1864-1865 Second voyage en Orient.

1866 *Les apôtres.*

1868 *Questions contemporaines.*

1869 *Saint Paul.* Échec de la candidature de Renan à la députation, où il se présentait sous l'étiquette d'indépendant.

1870 Au moment du déclenchement des hostilités, Renan est en croisière en Norvège, en compagnie du prince Napoléon, cousin de l'empereur, auquel il était lié.

1871 Publie *La réforme intellectuelle et morale.* Sous le coup de la défaite et de la Commune, il écrit les *Dialogues philosophiques* (publiés en 1876).

1873 *L'Antéchrist.*

1877 *Les Évangiles.*

1878 Renan est élu à l'Académie française.

1879 *L'Église chrétienne.*

1881 *Marc Aurèle.*

1882 Le 11 mars, prononce la conférence « Qu'est-ce qu'une nation ? »

1883 Administrateur du Collège de France. *Souvenirs d'enfance et de jeunesse.*

1884 *Nouvelles études d'histoire religieuse.*

1887 Premier volume de l'*Histoire du peuple d'Israël. Discours et conférences.*

1888 *Drames philosophiques.*

1889 Second volume de l'*Histoire du peuple d'Israël.* Le troisième volume suivra en 1891.

1892 *Feuilles détachées.* Renan meurt le 2 octobre 1892.

1893 Publication posthume des deux derniers volumes de l'*Histoire du peuple d'Israël.*

BIBLIOGRAPHIE

1. Textes de Renan

Œuvres complètes, éditées par Henriette Psichari, 10 volumes, Paris, Calmann-Lévy, 1947-1961.

Les textes publiés ici se trouvent dans les volumes suivants :
tome 1 : les extraits de *Discours et conférences* (Préface, « Qu'est-ce qu'une nation ? », « Le judaïsme comme race et religion »), ceux de *La réforme intellectuelle et morale* (« La guerre entre la France et l'Allemagne », les deux lettres à Strauss) et la préface aux *Questions contemporaines.*

tome 2 : les extraits des *Mélanges d'histoire et de voyages* (Préface, « Les origines de la langue française », « De la part des peuples sémitiques dans l'histoire et la civilisation »).

tome 3 : les extraits de *L'avenir de la science* et de la Préface.

tome 8 : « Des services rendus aux sciences historiques par la philologie » est extrait des *Mélanges historiques et religieux*.

tome 10 : les extraits de la correspondance.

La conférence « Qu'est-ce qu'une nation ? » a été plusieurs fois reprise dans des éditions collectives, notamment :

En 1890, dans *Pages choisies* à l'usage des lycées et des écoles, Paris, Calmann-Lévy.

En 1921, dans *Pages françaises*, Paris, Calmann-Lévy.

En 1923, en édition séparée, dans la collection Les philosophes célèbres, chez R. Hellen, Paris.

En 1945, dans un choix de textes avec une introduction par Émile Buré, *Ernest Renan et l'Allemagne,* chez Brentano's, à New York.

2. Œuvres séparées de Renan actuellement disponibles :

Souvenirs d'enfance et de jeunesse, édition de Jean Pommier, Paris, Gallimard, collection Folio, 1983.

Souvenirs d'enfance et de jeunesse, Paris, Presses Pocket, 1992.

Vie de Jésus, édition de Jean Gaulmier, Paris, Gallimard, collection Folio, 1974.

La réforme intellectuelle et morale, préface de Laudyce Rétat, Bruxelles, Complexe, 1989.

Renan, *Histoire et parole*, choix de textes par Laudyce Rétat, Paris, Robert Laffont, collection Bouquins, 1984.

Légendes patriarcales des Juifs et des Arabes, in Cours au Collège de France, édition de Laudyce Rétat, Paris, Hermann, 1989.

Lettres inédites à ses éditeurs Michel et Calmann Lévy, édition de Jean-Yves Mollier, Paris, Calmann-Lévy, 1986.

Marc Aurèle, avec une préface de Claude Nicolet, Paris, Le livre de poche, 1986.

3. Sur Renan :

Outre les ouvrages et articles mentionnés dans l'introduction de ce volume, on pourra se reporter à la bibliographie de la thèse de Laudyce Rétat, *Religion et imagination religieuse chez Ernest Renan,* Paris, Klincksieck, 1977, ainsi qu'à la collection des *Cahiers renaniens* et du *Bulletin des études rénaniennes*, publiés par la Société des études renaniennes.

TABLE DES MATIÈRES

Cet ouvrage a été composé par
TÉLÉ-COMPO - 61290 BIZOU (Orne)
et achevé d'imprimer en mai 1992
sur les presses de Cox & Wyman Ltd
(Angleterre)

Dépôt légal : juin 1992
Imprimé en Angleterre